ハヤカワ文庫 NV
〈NV1473〉

暗殺者の悔恨
〔下〕

マーク・グリーニー
伏見威蕃訳

早川書房
8592

ONE MINUTE OUT

by

Mark Greaney

Translated by
Iwan Fushimi
First published 2020 in Japan by
HAYAKAWA PUBLISHING, INC.
This book is published in Japan by
arrangement with
TRIDENT MEDIA GROUP, LLC.
through THE ENGLISH AGENCY (JAPAN) LTD.

暗殺者の悔恨

〔下〕

登場人物

コートランド・ジェントリー……………グレイマンと呼ばれる暗殺者
タリッサ・コルブ……………………………欧州連合法執行協力庁（ユーロポール）下級犯罪アナリスト
ロクサナ・ヴァドゥーヴァ…………………タリッサの妹
ソフィア………………………………………拉致された女性
ケネス・ケイジ……………………………アメリカの投資ファンド・マネジャー
ショーン・ホール…………………………ケイジの警護班の班長
ヤコ・フェルドーン………………………民間警備会社ホワイトライオンの幹部社員
ロジャー・ルーツ
ウィレム・クラーク　}……………………フェルドーンの部下
ダンカン・ドイカー
クローディア・リースリング……………コンソーシアムの専属心理学者
コスタス・コストプロス…………………同地域マネジャー
ヘザー…………………………………………ケイジの妻
シャーロット………………………………ケイジとヘザーの娘
マールテン・マイヤー……………………ハッカー
ジャンカルロ・リッチー…………………アルフォンシ・ファミリーの警備チーフ
マシュー（マット）・ハンリー…………CIA作戦本部本部長
スーザン・ブルーア………………………ハンリー本部長直属の計画立案担当官。ジェントリーの調教師（ハンドラー）
ザック・ハイタワー………………………CIA契約工作員
シャロン・クラーク………………………同局員
クリス・トラヴァーズ……………………同特殊活動センター地上班のチーム指揮官
マイケル・"シェプ"・デュヴァル………元CIA工作員。元デルタ・フォース隊員
ロドニー
A・J　}………………………………………デュヴァルの仲間。元アメリカ軍兵士
カリーム
カール…………………………………………元アメリカ軍兵士。ヘリコプター・パイロット

28

コスタス・コストプロスは、メインステートルームの準備を整え、シャワーを浴び、服を着て、薬を飲み、コロンをふんだんにふりかけた。

赤いシルクのガウンを着て、胸毛と金のチェーンが見えるように襟（えり）をくつろげた。両手の指六本にはめた指輪をまさぐり、薄くなった長い銀髪をなでつけた。

交通艇（テンダー）の轟音が超大型ヨットの左舷から遠ざかるのがわかると、鏡を見て、用意はできたと心のなかでつぶやいた。

キングサイズのベッド脇に固定されている小さなナイトスタンドへ行き、コンソールのボタンを押して、最上甲板のドアのロックを解除した。それから、ボディガードを呼んだ。

「アントン、来てくれ」

筋肉が盛りあがっている顎鬚（あごひげ）のギリシャ人が、階段の上の持ち場から、あいた戸口へ近づいてきた。「はい」

「例の製品（プロダクト）は、VIP用ステートルーム4にひとりだけで入れてある。連れてきてくれ」

若いボディガードはにやにやするのを我慢した。「ただちに連れてきます」

七十二歳のコストプロスは、引き出しに手を入れて、さまざまな色のシルクのスカーフをひとつかみ取り出した。それをベッドのあちこちと床にばらばらにほうり投げてから、数本を拾い、もっと順序立てて部屋のあちこちに置いた。

クローディア・リースリングが下甲板の女をひとりベッドに連れ込むよう求めていると、ヤコ・フェルドーンから聞いていた。しじゅうやっている。商品（マーチャンダイズ）を市場（しじょう）に運ぶのにみずから同行するのは、まさにそのためだった。しかし、今夜ははじめて、特別扱いの品物（アイテム）を汚してほしいと頼まれた。

コストプロスは、最初は渋った。まもなくディレクターが〈ラ・プリマローザ〉に乗ることになっているし、強大なディレクターを怒らせたくなかった。だが、マーヤというその女にてこずっていて、大きな心的外傷を乗り越えるのを手伝えば彼女との絆（きずな）が深まり、心の底にはいり込みやすくなると心理学者のリースリングがいったのだと、フェルドーンが説明したので、コンソーシアム全体を取り仕切っているディレクターにじかに送られる逸品を味見できる絶好の機会だと、コストプロスは考えた。

　それに、グレイマンと呼ばれるアメリカ人暗殺者の攻撃によって、ここ数日、コストプロスの担当するパイプラインは混乱を極めていたが、こうして海に出て、バルカン諸国から遠ざかると、運が好転するような気がしはじめていた。今回の積み荷（シップメント）だけではなく、これまでの積み荷すべてのなかでもっとも美しく性欲をそそる女がやってきて、自分の淫乱な欲望を満たしてくれるのをメインステートルームで待つあいだ、人生で最大の幸運を引き当てたことに、コストプロスはわれながら驚嘆していた。


　おれは膝（ひざ）のうしろの腱（けん）と腸脛靭帯（ちょうけいじんたい）をストレッチする。ウェットスーツを着ていても、海水温は低く、筋肉が固くなって、急激な動きをする能力が落ちるが、ストレッチをすれば、すこしはましになる。

　それに、ほかにやることがあまりない。もう三十分ここにいる。複合艇型のテンダーが発進したのは十分前で、ロヴィニのマリーナまでは一〇〇ヤードほどあるが、それがいつ何時戻ってこないともかぎらない。

　さっさとやるしかないと、自分にいい聞かせる。

　だが、動くほぞを固める前に、ラウンジにまた人影が見える。ポロシャツを着て、ブリユッガー&トーメのサブマシンガンを肩から吊った筋肉隆々の顎鬚に禿頭の男が、螺旋階段をおりてくる。正甲板のラウンジから、男はそのまま螺旋階段を下甲板へ向かう。待てと勘が命じ、待つが、ほんの一分だけだ。女がひとり下からあがってきて、顎鬚の男がうしろから彼女の肩をつかんでつづいている。

彼女が階段を昇ってくるとき、ことに囚人扱いされ、たったひとりなのに見張りが付き添っているのを怪訝に思って、おれは入念に観察する。正甲板にあがってきて、最上甲板への階段を昇りかける彼女の顔を、おれははっきりと見る。

なんてこった。

ロクサナだ。

タリッサの妹は生きている。

心臓が早鐘を打ちはじめる。あとの女たちといっしょに監禁されていないとは、なんてついているのだろうと思う。ひょっとして彼女をここから連れ出せるかもしれないと気づく。見張りをひとりかふたり殺し、急いで逃げなければならないかもしれないが、ここのくそ野郎どもがやろうとしている悪事を思えば、それくらいの困難があっても、やって損はない。

ふたりが最上甲板へ昇っていって、視界から消えた。あとを追おうとしたが、近くで携帯無線機の音がしたので、隠れ場所から出ず、小さなバーの蔭に隠れた。

ロクサナは夜になってからディナーのために身なりを整えるよう命じられ、上等な服がスタッフによって届けられた。ドクター・クローディアの面談を受けるのだろうと思い、白いスラックスとノースリーブの黒いトップを着た。

ステートルームから出され、通路の武装した見張りふたりのそばを通って、螺旋階段を昇り、さらに最上甲板へ昇っていった。そこでブリッジへのあいたドアと、広いメインステートルームのあいたドアが目にはいった。

見張りが、メインステートルームのほうへ進むよう促し、なかに押し込んでからドアを閉めた。

赤いガウンを着た年配の男がリビングの椅子に座り、笑みを浮かべて、ロクサナにこっちへ来いと手招きした。

毛むくじゃらの浅黒い胸が見えていて、ロクサナは胃がむかむかしてきた。

「こんばんは」男が英語でいった。

ロクサナはまわりを見て、シルクのスカーフがあちこちに散らばっているのを見た。べッドの上、その前の床、二脚の椅子にも。なんのためかわからなかったし、なぜここにいるのかもわからなかった。

「あなたはだれ？」ロクサナは、用心深くきいた。

男がいった。「コスタスと呼んでくれ」握手をするような感じで男が手をのばし、ロクサナがしぶしぶ手を差し出すと、手首を乱暴につかんでひっぱり、バランスを崩させた。ロクサナが驚いて悲鳴をあげると、男は彼女をベッドに押し倒した。自信満々の目つきを見て、こういうことに慣れているのだと、ロクサナは察した。

ロクサナが仰向け（あおむ）にされたところで、男がいった。「すぐにはじめたほうが、おたがいのためだ。ちがうか？」

ロクサナは、胸が張り裂けて心臓が飛び出しそうな心地を味わった。「やめて！」

ロクサナは、過呼吸を起こしかけていたが、恐怖のなかから怒りが沸き起こった。

年配の男がいった。「おまえはかなりたちの悪い女らしいが、わたしには、おまえが今後どうふるまうべきかを仕込む責任がある」そういってから、ロクサナの片脚をつかんで、ベッドの端にひっぱり、シルクのスカーフをむき出しになっている足首に巻きはじめた。スカーフの端を低いベッドポストに結びつけるのを見て、ロクサナは脚を引き寄せようとした。

年配の男は驚くほど力が強く、ふり払うことができなかった。

だが、しっかり結びつけられる直前に、ロクサナは反対の脚で男の側頭部を蹴った。

赤いガウンの男が、横向きに床に転げ落ち、洗面所の手前まで転がった。ロクサナはベッドの上であとずさりし、背中をヘッドボードに押しつけた。

「近寄らないで！」

コスタスと名乗った男は、ゆっくりと起きあがった。度肝を抜かれ、恥をかかされたと思っているのがわかったが、怪我はしていなかった。銀髪が目の上にかかっているので男はぶつけた頭をふってから、その髪をなでつけた。

「おまえ」男がにやりと笑った。「評判どおりだな。おまえはたしかに、反抗的なくそ女だ」

男は自信ありげに近づいてきたが、ロクサナがまた蹴ると、一歩下がって計画を考え直したようだった。部屋の隅の小さなライティングデスクへ行き、引き出しに手を入れて、大きなナイフを出した。鞘に収めたままのナイフを、男はロクサナの正面でふりまわした。

「さて。わたしと戦いたくはないだろう。いい結果にはならないぞ」

ロクサナは、ナイフを見つめたまま、じっとしていた。

「どうだ？」数秒後に、男がいった。「友だちを連れてこようか。今夜はおまえにとって特別な夜になる」

　ロクサナは黙っていた。

「よし……荒っぽい部下におまえを押さえつけさせ、そいつとわたしが交替でやる」にやりと笑った。「楽しそうじゃないか？」

　男が、ベッドの左側にまわった。ロクサナは反対側に急いで動いたが、男は跳びかかったり、ナイフを持って迫ってきたりはしなかった。男がエンドテーブルのボタンを押した。カチリという音が聞こえ、ドアのロックを解除したのだと、ロクサナは気づいた。

　ギリシャ人の男が呼んだ。「アントン、はいってこい」

　ロクサナはいった。「またわたしに触ったら、ぜったいに殺す」

　コスタスと名乗った男は、笑っただけで、ロクサナの正面からベッドに這いあがり、ナイフの鞘を払った。男が迫ってきたので、ロクサナはできるだけうしろに遠ざかり、ヘッドボードに背中を押しつけた。男が迫ってきたので、ベッドから滑りおりたが、そこは反対側のナイトスタンドがある隅で、逃げ場がなかった。

　男が跳びかかり、ロクサナがまた悲鳴をあげた。男は這ってベッドを乗り越え、奥の床におりた。ロクサナは隔壁とベッドの側面に挟まれ、うしろをナイトスタンドとその奥の壁にさえぎられていた。

男が光るナイフをロクサナの顔の前で前後に動かしてから、迫ってきた。ロクサナは男の顔に爪を立ててひっかいた。

男が反射的にロクサナに向けてナイフをふるった。数センチの差で顔をそれたのは、ロクサナがナイトスタンドのほうへのけぞって、床に倒れたからだった。

ロクサナは、赤いガウンを着たギリシャ人の男の前で膝をついていた。ドアからはいってきた人間は男の蔭になって見えなかったが、ドアがあいて閉じ、ロックされるのが聞こえた。

年配の男はいまや完全に優位だった。ナイフを持っているし、ひとりが応援に来た。ロクサナは隔壁とベッドのあいだで追いつめられ、どこにも逃げられない。

ロクサナは、男が襲ってくるのに備えた。ナイフを持った手をつかんでひっぱり、バランスを崩させるつもりだった。それからナイフを奪い、喉(のど)を掻(か)き切る。

それをやったら、うしろの見張りに撃たれるだろうが、服従するよりも死ぬほうがましだと自分にいい聞かせた。

手をのばし、またひっかいた。爪が男の右頬に突き刺さって横に掻いた。

男が片手で顔をこすり、手についた血を見おろして、わめき散らした。「ヤコがいったとおりだ。おまえには手間をかける値打ちなどない。その喉をかっさばいて、海に投げ捨ててやる。ディレクターには自殺したといえば、だれもばらしやしない」

男がロクサナに迫り、ナイフをふりあげて切りつけようとした。

そのとき、なんの前触れもなく、ひっかき傷のある皺だらけの血色の悪い顔が、一瞬にして真っ赤に変わるのを、ロクサナは見た。自分がなにを見ているのかわからず、ロクサナはとまどったが、すぐに気づいた。真っ赤なのは男の顔ではなかった。男はシルクのスカーフを頭からかぶせられていたのだ。やがてそれが首に巻きつけられた。

そして、きつく絞められた。

年配の男がショックのあまり目を白黒させた。ナイフでうしろに切りつけようとした。だが、ロクサナが見守っていると、黒ずくめの腕の手袋をはめた手が手際よくナイフを奪い、赤いガウンを着た年配の男は宙に持ちあげられ、隅で膝立ちになっているロクサナのすぐ目の前で、手足をばたつかせた。

ロクサナは立ちあがり、隅に体を押しつけた。はいってきた男が見えた。ウェットスーツを着て、フードをかぶっている。短い顎髭と真剣な目つきだけが見えた。男はギリシャ人をひきずってベッドの上を越えさせ、メインステートルームのまんなかに戻した。シルクのスカーフで首を絞められている男の素足が、カーペットの上で垂れていた。

そのうしろ、廊下に出るドアの脇に、黒いポロシャツを着た禿頭の見張りが、目をあけたまま死んで横たわっていた。

ウェットスーツを着た男が、ドアを閉める前にひきずり込んだにちがいない。

黒ずくめの男が、ギリシャ人の耳もとで口をひらいた。低い声でそっといった。首をスカーフで絞めて男をぶらさげているせいで、力がはいり、声がひずんでいた。「荒っぽいのが好きなんだろう？　荒っぽいのを教えてやる」

年配のギリシャ人の目はロクサナに据えられていた。やがて、その目がしだいに裏返った。

ロクサナは両手で口を押さえ、涙が顔を流れ落ちた。

ウェットスーツの男は、死体を床におろし、背すじをのばして、ロクサナのほうを見た。

ロクサナは悲鳴をあげたかったが、これから自分はどうなるのだろうと怯（おび）えて、息を呑んだ。

ギリシャ人を殺した男が、ベッドの隅に数歩近づき、ロクサナに目を向けた。床の赤いガウンを着た男の死体を顎で示した。「こいつは何者だ？」

ロクサナはわけがわからず、首をかしげた。

29

女は怪我をしていないようだし、おれが即製の絞首索をじじいの首にかけたときの目つきから、闘士だとわかる。襲ってきた相手に屈服せずに戦って死ぬ覚悟がある。それは尊敬に値する。

こいつを殺すべきではなかったかもしれないが、ロクサナといっしょにヨットから連れ出すのは、とうてい無理だ。ひとり連れているだけなら、泳いでここから逃げ出せるが、そのひとりは進んでついてくる人間でなければならない。ロクサナを見たとたんに、この船から出発する切符を渡す相手は彼女だと、おれは決めた。ヨットがどこへ向かっているのか、この組織にどういう人間がいるかを、ロクサナは教えてくれるはずだ。

ロクサナは、おれを五秒間見つめてから、たどたどしく答える。「この男……何者なのかわたしは知らない。あなたが知らないのは、どういうことなの？」

おれは答えず、つぎの質問をする。「怪我はないか？」

ロクサナはこう答える。「この船には、武器を持った男がたくさんいるわ」

「その話もしよう」おれはもう一度きく。「怪我はないか？」

ロクサナが、おれを上から下まで眺めまわしてから、床の死体ふたつに目を向ける。

「ふたり殺したあとで、どうしてふつうの話ができるの？」

これがふつうの話だとは思わないが、いいたいことはわかる。おれはふたつの死体を見おろす。「こいつらは悪いやつらだろう？」

ロクサナがうなずく。「ものすごく悪いやつらよ」

おれは肩をすくめる。「こいつらはどうでもいい」三度目のおなじ質問をする。「怪我……は……ないか？」

「わたし……だいじょうぶよ」ロクサナはまだ一瞬のショックをふり切れないようだが、すぐに澄んだ目になり、おれの目を覗き込む。「あなたね……赤い部屋にいたでしょう。あのセルビア人を殺したひとね」

「あそこにいたのか？」

ロクサナがうなずき、壁の一点を見つめる。「いたわ」

農場を出たあとのことを質問しようとしたが、もっと差し迫った問題がある。

「きみの名前は？」答はわかっているが、おれはきく。わからないのは、彼女の心の状態だ。囚われているあいだになにかの絆ができて、それがおれの任務にとって脅威になるかもしれない。

「わたし……マーヤよ」

拉致事件ではよくある手口だ。名前を変えさせるのは、作戦上の秘密を守ると同時に、洗脳するためでもある。だが、まちがいなくタリッサに見せられた写真の女だとわかっている。

ほかの人間ではありえない。

おれは首をふる。「いや、マーヤではない。きみはロクサナ・ヴァドゥーヴァだ」

ロクサナが目をつぶり、涙が頬を流れ落ちる。ベッドにどさりと座り、両手で顔を覆って、さめざめと泣く。「どうして知っているの？」

「おれをよこしたのはタリッサだからだ」

涙を流し、ベッドに突っ伏したロクサナが、大声で泣く。おれは時計を見る。

おれはロクサナの隣に腰かけ、拳銃を抜いて、ロックしたドアに向ける。「どうしてあの男とここにいるんだ？」

ロクサナが顔をあげ、怒りをにじませて答える。「どうしてだと思う？　レイプするために連れてこられたのよ。わたしがいうことをきかないからでしょう。ここではそうやって罰するのよ」

「あとの女とおなじところに監禁されているのか？」

ロクサナが首をふる。「わたしはVIP扱いを受けているのだといわれた。コンソーシアムの頭目の持ち物だからだと」

おれは一瞬、わけがわからなくなった。「組織全体の頭目か？」

「そうよ」

「ほんとうか？　そいつの正体は？」

「わからない。トムと名乗ったけど、嘘かもしれない。ルーマニアで会ったのよ」

「ブカレストのナイトクラブだな」

「ええ」

タリッサが追跡していた、飛行機で来た男にちがいない。タリッサの疑惑がこれで裏付けられたが、そいつが何者なのか、まだわかっていない。

おれは死んだ年配の男とガウンを見て、ひとりごとをいう。「くそ。こいつはその男の名前を知っていたにちがいない」ロクサナに目を戻していう。「この船に、ほかに指揮をとっているようなやつはいるか？」

「南アフリカ人がいる。決定を下している。ジョンと名乗っているけど、そこで死んでいる男は、ヤコと呼んでいたみたい。本名かどうかはわからない」

「そのヤコは、トムの正体を知っているんだな？」

ロクサナがきっぱりとうなずき、涙をこらえてすすりあげる。「その男はブカレストにいた。トムといっしょに旅をしていた。ショーンという名前のボディガードもいっしょだった。ルーマニアの犯罪組織の人間も何人かいた」

おれはその南アフリカ人を強く意識する。組織の上のほうの人間がここまで来ていることに驚いたからだ。そいつを捕らえるのは、リスクに見合う行動かもしれない。「そいつの見かけは？」

ロクサナが説明すると、おれの希望は高まる。テンダーでギリシャ人たちとヨットを離れていった男だ。

「そいつはいま、ここにいない」

ロクサナが、指を一本あげる。「もうひとりいる。アメリカ人の女で、心理学者、ドクター・クローディアと名乗っている。パイプラインは、女性たちをただ移動させるだけじゃなくて、そのあとのことのために洗脳することもやっているのよ」

ロクサナが、クローディアの特徴を説明する。そういう女は見かけていないし、捜し出せるとは思えない。だめだ、ロクサナを連れていく。ブカレストで彼女が会った男たちの身許を突き止めるのに、ロクサナが役立つだろう。そいつらがすべてを動かしているのだ。

「わかった。スクーバダイビングはできるか？」

ロクサナが首をふり、遠くを見る目つきになる。

「だいじょうぶだ。おれが連れていく。後甲板に準備してある。そこへ行こう。オクトパスという予備のレギュレーターがあるから、それでおれのタンクから空気を吸えばいい。深く潜りはしない。ウェットスーツを着ていないと、水が冷たいだろうが、おれが片腕で抱いて、岸までずっと体をくっつけている。そんなに遠くないし——」

「だめ」

おれは途中で言葉を切り、首をふる。またこういう抵抗に遭うのか。「ロクサナ、だれもきみの家族を付け狙えない。おれが護る」

ロクサナがにべもなくいう。「わたしは下のひとたちを置いていけない。全員連れていって」

「おれしかいないんだ。船も潜水艦もないし、SEAL十二人のチームもない。おれ独りだ。どうやって二十人以上連れてスクーバダイビングをやれというんだ？」

ロクサナが、すこしがっかりする。「このヨットはヴェネツィアへ行く。それだけわかっているのよ。あすの夜、市場と呼ばれるものがある。下のひとたちはそこで売られる。

ここで拾われるひとたちも」

「だれに売るんだ？」

「行き先は犯罪組織、アラブの王族、ヨーロッパや中東の高級売春組織だと、クローディアがいっていたわ。あすの夜、ヴェネツィアの市場が終わったら、みんなどこかへ行ってしまい、救うことはできなくなる」

おれはロクサナを見つめたまま、黙っている。この情報があっても、救う方法がわからないからだ。

ロクサナは、おれが途方に暮れているのを、表情から察したにちがいない。「そこの警察へ行けばいいだけでしょう。きっと場所を見つけて――」

おれはさえぎっていう。「この件に警察は使えない。パイプラインは、自分たちが警察の一部を支配しているところにしか行かない」

ロクサナは、たいして驚いていないようだ。うなずいただけで、床を見つめる。「わたしはディレクターのところへ連れていかれる。タリッサをそこへ導ける。どうやればいいかわからないけど。目的地に着いて、そこがどこかわかれば、電話かコンピューターかなにかを見つけて、タリッサに連絡できるかもしれない」

ロクサナは、姉とおなじように勇敢だが、姉とおなじように、自分がどういうものに巻き込まれたかをじゅうぶんに理解していない。「いまからそれまでのあいだに、きみがどうなるか、わかっているのか？」

ロクサナがうなずいていう。「もちろん。レイプされる。殴られる。あなたがここに来たせいで罰せられる」

おれもおなじことを考えているし、モスタール以来感じていることがもっと重くなったら、耐えられるかどうかわからない。だが、答える前に、隔壁の外から音が聞こえる。船外機の音が、どんどん大きくなる。

テンダーが戻ってくる。

「捕まったらだめよ」ロクサナがいう。「行って」

まだすこし時間はあると自分にいい聞かせながら、おれは一瞬目をそむけ、その質問の答を知りたくないと不安にかられる。しかし、知る必要がある。ロクサナのほうを向いて、おれはいう。「おれが赤い部屋を出たあと、やつらはきみたちになにをやった？」

ロクサナがベッドで体を起こし、また泣き出す。「あの晩、あなたがいなくなったあと、わたしたちは山に連れていかれた。何人かがレイプされた。ほとんどが。ひとりが逃げようとしたけど……遠くへは行けなかった」

「やつらに殺されたんだな？」

ロクサナは、こう答える。「まだ子供だったのに」

吐き気がこみあげる。この世でおれはかなりひどいことにも我慢してきたが、それはおれの行動が原因ではなかったからだ。これはどうか？　少女が殺され、あとの女たちがレイプされた。

おれのせいで。

罪の意識は、足をひっぱる。あるいは原動力になる。自分の失敗に精神力がどう対応するかでそれが決まる。

おれは二度深呼吸して吐き気を抑え込む。「すまない」としかいえない。

ロクサナが、目の涙をぬぐっていう。「あなたがあの男を殺してくれてよかった。セルビア人たちは、どのみち彼女たちをレイプしていたのよ。あなたの責任じゃない。それに、逃げた女の子は、逃げられると思ったのよ。なんともいえない。わたしたちのなかで、彼女がいちばん幸運なのかもしれない」

おれはもう一度、ロクサナを説得しようとする。「いっしょに来なかったら、護ってやれない、ロクサナ。信じてくれ」この数日、タリッサの目に見てきたのとおなじ決意をロクサナの目にも見て、いい争っても無駄だと悟る。

「タリッサに、愛していると伝えて」またロクサナが泣き出し、その表情からおれは察する。生き残るには逃げるしかなく、それが彼女を捕らえている男たちに暴行されずに窮地を脱け出す唯一のチャンスだと、彼女は知っているのだ。

でも、自分の決断を変えようとはしない。

負けたことをおれは知る。「伝える。このことできみに責められるだろうと、タリッサは思っている」

ロクサナが目をぬぐい、首をふる。「いいえ。わたしがやったのよ。自分でやったのよ。これがどうなるか見届けるまで、わたしは使命を果たす。タリッサに連絡する。タリッサと……あなたが……来て、これをぶっ潰してちょうだい」

「それが賢明な計画だな」おれが手を差し出すと、ロクサナがそれを見る。美しい笑みをすこし浮かべて、びっくりするようなことをいう。「男のひとに握手を求められるのは、ほんとうに久しぶりよ。ほかのことはいろいろあっても、それはなかった」

おれは、これからやろうとすることを後ろめたく思ったが、とにかくやる。ようやくロクサナが手を差し出し、おれはその手を握りながらいう。「これを都合のいいように見せかけたいんだ。あとで感謝してくれるだろうが、だいぶあとだろうな」と、つけくわえる。

「すまない」

「なんであやまるの?」

おれはベッドからロクサナを引き起こすと同時に、鋭い左フックを彼女のこめかみに向けてくり出す。気絶したロクサナの体を受けとめ、丸めた格好で床にそっと横たえる。ノースリーブのブラウスを引き裂いて、彼女の体の横に置く。

ふたりの男が死んでいるメインステートルームに彼女がじっと座っているのはまずい。おれが船内を走りまわって、全員に姿を見られ、変態じじいとそのボディガードをぶっ殺したのを知られても、ロクサナに怪我をさせていなかったら、怪しまれることはまちがいない。ふたりを殺したことになんらかの形で関わっていると見られたら、ロクサナがなにをされるかわかったものではない。たとえこういうふうに気絶させても、あらゆる面で疑わしく見られるはずだ。

だが、決めたのは彼女なのだ。

左舷のテンダーが離れていくのが、音でわかる。水面から引き揚げるために、船尾にまわるのだろう。つまり、全員がヨットに戻ったことになる。殺されずにここから出られるだろうかと危ぶみながら、おれはドアに向かう。

ヤコ・フェルドーンは、舷梯(げんてい)を昇って甲板に足をおろした。クロアチアの街ロヴィニの海岸で乗せた女八人とギリシャの犯罪組織の構成員がつづいていて、ひとりずつ乗船し、まぶしい光に目を細めて、フェルドーンのそばに立った。

今回の積み荷（シップメント）は八人だが、組織の収益になるのは七人だけだった。甲板にあがってくるのをフェルドーンが眺めていたひとりは、特別扱いの品物（アイテム）だった。ハンガリー人の美しいブロンドで、ケイジは数カ月前に妻といっしょに彼女のバレエを見て、パイプラインに入れろと要求した。

アメリカ西海岸まで、その女はマーヤとともに運ばれ、ランチョ・エスメラルダで、ケイジとその友人やビジネスパートナーにもてあそばれる。そのあと、その後の海外旅行でケイジが新しい作物（クロップ）を見つければ、女たちは捨てられる。

女たちが全員、甲板に立つと、ドクター・クローディアが短い訓示を述べて、食事とシャワーが用意されると告げ、見張りがラウンジから階段を通って下甲板へ連れていく準備をした。

女たちが下へ向かいはじめると、フェルドーンはクローディアに近づいた。「コストプロスはどこだ？」

「十五分前にマーヤを部屋に連れ込んだのよ。正直いって、こんなに長くもつとは意外だわ。いつも十分で終わってしまうのよ」フェルドーンの目つきが鋭くなったので、クローディアはつけくわえた。「心配しないで。残るような傷をつけないように、注意してあるから」

ギリシャ人の見張りが、ラウンジから出てきて、まわりを見てから、さっと向きを変え、携帯無線機に向かって話しはじめた。フェルドーンがその男の態度に目を留めたとき、コストプロスの部下のべつの男が、正甲板を走ってきた。不安な顔をして、きっぱりした足どりだったので、フェルドーンはその男の腕をつかんだ。「なにがあった？」

見張りが英語で答えた。「仲間がひとり、どこにいるかわからない」

フェルドーンは、すかさずジャケットから拳銃を抜き、クローディアの顔を見た。「製品(プロダクツ)を下に連れていけ。いっしょにいろ」

クローディアは、女たちをせかしてラウンジに入れたが、フェルドーンにきいた。「どうしたの？」

フェルドーンは、すでにラウンジにはいり、拳銃を正面に構えて、あたりに目を配りながら、螺旋(らせん)階段を目指していた。だが、クローディアの質問には大声で答えた。「グレイマンだ……船内にいる」

「どうして――」

「やつの気配が感じられる！」

30

おれは階段を昇って屋根のないサンデッキへ行き、武装した敵がいないのを確認してから、手摺をまたいで白い船体を滑りおり、音をたてないように正甲板に激しく着地する。その部分は照明が明るく、船尾の近くに動きが見えるが、甲板員がひとり、こちらに背中を向けているだけだし、こっちは全長四五メートルのだいぶ船首寄りにいるので、見つかる気遣いはない。

目的の場所は後甲板とスクーバ器材を準備してあるところだ。そこまで行ったら、シーステアーを伝って、音もなく海にはいる。

体を低くして、正甲板の右舷側を船尾に向かう。

たいして進んでいないとき、ラウドスピーカーから声が響く。ギリシャ語の取り乱した声で命令を叫んでいる。おれはかがむのをやめ、最後の七、八メートルを全力疾走する。この男がやけにうろたえているのは、だれかが船内でひとを殺しまくっていると気づいたからにちがいない。

案の定、男が英語に切り換えて、〝警戒しろ！　不法侵入者がいる！　そいつは武器を持っている！　警備員は全員、正甲板に行け〟というようなことをいう。

おれは足を緩め、角から後甲板のほうを覗く。甲板員ふたりがウィンチでテンダーを後甲板に引き揚げているのが見える。もうひとり、黒いポロシャツを着て、片手にサブマシンガンを持った男が、反対の手で携帯無線機を耳に当てている。ラウンジのほうを向いていて、おれとスクーバ器材のあいだにいる。

胸に吊っているバックパックからグロックを出してそいつを撃とうかと思うが、タンクのバルブをあけて器材を身につけるのに数秒かかるし、サプレッサーを撃つ前に取り付けたとしても、甲板にいる人間すべてに銃声が聞こえてしまう。

そこで、サブマシンガンを持った男のほうへ、自信ありげに、警戒させたいような足どりで歩いていく。

そいつが携帯無線機をおろして、こちらに目を向けるとき、おれとの距離は六メートルだった。だが、ウェットスーツを着た男が、スクーバ器材のラックのほうへ向かっているのが見えるだけだし、顔はフードに隠れている。バックパックはすこし奇妙に思われるかもしれない。荷物を持って潜る人間はあまりいないが、はっきりしないので、おれが近づくのをそいつは見守っている。

あと数歩で、そいつがなにをしようがどうでもよくなる。

ラウドスピーカーでどなっている男が、またなにかをいい、ポロシャツを着た男が、サブマシンガンをおれに向ける。だが、おれはあと二歩に迫っていて、そいつが撃つ前に襲いかかる。サブマシンガンを叩いて横にそらし、そいつの喉(のど)を突き、顔を膝蹴(ひざげ)りする。そいつが体をくの字に折る。

甲板員が叫びはじめる。おれはサブマシンガンを奪おうとするが、もぎ取る前にそいつが倒れてしまう。

おれは銃と隠密性の両方をあきらめ、海に逃げること以外はすべて放棄する。隅に置いてあったスクーバ器材に跳びつき、重さ二三キロの器材をかついで、船尾のほうを向く。甲板員たちが邪魔をしそうに見え、両手がふさがっていて戦えないので、おれは左に向きを変えて、右舷の舷側を目指す。甲板員たちが追ってくる。

右舷甲板に達すると同時に、左側で銃声が一度響き、おれは体の向きをかえて手摺にぶつかり、タンクが抗弾ベストの代わりになることを願いながら乗り越えようとする。

もう一度銃声が闇を震動させ、弾丸がタンクに当たるのが感じられると同時に、舷側に転げ落ち、器材をすべて肩にかついだまま頭から海に落ちる。

水飛沫をあげて冷たい黒い水に突っ込むとき、銃弾という当面の脅威からは逃れたが、あらたな脅威に跳び込んだと悟る。スクーバ器材とウェイトの重さで、どんどん沈んでいる。

すべて体からはずして、タンクや器材だけを沈めるという手もある。だが、そうすると、浮力のあるウェットスーツを着ているので、体の浮力とそれが重なり、浮きあがってしまう。だから、そのまま沈んでいく。

それに、上には銃を持ったやつらがいる。

どうにかしてタンクのバルブをあけ、BCDを身につけて固定し、中圧ホースからエアを送り込んで、潜降をとめなければならない。そのあと、呼吸をするために、レギュレーターをつかんで、くわえなければならない。

マスクは胸のバックパックのなかなので、おれは目を閉じている。

すべて、溺死する前にやる必要がある。

だが、そういったことを考えているわけではない。無意識にやっている。器材をすべて肩からおろし、体の前でバックパックの下に持ってくる。鋼鉄のタンクを股にはさみ、バルブをあける。急潜降しているので耳が痛い。タンクに取り付けたBCDに腕を通してがむしゃらに着込み、はずれないようにクイックリリースバックル三つのうちのひとつをはめて固定し、手を必死に動かして、レギュレーターを探す。

レギュレーターを見つけて、マウスピースをつかみ、口に突っ込み、深く息を吸う。

海水が口と肺に殺到する。

ゲエゲエ吐きながら、タンクに当たった弾丸が、レギュレーターの中圧ホースに穴をあけたにちがいないと気づく。そこで、レギュレーターを離し、オクトパスと呼ばれる予備レギュレーターをひっぱって、BCDに挟み込む。オクトパスの中圧ホースにも穴があいていたら、おれは死んでしまう。

胸の奥でパニックが沸き起こり、水圧のせいで痛む耳とおなじくらいひどくなる。

オクトパスをくわえ、口のなかの海水を吐き出せるように、パージボタンを押してクリアし（レギュレーター内の海水を出すこと）、浅く息を吸ってみる。

空気が全身にまわるのが、こんなに気持ちいいことは、いまだかつてなかった。

正常に呼吸できているが、なおも潜降しているので、それを遅くするためにBCDにエアを送り込み、バックパックをあけてマスクを出す。マスクを目の上にかけ、しっかり押さえながら、下のほうと頬とのあいだに隙間（すきま）をこしらえ、鼻から息を吐き出してクリアする（空気を入れることでマスク内の海水を出す手順）。

そして、マスクの上から鼻をつまみ、何度か耳抜きをすると（潜降すると水中の圧力上昇によって鼓膜が押されて痛むので、それに対抗するために呼気で内耳に空気を入れること）、耳の痛みが収まる。

フィンを出し、ブーツの上から履いて、BCDをもっとしっかり体に固定する。タンクのエアが無駄に漏れないように、レギュレーターをくる、それでも漏れている——泡が顔をこする——が、やらないよりはましだ。

あと十秒は死なずにすむと確信すると、夜光の深度計を見て、二〇メートル以上潜っていたとわかる。〈ラ・プリマローザ〉の甲板から見て、もっとも近い海岸線まで五〇〇ヤード近くあるとわかっている。ロヴィニのマリーナはもっと遠いはずだし、ホースからエアが漏れているから、ぐずぐずしてはいられない。

BCDにもうすこしエアを入れ、深度二四メートルでようやく潜降をとめることができ、赤いフラッシュライトを出して、スイッチを入れる。砂と岩の海底から三メートルのところにいるとわかる。ライトを消し、キックして、BCDに取り付けてある夜光コンパスを頼りに東を目指す。

ここまでは順調だと、かなりの皮肉をこめて思う。

ヤコ・フェルドーンは、〈ラ・プリマローザ〉の船尾からテンダーに跳びおりた。サブマシンガンで武装し、強力なフラッシュライトを持っているギリシャ人三人が、すでに乗り込んでいる。艇長が船外機を始動し、小さく旋回させて東に向けた。

「泡を探せ!」フェルドーンは、犯罪組織の構成員のギリシャ人たちに命じた。ひとりからフラッシュライトをひったくった。深度二メートルよりも深い水中にいる相手に、自分の拳銃は有効ではないとわかっていたからだ。

フェルドーンは激怒し、手がつけられないくらい荒れ狂っていた。なにもかもが最悪の事態だ。コストプロスが殺され、ヨットの警備は手ぬるく、暗殺者が乗り込むのを見逃した。それを防げなかった自分の行動に、ケイジが疑問を投げかけるのは必至だ……とはいえ、フラッシュライトであちこちを照らしながら、水面を飛ぶように航走しているとき、途方もなく心を躍らせていることは否めなかった。それがなによりも強い感情だった。ひょっとして、悪名高いグレイマンを殺すことができるかもしれない。それはいままでだれにもできなかったことだし、自分が人生でこれまでやってきた何事をもしのぐ。フェルドーンはこの好機に有頂天になっていた。

ゴールを目前にしたスポーツ選手のように。

〈ゾディアック〉がジグザグに航走し、水中のダイバーが陸地に向かうのに通らなければならない唯一の進路をほぼ掌握(しょうあく)するあいだ、フェルドーンは無線で〈ラ・プリマローザ〉に連絡した。「ダイバーに器材をつけて、スピアガンで武装するよう命じてくれ。予備のテンダーに乗せ、この位置に来させろ。やつが海に跳び込むのを見たが、スピアガンは持っていなかった。やつをいま、ここで殺す！」

数秒後に、艇首でギリシャ人ひとりが叫んだ。「泡だ！　一時の方角！　二〇メートル！」

テンダーが針路を調整し、まもなくフェルドーンにも泡が見えた。全員が泡にフラッシュライトの光を当てたので、まっすぐ下を照らせと、フェルドーンは命じた。水面が光を反射し、水面の泡のほかには、ダイバーの気配は見当たらなかった。

サメがうようよいる南アフリカでさかんにダイビングをやったことがあるフェルドーンは、泡をしばし見てから、にやりと笑った。「泡がたえず出ている。呼吸の泡じゃない。エアが漏れているんだ！」

ジェントリーが海に跳び込む前に自分が放った弾丸が命中したのを、フェルドーンは知っていた。どうやらスクーバ器材が損傷したようだ。

無線機に向かって、フェルドーンは叫んだ。「急げ、ダイバー！　やつは陸地まで四〇メートルのところにいる！」

岩壁にぶつからないようにときどきライトで確認しながら、おれはフリーダイビング用フィンでキックする。いまでは水面の一五メートル下にいて、海岸線に向けてゆるやかに傾斜している海底のすぐ上を泳いでいる。

エアの残圧を確認し、レギュレーターの漏れが思ったよりもひどいと気づく。冷たい水に潜ってから五分しかたっていないのに、すでに三分の一を消費している。通常、この深度でこの程度の活動量なら、タンクのエアは一時間もつはずだが、これでは十五分で岸につかないと、浮上して泳ぐしかない。

フラッシュライトの光芒が下を向いているので、泡で位置がばれたにちがいないとわかる。タンクが空になる前に着くことを願い、岸に向けてキックするしかない。

進みつづけながら、その考えを頭から追い出し、ロクサナとタリッサのことを考えはじめる。妹は姉に認められることを望み、姉は罪悪感を和らげようとして、過ちを正すために命を危険にさらしている。

彼女たちのような人間の底力に驚嘆するとともに、上のテンダーに乗っている男たちのやる気はどの程度なのだろうと思った。今夜、おれを殺すために、やつらはどこまで努力するだろうか。

べつのテンダーの音が、かすかに聞こえる。上にいるやつのうち、すくなくともひとりは、おれが死ぬのを見たいと張り切っている。

いまごろはダイバーが潜っているにちがいないし、この窮地はいよいよ悪化するいっぽうだ。

残圧計をまた見て、エアが半分減っているのに気づき、いよいよ終わりかと思う。

いや、そんなことはない。おれよりも任務遂行に熱心なやつは、今夜、この海にはひとりもいない。

今夜、任務を遂行するのは無理だろうし、いずれにせよいまは見込めない。しかし、上にいるやつらの位置はわかっているから、騙（だま）してやるつもりだ。

ダイバー三人が乗っている予備のテンダーは、ゆるやかにうねる波間に現われた泡の条（すじ）の東端の五〇メートル前方に向けて、左に急回頭した。ロヴィニ・マリーナから一五〇メートルしか離れていなかったが、ターゲットよりも岸近くに先まわりできると、彼らは考えていた。

フェルドーンは、自分のテンダーからフラッシュライトで水面を照らして位置を示し、くっきりと見えている泡の条の右前方に行くよう大声で指示した。

「あそこだ！　あそこで全員潜れ。潜降してダイバーをスピアガンで撃て。死体をこっちに持ってこい！」

フェルドーンは、自分もBCDとタンクを背負いたいと思った。スクーバ器材を持ってきていれば、服の上からつけて潜っていたはずだった。武器がなにもなくても、素手でグレイマンの首を絞めるつもりだった。

フェルドーンのテンダーよりも岸近くに達した予備のテンダーの船縁にダイバーが腰かけたとき、フェルドーンのテンダーのギリシャ人が叫んだ。「待て！　やつは進む方向を変えた！」

フェルドーンが、黒い水面を見ると、たしかに泡の条が真東から南東へ向きを変えていた。その方角の約一〇〇メートル前方には、マリーナとそう遠くない小さな砂州がある。

フェルドーンはいった。「あっちだ！　やつはエアが切れそうになって、いちばん近い陸地を目指している。先まわりして潜れ！」

予備のテンダーがそこへ急ぎ、うしろ向きに海に落ちないように、ダイバーたちは船縁にしがみついた。じきに五〇メートル南東に達していた。

予備のテンダーが急回頭して速力を落とし、ダイバーが船縁からうしろ向きに入水（エントリー）した。腰からスピアガンをはずし、防水フラッシュライトをつけた。海底まではわずか七・五メートルだが、岩や溝が多く、岸まではそのあいだを泳いでいかなければならない。

ひとりがフラッシュライトでタンクを叩いて、あとのふたりの注意を喚起し、岸とは反対側にある左後方の浅い洞窟を指さした。

そこで切れ目のない泡が勢いよく水面に向けて上昇し、岸に向けて動いていた。

三人はスピアガンを構え、泡とその下の蔭になっている海底にフラッシュライトの光を向けた。三人はそれぞれ、東、西、南からそこへ近づいた。スピアガンには鋼鉄のシャフトを装塡し、ダイバーの体を貫くことができる強さで発射できる状態にしてある。

その細く狭い亀裂に達して、フラッシュライトであちこちを照らすと、エアの発生源が明らかになった。

ダイバーは三人とも、自分たちが見ているものがなにかわからず、その上でしばらく停止していたが、ようやくどういうことか悟った。

それはレギュレーターを取りはずしたタンクだった。あいたバルブからエアを吐き出し、その勢いで水中を進んできたのだ。海底のすこし上を着実にゆっくり進んでいたのは、エアがすこしはいっているBCDとつながっているせいで、中性浮力（浮きも沈みもせず、一定の深度を保っている状態）を保っていたからだ。

だが、それを身につけているはずのダイバーの姿はなかった。

ダイバー三人は北に向きを変え、必死でキックしながら浮上した。グレイマンの肺には空気が残っていないから、水面で見つけられると確信していた。

二分前、おれはゆるやかな波の一〇メートル下の海底に、ひざまずいていた。そこでBCDを脱ぎ、タンクのバルブを閉めて、レギュレーターをはずし、バルブをすこしゆるめた。タンクからじかにエアを最後にいっぱいに吸った。片手をのばして、海底から石をふたつ取り、鋼鉄のタンクを南東に向けて、バルブを全開にした。

スクーバ器材すべてが、かなり雷速の遅い魚雷みたいに遠ざかりはじめた。おれは北東を向いて浅い海中でキックしながら、ゆっくりと浮上していった。

石がウェイト代わりになり、急浮上を避けることができる。だが、半分まで上昇したところで、石をひとつ捨てる。息をしていないので、泡は出ない。水上から見える痕跡は、タンクから出るエアだけだ。いまごろはおれの針路とはほぼ逆方向に、五〇ヤードかそれ以上離れているはずだ。

テンダー二艘(そう)が餌(えさ)に食いつくことを願っているが、船外機の音がもう聞こえないので、食いついたにちがいないと確信する。

水面の一五〇センチ下で、できるだけ速く、できるだけ強くキックし、肺が悲鳴をあげると、もうひとつの石を手から離した。重いものはもうバックパックにはいっているものだけなので、楽々水面まで浮上できる。

水面から頭は出さない。スノーケルを使って呼吸する。キックはつづけるが、長いフィンが水飛沫をあげたり、水面の上に出たりしないように気をつける。

ああ、息ができるのはいいものだ。

ようやくマスクをあげて、方角をたしかめる。ロヴィニのマリーナは、街灯に照らされているが、深夜なので人影はない。まっすぐ前方で五〇ヤードしか離れていないので、二分以内でそこに到達する。

そこで上陸すると、湾のほうをふりかえり、小さなテンダー二艘が南西の遠いところを走りまわり、フラッシュライトがあちこちに向けられているのが目にはいる。ひっきりなしに命令したり叱りつけたりしているひとりの男の叫び声が、水面を伝わってくる。

おれはフィンとマスクをはずし、バックパックを背中に移して、小さな街の旧市街の迷路のような通りを走りはじめる。危険が去るまで、路地に身を隠すつもりだ。そして、タリッサに電話して、居場所をきき、また車を盗んで、迎えに行く。

いまのところ、そこまでしか計画は立っていないが、いままでは、行動しながら立案するのが得意だということを実証してきた。今夜は、市場がひらかれる都市がわかっただけだが、それだけでじゅうぶんに前進できる。

しかし、タリッサとおれだけでは、これを成し遂げるのは無理だということが、いよいよ明らかになっている。ほんとうはかけたくない電話を一本かけるべきだという考えに傾きつつある。

31

輝かしいガルフストリーム650が、ロサンゼルス郊外のヴァンナイズ空港を離陸し、ヴェネツィアに向けてイリノイ州上空の高度三万六〇〇〇フィートを飛んでいた。ケネス・ケイジは、前方を向いてキャビン中央に着席し、鴨(かも)のローストを食べながら、軽いピノノワールを飲んでいた。キャビンにはほかに七人が乗っていたが、ケイジは食事のあいだ、横のトレイに置いたノートパソコンに目を向けていた。もっと具体的にいうと、東欧から北欧へ密輸する商品(マーチャンダイズ)の今年度の収益報告書のスプレッドシートを見ていた。最近ではエストニアがすばらしい製品(プロダクツ)を産出しているが、収益の大部分はベラルーシからの製品が占めている。ベラルーシは経済が不調で生活状態がよくないので、チャンスを求めて西欧へ行きたがっている若い女を騙(だま)すのが、ますます容易になっている。

それとは対照的に、バルト諸国の経済は発展しているので、ケイジがやっているような事業はやりづらくなっている。コンソーシアムは虐(しいた)げられている人間を食い物にする。いなくなってもだれも悲しまないか、あるいは悲しむものがいても、探す手段がないような状況に付け込む。

それでも北欧は数千万ユーロの収益を生み出しているので、報告にケイジは満足していた。

サフランオルゾ（米の形のパスタ〝オルゾ〟にサフランで風味と色をつけたもの）をフォークですくって食べようとしたとき、そばのテーブルで電話機が鳴った。ケイジは画面を見もせずに受話器を取った。

「もしもし」

コンソーシアム・ディレクターの向かいに、警護班班長のショーン・ホールが座り、おなじ鴨のローストを食べていた。食べながらボスをじっと見つめ、それから全警護班の六人を見まわした。六人はホールの指揮のもとで、旅行中にケイジの身を護(まも)るために同行している。

チームのものは全員、ワインかビールを飲んでいた。親玉のまわりではめったにやらないことだが、あと十時間くらい、なにもやることがない。だが、目的地に着いたら、彼らはすべてかつての戦闘や特殊火器戦術部隊(SWAT)出動のときとおなじように精勤するはずだと、ホールにはわかっていた。

めったにないチャンスに乗じて、ホールはワインをすこし飲んだが、今後の仕事のことを考えはじめた。ヴェネツィアのマルコ・ポーロ空港には、現地時間で午後の早い時間に到着し、ケイジはホールと警護班の六人に囲まれ、モーターボートで〈ラ・プリマローザ〉へ行く。

そのあとは午後十一時ごろに、女たちを売る場所へ行って、クライアント数人と握手をする。そこでも大人数の警護陣に囲まれる。

問題の多いやりかただと、ホールは自分が受けた訓練から承知していた。この旅行はすべて、ケイジが力を誇示するためのものだ。グレイマンなど怖れていないし、部下の助言に従うつもりはないというのを、ホールとフェルドーンに見せつけるのが目的なのだ。じきに自分のもとへ連れてこられる女とセックスをするだけのために行くというのは、愚かなリスクだと、ホールは思った。

四十歳の元SEAL隊員のホールが、自分よりも小柄で年配のケイジが電話に出るのを見守っていたのは、たんに向き合って座っていたからだった。だが、ケイジが座りなおし、顔に怒りを浮かべると、ホールはすぐさま相手の声を聞こうとして耳を澄ました。

「冗談だろう。待て。からかっているのか？」つづいていった。「ちくしょう！　そんな馬鹿なことがあるか！」ケイジが受話器に向けてどなったので、キャビンにいた全員が目を向けた。「なんのためにおまえらに高い金を払っていると思っているんだ？」

ホールは、鴨のローストとワインどころではなくなっていた。ケイジの言葉と表情から、フェルドーンが電話をかけてきて、バルカン・パイプラインのどこかでまた異変があったのを報告していることがわかった。

警護の面でも非常事態になったと、ホールは確信し、いまから勤務開始だと自分を叱咤(しった)した。

〈ステラアルトワ〉の瓶ビールを飲もうとしていた近くの席の部下に向かって、ホールは指を鳴らした。「おい、飲むのをやめろ。返せ」

ホールは、男好きがするフライトアテンダントを呼び、グラスワインを渡して、部下のトレイのグラスや皿を片づけるよう命じた。装備バッグにウォトカを一本忍ばせてあるが、いまはアルコール依存症など消え失せていた。これから自分と親玉が生き延びられるかどうかの瀬戸際なのだ。

ホールは座席から立ちあがり、まだ電話で話をしているケイジの隣に座った。

ケイジがいった。「ああ、そのとおりだ！　そうする！　おまえが自分の仕事をやれないせいで、わたしも自分の仕事ができない。いいか、ヤコ、おまえはこれをなんとかさばく必要があるぞ。おまえにできなかったら、できるやつを呼ぶ。わかったか？」

それから一分間、話がつづいた。密輸中の女のひとりについて話していたようだったが、ケイジが受話器を叩きつけ、革のヘッドレストに頭を叩きつけて、目を閉じた。

口をきかないほうがいいことを、ホールはわきまえていた。短気な五十四歳のケイジに怒声を浴びせられるに決まっている。

コンソーシアム・ディレクターのケイジが、ようやく警護班班長のホールのほうを見た。

「コストプロスが死んだ。自分のヨットの船内で首を絞められた」

「なんですって？」

「グレイマンに殺(や)られた」

ホールの動悸(どうき)が激しくなった。「フェルドーンもヨットに乗っていたんでしょう？」

すばやくうなずいて、ケイジがいった。「グレイマンが逃げるときに撃ったそうだ。無駄弾丸(だま)だったようだな」

「なんてこった、ディレクター。やつがヨットに乗っていて、逃げたということは、〈ラ・プリマローザ〉の実態がばれたということですよ」

ケイジは、それを聞いて肩をすくめた。「ヴェネツィアに着いたら早々に女たちを移動させると、ヤコがいっている。もう向かっているし、三時間以内に到着する。個人の屋敷にいったん入れて、そこから市場に運ぶ」

ホールはゆっくりと息を吸い、かならず行なわれるはずの戦いに備えて気を引き締めてからいった。「ヨットの船内にいて海に囲まれていても、警護しきれなかったことがわかったわけです。もとの計画では、手漕ぎのボートで市場まで送っていくつもりでした。歩行者専用の狭い通りを歩いて刺客に狙われることがないように。でも、そうやって歩きたいとおっしゃっています。失礼ですが、正気の沙汰ではありませんよ。いますぐひきかえして、旅行を中止する必要があります」

ケイジは、しばらく宙を見つめていた。ボスとのやりとりを警護班の全員が見守っていることを、ホールは知っていた。

ようやく、ケイジがいった。「通り道を部下が確認すると、ヤコがいっている。それに応じて、位置につくそうだ。わたしのほうへ弾丸が飛んできたら、おまえと警護班はそれを受けとめればいいだけだ。それなら、そんなに難しくないだろう、ショーン？」

ホールは、べつの方向から説得しようとした。「その個人の邸宅へお連れしたら、午後と夜はどうなさるつもりですか？　女たち全員に会い、特別扱いの商品と一夜を過ごしてください。でも、市場には行かないほうがいい。危険が大きすぎます」

「ショーン、経営者の責任について、いくつか教えてやろう。わたしがヴェネツィアにいるのをみんなが知っていて、祭りに来るのを期待しているんだ」

「超一流の殺し屋が、ディレクターを付け狙っていると知ったら――」

「わたしは行く！　おまえと警護班、ヤコと突撃チーム、市場を監督する地元ギャング……わたしが金を払ってやれといった仕事を全員でやれば、なにも心配することはない」

ケイジを翻意させる見込みはほとんどないと、ホールは悟った。まず無理だろうと予想していたので、黙ってうなずき、機首寄りの隔壁へ行った。そこで部下を呼んで集合させた。班長が新たな計画を説明するのを聞くために、六人が立ったり、座ったり、近くにしゃがんだりした。

ホールは、話をするうちに腹が立ってきた。ケイジに対する怒りも多少はあったが、ほとんどはヤコ・フェルドーンが原因だった。すべての物証が逆のことを示しているにもかかわらず、フェルドーンは、状況を掌握しているし、ヴェネツィアに来ても安全だといったにちがいない。

だが、ホールは、ケイジが気づいていないことを知っていた。フェルドーンは、超一流暗殺者のジェントリーと戦えることに、まるで女学生のように有頂天になっている。そして、獲物をおびき寄せるのに雇い主を利用するのにやぶさかでない。

ホールは、自分の懸念材料をケイジには明かさなかった。社内の政争でフェルドーンと戦うような力が自分にないことを承知していたからだ。フェルドーンのほうがずっと地位が高いし、本格的な争いになったら、ケイジをこちらにけしかけることが目に見えている。

だから、ヴェネツィアでのオペレーションについて数々の心配の種があっても、優秀な兵士が叩き込まれたとおりのことをやるつもりだった――命令が気に入らなくても、敬礼して攻撃にさらされる。命じられたことをやり、これから二十四時間、雇い主が切り抜けられるような方法を見つける。

装備バッグに入れてあるウォトカが目に浮かび、着陸前にこっそり何度かラッパ飲みできないだろうかと思った。

ロクサナ・ヴァドゥーヴァは、下甲板のステートルームでベッドに腰かけていた。ドアはロックされ、武装したギリシャ人の見張りがドアの外に立っている。

ドクター・クローディアが、ベッドで隣に座り、片手に持ったアイスパックを、ロクサナの右こめかみに当てていた。

「すぐに治るわ、お嬢さん。ほんとうに運がよかった」

「運がよかった？　あのじじいにレイプされ、マスクをかぶったどこかの男がじじいを目の前で殺してから、わたしをさんざん殴ったのよ。運がいいと思うわけがないでしょう？」

ほんとうはレイプされていなかったが、それをクローディアに教えるつもりはなかった。

クローディアがいった。「生きているんだから、運がいいわ」アイスパックを引いた。「それに、味方だと思われているから、運がいい。すくなくともわたしには」

「なにがいいたいの？」

「ジョンはあなたの話を信じていない。殴られて気絶しただけだというのは疑わしいと思っているのよ。あなたが殺し屋と話をしたのかもしれないと。その男は、あなたを助けにきたのかもしれないと」

ロクサナは、女優の演技力を発揮した。「どこにわたしを助けるひとたちがいるのよ？」

「ヨットのあちこちのカメラの画像を再生したの。殺し屋はコスタスの部屋に五分近くいてから、正甲板（メインデッキ）に現われ、海に跳び込んだ。話をする時間はじゅうぶんにあった」

「殴られて気絶したから、意識を失っているあいだ、その男が部屋でなにをしたのか知らない。殺さなかったのは、狙った相手ではなかったからよ。わたしにだってわかる。あのじじいを殺すために来たに決まっているでしょう」

クローディアにじっと見られたが、ロクサナは動揺しなかった。

ようやく、クローディアがいった。「あなたを信じたくなってきた。でも、ジョンが……ジョンのことは注意してあげたわよね。ディレクターの命令には従うはずだけど、わたしがあなたなら、彼に気をつけるわ」

「じじいにレイプしろっていったのは、あなたなのね？」

「もちろんちがう。でも、力のある男たちは、欲望も大きいのよ。彼らのやることはわたしには抑えられないし、あなたにも抑えられない。でも、正直いって、あなたの身に起きたことは、あなたのためによかった」

「わたしのために……よかった？」

「これ全体でのあなたの立場を、あなたは身をもって学ばなければならなかった。この世界にはいるには、譲歩しないといけない。自分の役割を演じるようになったときから、多くのものがあたえられるようになる。

このつらい教訓が……役に立ったことを願うわ」

ロクサナは、自分なりに最高の女優にならなければならないと悟った。「わたし……わかっています。二度とああいうことが起きてほしくない」床に視線を落としてから、クローディアのほうを見あげた。「ディレクターが護ってくださるようなら、わたし、行儀よくします」

クローディアが、笑みを浮かべた。「わかりました。プログラムがあなたをここまで教育できたことが、とてもうれしいわ。それに、ちょうど間に合った。ディレクターは今晩、こちらに来るわ。あなたに会いたがっているの」

ロクサナは涙をこらえ、クローディアがアイスパックを顔に当ててから渡した。やがてクローディアがステートルームを出ていって、ドアが閉まると、ロクサナは目を閉じ、痛むこめかみにアイスパックを当てた。

トムがこちらに来る。ヨットに残った目的は、トムが何者でどこにいるかということと、パイプラインの終点がどこなのかを知ることだった。なんらかの方法で、この情報をタリッサに伝えなければならない。しかし、アメリカ人のディレクターが会いにくるとわかったいま、知りたいことを知ったあと、どうやって連絡すればいいのだろうと思った。

ロクサナはふたたび涙をこらえ、しっかりしなさいと自分にいい聞かせた。強い決意でこの悲惨な状況のなかをここまで来たのだから、あとは精いっぱいやるしかない。

おれはロヴィニの一〇キロメートル弱南で、車を道路の脇のほうにそらす。盗んだフォード・フォーカスで荒れた路肩沿いをゆっくりと進みながら、闇に目を凝らし、すぐに目当てのものを見つける。タリッサが低木林から出てきて、手をふり、助手席に乗る。おれがくラ・プリマローザ〉に乗り込んだあと、岸近くをそれと並走し、エンジンが咳き込みはじめたので、小さなスピードボートをビーチに乗りあげさせて、北へ歩いていったのだ。タリッサもおれとおなじくらい疲れているようだが、機敏で希望と期待に満ち、つらい目に遭ったのを感じさせない目つきだ。

「だいじょうぶ?」道路に車が戻ると、タリッサがきく。

「ああ」おれはさらにいいかけたが、口ごもる。いわなければならないことをどういえばいいのか、わからない。

「乗り込んだんでしょう?」

「乗り込んだ」

「それで……なにを見たの?」

朝の道路に車を走らせながら、おれはフロントウィンドウから正面を見る。「きみの妹は生きている」

ちらりとタリッサのほうを見ると、口に両手を当て、暗いなかでも顔が真っ赤になるのがわかる。

ようやくタリッサがきく。「見たの?」

「話をした」

「彼女は無事だ」いまのところはだいじょうぶだろうが、ロクサナを取り巻く状況が悪化することはまちがいない。

「ほんとうなのね」

「でも……どこにいるの？　会わなければならない」

「彼女は……じつはまだヨットにいる」

タリッサが両手を膝におろすのが、目の隅に見える。声音が変わり、怒った、つっかかるような口調になる。「理解できない。どうして助け出さなかったの？」

「助け出そうとした。嫌だというんだ。コンソーシアムのディレクターのところへ連れていかれるといわれ、この人身売買組織全体のドアをぶち破る絶好の機会だと考えたんだ」つけくわえる。「きみのためにやっているんだ」

タリッサには受け入れがたいことなので、一分ほど口論になる。頭を殴ってヨットからかつぎ出せばよかったというようなことをいわれる。じっさいに頭を殴り、人間を平気で殺す人身売買一味の毒牙のなかに残してきたとはいえない。

だいぶとっちめられたことを、認めるしかないだろう。

タリッサは、最初は激怒するが、北に向けて車を走らせながらおれはなだめ、そのうちに彼女はおれとおなじ結論に達する。ロクサナはタリッサの期待に応えるためにヨットに乗ることになったのだし、おなじ理由からいまもヨットに乗っている。

タリッサがきく。「どんなふうだった？　状態は……精神的には？」

「彼女はきみをいっさい非難していない。こういう状況に置かれただれかとおなじくらい強い」

タリッサが、おれのほうを見る。「こういう状況に置かれたひとを見たことがあるの？」

「似たような状況だが、ある。心的外傷を負うと、あっというまに絆(きずな)が結ばれ、それをふり切れなくなることもある。しかし、ロクサナは逆境にめげずにそれを撃退している」

「心的外傷の絆のことが、どうしてわかるの？」

一瞬口ごもるが、おれはいう。「訓練を受けている」

「人間を誘拐して奴隷にすること？」

「ちがう。人質にとられた場合の訓練だ。そのための学校がある。生存、回避、抵抗、脱出といったことだ」

「その学校はどこにあるの？」

「いえない」

「そうでしょうね」

「おれはただ、自分を捕らえている人間に抵抗する方法は、後天的に身につけることができるといいたいだけだ。そうすれば、そいつらのテクニックに対していろいろな防御を固められる。しかし、街路やナイトクラブで拉致され、モデル養成所を使って誘い込まれ、こういう世界に投げ込まれた若い女には……そんなふうに切り抜ける精神力はないだろう。どういうふうに洗脳されるにせよ、それに屈してしまう。
だが、ロクサナは強い。根性が据わっているから、負けないだろう」

「それで……これからの計画は、ハリー？　ロクサナをやつらのところに置き去りにして、連絡を待つの？」

「いや。ヴェネツィアへ行く。ヨットは今夜、ヴェネツィアに到着する。おれが〈ラ・プリマローザ〉に現われたことで、予定を大幅に変更しないかぎり」その可能性は否定できないが、これまでのところ、パイプラインはおれが攪乱したにもかかわらず、些細な目的地変更をやっただけで、そのまま進みつづけているようだ。

タリッサがきく。「それで、ヴェネツィアに着いたら？　そこでなにをやるの？」

「あとの女たちは売られて、あちこちの国のさまざまな組織へ運ばれる。今夜、それは阻止できない。ボスニアで見た犠牲者たちを救う機会はもうないだろう」

いずれにせよ、独りでこの女たちを救うのは不可能だ。モスタールで女たちの苦境をいっそう悪化させてしまったあの夜以来、何度も失敗している。

手伝いが必要だし、どこに頼めばいいのかわかっている。

ひょっとして。

「こいつはでかくなりすぎた」おれはいう。「応援を呼ばなければならないだろう」

「でも……警察は腐敗している」

「警察のことをいっているんじゃない」

「それじゃ、だれ？」

おれは溜息をつき、しばらく黙って車を走らせる。タリッサがもう一度きくと、おれは答える。「知り合いだ。でも、ひとつ承知しておいてくれ。彼らにこの話をすることで、状況はよくなるかもしれないし、悪くなるかもしれない。彼らに連絡をとるのは、切羽詰まっているからだ」

「でも、だれなの？」

「いえない」おれはいい、タリッサのほうを向く。「信じてくれ」

タリッサがうなずき、ウィンドウから外を見る。すぐに鼻をすすって涙をこらえようとする。海のどこかにいるロクサナのことを考えているにちがいない。

一時間後、晴れた朝景色の上に太陽が昇るときに、おれたちはイタリアのヴィッラオピチナという街に着く。タリッサは教会前の石のベンチに腰かけ、おれはイヤホンをはめて敷地内を歩きまわる。早朝なので、一分前にそばを通った修道女ふたりのほかには人っ子ひとりいないし、修道女はおれの脅威レーダーにはひっかからないので、いまのところは安心だ。

何日も前からずっとかけようと思っていたが、怖れてもいた電話をかける。アメリカ東海岸のワシントンDCは午前二時だから、相手を起こしてしまうだろうが、正直いって知ったことではない。

呼び出し音五つのあとで、眠たげな女の声が聞こえる。「ブルーアよ」

「やあ、おれだ」

スーザン・ブルーアは、CIAのおれの調教師(ハンドラー)だ。おれたちが難しい関係にあるというのは、控え目すぎるいいかただろう。彼女はおれの最大のファンではないというのも、事実とはほど遠い。それどころか、二カ月前に彼女はおれを殺そうとした可能性がある。いや、その可能性はかなり高い。

おれはスーザンを信用していないが、いまはほかに方法がない。

「おれって、だれよ？」ごねているだけだ。それがいつものやりかたなのだ。

「ヴァイオレイターだ」

スーザンがちゃんと目を醒(さ)ますまで数秒かかる。ベッドから出て歩いているのが、音でわかる。たぶん家に置いてあるコンピューターに向かっているのだろう。

スーザンがいう。「認証コードは？」

内心おれはうめき、くそったれ、だれだかわかっているだろう！　といいたくなる。だがいわない。悪態をつきたくないからではなく、頼みごとがあるからだ。

おれは早口でいう。「識別コードは、W(ウイスキー)、H(ホテル)、Q(ケベック)、5(ファイヴァー)、2(ツー)、3(スリー)、I(インディア)」

短い間。いらだった声だ。「識別確認」

できるだけ愛想のいい声で、おれはいう。「調子はどう？」

「あなたが休んでばかりいないで働いたら、調子は〝よくなる〟わよ」

この一週間のことを考え、この〝休暇〟中にもっと休みたかったと思う。だがおれはいう。「じきに戻る。予定よりも早く。ちょっと手を貸してもらえれば。ほんとうに重要なことなんだ」

「あなたは手を貸してもらいたいときしか電話してこないし、こんな時間だから重要なことに決まっているわ。なにが望み？」

ここまでは順調なので、愛想攻勢をもっと強めることにする。

「だいぶよくなったようだね？」

二カ月前にスーザン・ブルーアは撃たれた。おれの腕のなかに倒れ込み、それで命拾いしたのだと思う。こっちはそういうふうに憶えているが、その出来事について、おれの記憶はぼやけている。

スーザンもそういうふうに憶えていることを願う。それなら、すこしはおれを尊敬し、必要なものをあたえてくれるだろう。

だが、スーザンはどなり返す。「なにが望みってきいたのよ」

だめだ。氷の女王はやはりひどく冷たい。イギリスでは失血死するのをおれに救われたというのに。

おれは答える。「コンソーシアムと呼ばれる性的人身売買組織について、局（エージェンシー）が知っていることを聞きたい」

「あなた、取りちがえているんじゃないの」

「取りちがえるって、なにをだ？」

「これがどういう仕組みになっているか、説明してあげる。あなたはこの情報機関に雇われて働いている。この情報機関はあなたに雇われて働いてはいない」

ああ、こうなることはわかっていたが、おれはユニコーンと虹の橋（永遠につづく至福のとき）を願っていた。

願いは戦略ではないと、ふたたび自分を戒める。そして決意する。偽の愛想はひっこめて、はっきりいってやれ。「くだらない前置きは抜きにしろ！　おおぜいの命が危険にさらされているんだ」

「わたしたちのやることではすべて、おおぜいの命が危険にさらされるのよ。あなたが仕事を中断して、自分探しだかなんだかをやっているあいだ、毎日、人命が脅かされているのよ。あなたが属しているプログラムはあなたを必要としているのに、あなたはそこで――」

「頼む、スーザン。頼むから情報を手に入れてくれ」

スーザンが文句をいうのをやめる。はじめてのことだ。それから溜息をつく。それはいつものことだ。ようやくスーザンがいう。「コンソーシアムのことは、聞いたことがない」

「パイプラインはどうだ？」

「それはなに？」

「人身売買する女を輸送する秘密鉄道のようなものだ。コンソーシアムがそれを使って、犠牲者を密輸する」

「いいえ、それも聞いたことがない」

信じられそうな口調だが、スコットランドでおれを撃つもりだったときも、そういう口調で否定した。その出来事についての疑惑は消えていない。

おれはいう。「わかった。でも、あんたはしゃれたコンピューターの前に座っていて、超極秘のファイルやデータベースにアクセスできるはずだし、人身売買という背景に合わせてそれらの単語を調べれば、おれが使える情報が局(エージェンシー)にあるかどうか、わかるだろう」

「ええ、そういうコンピューターは前にある。でも、わたしはどんな見返りが得られるの?」

暖かい朝、教会の庭園を歩きながら、みんながおれから見返りをほしがるということに、あらためて気づく。

「見返り?　おれの揺るぎない忠誠心はどうだ?」

「気まぐれな猫を一匹、飼っているわ」

そんなことだろうと思った。「なにがほしいか、いってくれ」

「この情報をあげたら、DCに戻ってくる?」

「すぐには戻れない。行動できるように、即動可能情報(アクショナブル・インテリジェンス)が必要だ。だが、終わったらすぐに――」

スーザンがさえぎる。「悪いわね、ヴァイオレイター。あなたが必要なの、あなたの国もあなたを必要としている」

「あんたのケツや国旗にキスしてもいい。順序は逆かもしれないが、じきにいうことをきく。しかし、いまはコンソーシアムのことを知る必要がある。五十代のアメリカ人の男が仕切っているようなんだ。トムと名乗っているが、変名だろう。アメリカ人の女心理学者と、南アフリカ人も関与している。金持ちのギリシャ人も……そいつは死んだ。名前は知らない」

「どういう死にかた？」スーザンがきくが、口ぶりからして、おれが殺したと確信しているようだ。

「自然死だといったら、信じるか？」

スーザンが、また溜息をついた。

おれはつづける。「その組織は、〈ラ・プリマローザ〉という超大型ヨットを所有しているか、使用している。いまその船はアドリア海にいて、ヴェネツィアに向かっている。やつらが計画を変更しなければだが」

スーザンが、その情報をコンピューターに入力しているようだ。やがていう。「わかった。一時間後に電話するわ」

　思ったよりもうまくいった。一瞬、自分の説得力に感心して、言葉が出ない。

「ヴァイオレイター？」

おれは精いっぱい気を取り直す。「あー……そうか。すごく助かる。でも、こっちから電話する。一時間後に」

　電話が切れ、おれはよく手入れされている教会の敷地のまんなかに立ち、尖塔(せんとう)を見あげる。太陽が照る暖かい朝の光景だが、今夜やることと、ボスニア以来おれの意識を占領している二十三人の若い女と少女のことで、頭がいっぱいだ。

　女たちを救うには、おれを心底憎んでいる女と、おれをしじゅう利用し、ろくな返礼しかしない組織の力を借りるしかない。

　だが、これがうまくいかなかった場合に備え、もうひとつの方法が頭に浮かぶ。その代案(プランB)を実行することを思うとぞっとするが、やけになってそれをやることになるかもしれない。

32

一時間後、イタリアのポルトグルアーロという街近くのガソリンスタンドに、おれは車をとめる。タリッサは車のなかで、ペストリーの朝食を食べている。おれは二〇メートルあまり離れた芝生で仰向け(あおむ)けに寝そべり、空を見あげている。へとへとだし、夜までに眠る場所を探さなければならないとわかっている。だが、必要なことがほかにもある。だから、スーザン・ブルーアに電話する。

スーザンが電話に出て、いう。「ヴァイオレイター」おれはルールどおりゲームの相手をする。「識別コードは、W(ウイスキー)、H(ホテル)、Q(ケベック)、5(ファイヴァー)、2(ツー)、3(スリー)、I(インディア)」

「確認した」

「なにがわかった？」おれはきく。

「転送するわ」

「転送する？　午前三時なのに、もうオフィスにいるのか？」

「いるわ」スーザンがいう。いらだった口調なのは、いつもと変わらない。スーザンがつけくわえる。「待って」おれは待つ。

ＣＩＡの電話には保留メロディがない。『ミッション・インポッシブル』のテーマみたいな曲を流して楽しむ機会がないのは残念だが、ＣＩＡ本部でおれが会ったやつのなかには、そういうユーモアのセンスがある人間はひとりもいない。

まもなく、カチリという音が聞こえる。「ハンリーだ」

おれは芝生で上半身をさっと起こす。マシュー・ハンリーは、ＣＩＡの作戦本部のトップ、本部長だ。スーザンはどうにかして、このためにハンリーを午前三時に本部に出勤させたのだろう。

マットことハンリーとは、長い付き合いだ。おれがＣＩＡのために契約で仕事をやっているのを知っているのは、本部ではハンリーとスーザンだけなので、ほとんどの場合、スーザンを介してハンリーの仕事をじかに引き受けている。だが、ここ数年、ハンリーとは何度となく話をしているにもかかわらず、自分が仕切っている作戦についての情報を探すのに、上層部の人間に頼るのにはためらいがある。

だが、おれはとまどいを隠す。「やあ、マット。すべて順調かな？」

「あまり芳しくない」

「なにか悪いことでも？」

「ああ、単純だ。内密の部隊に工作員が三人いる。ひとりは負傷してまだ全快していない。ひとりは厄介者だ。もうひとりは職務離脱している」

厄介者とはおれのことかと思ったが、そのあとでAWOLといったので、それがおれらしい。「じきに戻るつもりだ。ちょっとしたことに巻き込まれて、解決するのに情報が必要でね。スーザンはあんたの手を煩わせなくてもよかったのに」

ハンリーがこう答える。「コンソーシアム。おれたちにはなんの意味もない。性的人身売買組織は世界中にある。おまえがいる地域、アルバニアとトルコには大手の組織がある」

おれは小首をかしげる。「どうしておれがいる地域がわかるんだろう？」

「見え見えだろう？」

「どうして――」

「ラトコ・バビッチのせいで」

おれがバビッチを殺したのを知っているか、あるいは殺ったと推測していて、確認したいのだ。ほかのだれかが相手ならとぼけていただろうが、ハンリーはべつだ。

「なるほど」

ハンリーがいう。「ラトコ・バビッチじいさんをおまえがバラしたのかときくつもりはないが、やつが死んだと聞いたとたんに、おまえがやったとわかった。くそ……だれにだってわかる。だが、おまえがほぼ認めているから、おれにもいいたいことがある」

「なにを?」

「よくやった。完璧ではないが……おまえはセルビアの情報機関の現役工作員でもある悪党どもをまとめて片づけた。そいつらはブラジェーヴォ・パルチザンだから、おれはくよくよ悩まないが、バルカン課が問題を処理しなければならなかった。バビッチが殺されたとき、元資産(アセット)で組織を離叛(りはん)したグレイマンという男が、チリのサンチャゴで目撃されたと、セルビア側に強弁したのさ」

「おれは局(エージェンシー)の仕事をやっていないことになっているんだから、セルビア側がどう考えようが、知ったことではない」

「おまえを訓練したのは、おれたちなんだぞ。善意のつもりでろくでもないことをやるという指針(コンパス)を、おれたちはおまえに植えつけた。ちがうか?」

「最初の答はイエス、つぎの答はノー」

「まあ、どうでもいい。セルビア情報部の件は、バルカン課が処理する。そもそもベオグラードとは友好な関係ではなかったし」

「了解。コンソーシアムの件だが、なにも知らない？　ほんとうに？」

「性的人身売買は、世界で三番目に儲かる犯罪事業だ。武器の不法売買よりも儲かる。だから、おまえの話は事実だろうし、それに関係している連中は悪辣にちがいない。かわいそうな拉致被害者多数が、虐待され、奴隷にされているのはたしかだ。しかし、おまえがいう具体的な話……アメリカ人、南アフリカ人、パイプラインといったことは、おれたちが知っている情報とは一致しない」

「これにそっちの人間の手助けは得られませんか？　スーザンにすこし調査を頼めませんか？」

ハンリーが、十八番の長い溜息をつく。大きすぎるスーツの下で巨体がふくらんで、肺のなかの空気が出ていくと縮みはじめるのが、目に見えるようだ。つぎの言葉も、くっきりと目に浮かぶ。

巨大なノーという文字。それがハンリーの返事だ。

「だめだ」ハンリーがいう。「おまえは強攻資産だ。それも関係を否認できる強攻資産だ。局の既存の組織構造とは結びついていない。おまえは工作担当官やアナリストや支局長ではない。おれたちが割りふる仕事と直接のつながりがない情報を読む資格がない。資源がほしいと頼める立場ではないんだ」

「組織内の資源として頼んでいるんじゃない。友人として頼んでいるんです。助けが必要だ。重大なことなんだ」

「ほかにも重大なことがあるのが、わかっているだろう?」

ああ、わかっている。またしても、ハンリーのいうことは予想できる。

「おまえがおれたちのためにやる仕事だよ! そっちのほうが重大だ。おまえに片づけてもらいたい仕事が山積みなんだ」

「べつのポイズン・アップルの資産(アセット)に――」

「彼らはすでに現場に出ている、コート。おまえが独り世界を救おうとしているあいだに、彼らは命じられたことをやっている。おまえがここで職務を果たしていない日がつづけば、それだけロマンティックとアンセムが重圧と危険にさらされる。スコットランドで負傷したあと、アンセムは一〇〇パーセントの状態になっていないんだぞ。そのちょっとした出来事を憶えているだろう」

答えるとき、口から出る言葉に勢いがない。「はい、憶えています」

ハンリーが、容赦なく追い打ちをかける。「おまえはこの聖なる戦いのせいで、恋人の命を危険にさらしている。それを忘れるな」

ハンリーがいうアンセムとは、ポイズン・アップルの資産三人のうちのひとりで、以前はロシアの工作員だったゾーヤ・ザハロワのことだ。おれが強い関係を結びかけた女でもある。いまはいくつかの理由から緊張した関係だが、最大の理由はおれが彼女を撃ったことだ。

男女関係のルールをすべて知っているとはいわないが、撃った相手を恋人と呼ぶのはどうかと思う。しかし、おれが彼女をいまも好きなことを知っているので、ハンリーは圧力をかけるためにそういったのだ。

だが、ゾーヤはおれとおなじように、あるいはおれをしのぐほど気丈だし、おれが必死で救おうとしている女たちにはそんな強さはない。

ゾーヤには現場で危機を切り抜ける力がある。

「悪いな、マット。そんなことをいっても無駄だよ。できるだけ早くそっちに帰る。その前にやらなければならないことがあるんだ」

「なにをやるつもりだ?」

「ヴェネツィアへ行き、じっさいに手を貸してくれる人間と話をする」電話を切る。ハンリーが怒るだろうとわかっているが、かまうものか。ハンリーには、指一本あげれば資産をこっちにふりむける力があるし、そうすべきだった。

くそったれ。ハンリーはまだ気づいていないが、おれのために働くことになる。自分がやったことに気づいたとき、ハンリーがどれだけ腹を立てるかを考え、おれはにやにや笑うのをこらえられなくなる。

タリッサのそばに戻ると、温かいクロワッサンとハムとチーズを袋から出して、コーヒーといっしょに渡してくれる。

「うまくいかなかったみたいね」

「ああ、そうだな。でも、ほかにも電話をかける相手がいる」

タリッサが、首をかしげる。「だれ？」

おれは答える。「善人といっしょにやれないなら、悪人といっしょにやる」

このひとは頭がおかしくなったのかもしれない、という目つきで、タリッサがおれを見る。おれはもっと正確にいう。「あの悪党どもではない。べつの悪党だ」

タリッサにはおれのいう意味がわからない。それがいちばんいい。

ハイウェイに戻る前に、おれはメールを何本か打ち、一時間くらいあとで、ヴェネツィアである男とじかに会いたいという要求を承諾する電話がかかってくる。

それから三時間、車を走らせるあいだ、タリッサはずっとノートパソコンの画面を見ている。ときどきリンゴをかじったり、ボトルドウォーターを飲んだりするが、自分の作業に完全に没頭している。

ヴェネツィア本島まで三十分以内のトレヴィーゾという街に、ようやく到着するころに、タリッサは顔をあげて、傷ついた獣みたいなうめき声をあげる。

「うまくいかないんだな」

タリッサは聞こえないふりをして、目をこすり、水をごくごく飲む。ようやく口をひらく。「近づいているんだけど、なにもできない」

「どういうことだ？」

「コンソーシアムについてわかっていることをすべて逆にたどったの。すべての会社の関係、そういう会社と結びついている資本設備（建物・機械・道具などの耐久資本財）――飛行機やヨットなどのことよ。ケイマン諸島、ドミニカ共和国、クレタ、ルクセンブルクの銀行口座まではたどれる……でも、それを運営している人間を見つけることができないの」

タリッサが調査ですばらしい解決策を出してくれるのを期待していた。なぜなら、今夜のおれの計画がうまくいくかどうか、危ぶんでいるからだ。とはいえ、がんばってくれたのはわかっている。「答がないこともあるさ」

「答はあるのよ。手に入れられないだけ。オフショア口座を設置した世界のあちこちの法律事務所のどれかにハッキングで侵入できれば、遡（さかのぼ）って口座情報を手に入れられるんだけど」

「コンソーシアムのディレクターの名前が、そういう口座と結びついていると思っているんだね？　おれはマネーロンダリングのことはよく知らないが、そういう連中が自分と違法な金のあいだにエアギャップ（ネットワークを外部のネットワークと完全に切り離した状態にするセキュリティ強化法）を設けているのは知っている」

「もちろん、口座にはそれを動かしている人間の名前はないけど、送金がどこから行なわれているかという情報は書かれている。投資会社、ヘッジファンド、不動産業者などの。それがわかれば、この組織全体をじっさいに動かしている男たちもしくは女たちを突き止めることができる……いいえ……できるはずよ」

タリッサの計画は、おれの計画とおなじように、うまくいきそうにない。「ああ、でも、法律事務所にハッキングで侵入できるのか？」

タリッサが首をふる。「いいえ、できない。つまり、できるひとはいるけど、犯罪者だし、わたしのためにやってくれるはずがない」

「知っている人間がいるんだな？」

「何人か。ユーロポールは、EU各国の捜査に関わっているし、ハッカーも見つけている」

「そいつらは刑務所にいるんだな？」

首をさすりながら、タリッサが肩をすくめる。「何人かはね。ほとんどはまだ捕まっていない。ヨーロッパでは、司法機構の動きがものすごく遅いの。アメリカとはちがう。アメリカでは、あなたがやったようなことがばれたら、すぐに死刑になるわ」

タリッサは英語には堪能だが、おれの生国についての知識は欠けているようだ。

ゆっくりとある考えが浮かび、それがまだ固まらないうちに、おれはきく。「その調査されている連中だが、監視されているのをそいつらは知っているんだろう？」

「まあ、厳密にいうと、ユーロポールは監視していない。それぞれの国の法執行機関がやっている。でも、何人かはわたしも正体を知っている」

「もっとも近いところにいて、きみが必要とするハッキングができるやつは？」

タリッサが入念に考える。名前と居場所を思い出す頭の体操（メンタルエクササイズ）を楽しんでいるみたいに見える。

タリッサがいう。「ルーマニアにも優秀なひとたちがいる」

「そいつらは法律で保護されているのか？」

「それがその……彼らは組織犯罪を手伝っているのよ。でも、そのレベルの違法（ブラック）ハッカーはほとんどそうよ」

「ほとんど？　犯罪組織と結びついていないやつはいないのか？」

タリッサが、ふたたび無言で考える。「そうね……わたしが必要なことができる技倆が
あって、わかっている範囲では犯罪組織と結びついていないひとが、ひとりいる」

「どこにいる？」

「アムステルダム。偶然だけど、ハーグのわたしのオフィスや自宅から一時間たらずよ。名前はマールテン・マイヤー。すこし前からわたしたちは監視している。オランダの多国籍企業――総合金融機関のINGグループのプライベートバンキングを担当していたんだけど、横領がばれた。会社は彼を解雇したけど、告訴はしなかった――あまり騒ぎたてるとその部門のクライアントを失うと思ったんでしょう」

「告訴がなかったのに、その男のことを知っているわけは？」

「マイヤーがべつのオランダの大手金融機関ABNアムロからデータを盗んでいる疑いがあると、オランダの官憲が見なして調べたからよ。マイヤーは事情聴取を受け、容疑をかけられたけど、やはり告訴されなかった。ユーロポールは、彼が警察の上層部を買収したのかもしれないと疑った。突き止められなかったけど、捜査はつづいている。インターポールも、アンティグアとバミューダでのデータ盗難と、ケイマンでのべつの事件を調べている。マイヤーは、銀行のサイバーロックをピッキングする高度な技倆の持ち主よ」

「金の出所を突き止めるのに必要な銀行の送金記録に、そいつが侵入できると思っている

んだな？」

　タリッサがうなずく。「できると思う」

　おれはスマホを出し、ＧＰＳに新しい目的地を入力する。「やってもらいたいのは――」

「マイヤーを見つけて、叩きのめし、わたしたちが必要としていることをやらせるのね」

「ちがう。コンソーシアムを動かしている人間を見つければ、ロクサナを救えるかもしれないが、おれたちが追っている女たちは救えない。彼女たちがどこへ送られるのか突き止めるために、おれはヴェネツィアへ行かなければならない」

　タリッサは困惑する。「それじゃ……」

「だから」おれはいう。「きみがアムステルダムへ行って、マールテン・マイヤーを説得し、協力させなければならない」

「でも……たとえハッキングをやらせることができたとしても、それは違法よ」

「正直にいうのは嫌なんだが、タリッサ、〝規則どおりにやる〟という名前の船は、とっくの昔に港を出てしまった。きみもいまでは国際犯罪者のひとりなんだ」

　タリッサが黙っているので、おれは考えを最後までいう。「その情報を見つける方法が、たとえ違法でも、おれたちは考えてみるべきじゃないか」

ゆっくりとタリッサがうなずく。「でも……手伝うように、どうやって説得すればいいの？」

「捜査の対象になっているといえ。いうとおりにやれば、手入れがあるときに前もって知らせるというんだ。そいつを立件するための証拠も消すと。協力させるために、あらゆる手を使え」

「でも……そんなことはできない」

「なにもやる必要はない。手伝わせるために、そういうことをやるといえばいいだけだ」

「それじゃ、騙して利用するのね？」

「まあそうだ。いいか、妹のことを考えろ」

タリッサが、こんどは鋭い目つきでおれを睨む。「妹のことを考えろ、ですって？ ずっと考えているわよ。妹の身に起きたことと、取り戻せなかったらどうなるかということ以外、なにも考えられない！ 妹のことを考えろ、なんていわないで！」

「悪かった。馬鹿なことをいった。ただ、いつもの考えかたをぶち壊してほしいだけだ。マネーロンダリングをやっているやつを見つけるには、きみがアムステルダムへ行って、マールテン・マイヤーを説得して協力させるしかないんだ。おれがやれれば、そいつのきんたまを万力に挟んだり鞭で打ったりできるが、おれはここを離れられない」

「わたしはそのひとの――」

「きみはやらなくていい。知恵を絞って従わせればいい。情報をよこせば、まもなく行使される国際指名手配から逃れられるといって」

タリッサがまだおれに腹を立てているのがわかるが、彼女はしだいに落ち着いてくる。

「それならできる」

「できるとわかっている。空港へ行こう。きみはアムステルダムに向かってくれ」

33

〈ラ・プリマローザ〉はかなりの速力でヴェネツィアを目指し、午後八時過ぎに到着した。実質的にヤコ・フェルドーンが船を指揮していて、船長は操船以外のことはほとんど任されなかった。製品(プロダクツ)をすばやく効率的に下船させる手順も、フェルドーンが取り仕切っていた。〈ラ・プリマローザ〉を臨検する資源をグレイマンが用意していた場合に備え、商品(マーチャンダイズ)だけではなくあらゆる物的証拠を運び去らなければならないとわかっていた。コンソーシアムは地元法執行機関の一部を制御しているだけで、すべてを支配しているわけではないので、〈ラ・プリマローザ〉が港内にいるあいだは明確な脅威が残っている。

フェルドーンは、正午までに支配下の人間をその危険性から遠ざけ、〈ラ・プリマローザ〉で運んでいた商品二十三品をヴェネツィア本島の北部にある運河、センサ川沿いの個人の大邸宅に移した。その仮の隠れ家は、イタリア北部の地元マフィアのひとつ、マラ・デル・ブレンタのものだった。二階と三階の数室に、品物(アイテム)すべてが分けて入れられ、武装したイタリア人が見張っていた。

市場がひらかれるときはいつでもそうだが、若い女も少女もおいしい料理を食べさせられ、入浴時間もたっぷりとあたえられていた。スタイリストが服を持ってきて、午後五時にメイキャップがはじめられた。ドクター・クローディアが一日かけてひとりずつ面談し、これから起こることに対する精神状態を確認した。

ヤコ・フェルドーンは、大邸宅を囲む第二の警戒線で警備を強化していた。ホワイトライオンの部下の大部分を、通りや運河に沿って配置し、コートランド・ジェントリーがいる気配を探させた。

さらにふたりが、ケイジが隠れ家へ来るルートを監視し、フェルドーンはショーン・ホールと頻繁(ひんぱん)に連絡をとり合い、親玉が短い距離を歩くあいだ、連携できるようにした。フェルドーンは、きょうのケイジの隠れ家到着時と、夜にケイジが警護チームと市場へ行くときに、みずから監視位置につくつもりだった。レーザーポインター付きスコープを取り付けたベルギー製ＦＮ・Ｆ２０００アサルト・ライフルを携帯し、きょうの昼間か夜にグレイマンを照準器に捉えることを、なによりも強く願っていた。

経験豊富なフェルドーンは、このターゲットを自分が殺す確率はかなり低いだろうと認識していたが、これは自分の作戦で、みずから訓練した自分の部下が実行するから、そのうちのひとりがグレイマンを斃したときには、自分が殺すのとおなじだと見なすはずだった。

タリッサを空港でおろすと、おれはヴェネツィア行きの高架道路を通って、百二十一の島から成る水の都の西側にある駐車場に車をとめる。車をおりて、脚と背中をストレッチする。正午を過ぎたばかりだ。午後二時のアポイントメントまで時間があるので、買い物と今夜泊まる場所を探すことにする。サンタ・クローチェ地区のサンタ・マリオ・マッジョーレ川沿いに狭い貸間を見つけて、そこでシャワーを浴び、薬局で買った鋏と剃刀で散髪と鬚剃りに取りかかる。

一時間半前に買った既製服のスーツを着て、そのあとで買った真新しいウィングチップの靴をはいている。数カ月ぶりにきれいに剃った顔と、うしろになでつけた髪ができあがる。ふだんの見かけとはまったくちがうが、周囲に溶け込むことでおれは仕事人生を築きあげてきたし、これから演じる役割にぴったりのはずだ。

それから、通りに出て、近くにある会見の場所まで歩く。

ヴェネツィアは観光客からぼる街だ。狭い通りも通路も、外国人旅行者で混み合い、家畜みたいにのろのろ進まなければならない。レストランはどこもおなじ料理を出すし、ギフトショップはどこもおなじ数十種類の品物を売っている。

イタリアのディズニー・ワールドだ。

ヴェネツィアには、数年前に特務愚連隊の仕事をやったときに来ただけだ。アルカイダとつながりがあると考えられていたチュニジア人弁護士をCIA工作員が尾行し、地上班(グラウンド・スクワッド)のおれの部隊がひっさらった(ロールド・アップ)。そいつの貸間近くで、闇夜に路地で拉致(らち)した。

教科書どおりの仕事で、待機していたセスナ・サイテーションに乗せ、イタリアの空に飛行機が上昇するのを見送った。

その弁護士がどうなったかは聞いていないし、ほんとうにアルカイダとつながりがあったかどうかすら知らないが、当時はそれが標準の作戦手順だった。おれはチームの犬橇(いぬぞり)を引く犬で、行き先は知らされなかった。鞭(ひ)の鳴る音にただ反応するのが仕事だった。

いまは自分の行動に権限があるし、進むか退くかを選択できる。だが、こうして独りで活動すると、現在のヴェネツィアは、アメリカの工作員チームの一部として動いていた当時よりも物騒に思える。

34

午後二時、おれはフォンダメンタ・サンタ・カテリーナ（フォンダメンタは「土台」の意味）のあまり特徴のない建物の特徴のないドアに向けて、石段を昇っている。その建物も近くの建物も工事中で、作業員を見て、ほんとうに作業員なのだろうかと怪しむ。武器を持っているやつが多いし、おれが来るのを全員が知っているにちがいない。

見られるのは大嫌いだが、今回のようなときには、それも仕事の一環だ。ドアをはいったところで、オーバーオールを着た若い男ふたりにボディチェックされる。ふたりともイタリアのマフィアにちがいなく、ブルーカラーの作業服を着ているのは偽装のためだろう。スマートフォンと財布は取りあげられるが、だれも興奮させることがないように、拳銃とその他の装備は貸間に置いてきた。木の階段を女がおりてきて、おれの手を取り、上に連れていった。女はにっこり笑っていたが、武装したやつが中二階から見張っているのが目にはいり、正面ドアのふたりもおれが昇るあいだすぐうしろにいるのが感じられる。

ほどなく書斎にはいり、イタリア北部のマフィアのひとつ、アルフォンシ・ファミリーの警備チーフのジャンカルロ・リッチーと対面する。アルフォンシは、シチリアやカラブリアの一部の組織ほど人脈や縄張りが大きくなく、ヴェネツィアでの勢力はマラ・デル・ブレンタほど強くないが、地方のマフィアとしてはわりあい大手だ。

リッチーとは話をしたことがあるが、じかに会ったことはない。一度、彼の仕事をやったことがあり、おれの役務(サーヴィス)に満足してくれたので、CIAの支援なしでヴェネツィアへ行くことになったときに、連絡をとろうと決めた。

それでも、アルフォンシ一族の支援を得るには、かなりきわどい芸当をやらなければならない。イタリアのマフィアは、CIAとおなじように、ただ頼むだけでは手を貸してくれない。

スーツを着て、髪を梳(と)かし、鬚を剃った理由はただひとつ。おれはよろめき、這(は)うようにしか進めず、疲れ果て、打ちのめされた迷子の仔犬(こいぬ)みたいな状態だったが、ここでそういうふうに見られてはならないからだ。落ち着いた雰囲気、力強い風貌、ささやかな権威を見せつけなければならない。おれがこれから要求することの見返りになにかをやれる立場にないと思われたら、リッチーにここからほうり出されるだろう。

ジャンカルロ・リッチーが立ちあがって、おれと握手をするが、用心深い目つきなのがわかる。近くに立っている男ふたりのほうをリッチーは一度ならずちらりと見るし、そのふたりは両手を前で組み、ジャケットの下にすばやく手を入れて銃を抜けるようにしている。

おれはリッチーが口をひらくのを待つ。彼は目下の人間すべてからそういう敬意を表されているはずなので、従順な態度を保つ。

リッチーが話をはじめると、英語が上手だということをおれは思い出す。いや、非の打ちどころのない英語だ。外見と物腰は、母国ではなくスイスの寄宿学校で育ったヨーロッパ人のようだし、そこで五カ国語を教わったにちがいない。

リッチーは、おれに座るよう勧めずにいう。「グレイマンとはたしか電話で何度か話をした。しかし、一度も会ったことがないし、写真を見たこともない。どうして……あんたが本人だと……わかるのかね？」

「三年前にあんたの仕事をやった。よければ詳しい話ができる」

「その必要はない。終わったときにわたしがなにをいったかを、話してくれ」

「おれに警告した。まちがいようのないいいかたで。裏切るな、と。アルフォンシ・ファミリーは最大の組織ではないが、自分には友人が何人もいるし、落とし前をつけるのに適した友人だと、あんたはいった」

「若干ちがうが、そうだ。わたしのお頭（ドン）のルイジ・アルフォンシには友人がいる。わたしにはいない」リッチーが肩をすくめる。「この人生に付き物だ。あんたもわかっているはずだろう？」

おれは答えない。この会見はべつとして、リッチーの人生とおれの人生に接触点があることを認めるつもりはない。

そこで、おれはいう。「つまり、おれはあんたのお頭（ドン）を裏切らなかったから、いまは友だちと見なしてくれるとありがたい」

にやりと笑い、おおげさに肩をすくめて、リッチーがいう。「正直いって……とまどっているんだ。あんたの姿は見えないと、みんながいう」間を置き、おれを頭のてっぺんから爪先（つまさき）まで眺める。「でも、わたしには見える」

マフィアの警備チーフにしては、とびきり愉快なやつだ。

おれは答える。「姿を見られたいときには、そうする。姿を消したいときには、やはりそうする」

リッチーがうなずき、すこし緊張を解いたように見える。おれがはいっていったときに自分が座っていた椅子の前の椅子を示す。「シ。よくわかった」おれはためらわずごくごくと飲む。リッチーとおれが座り、コーヒーが注がれ、知りたいだろう？」

リッチーが無駄話をしないのはありがたい。そんな時間の余裕はないからだ。

おれはいう。「どうしてここに来たか、知りたいだろう？」

また護衛のほうに視線を走らせ、リッチーがいう。「わたしを殺しにきたのではないだろう。わたしを殺したいと思っている人間はたいがい、自分でやろうとする。だれかを雇いはしない。どういうわけか、わたしは他人に対してそういう影響力があるようだ」笑みを浮かべ、こういう状況のわりには気を緩めている。「そう……どうして来たのか知りたい」

「頼みがある」

リッチーが肩をすくめる。「あんたにも頼まなければならないかもしれないよ」

「当然だろうね。こういうことの仕組みはよくわかっている、シニョーレ。あんたがおれに手を貸し、おれがあんたに手を貸す。いま関わっているプロジェクトを終えたら、あんたのいうとおりの役務を提供する」

「なにに取り組んでいるんだ？」

おれはコーヒーをひと口飲む。ぴったりしたブルーのスーツを着た男が、注ぎ足す。おれはいう。「いっても信じてもらえないだろう」

「みんなわたしにしじゅう嘘をつくから、そうかもしれない。とにかくいってみたらどうだ」

「おれはだれかに雇われているのではなく、独りでやっている」

「それは信じがたいな。世界でもっとも報酬が高い刺客なのに」

「嘘をつくために来たのではない」

皮肉なことに、それ自体が嘘だ。まさに嘘をつくために来た。

リッチーは、数秒のあいだ黙っている。「いいだろう。なにが必要なんだ？」

「人身売買された性的奴隷の一団が街にいる。今夜、市場で売られる。このヴェネツィアのどこかで。それがどこなのか知りたい」

リッチーがコーヒーを飲み、問いかけるように片方の眉をあげる。「パイプラインで運ばれてきた女たちのことだな？」

リッチーは知っている。知っているだろうと、おれにはわかっていた。あとはリッチーがそれに関わっていないことを祈るしかない。関わっていたら、正面の窓から跳び出すか、いちばん近い護衛に跳びかかって、その手から銃を奪うしかない。

だが、どちらの選択肢も、成功の可能性はかなり低いとわかっている。

リッチーがカップを置き、背をそらせる。「パイプラインか。われわれがやっていると思っているのか？　ちがう。コンソーシアムはここのマラ・デル・ブレンタと組んでいる。その組織の悪辣なやつらと」

おれはうなずいていう。「MdBは好きじゃない」

リッチーがいう。「やつらはわれわれの競争相手だ。われわれと結びつけられないかぎり、やつらのオペレーションを妨害できれば、たいへんありがたい」

必要な情報をくれれば、よろこんでMdBを独りで叩きのめすと、いいかける。だが、おれが口をひらく前に、リッチーがいう。「手を貸したいと思う、シニョーレ。しかし、ひとつ問題がある」

「どんな問題？」

「コンソーシアムは……われわれの役に立っている。わたしの会社が……なんというか、収益を安全にするのを手伝っている」

くそ。コンソーシアムはアルフォンシの金をロンダリングしている。

「その問題について、彼らはかなり優秀らしい」おれはいう。

リッチーが肩をすくめる。「でかいビジネスだよ」

リッチーの組織も売春で巨額の金を稼いでいるのだと確信する。リッチーもボスのアルフォンシも、おれが追っているやつらとおなじくらい悪辣だろう。だが、正直いって、いまはやることが山ほどあるので、気にしていられない。

自営セクターで働くときには、奇妙な相手と組むことも多い。どうしてもそういう仕事の流儀になる。

リッチーの組織のマネーロンダリングのニーズを邪魔するつもりはないと、信じさせる必要があるので、おれはいう。「これはコンソーシアムとは無関係だ。マラ・デル・ブレンタと関係がある。おれがマラ・デル・ブレンタを痛めつけても、あんたのボスは気にしないと思う。あんたもあんたの配下も、きっぱりと関与を否定できる。おれはここに来なかったし、あんたのために働いてはいなかったと」

リッチーが、おれの顔を長いあいだ見つめてからきく。「取引が行なわれる場所を知りたいのはなぜだ？」おれが答えないと、リッチーがにやりと笑う。「女のひとりを取り戻したいんだな？」

好都合な作り話だ。それに乗っかろう。おれはうなずく。「父親のためだ。ロシアで仕事をしたころの旧（ふる）い友だちだ」

リッチーが両眉をあげたので、信じたのかどうかはわからない。ようやくリッチーがいう。

「市場の場所を教えたら、どうするつもりだ？」

アイコンタクトをしっかり保ったまま、おれは答える。「目当ての女が売られ、ほかの女と離されるのを待つ。そして、買ったやつらから取り戻す。移動されてからのほうが、警備が緩くなるはずだ」

「ヴェネツィアでやるのか、それとも最終目的地に女が連れていかれてからやるのか？」

「最初のチャンスにやる。どこでもいい」

リッチーは、それを一分間考える。やつらがヴェネツィアを出るまで待ち、それから行動を開始するといったほうが、手助けを期待できそうに思えるが、正直に打ち明けていると見られたい。それに、リッチーの推理力を馬鹿にしないほうが、点数を稼げるはずだ。

リッチーがいう。「では……この街で行動するかもしれないが、それは買い手に対してやるだけで、目的は行方不明の財産を回収することだけだな」

そうだ。リッチーは拉致被害者を財産といったし、おれはろくでもないやつと組むことになるが、そうなるのはわかっていたし、ほかに選択肢はない。リッチーはヴコヴィッチや人身売買に関与しているやつらすべてと似たようなものだ。女たちの人間性を完全に奪う。女たちを誘い込み、拉致し、密輸し、虐待するねじけた精神には、かならずそういう特徴がある。

五千ユーロのスーツを着たおれの目の前の男も、その点では変わりがない。

だが、おれは役柄どおりにいう。「この街の人間が困るようなことはやらない。財産を取り戻したいだけだ」

リッチーが念を押す。「コンソーシアムのヴェネツィアでの事業そのものは邪魔しないと、約束してくれ。その組織そのものをターゲットにするつもりはないんだな」

リッチーは手を貸したがっている。それは明らかだ。

おれはまばたきもせずにいう。「そういうことはいっさいやらない。可愛い娘を父親がいる祖国に連れ戻したいだけだ」

リッチーが、考え込むようすでうなずく。「情報を教えたら、わたしの仕事をやってもらわなければならない。難しい仕事だ」

手を貸したい理由は、むろんそのことだ。

おれはきく。「その仕事はどこでやる?」

間がある。「アメリカ」

くそ。仕事、ターゲット、正確な場所、脅威がわからない……しかも、倫理的に問題があるのはまちがいない。イタリアのマフィアのために、アメリカでだれかを殺すことなど、できるわけがない。

だが、このチャンスは逃せない。おれはいう。「女を父親に返したらすぐにアメリカへ行って、あんたが望んでいることをやる」

とんとん拍子に話が決まるとおれが思うと同時に、リッチーも話が決まるのが速すぎるのを怪しむ。コーヒーを飲み干し、カップを置いて、リッチーがいう。「あんたの噂がひろまっている。あんたも承知しているはずだが、CIAの親玉たちを裏切ったんだろう」

おれはにべもなく答える。「やつらがはじめたんだ」

驚いたことに、リッチーが笑う。「そうかもしれない。そうかもしれない。しかし、わたしの仲間はCIAとはちがう。あんたがわたしを裏切ったら、かならず見つける」

「前にもそういった」

「もう一度いっておく。わたしを敵にまわさないほうがいい。ルイジ・アルフォンシを敵にまわさないほうがいい。わかっているだろう?」

おれはテーブルの向かいの男を裏切るつもりだが、嘘をつくのもうまい。「おれをあてにしてかまいませんよ、シニョーレ」

「そうか、それじゃ」リッチーが手を差し出し、おれは握手する。「情報をやろう」

「市場のことを教えてほしい」

「コンソーシアムが最高の顧客のためにひらく。一年に六回くらいある」リッチーがうなずく。「あんたのいうとおり今夜だ。午前零時にはじまる」

「場所は?」

「カジノ・ディ・ヴェネツィアの隣の建物だ。いうまでもないが、招待状がないとはいれない。限られた人間が、厳重な審査を受けて招待される」

「警備員の数は?」

リッチーが、肩をすくめる。「前回は、マラ・デル・ブレンタの配下が、二十五、六人だったと聞いている。コンソーシアムの警備陣もいる」

武装した男たちが、かなりの人数いることになるが、それだけではないだろう。おれがボスニア、クロアチア、アドリア海でやったことのせいで、警備はもっと強化されているはずだ。

侵入するのは無理そうなので、おれはがっかりする。リッチーのつぎの言葉も、おれの焦燥(しょうそう)を和(やわ)らげる効果はない。

「男ひとりが会場に潜り込むのは、とてつもなく難しいだろう。それは手伝えない」

下水道、通風管、屋根などから侵入する方法を、必死で考える。会場の従業員の身分証明書と制服を盗もうかと思う。招待状を偽造することも考える。

どれもあまり有望とは思えない。今夜のパーティにどこかの間抜けが侵入しようとするのを防ぐために、敵はすべての接近路を調べるだろう。

だが、リッチーが顔を輝かせる。「バーがある。二ブロック離れたところだ。そこを使えばいい。わたしの記憶にまちがいがなければ、市場がひらかれる建物が見えるはずだ。今夜だけ、バーの従業員になるんだ。だれも邪魔しないようにする。あんたはちょっとだけ仕事をやり、出かけていって、やる必要があることをやれ。カジノに近づくことはできないが、バーはその建物から出てメインストリートへ行く道すじにある」

今夜、偵察してもなんの危険もないと、リッチーは考えているにちがいない。だが、おれはリッチーの知らないことを知っている。

コンソーシアムはおれを捜しているし、迎え撃つ準備をしている。

とはいえ、この目で見て、買い手と売り手の写真を撮るには、絶好のチャンスだ。

おれは立ちあがり、手を差し出す。「完璧です、シニョーレ」

完璧ではないし、完璧に近くもないが、これが精いっぱいだろう。それに、自分の技倆を信じているように見せかけなければならない。

35

ダッソー・ファルコン50の機長が、夕闇に向けて光を放っている滑走路灯（滑走路の両側に一定の間隔で設置されている白色灯）のなかごろに機首を向けて、グライドパス（滑走路手前の適切な進入角を電波で示した経路）に乗っていることを確認し、地表から一〇〇フィートの高さだとコンピューターが合成の声で告げるのを聞いていた。

機長はCIA特殊活動センターの航空機部門、航空班に所属している。つまり、世界でもっとも優秀なパイロットのひとりだ。

最新鋭に近い輝かしいファルコン50の操縦資格を得るまで、機長は中米や東南アジアのジャングルの石ころだらけの簡易滑走路から速度の遅いずんぐりしたツインオッターを飛ばしていたので、真正面の二分の一海里先にある長く、広く、平坦な04滑走路右に着陸するのは、朝飯前だった。

機長のうしろのキャビンでは、隔壁の折り畳み座席にフライトアテンダントが座席ベルトを締めて着席し、両手と手首をひっきりなしにさすっていた。

そのフライトアテンダント、シャロンは、二カ月前にガルフストリームに乗っていたときに、駐機場での銃撃戦で負傷した。それ以降、CIA機に乗るのはこれが三度目だった。弾丸に砕かれた両手がまだ痛むが、一週間半前に健康診断に合格し、任務に復帰した。

うしろ向きの折り畳み座席から、肘(ひじ)掛け付きの座席に座っている男六人を見ることができる。いずれも三十代か四十代で、ほとんどが髪をのばし、顎鬚(あごひげ)を生やしている。男たちは物静かで、小さな声でしゃべり、ワシントンDCのレーガン・ナショナル空港から八時間半のフライトのあいだ、まったく面倒をかけなかった。

シャロンはこの仕事が長いので、地上班の男たちをひと目で見分けられる。彼らはCIAの軍補助工作員で、地球上でもっとも高度な訓練を受けた戦闘員だった。ひとりひとりは、ごくふつうの人間に見える。海上油田や建築現場の作業など、肉体労働を必要とするありふれた職種に携わっているように見える。しかし、固まっていると、シャロンのような熟練の目には、明らかにアメリカの情報機関の特殊な部門の戦闘員だとわかる。

ファルコンは、ヴェネツィアの北西三〇キロメートルにあるトレヴィーゾ空港にほどなく着陸し、空港の南西側の運航支援事業者(FBO)に向けて地上走行(タキシング)した。そして、FBOのドアの手前一〇〇ヤードに駐機した。機長と副操縦士がエンジンを停止させ、キャビンの乗客が装備の準備をした。

CIA便の到着は、イタリア当局によって手配と承認が済んでいた。NATO軍の一部で、近くのアヴィアーノ米軍基地の関係者だという説明がなされていた。イタリアが承認した〝秘密〟便なので、税関や入国管理の検査はない。

クリス・トラヴァーズは、天井の低いキャビンに立ち、自分のチームの面々のほうを向いた。トラヴァーズは三十五歳で、六人編成の地上班を指揮するには若すぎるのだが、アメリカ陸軍で特殊部隊士官として、CIAで軍補助工作員として、そして最後に地上班の指揮官の次級者として、力量を示してきた。

指揮官が死に、さらにその出来事の際のトラヴァーズの行動が絶賛されたことにより、トラヴァーズは指揮官に昇格した。

地上班は特殊活動センターに直属し、特殊活動センターは作戦本部長の直轄だが、今夜の作戦は通常よりも手順を簡素化されている。作戦全体の指揮権は、CIA本部に置かれていない。

今夜の指揮権は、キャビンの奥の暗い片隅に座っている男に握られている。トラヴァーズがチームの面々に最終指示を下すあいだ、その人影は沈黙を守っていたが、かつてはこれとおなじようなチームを指揮していたのだ。

トラヴァーズがいった。「よく聞け。十六人乗りのマイクロバスに乗って、街まで行く。前にいったように、今夜の任務はCIA資産（アセット）、暗号名ヴァイオレイターの所在捜索と撤去だ。行くと思われる場所はだいたいわかっているが、行動予定時間が不明だから、いまから向かう。隠密性を維持し、非殺傷性の手段でわれわれの命令に従わせる」

チームの年長者がつぶやいた。「ああ、そうかい」まわりの数人が低く笑った。

チームの全員が、この道では経験豊富で、ヴァイオレイター別名グレイマンの逸話を知っているが、個人的に知っているのはトラヴァーズとキャビンの奥に座っている男だけだった。

トラヴァーズは、疑念を口にした部下に向かっていった。「ああ、わかった。ヴァイオレイターが強兵（きょうへい）だというのはみんな知っているし、ついてこいと説得できなかったら、手荒なことをやらなければならないだろう。しかし、これがわれわれの作戦だし、気に入らないのなら、マスでもかいてろ」

また笑い声が起こり、そもそもヴァイオレイターを説得できるわけがないと思っているらしいくだんの男も笑った。

トラヴァーズはつづけた。「ヴァイオレイターが過去にルイジ・アルフォンシ・ファミリーの仕事をしたことがわかっている。アルフォンシの勢力がもっとも強い地域の周辺に監視網を張る。もっと具体的な情報が得られたら、必要とあればその地域に臨機応変に行かせる。時間がかかるかもしれないから、長い夜になるのを覚悟しろ」

チームの面々はバックパックを背負い、無言でおりていった。トラヴァーズが最後に昇降口を通ろうとしたが、タラップに近づいたところでふりかえり、奥の闇にいる男のほうを見た。

「おい、いっしょに来ないのか？」

その男が〈コロナ〉の瓶に手をのばして、ゆっくりと飲むのを、トラヴァーズは男のシルエットで見てとった。「いや、あんたたちは行ってくれ。おれはもうちょっとここにいる」

トラヴァーズは、肩をすくめた。「長いフライトで、飛行機から出られなかった。ちょっとした活動（アクション）を望んでいるのかと思ったんだ」

男が低く笑っていった。「今夜のあんたらよりも、おれのほうがもっとたくさんの戦い（アクション）を経験してるかもしれないよ」

「まあいいさ」トラヴァーズはファルコンからおりて、部下とともにマイクロバスに乗った。

トラヴァーズが行ってしまうと、キャビンの奥にいた男は、機首のほうへ大声でいった。

「シャロン」

フライトアテンダントが近づくと、男は携帯電話に番号を打ち込んでいた。「なんですか？」

「これから電話に出てもらう。今夜のことで、彼があんたに指示をあたえる」

シャロンは首をかしげた。「わかりました。どういうことか、きいてもいいですか？」

「もちろん。彼はおれがやれといったことはすべてやるようにと、あんたに命じるだろう」

「失礼ですが、あなたがだれなのか知らないし、わたしの上司ではないことははっきりしています」

「ああ、そのとおりだ。だが、彼はあんたの上司だよ」

男がボタンをひとつ押して、スピーカーに切り替えると、声が聞こえた。「クラーク君、わたしはマシュー・ハンリー、作戦本部本部長（DDO）だ。よく聞いてくれ」

シャロンは、目を丸くして、肘掛け付きの座席に腰かけた。

「はい、聞いています」

おれはルガ・ジュッファにある貸間に座り、あたりが暗くなるのを汚れた窓から見ている。数時間眠り、その建物の一階のレストランで食事をした。通りから見つからないように、店の奥の席についた。

だが、もう午後八時四十五分で、部屋にいる。まもなく真っ暗になるはずだから、もうじき出ていく。

出かける前に、タリッサに電話する。アムステルダムに到着し、違法(ブラック)ハッカーのマールテン・マイヤーの自宅に向かっているはずだ。二度目の呼び出し音でタリッサが出たのは有望な兆候だと、おれは受けとめる。

「もしもし」

「ハリーだ。着いたか?」

「彼の家の外。留守みたい」

「だいじょうぶだ。待つかもしれないとわかっていただろう」

「できるかどうか、自信がないの」

「できるし、助けが必要ならおれに電話すればいい。いいか、きみはユーロポールの身分証明書を持っているんだし、そいつの犯罪と進行中の捜査について、かなり情報を握っている。強く圧力をかけて、脅迫してもいいが、逃げ道を示してやれ。刑務所に入れられないために協力したいという気持ちにさせるんだ」

「でも……嫌だといわれたら？　あなたの計画がうまくいかなかったら？」

これではうまくいかないだろう。おれは心のなかでつぶやく。それから、タリッサにいう。「うまくいくよ。おれを信じろ」

しばらくして、低い声で返事があるが、自信なさそうだ。「わかった。見つけたら電話するわ」それから、タリッサがこういう。「わたしがこれをやっているあいだ……あなたはなにをやるの？」

「おれがいちばん得意なことをやる」

「それはなに？」

「なんだと思う？」

タリッサが、長い溜息をつく。「だれかを捕まえて、殴って情報を聞き出すのね」

「おれのことがよくわかっているな」

ドゥブロヴニクでタリッサがアルバニア人に拉致（らち）されたようなことが心配だが、いまはなにもしてやれない。いまのタリッサは独りきりだ。

「聞いてくれ」おれはいう。「うまくいかないようなら、危険に巻き込まれそうなら、途中でやめるんだ。おれがあとでやる」

「女性たちがみんな行方知れずになったあとでね」

「わかっている。ただ、きみが危害をくわえられるようなことは避けたい」

タリッサが、電話口で鼻をすする。「ありがとう、ハリー。あなたも気をつけて」

三十分後、おれは通りに出て、ライトアップされたなかを、東のカジノ・ディ・ヴェネツィアに向けて歩く。

今夜の任務に注意を集中しはじめる。ターゲットに近づけば近づくほど、目立たないようになり、周囲に溶け込まなければならない。

タリッサはやり遂げることができる、と自分にいい聞かせる。おれもこれをやり遂げる。ほんとうの自信から生まれた確信ではなく、やけっぱちでそう思い込んでいる。

タリッサもおれも、これをやり遂げなければならない。

マラ・デル・ブレンタの隠れ家で、ケネス・ケイジは玄関広間の横にあるバスルームを使って、詰まっている鼻から長々とコカインを吸い、そこを出てから目と鼻をこすった。

革のウィングバックチェアから黒いスーツのジャケットを取って着ると、警護班班長のほうを見て、力強くうなずいた。

市場での競りに出かけていく用意ができたことを、それでショーン・ホールが理解するはずだと、ケイジにはわかっていた。

ホールもすぐにジャケットを着て、袖付け型マイクでチームに無線連絡した。すぐに玄関広間に六人の男が現われ、ショーンとケイジを取り囲んだ。

ホールは部下に最後の指示をあたえてから、ヤコ・フェルドーンを無線で呼び出した。フェルドーンと表に配置されている彼の部下がどこにいるのか、ケイジにはまったくわからなかったが、ジェントリーを発見しようとしていることは知っていた。ジェントリーが付近にいるかどうかはべつとして。

移動を開始するというケイジの報せを受信したとフェルドーンが応答したが、市場へのルートのあちこちにいる自分と部下についての情報は、なにも伝えなかった。

ホールが玄関にあごをしゃくると、ケイジの警護班の先鋒がドアをあけ、一行が出ていった。午後十一時四十五分で、隠れ家に到着してから九時間近くたっていた。

ケイジは、驚くほど涼しい七月の夜のなかを歩きながら、ハンカチで額をぬぐった。気分がすぐれなかった。午後に〈バイアグラ〉、コカイン、エクスタシーをだいぶやり、狭心症寸前の状態で、胸のなかで蒸気ハンマーが暴れまわっているようだった。

ケイジが一日セックスをつづけるには、体外からの手助けがかなり必要だった。ありとあらゆる興奮剤の副作用で、体を酷使するのとおなじくらい疲れていた。

激しいセックスのあと、ケイジは数時間眠った。女たちは夕方に市場へ運ばれたので、ほかにやることがなかったからだが、体内にドラッグがあふれていて、心地よい眠りではなかった。

ケイジはハンカチをしまい、そのポケットから、心臓を落ち着かせるために用意しておいた〈ベイリウム〉を数錠出し、水なしで飲み込んだ。

それでも、胸の痛みにもかかわらず、きょうはじつにいい一日だったと思った。数時間後にサウジアラビアの王族、アジアのビリオネア、ベルギーかオランダの超高級売春組織に売る予定の女三人とセックスをした。

ケイジは商品(マーチャンダイズ)を乱暴に扱うが、今回ことに手荒だったのは、この数日の出来事で憤懣(ふんまん)をつのらせていたからにほかならない。なんらかの主体(エンティティ)が個人的な利害関係のために、ケイジの富に最大の利益をもたらしている鉱脈に動揺をもたらしている。ケイジの仕事人生では、いままでになかったことだった。競争相手のオペレーションや競合するギャングには、配下のギャングが対応してきたが、それはあくまでビジネスだった。

だが、今回の件は？　超凄腕の殺人者が、パイプラインを食いちぎって進んでいる。前例のないことだった。

それに、ケイジは使用人に対して怒っていた。それもいままでになかったことだった。

たった独りが相手なのに恐怖と疑念を示したホールと、あらゆる資源を提供しているのにこの執拗な脅威を見つけて始末することができないフェルドーンに、腹が立っていた。一行が狭い脇道に折れると、たちまち上から見おろしている男が目にはいった。ケイジはそれをホールにはいわなかった。フェルドーンの配下にちがいないとわかっていたし、それを確認するまでホールがおろおろするにちがいないからだ。

ケイジは、今夜売られる女たちのことを考えながら、歩きつづけた。隠れ家でひとりずつ眺めては吟味した。最高の美女たちにもしばし会った。その女ふたりに手をつけるために、ランチョ・エスメラルダに連れていくよう命じてある。三階に部屋をあてがわれているそのふたりに、ケイジは会った。十八歳のハンガリー人のソフィアはおとなしかったが、思いどおりに操れるようにする時間がなかったので、到着した直後に短期型抗不安薬の〈ザナックス〉を大量に投与したからだと、ドクター・クローディア・リースリングが説明した。

いっぽう、マーヤは薬物を投与されていなかった。あれこれ質問し、頑固で、数カ月前にブカレストであったときのまま、自由な精神を発揮していた。どこへ行くのか、どういう人間がまわりにいるのか、ということばかりマーヤがきくので、話をはじめてから数分たつと、自分が会う前にクローディアが薬を飲ませるべきだったと、ケイジは思った。

だが、マーヤそのものが問題を起こすことはなかった。ケイジが到着したときに、ルーマニア人のマーヤについてはことに一所懸命取り組み、心理的な再プログラムに成功したと、クローディアが請け合っていた。

ランチョ・エスメラルダに送り込む女ふたりには、ケイジは指一本触れなかった。二日後に南カリフォルニアへ行ってから、そのための時間はたっぷりある。

もう午前零時に近づいていて、カジノの二ブロック手前で全長八メートルのスピードボート二艘（そう）からおりた一行は、ラルガ・ヴェンドラミン小路（こうじ）を歩いていた。ボートが爆音とともに遠ざかると、男たちの足音がケイジのまわりで狭い道に響くだけで、あたりは静まり返った。

コカインの効果が切れはじめていた。市場に着いたらもう一服やる必要があると、ケイジは思った。

ポケットで携帯電話が鳴り、ケイジは大きな声で唐突に電話に出た。思ったほどにはコカインの効果が薄れていなかったのかもしれない。

「ああ。だれだ？」

「パパ」娘の声が聞こえた。「ジュリエットよ」

ケイジは、頭をふってはっきりさせようとした。セックスとドラッグと殺し屋とボディガードのことを考えていたが、自分が演じている家族思いの男にすばやく変身した。

「やあ、ハニー。どうしてる？」

「ママが、今夜マドリンの家に行っちゃだめっていうの。夏なのよ。うちにいたら退屈なの。ママに行ってもいいって、いってくれない？」

ケイジは溜息をつき、歩きながら十二歳の娘と話をした。四方の石造りの建物に、声が反響した。

午前零時、衛星携帯電話に電話がかかってきたとき、クリス・トラヴァーズは、大運河(カナル・グランデ)沿いを一望のもとに見渡せるスカルツィ橋に位置を占めていた。衛星携帯電話はブルートゥースでイヤホンに接続されているので、トラヴァーズはチーム通信網を切って、ジェントリーに探知されるのを避けるために混じっていた観光客の群れから離れて電話に出た。

「Z指揮官(ズールー・アクチュアル)」

「識別、6(シックス)、6(シックス)、4(フォー)、N(ノヴェンバー)、A(アルファ)、I(インディア)」

ハンリー本部長直属の計画立案担当官スーザン・ブルーアの声だとわかった。識別コードでもわかる。

「識別確認」トラヴァーズはいった。「こちらの識別コードは、46(フォーティシックス)、B(ブラヴォー)、S(シエラ)、

9（ナイン）、K（キロ）」

「了解 Z（ズールー）。報（しら）せる。あらたな目標決定情報。ターゲットはカンナレージョ2040のカジノ・ディ・ヴェネツィア内もしくはその周辺にいる可能性がある。彼は独りで活動していると確信しているが、第三者の敵、犯罪組織マラ・デル・ブレンタの部隊もいる可能性が高い」

トラヴァーズは、それらの情報を小さなメモパッドに書きつけた。「わかった。質問。どこでこの情報を入手したのか？」

「それは〝必知事項（ニード・トゥー・ノウ）〟（業務遂行上その情報を知る必要がある人間のみがアクセスできる事項）に属する、ズールー。信頼できる情報と見なすこと」

必知事項だと？　トラヴァーズは、心のなかでつぶやいた。現場の人間は、CIAが細かい位置と部隊配置の情報の入手先を知る必要がないとでもいうのか？

トラヴァーズは反論しなかったが、べつの質問をした。「ターゲットがこの位置に到着するはずの時間はわかっているのか？」

「時間はいまよ、ズールー。大至急そこへ行って」

「了解。そこへ向かう」

スーザン・ブルーアがいった。「本部長（DDO）の指示どおり、生け捕りにして。わかった？」

トラヴァーズは、信じられない思いで溜息をついた。コート・ジェントリーは、友だちのようなものだった。すくなくとも、ともに戦って血を流したことがある。トラヴァーズはすでに交戦規則をあたえられ、ジェントリーが敵ではないとわかっていた。ジェントリーはいつもどおり自分でやると決めたことをやろうとしているし、本部長は仕事をやらせるためにジェントリーを東海岸へ連れ戻せと命じている。

ということは、ジェントリーは来るのを拒むだろう。逃げて、行方をくらまそうとするはずだ。殴りかかってくるかもしれないし、柔道の妙技を使うかもしれない。だが、どちらも銃を抜くことはないはずだ。

CIA上層部のくそ野郎どもはジェントリーについてあれこれいうが、トラヴァーズの考えでは、ジェントリーは正義の味方だった。トラヴァーズとそのチームがジェントリーを殺すことはありえない。それなのに、スーザン・ブルーアがことさら交戦規則を強調したので、トラヴァーズはもとから嫌いだった彼女がいっそう嫌いになった。

だが、トラヴァーズは優秀な兵士だった。感情を押し殺して応答した。「生け捕り、了解、そのとおりにする」

つぎに、チーム通信網で送信した。「よく聞け、ズールー・チーム。ターゲットの新座標はおれの位置から徒歩で東へ一キロ、全員そこへ移動しろ。急いで行け」

36

おれはまたしても暗い部屋にいる。またしても混雑したヨーロッパの街で、またもや汚れた窓から外を見て、またべつのくそ野郎の集団を探している。

こういうときには、大学に行っていればよかったと思わずにはいられない。

二時間前からずっと、一階の混み合ったレストランとナイトクラブで働き、バーテンに氷を持っていったり、生ビール樽を交換したり、ワインやリキュールのケースを二階下に運んだりしていた。空き瓶を裏の搬出入口に運ぶ仕事もやった。

だが、午前零時まで十五分になると、決められた仕事からそっと脱け出し、二階のオフィスのドアをピッキングであけて、正面の目標を一望できる路地の上の監視所を見つける。闇に座り、ターゲットの位置を見おろして、なにかが起きるのを待つ。

カジノ・ディ・ヴェネツィアは、装飾過多の宮殿のような建築物だが、裏口の造りは素朴だ。小さな広場の奥にあり、もっと高い建物が周囲にある。隣は四角い建物で、立派な鉄の門と石敷きの前庭の奥に、木の大きな赤い両開きの扉がある。門の向こう側に数人集まっているのが見える。すべて男で、高級なスーツを着ている。警備員には見えないし、イタリアンマフィアのようでもない。

そいつらは買い手（バイヤー）にちがいないと、おれは思う。

なかにもっといるだろうし、モスタールにいた女たちはすでに連れてこられて、おれの正面の通路か、左手の通路か、あるいは裏口から入れられたはずだ。建物の裏手は狭い運河なので、そこを行き来するのを見逃すおそれもあるが、選（え）り好みできる立場ではないし、ここは関係者の一部を見張るのにうってつけの場所だ。

カメラを出し、目に留まった人間の写真を撮りながら、視界内の建物、窓、玄関のくぼみに目を配る。コンソーシアムがおれに警戒している確率は一〇〇パーセントだし、今夜の市場の正面出入口に監視を配置しないような間抜けではないはずだ。だが、いくら探しても、カジノのドアに立っている用心棒ふたりのほかに、脅威は見当たらない。

しかしながら、どこかにいるのはわかっている。

近くにいて、おれを捜している。

なおも写真を撮りつづけるが、やがて左側の路地から声が聞こえる。窓に近づいて、声の主が見えるような位置につくことはしない。その代わり、しゃべっているやつが視界にはいるまで、辛抱強く待つ。

ようやく、ビジネススーツを着た男が七、八人、密集して歩き、街灯の前を通るときに、一本の長い影ができる。ひとりが大声でしゃべりながら歩いている。電話をかけているらしく、快活な声だ。言葉は聞き取れないが、英語で話しているのはわかる。

その男たちが角を曲がって、カジノの玄関に向けて路地を歩きはじめるとき、おれは群れのまんなかに注目する。禿げた頭頂が、背の高いまわりの男たちのあいだから、かろうじて見える。

電話を耳に当てている。しゃべっているのはそいつだ。

いったい何者だ？

わかっているくせに、どうしてそんなことを自問したのかわからない。アメリカ人、小柄、禿頭、明らかに重要人物。

ロクサナ・ヴァドゥーヴァが説明したコンソーシアムのディレクターの特徴と一致する。

たまげた。おれはひとりごとを漏らす。

トムと名乗った男が今夜ヴェネツィアに来るのをロクサナが知っていたら、まちがいなく話したはずだ。〈ラ・プリマローザ〉でロクサナが嘘をついた気配はなかったから、彼が現われるのを知らなかったにちがいない。

市場での売買が終わったあと、アメリカに連れていかれるというロクサナの推理は、はたして正しいだろうかと思う。

それに、ディレクターがここに来ているとすると、すでにロクサナをレイプしたのではないかと不安になる。

罪悪感に襲われ、目を閉じてその考えを押しのける。ロクサナが行きたくないといわなかったら、なんとかヨットから連れ出す方法があったはずだ。連れ出すことができたかもしれないが、正直いって、そうしなかった理由が、おれにはわかっている。

ロクサナのいうとおりだった――コンソーシアムを運営している人間をタリッサが突き止めるには、ロクサナに賭けるしかない。

おれがロクサナをヨットに残し、殺される危険にさらしたのは、彼女がおれたちの浸透済み諜報員(エージェント・イン・プレース)で、リスクは承知のうえで、彼女の活動が必要だからだ。

このことは、百万年たってもタリッサにはいえないが、それが真実だ。おれが任務を完了するために、ロクサナの命をリスクにさらすのは、じゅうぶんに意味があることなのだ。

そういったことがわかっていても、おれが感じている罪悪感は和(やわ)らがない。

目をあけ、目標に焦点を合わせ、躍起(やっき)になって写真を撮る。

じきに男たちが小さな広場にはいって、カジノの隣の建物の鉄の門を通る。狭い前庭を歩き、赤い扉からはいる。

警備班のまんなかにいる男のまともな写真は、一枚も撮れなかった。

くそったれ。

やつらが出てくるのを待ちながら、出入りする人間の写真を撮るほかに、できることはなかった。女たちを連れていくろくでなしの身許を識別しないと、二十人以上の女が行方知れずになってしまう。

おれは監視所に腰を据えて、これがどう展開するかを待つ。

ウィレム・クラークは、リオ・テラ・サン・レオナルドにあるジェラート・ショップでコーンのピスタチオ・ジェラートをなめながら、午前零時半になってもまだ人通りのある観光客向けのその通りに、ときどき目を配った。三ブロック離れたところにいるホワイトライオンの武装警備員はクラークだけで、もっと市場に近い持ち場から報告する仲間の声を聞いていた。自分がグレイマンを目撃する見込みは低いだろうと、クラークは考えていた。

ジェラートをまたひと口食べたとき、人混みを一メートル間隔で歩いている男ふたりが目に留まった。周囲の観光客よりも速く歩いているのに気づき、最初はそれでそのふたりを区別した。

だが、そのふたりに注目すべき理由が、ほかにもあった。ふたりが通り過ぎるのを見送ってから、ほかにも仲間がいるかもしれないと思い、クラークはふたりのうしろに目を向けた。目を惹（ひ）く男がもうひとりいたが、立ちどまって正面のレストランのラックからメニューを取るのを見て、無関係だろうとクラークは判断した。ところが、その男が手を口もとにあげて、小声でカフマイクに向かってなにかをいった。

「ライオン指揮官（アクチュアル）。こちらライオン8（エイト）。ここのメインストリートに、怪しい人物がふたりいます」

「特徴をいえ」

「対象1（サブジェクト・ワン）は白人、三十代、グレイのジーンズに茶色のシャツ。対象2（サブジェクト・ツー）は四十代、オフホワイトのシャツ、黒いズボン。ふたりとも小さなバックパックを背負っている。きびきびした足どりで、そっちへ向かっています」

フェルドーンが応答した。「われわれが捜しているのはひとりだ。ふたりじゃない。どちらかがターゲットに見えるか？」

「いいえ（ネガティヴ）。ふたりともジェントリーではありません。しかし、関係がある人間にちがいない。仲間かもしれません」

フェルドーンは、すこし間を置いて考えた。「あるいは、われわれとおなじように、やつを狩っているのかもしれない。CIAはやつを何年も前から付け狙っている」

「そのふたりは、たしかにアメリカの情報機関の人間みたいに見えます」

「もしそうなら、おまえも見張られているかもしれない」

「いいえ。そいつらを跟けてる可能性がある男がもうひとりいて、兵役年齢で、バックパックを背負ってますが、アメリカ人には見えない。最初のふたりはまちがいなくアメリカ人です」

フェルドーンがいった。「了解」

クラークはきいた。「どうしますか？」

フェルドーンが、一瞬の間を置いてから答えた。「尾行しろ。チームのあとのものは、任務を続行しろ。ジェントリーが主要目標だ。この新手はただの興味の対象だ」

クラークは、カフマイクをおろして、通りに出ると、ジェラートを食べながら男ふたりのあとを追った。

クラークの約二〇メートルうしろで、CIA地上班の三人目、メキシコ人三世アメリカ人のテディ・ゴンザレスが、ラミネートされたメニューをアウトドアカフェのラックに戻し、片手を口もとに近づけた。

一秒後に、トラヴァーズの声がイヤホンから聞こえた。「Z4（ズールー・フォア）からZ指揮官（ズールー・アクチュアル）へ」「どうぞ」

「報（しら）せる。そちらの六時（まうしろ）に対象（サブジェクト）を捉えてる。あんたは目をつけられたみたいだ。はっきりとは見えないが、われわれのターゲットじゃないと思う」

「そいつは武装している（キャリング）か？」

「コーンのアイスクリームで武装してるのは確認した。あとはこの距離では、隠していたら見えない」

「了解した。確認のために監視探知ルート（SDR）を進む」

「こっちは尾行して報告する」

チーム指揮官のトラヴァーズとZ5（ズールー・ファイヴ）が、カジノ付近から北に遠ざかる狭い通路、ラッビア小路（こうじ）に曲がるのが、ゴンザレスのところからちらりと見えた。ふたりがそのまま監視探知ルートを進むと、尾行者とおぼしい男を地上班の他のものから引き離せるが、ターゲットから遠ざかることになる。

ゴンザレスは、未詳の対象とあまり離れずに尾行し、その男が手を口に近づけるのを見た。カフマイクで交信しているのか、コーンのアイスクリームを食べているのか、見分けられなかった。

数秒後に、その男が北に曲がり、ラッピア小路にはいった。

「まだあんたを跟けてるぞ、ズールー」

「了解した。おれたちがSDRを終え、そいつを撒いたとわかったら、ターゲットの位置に戻れ。全ズールー、SDRをやり、ほかにも尾行がいないか確認しろ」

ゴンザレスは、了解と応答してからいった。「おれがそっちの前に出て、六時を確認してから、尾行を撒けるルートを探してもいい」

「やってくれ」トラヴァーズがいった。

テディ・ゴンザレスは、ラッピア小路を過ぎてから、足を速めた。マセナ小路に左折し、暗い横町を抜けてから、レストランの調理場の裏口のあいたドアを通った。忙しく働いているコックたちの横を通って、ダイニングルームまで見とがめられずに行き、正面から出た。そこからメインストリートに出られるとわかると、トラヴァーズに位置を伝えた。尾行をなんなく撒けると確信していた。

数分後、ウィレム・クラークの口惜しそうな声が、ヤコ・フェルドーンのイヤホンから聞こえた。「ライオン・アクチュアル。こちらエイト。見失いました」

「撒かれたのか、それともおまえがどじを踏んだのか？」

「わかりません。こっちを見なかったのはたしかですが、おれのうしろにだれかがいたかどうかはわからない。前のふたりに注意しそうなやつは見ていません」

「わかった」フェルドーンは答えた。「輪を縮めよう。ジェントリーがいるとしたら、市場に来るはずだ。全ライオンを一〇〇メートル以内に配置する。CIAがいるようなら、迎え撃つ準備をする」


ケネス・ケイジは、市場がひらかれている大邸宅の競り会場からすこし離れたロビーに立っていた。うしろの暗い大広間では、女四人がすでに、買い手に囲まれた小さな競り台を横切り、売り払われていた。四人とも百万ユーロ以上の値がついた。十五歳のウクライナ人、二十二歳のブルガリア人、十九歳のマケドニア人、十六歳のルーマニア人が、それぞれべつの犯罪組織の財産になり、まもなくドバイ、フランクフルト、バンコク、ストックホルムに送られ、強制的に働かされる。

つぎの四人が競り台にあがる準備ができるまで、しばらく休憩になるので、ケイジと湾岸諸国の買い手の一団は、ロビーに立ってウィスキーを飲んでいた。

ホールはケイジのすぐそばに立っていたが、新たな潜在的脅威について話し合っているフェルドーンの部下の声を、イヤホンで聞くのに注意を分散していた。

ロビーの会話がとぎれたときに、ホールはケイジの耳もとでいった。「ディレクター、ヤコのチームが、未詳の男ふたりを付近で見つけました。わたしたちは――」

「ジェントリーとかいうやつの仲間か？」

「いいえ。しかし、ヤコのチームは――」

ケイジが手をふって斥けた。「ヤコがさばくだろう。わたしが仕事をやっているときは、もう邪魔するな」会話を再開した。

ケイジがコカインをやっていることを、ホールは知っていた。ただでさえ扱いにくいのに、もっと強情になるはずだ。ホールは口答えせず、任務にいっそう集中した。新たな未詳の行為者が関わっているようなら、たとえグレイマンと無関係であっても、警護上の問題であることはまちがいない。

ホールはケイジから数歩離れて、小声で無線連絡をした。「全員に告げる。警戒を強めろ。ジェントリーを捜しているCIA工作員とおぼしい連中がいると、ホワイトライオンが考えている」

ひとりが応答した。「交戦規則は？」

ホールは、胃酸が湧き出すのを感じた。「交戦しないのが交戦規則だ。CIAと撃ち合うわけにはいかない。そいつらの狙いは、われわれの親玉ではない。ジェントリーを狙っている。そいつらの邪魔をしなければ、ジェントリーをひっ捕えてくれるだろう」

そんな幸運に恵まれればだが、とホールは思った。

クリス・トラヴァーズは、洗面所から席に戻ろうとしているようなそぶりで、混雑したレストランの店内を落ち着いて通り抜けた。数歩うしろで、地上班のひとり、ピート・ヒュームが調理場のドアから出てきて、もうすこし速い足どりでつづいた。トラヴァーズは見とがめられずに調理場を通り抜けたが、ヒュームはコックに見つかってどなられた。だが、コックはすぐに盛りつけていたチキンマルサラ（ソテーした鶏むね肉をマルサラワインとマッシュルームで煮込んだ料理）に目を戻した。観光客が洗面所に行くのにまちがえて調理場に迷い込んだと思ったにちがいない。

レストランを出ると、ふたりは南に向きを変え、いっそう足を速めた。SDRで数分無駄にしたし、ターゲットがいつカジノ付近に来るかわからないので、急がなければならなかった。

コンソーシアムのディレクターだとおれが識別した男が、カジノの隣の建物にはいってから、三十分近く過ぎた。マフィアの警備員とおぼしい男ふたりが、門とカジノの前を歩きまわっているが、ナイトクラブの二階の監視所からの視界はかなり限られているし、いまのところほかにはだれも探知していない。

数秒のあいだ、目をこすり、双眼鏡のレンズを拭く。だが、双眼鏡を顔に当てると、窓のすぐ前を左から右へのびている路地にあらたな動きが見える。

おれの位置の真下を、男がふたり歩いている。カジノと市場の建物への通路には曲がらず、そちらをちらりと見るが、横町をそのまま左から右へ通り過ぎる。

たちまち、怪しいと思う。かなり腕が立つらしく、あからさまにばれるような激しい動きはしないが、物腰や服装から、メインストリートから静かな路地に迷い込んだふつうの観光客ではないとわかる。

ちがう。あのふたりは作戦中だ。

それが感じられる。

市場から見えないところへ行くと、ひとりが手を口もとに当てて、なにかをいう。

通信装置を備えていることが、それでわかる。つまり、あのふたり以外に何人かいる。

ギャングのごろつきのようには見えないので、おれを捜すために付近に派遣されたコンソーシアムの工作員かもしれないと思う。もうひとつ可能性があるが、ありえないと確信して、すぐに打ち消す。

ありうるのか？

この一時間ではじめて、監視位置から起きあがり、ナイトクラブの二階のべつの部屋へ行く。そこは建物の反対側に当たる。そこには一ブロック西の通りが見える窓がある。照明の明るい通りで、十数人の男女が見えるが、数秒間ゆっくり眺めまわし、ふたりの男にことに注目する。カジノの前をさきほど通り過ぎた男たちではないが、似たような服装で、歩きまわっている観光客やレストランの客のあいだを、きびきびした足どりで進んでいる。

おれはそのふたりに焦点を合わせるために、双眼鏡を構える。外からだれかが覗(のぞ)いても見えないように、用心して部屋の奥から出ないようにする。

双眼鏡の焦点を合わせたとたんに、おれは目を剝(む)く。

すぐさま双眼鏡をおろし、壁にもたれ、ずるずる座り込む。

いったい……どういう……ことだ？

眼下の男のひとりがだれだかわかる。名前はクリス・トラヴァーズ、地上班の一員。マット・ハンリーの契約仕事をやってきたこの一年、かなりいっしょに過ごす時間が多かった。トラヴァーズは、特殊活動センター(SAC)に属する。ＳＡＣは、おれがいた特殊活動部(SAD)の新しい名称だ。

ＳＡＣはマシュー・ハンリーが動かしている。

ハンリーがＣＩＡの軍補助工作員を派遣して、おれを引き戻そうとしているのが、これで確認される。だが、それは心配していない。いや、予期していた。というより、あてにしていた。

だが、おれは不安にかられる。カジノの近くに現われるとは、予想していなかったからだ。ハンリーに、話をする相手がヴェネツィアにいるとはいった。過去にアルフォンシ・ファミリーの仕事をやったことがあるのを、ハンリーは知っているにちがいないから、すぐに結びつけて考えただろう。しかし、アルフォンシ・ファミリーの本拠やおもな縄張りは、ここから一キロメートル以上東にある。ここはマラ・デル・ブレンタの縄張りの奥なのに、どうしてトラヴァーズがおれの監視所の真下にいるのか？

答はわかっている。マット・ハンリーが指示したからだ。

では、どうしてハンリーにおれのいる場所がわかるのか？　おれは確実に隠密に行動し、スマートフォンで位置をたどられないようにしているし、追跡装置は身につけていないし、体内にもない。そうでなかったら、とっくに発見されているはずだ。

今夜、おれの正確な位置をハンリーが知る方法は、ひとつしかない。

コンソーシアムのことなど知らないとハンリーは断言したが、嘘だといまは確信している。

ハンリーは、おれがコンソーシアムを狙っていることを知っていたし、ここで人身売買の犠牲者を競りにかけることも知っていた。

おれは両手で頭をかきむしる。信頼している人間に裏切られて、激しく落胆するのは、これがはじめてではない。まるで怪我(けが)をしたように胸が痛くなり、不愉快になる。だが、それがおれを鍛え、だれも信用するなということを教えてくれるのだろう。

両手をおろし、顔をあげ、目をかすかに細める。

ハンリーも関わっているのか?

もとの監視所に戻り、カジノの隣にある建物の前庭をふたたび観察する。新たな動きはないかと監視しながら、数十億ドル規模の性的人身売買組織をハンリーは隠蔽(いんぺい)しようとしているのだろうかと考えつづける。どうしても理屈に合わないが、それが誤解だとはいい切れない。

監視所に腰を据えたとたんに、ポケットでスマートフォンが震動する。おれはイヤホンに触れる。

「ああ」

「ハリー?」タリッサだ。張りつめた声なので、まずいことが起きたのだとたちまち気づく。

37

一時間前、三十九歳のマールテン・マイヤーは、ダークグレイのポルシェ・パナメーラ4Sで、アムステルダムの森に囲まれた高級住宅地アルデンハウトにある四百万ユーロの自宅の私設車道（ドライヴウェイ）を登っていった。車庫にポルシェを入れると、うしろでドアが音もなく閉まった。

首都アムステルダムのミュージアム地区にある高級なオフィスで長時間働き、四十分、車を運転して帰宅したあと、マイヤーは緊張を解いてくつろぐつもりだった。今夜は静かな夜になる。ローイングマシンを三十分漕ぎ、ビーツとホースラディッシュといっしょにマリネしたニシン、オヒョウの切り身とアスパラガスのローストという家庭料理を食べる。デザートはレモンカードにする。

マイヤーは、外見も行動もコンピューターハッカーらしくなかった。とにかくテレビや映画に登場するようなハッカーとはちがう。コンピューターサイエンスの修士号や博士号は持っていないし、プログラミング言語とコードの知識は豊富だが、物理的なハッキング能力がもっと高い人間は、世界にいくらでもいる。

だが、マイヤーは国際プライベートバンキングとそのプロセスと秘密、システムとソフトウェアを、かなり深いところまで知り尽くしていた。それに、ソーシャルエンジニアリング（人間の隙やミスに付け込んで個人の秘密情報を得る手口）の能力がきわめて高い。銀行家で違法（ブラック）ハッカーでもあるマイヤーは、そのふたつのスキルを組み合わせ、そこに曖昧（あいまい）な倫理をすこし加味して相手を納得させ、個人顧客のオフショア口座から数千万ユーロをかすめ取っていた。ほとんどの場合、金が消えたのを気づかれることはなかった。

マイヤーの手口はきわめて巧妙だったし、すばらしい弁護士チームがついているので、捕まることは心配していなかった。弁護士たちはすべてオフショア口座を持っていて、税金の申告を逃れられるように、マイヤーがそういった口座の送金を行なっていた。それに、連邦政府にも人脈があり、もっとも頑固な捜査官たちの追及をほとんど免（まぬが）れていた。

付き合っている女が街にいるが、マイヤーはいま独り暮らしだった。離婚した妻と子供ふたりは、そう遠くないアルンヘムで暮らしている。子供たちにはめったに会わない。離婚を担当した弁護士には、刑事事件の弁護士に支払うような金は使わなかった。

マイヤーは、トレーニングを終え、オヒョウをオーブンに入れてから、三階建ての家の二階にあるホームオフィスへ行った。何台もあるコンピューターモニターに向かって座り、市場をオンラインで見ていった。

それをやりはじめてすぐに、広い現代的な家のなかを呼び鈴が響き渡るのが聞こえた。マイヤーは玄関ドアのカメラ専用のモニターを見て、きちんとした黒いレインコートを着た小柄な女が、ショルダーバッグを肩にかけ、腰に片手を当てて立っているのが見えた。実用的な2ドアのレンタカーが、私設車道にとめてある。

マイヤーは、インターホンのボタンに手をのばして、どういう人間でどんな用なのかきこうとしかけたが、まったく害のないようすで立っていて、脅威には見えなかったので、インターホンは使わなかった。見知らぬ女を追い払う前にもっとよく見ようと思い、立ちあがってウォームアップスーツと靴下という格好で家のなかを歩き、階段をおりて、玄関の間へ行った。そこでガラスごしに女を見ると、女がすぐに笑みで応じた。

女は若く、まだ大学生のように見えたが、品のいい服装だった。髪を真っ赤に染めていて、細面(ほそおもて)で茶色い目が小さかった。

マイヤーには、女性の服を着た少年のように見えた。

マイヤーはドアをあけず、ガラスのほうへ身を乗り出した。

「ご用件は？」オランダ語でマイヤーはきいた。

返事は英語だった。マイヤーは子供のころから英語が流暢に話せる。

「マールテン・マイヤーさん？　こんにちは、わたしはタリッサ・コルブです」

ショルダーバッグのなかをまさぐり、革ケースにはいった身分証明書を出した。ひらいて、マイヤーのすぐ前のガラスに押しつけた。

マイヤーは、身分証明書に書かれていることを読みあげた。「ユーロポール」迷惑そうに顔をしかめたが、心配はしていなかった。「わかった。タリッサ・コルブ、下級犯罪アナリスト、経済犯罪課……用件は？」

「おたがいに興味があることについて、すこしお話がしたいんです」

マイヤーは、付近に視線を走らせた。何度も逮捕されたことがあるので、手順はよく知っていた。逮捕するのにユーロポールがアナリストをよこすことはありえない。そもそもアナリストを現場に出すようなことはやらない。地元警察も連邦警察もいる気配がなかったので、ただ話がしたいだけなのだろうと、マイヤーは思った。

それでも、マイヤーはいった。「わたしの弁護士に電話してくれ」

女が首をふり、喉がすこしふるえているのに、マイヤーは気づいた。だが、女は力強い声でいった。「十分だけ時間をくれれば、帰るわ。信じて。このことは、こういうふうに先にわたしから聞いたほうがいいのよ」

マイヤーは、興味をそそられた。女を家に入れて、キッチンに案内し、そこで魚料理の焼けぐあいを見て、昨夜の残りのロブスターソースをホイップしはじめた。

「デン・ハーグから車でここまで来たんだね？」

「そうです」タリッサは答えた。「着いたばかり」

「経済犯罪の下級アナリストが、わたしにどんな用があるんだ？」

「パートナーシップを望んでいます」

マイヤーは、卵を泡立てていたのをやめて、不思議そうに彼女のほうを見た。

「なんだって？」


十五分後、取り出さなければならないのを思い出したときには、オヒョウは焦げていた。それまでずっと、マイヤーはキッチンのアイランドを挟んで、ユーロポールの女と向き合って座り、ワインを飲みながら――女にも勧めたが、いらないといわれた――女のくどい説明を聞いていた。

要点はわかりやすかった。マイヤーは国際法執行機関の捜査対象になっていて、未来は暗いが、女はその問題を消滅させることができるという。

女は、自分がやることと、マイヤーにやってもらいたいことを告げた。

女の話を聞くうちに、マイヤーはあることに気づきはじめた。弱いところが目に留まった。それもいくつかある。彼女はこうして対面していることに怯え、手のふるえがとまらない。権限があるような口調で話そうとしているが、なんの権限もないのかもしれないと、マイヤーは怪しんだ。

時間がたつにつれて、この訪問そのものが異様な感じになってきた。

ついにマイヤーはいった。「つまり……わたしがオンライン銀行送金の記録を違法に手に入れる見返りに、捜査状況を教え、捜査を鈍らせるか中止させるためにできるだけのことをやるというんだな」

タリッサはうなずいたが、黙っていた。声がうわずるのを心配しているのだろうかと、マイヤーは思った。

マイヤーは、一瞬口ごもってからいった。「きみが玄関に来たときにいったように、弁護士に連絡したい」

「悪いけど、マイヤーさん。あなたが弁護士に話をしたら、この取引はなしよ」

マイヤーは身を乗り出して、アイランドに肘をつき、鋭い目つきになった。「とっくにこの取引はなしになっているんだ、お嬢さん。きみが関わっているような犯罪行為は手伝いたくない。わたしは正直な人間だ。わたしの仕事はすべて公明正大だ」

女は見つめ返すばかりだった。

「それに」マイヤーがいった。「いま出ていかなかったら、明日の朝、きみのことを当局に報告する」

女は席を立たなかった。

「聞こえないのか？」マイヤーが、大声でいった。「わたしの家から出ていけ」

力強い声が女に残されていたわずかな力を押し潰しているのが、見て取れた。女の唇（くちびる）がふるえ、声がうわずっていた。「わたしは出ていかない。わたしのいうとおりにしないと、やるしかなくなる――」

一瞬、間があいたので、マイヤーはその隙（すき）にいった。

「なにをやるしかないというんだ？」女が答えなかったので、くりかえした。「なにを……やるしか……ないんだ？」

女がアイランドに視線を落とし、弱々しくいった。「友だちを連れて戻ってきて、彼に説得してもらうことになるのよ」目に怒りが燃えあがった。「いいこと、わたしは彼になにができるか見てきた。あなたはそういう目には遭いたくないはずよ」

マイヤーは、この女は頭がおかしいのだと思おうとした。自宅にやってきて脅しをかけている。狂暴な男を連れてきて、犯罪行為を強制的にやらせるといっている。

マイヤーは、右手のキッチンを見て、包丁立てに目を留めた。大きな包丁を取ってふりかざし、女を逆に脅そうかと思った。怪我はさせない。他人を傷つけたことは一度もないが、怯えさせて玄関から押し出せばいい。何度も出ていけといったのだから、追い出す権利はあるし、女は明らかに非合法に活動している。

包丁を突きつけたぐらいで、警察に通報されはしないだろう。

女が、大声でどなりはじめた。「いいからわたしのいうとおりにして！　お願い！」

正気ではない、とマイヤーは心のなかでつぶやいた。怯えさせるために包丁を取ろうと決心した。だが、すばやく立ちあがったときに、包丁立てを見てしまい、その意図をばらしてしまった。

タリッサのほうが包丁立てに近かったので、さっと立ちあがり、マイヤーの視線をたどった。「やめて！」パニックを起こして叫び、包丁立てに手をのばして、前腕で払いのけて、マイヤーの手が届かないところに落とした。包丁がすべて飛び散ってキッチンを横切り、タリッサのうしろの低くなっているリビングに滑っていった。

一本だけを残して。

肉切り包丁一本が、タリッサの手に握られていた。落ちるときに取ろうとしたわけではないが、いつのまにか柄を握っていて、強化された鋼の刃先がオランダ人違法ハッカーのほうに向けられていた。マイヤーは恐怖に襲われて女のほうを見て、なにか握れるものはないかとうしろを見た。耐熱皿がはいっている引き出しをあけてから、カウンターを両手でなぞって、必死で得物を探した。コーヒーグラインダーと陶器のカップの棚を倒し、トースターを押しのけたが、なにも見つからなかった。

マイヤーが包丁を持った女のほうをふりかえると、女は必死でアイランドを乗り越えるところだった。女がすぐに目の前に来て、マイヤーの顎の下に包丁を突きつけた。

マイヤーは凍りついた。女もその位置から動かなかった。

ふたりとも数秒間、なにもいわなかった。緊張と激しい動きのせいで、ふたりとも息を切らしていた。

ようやく、女が荒い息でいった。「あなたのオフィスへ行く。そこで座るのよ」

十分後、タリッサ・コルブは、アムステルダムに着いたら買うようにとハリーに指示されていた結束バンドで、マイヤーの脚と腕を椅子に縛りつけていた。マイヤーはデスクのモニターやキーボードに向かって座り、額に汗を光らせて、まっすぐ前を向いていた。

タリッサは部屋を出たが、マイヤーの動きが見えるように廊下にいた。そこで、この手のことが自分よりも得意なアメリカ人に電話をかけた。

「ハリー?」相手が出ると、タリッサはいった。

「どうかしたのか?」

「彼を……捕まえてあるの。縛りあげた。でも、協力しないの」

アメリカ人が、ほっとして長い溜息をつくのが聞こえた。三十分前に呼び鈴を鳴らしたとき以来、タリッサはそれを聞いてやっと安心することができた。

アメリカ人がいった。「だいじょうぶだ。これまでよくやってくれた。おいそれとはやらないだろうと思っていた」

「でも、あなたは――」

「ここまできみにやってもらう必要があったんだ。この先はいっしょにやる」

「どうしてささやき声なの?」

ハリーがくすりと笑うのが聞こえた。「厄介なことになったと思っているのか?」

「そっちはどうなっているの?」

「だいじょうぶだ。マイヤーに集中しよう。ほかの手段を使わなければならない」

タリッサは声をふるわせ、落ち着こうとしたが、それができなかった。「わたし……あなたにやれといわれるようなことは、できないと思う」

「答を見つけなければならないんだ。いいか、今夜はおれたちがやらなければならないことができない。敵の数が多すぎる。今夜、こっちでだれかを脅したり、捕まえたり、拷問したり、尾行したり、殺したりするのは無理だ。だから、きみが頼りなんだ。新しい情報を手に入れてくれ」

タリッサは、オフィス内の男のほうを見て、これ以上なにかをやる力が自分に残されているだろうかと思った。しかし、顔をあげ、顎を突き出していった。「なにをやればいいの？」

「おれがやれといったとおりのことを、ためらわずにやれ。きみはおれになるんだ。おれがそこにいたら、そいつを使って十五分以内にＮＡＳＡにハッキングさせる。恐怖の神を植えつけることができるからだ」

「ええ、あなたがニコ・ヴコヴィッチにそうするのを見た」

「そのとおり」

「でも、わたしはあなたじゃない。恐ろしそうに見えない」

「脅しつけるのに肝心なのは、態度なんだ。なにかやられそうだと相手が思えば思うほど、そういうことをやらずにすむ。どこかのくそ野郎の首を折る能力をきみに伝授するのは無理だが、首を折られそうだと相手が思うような態度を教え込むことはできる」

「どうやって？」

「イヤホンをはめたままにしろ。こっちにはやつときみの声が聞こえるし、きみにはおれの声が聞こえる。いう台詞をひとことずつ教える。だが、動揺するな」

「わかった」すこしためらってから、タリッサはいった。

ハリーが答えた。「だが、いいか、タリッサ。この計画はうまくいくとはかぎらない。きれいなやりかたでもない。アイスピックをそいつの目に突き刺せとおれがいうときには、ほんとうに突き刺すとそいつに思い込ませる必要があるんだ」

タリッサは胃が痛くなった。「アイス……ピック？」

「非情にならなければならない。これから数分間、感情のないロボットになれ。おれの代わりにそれができれば、マイヤーをおれたちのいいなりに使うことができる。きみの妹がどこへ連れていかれるのかわかる」

「わかった」

おれはタリッサにキッチンへ行くよう命じ、集めるものを教える。車庫でタリッサが工具箱を見つけ、なにに使うのかとしつこく質問したものの、おれが指定したものをすべて二階に持っていく。

二階に着いたタリッサがいう。「ぜんぶ持ってきた。これでどうするの？」

「すべてやつのそばに並べろ。見えるところにあると、やつの不安が高まる」

一分後、タリッサが指示どおりにして、数分後にマイヤーにいうのが聞こえる。おれはタリッサにいうことを教えるが、マイヤーはなかなかいうことを聞かない。ときどき「くそったれ」というだけで、返事をしない。

ついにおれはいう。「よし、タリッサ。すこし痛めつけるしかない。すまないが、できるはずだ。プライヤーを持て」

見えないので、タリッサがそうしたかどうかはわからないが、工具に近づこうとしていないようだ。おれはいう。「プライヤーを取れ」

タリッサは答えないが、ゆっくりした動きと、テーブルの上で工具がぶつかる音が聞こえる。

やがて音がとまる。

マイヤーの前で、タリッサがいう。「できない！」

くそ。おれはいう。「だいじょうぶだ、タリッサ。スピーカーホンにしてくれ」

「わかった」カチリという音が聞こえ、おれは話す。おれの声はタリッサの声とはまったくちがう。そこにいたら、ためらいなくくそ野郎の体を引き裂いていたはずだから、そういう声を出す。

「やあ、マールテン」

「彼女がおまえに警告した男だ」

「ユーロポールか？」

おれは笑う。「ユーロポールの人間がこんなしゃべりかたをするか？ おれはヨーロッパ人じゃないから、ユーロポールじゃない。警官じゃないから、駆け引きはしない」

「それじゃ……あんたは何者だ？」

「おまえのきんたまをプライヤーで挟んで締めつけろと、そこの若い女を説得しているんだが、なかなかやってもらえないので困っている男だ。おれみたいに頭のいかれたやつは、そんなにいないのかもしれない」

マイヤーが、細い声で笑う。「彼女はそんなことをやらないし、あんたはここにいない。ちっとも怖くない。やめろ、アメリカ人。そんなのはブラフだ」

おれはタリッサにいう。「目標を考えろ。妹のことを考えろ。彼女とのあいだに立ちふさがっている男がいる。そこに座っているやつだ」

しばらく沈黙がつづく。ようやくタリッサがいう。「ええ……わかった」意外にも、金属の工具が動かされる音が聞こえる。

こんどはマイヤーがいう。「なにをするつもりだ？」

おれは感情のこもらないロボットみたいな声で話しかける。「タリッサ、ぐずぐずするな。やつは時間を稼いでいるだけだ。もう遅れは許されない。そいつの意志をいまからぶち壊す。それには肉体をぶち壊す必要がある」その支離滅裂な言葉を聞いたマイヤーは、なにが起きてもかまわないとおれが思っていると、いっそう確信するはずだ。相手を拷問して殺した直後でも、すかさずランチを注文できるような男だと思わせる。そういう心理戦には、大きな効果がある。肉体的な戦いほど効果的ではないが、その場におれがいないので、いまはそれがもっとも強力な道具だ。

マイヤーが哀願するのが聞こえ、タリッサの荒い息が聞こえる。気絶するのではないかと思うが、マイヤーは彼女に工具で痛めつけられるのを怖がっている。甲高い声でいうのが聞こえる。

「やめろ！　頼む！　やめてくれ！」

タリッサが口をひらき、その声におれは驚く。力の源泉を見つけたことは明らかだ。

「ここからはわたしがやるわ、ハリー。必要なことをやらせたら、あとで電話する」

「待て。なにをやるつもりだ？」マイヤーがわめいた。

答えたタリッサの声が、ロボットみたいな口調になっている。「友だちにやれといわれたことをすべて、あんたにやるつもりよ」

おれは念を押す。「生かしておけ。よく聞け。動脈に穴をあけたら、そいつはなんの役にも立たなくなる。おれたちには――」

「生かしておくわ」タリッサがいう。「ぎりぎり生かしておく」

そこで、タリッサが電話を切る。


たまげた。


「だれなんだ?」マイヤーが鋭い声できいた。「だれなんだ?」口から唾を飛ばし、目から涙をぼろぼろこぼしていた。

タリッサは、捕虜のほうに身をかがめた。ハリーと名乗っているアメリカ人が、ボスニア・ヘルツェゴヴィナの掩蔽壕でやったように、恐ろしい目つきで睨みつけた。電話で話をし、激情にかられて弾みがついていたので、どすをきかした声が出た。「はっきりとは知らない。でも、大量殺人者よ。この二、三日のあいだに、彼が三カ国で何人も殺すのを見た。わたしはこういうことは一度もやっていないけど、あなたは運が悪いわね。わたしはもうキレたの。あのアイスピックを取って、あなたのからだに小さな穴をあける。人体の構造に詳しくないから、彼が注意したように、動脈に穴があくかもしれない」肩をすくめた。「今夜は、おたがいに運がいいかもしれない。ためしてみましょう」

「くそハッキングをやる！　ハッキングをやる！」

「あなたが時間稼ぎをするだろうって、わたしの友だちはいっていた。さっさと先に進めて、わたしの決意を示したほうがよさそう――」

「時間稼ぎしない。両手を自由にしてくれれば、すぐに取りかかる。やる必要があることをいってくれ」

タリッサは、数秒、考えるふりをして、アイスピックを自分の顔の前でふった。ようやくいった。「ものすごく速くことを進めてもらわないといけないのよ」

「そうする！　そうする！　やってみせる！　痛めつけないでくれ」

タリッサは、これほど動悸（どうき）が激しくなったことはなかった。命を落とすおそれがあるのは相手のほうなのだ。それでも、肉切り包丁でマイヤーの手首の結束バンドを切り、椅子をコンピューターのほうへ押しやった。

38

　ヤコ・フェルドーンは、カジノ・ディ・ヴェネツィアの最上階の窓の内側に立ち、正面の通路ごしに一ブロック先にある南北の通りを眺めていた。男が何人か通るのが見え、怪しい感じだったが、クラークがいったように、ジェントリーの姿は見えなかった。

　競（せ）りが行なわれている隣の建物にいるホールを、フェルドーンは呼び出した。「ホールか？　こちらライオン指揮官（アクチュアル）。市場を閉めるまで、どれくらいかかると思う？」

　ホールが、ささやき声で応答した。「三十分もかからないと思うが、あんたもボスのことは知っているだろう。かなり興奮している。いまにも出ていくかもしれない」

　コカインをやっているという意味だと、フェルドーンにはわかっていた。しじゅういっしょに旅行しているので、意外ではなかった。

　まもなくロサンゼルスに向けて出発しなければならず、ジェントリーを仕留める時間があまり残されていない。焦（あせ）りはじめていたフェルドーンは、圧力を高めようと決意した。

フェルドーンは、自分のチームに無線連絡した。「ライオン指揮官(アクチュアル)から全ライオンに。全員、輪を縮めろ。やつがいるとしたら、この付近にいるはずだし、いなければ、なにをやろうと関係ない」

一分後、チームのふたり、クラークとファン・ストラーテンが、向こう側の道路から路地にはいってくるのが見えた。すこし登り坂になっている路地を、ふたりはぶらぶら歩いてきた。

フェルドーンは、ふたりをしばし見てから、視界内の窓すべてに視線を走らせた。数十面の窓があるが、カジノに通じている路地の入口にある三階建ての建物の窓三面に、そのたびに視線が向いた。七〇メートル離れていて、地階と一階はレストランとナイトクラブの裏口だった。

だが、二階以上の窓は真っ暗だった。

フェルドーンは、ひとりごとをつぶやいた。完璧な照準線、双眼鏡で観察できる近さだが、回避および脱出(E&E)が可能なくらい離れている。客で混み合っているから、はいり込みやすい。

フェルドーンはうなずいた。

おれならあそこにいるだろう。

無線機を耳に当てた。「ヨンカー、ドイカー。おまえたちの位置は？」

一秒後に応答があった。「こちらドイカー。二ブロック北です」

「こちらヨンカー、一ブロック東、南北の通路にいます。輪を縮めますか」

「ふたりとも、ナイトクラブがある建物へ行け。二階と三階に行って調べろ。おれの位置が見えるような場所をすべて調べろ」

「すぐにやります」ドイカーが応答し、ヨンカーもつづいて応答した。

だが、フェルドーンはそれに満足しなかった。「ルーツ、ふたりを支援しろ。従業員用ドアへ行って、表でだれかが出てきた場合に備えろ」

「了解」ルーツが応答した。「しかし、報せる。このあたりにいるはずのない男が、さらにふたりいる。通路の南の運河前です」

「なにをやっている？」

「歩きまわり、写真を撮っていますが、おれの目はごまかせない」

「わかった」フェルドーンはいった。「CIAの連中がターゲットを捜している可能性が濃厚になってきた。そいつらを避けろ」

「わかりました、ボス」ルーツが答えた。

フェルドーンは、きわめてかすかな動きでも見逃すまいと必死になり、〈シュタイナー〉の双眼鏡で窓を監視した。世界最高の暗殺者が付近にいることを、いまなお願っていた。

タリッサに電話しようかと思って、十分待ったが、電話しないことにした。マイヤーを拷問していうことをきかせようとするときは、すこし演技過剰だったが、ちゃんとやれるような口調だった。最後には拷問しなければならないかもしれないが、いつまでも忘れられないようなことをやらないことを願っている。

自分の困った状況に意識を戻したとき、男ふたりがそれぞれ反対方向から歩いてきて、カジノと市場がひらかれている建物の前の路地を進みはじめるのが見える。ふたりともこの付近にいてもおかしくない感じだが、合流してたまたまおなじ方角に向かうのは奇妙なので、おれは入念に観察する。

双眼鏡で眺めて、服の下に銃がないか、靴やブーツや時計が戦闘員らしくないか、通信機器を隠していないか、見極めようとする。

なにも見当たらなかったが、悪党を探知するおれのソナーが鳴りはじめる。

あいつらはマラ・デル・ブレンタの構成員ではないし、イタリアのマフィアとは外見も感じもちがう。

それに、地上班でもない。それはありえないだろう。仮にマット・ハンリーがコンソーシアムに関係していたとしても、地上班は無関係だから、コンソーシアムのためにその軍補助工作員を派遣することはありえない。ちがう。おれを拉致してワシントンDCに連れ戻そうとするCIA要員が、競りの会場にこんなに接近するはずはない。

つまり、ドゥブロヴニクからずっと、おれが捜していた連中かもしれない。コンソーシアムのなんらかの警備部隊だろう。おれを捜しにきて、距離をあけていたときには姿を隠していたのだ。しかし、そいつらが通りの向かいの暗い壁のくぼみで煙草に火をつけたときに、はっきりと正体がばれた。

それに、あの二人以外に、何人もいることはまちがいない。理由として、いくつかのことが考えられる。ひょっとして地上班を見かけて、配下を呼び戻したほうが、争いを起こさずにすむと思ったのかもしれない。あるいは、おれがいる気配がないのに焦り、パトロール部隊を呼んで、親玉のために防御を固めているのかもしれない。

ひょっとして、おれを見つけて、殺すために集まってくるのかもしれない。

選択肢を比較考量しながら、おれはじっとしている。これまで一時間、競りの会場から出てきたディレクターを撃ち殺そうかと夢のようなことを考えていたが、その計画には多くの問題がある。ディレクターは警護陣に囲まれて移動している。それをさきほど見ている。したがって、この距離から照準器の鏡内像に捉えることができたとしても、すぐに射線から出てしまうだろう。しかも、大がかりな警備が行なわれているから、この建物から発砲したら、どれだけおおぜいの武装したやつらが押し寄せるか、想像もつかない。いまも敵に囲まれた状態だから、包囲の輪をくぐり抜けるのは、きわめて困難だろう。

この戦闘に地上班を巻き込むことも考えている。要するに、おれがここで見物しているあいだ、ふたつの勢力が衝突するきっかけをひねり出す。うまくすると、七〇メートル離れた建物にいる拉致被害者の女たちのために、なんとか手を打つチャンスが得られるかもしれない。

いや、だめだ。それではおおぜいが死ぬおそれがある。まわりに一般市民がいるし、地上班はおれの任務を邪魔するために来ているとはいえ、やはり仲間なので、彼らを騙して、もともと予定になかった銃撃戦に巻き込むようなことはやりたくない。

もっと写真を撮るほかに、この監視所からできることはないと、しだいに腹が決まる。そこで、競りが終わったあとでまた撮影するつもりで、じっと待つ。

だが、まもなく建物のおなじ階から足音が聞こえる。男がふたり、ゆっくりと用心深く進んでいる。

捕食者。

その二階へ出入りするルートをすべて考慮して、脱出ルートを考えてある。そいつらが右側を移動しているので、おれは部屋を出て左へ進む。足音をたてないように気をつけ、進行方向からだれかが来ないかどうか、耳を澄ますが、じきに裏階段に達し、一階のナイトクラブに向けておりていく。

数秒後にナイトクラブにはいる。薄汚いさえない店で、音楽もひどい。おれはそこを通り抜ける。

地階で階段から出て、隣のレストランの調理場に通じる従業員専用ドアを通る。レストランはもう閉店している。暗くがらんとした場所を進みつづけ、裏口まで行く。そこで躊躇(ちゅうちょ)する。窓がないので、表でなにが待ち構えているかわからないが、うしろからまた音が聞こえるような気がする。コンソーシアムの警備チームが、おれを狩り出すことを願い、〝域内掃討(フラッド・ザ・ゾーン)〟をやることにしたのかもしれない。

出ていく前に、コックかウェイターの制服はないかと探した。制服は見当たらないが、モップといっしょに、皿洗いが使うようなゴムの大きいエプロンが吊るしてあるのが目にはいる。仕事を終えて帰るレストランの夜勤従業員に見えることを願い、それを着けて、堂々とドアをあける。

そこは狭い路地で、高い壁に囲まれ、運河沿いの道が前方に見える。ゴンドラやモーターボートが通っているので、大運河(カナル・グランデ)だとわかる。広々とした運河は上流も下流も、両岸ともに船が係留されていて、脱出ルートには最適だ。

そう思うのは、ほんの一瞬だ。

運河沿いの道にいる男ふたりが、視界にはいる。こちらを見て、足をとめる。

おれも立ちどまる。

ひとりはトラヴァーズだ。

三〇メートル離れているが、ここからでもトラヴァーズに識別されたとわかる。

おれは逆方向に走ろうとするが、その前にトラヴァーズが声を限りに叫ぶ。「ジェントリー、伏せろ!」

トラヴァーズとおれが行動している世界では、〝伏せろ!〟という叫びは、〝手錠をかけるからうつぶせになれ〟という意味ではない。明白に〝何者かがおまえを撃とうとしているから伏せろ〟を意味する。

体で憶えている動きがとっさに効果を発揮する。勢いよく倒れていくのを自覚するいとまもなく、硬い路面に胸から着地する。

路面にぶつかると同時に、うしろから拳銃の乾いた銃声が聞こえ、もう一度銃声が響いたとき、おれは右に転がる。動くターゲットになるとともに、右腰の拳銃を抜くためだ。

二度目の横転でグロックを手にしたおれは、何台もならべてとめてあるスクーターの蔭に向けて、四、五メートル左へそのまま転がりつづける。

夜の闇にまた銃声が響き、おれの頭から三〇センチ離れた路面に火花が散る。おれは股のあいだから応射する——なにを撃っているのか、皆目わからない。

おれが北の敵に向けて応射すると同時に、南の運河のそばから拳銃二挺で速射する音が聞こえる。トラヴァーズと地上班のもうひとりが、おれに向けて発砲しているやつと交戦している。これを生き延びて、ふたりにビールをおごって感謝できることを願う。

三人が撃ち合っているが、だれが被弾したのかはわからない。

スクーターの蔭から覗くと、ナイトクラブのある建物の角に銃口炎が見える。すると、おれの右のレストランのドアがあき、すぐさま銃口炎がまたたく。おれが身を引くと同時に、男ふたりが駆け出して、路地の反対側でスクーターの蔭にしゃがむのが見える。

これで三対三になる。全員が物蔭にいるが、大きな銃声から判断して、敵のひとりはライフルを持っているようだ。

おれは肩ごしにうしろを見る。トラヴァーズとその相棒は、運河のほうへ後退し、船を舫うのに使う鉄柱の蔭にしゃがんでいる。

膠着（こうちゃく）状態のようにも思えるが、双方とも銃を持った男がもっとおおぜいいて、この戦いに駆けつけてくるはずだ。

クリス・トラヴァーズは、掩蔽（カヴァー）に使っている鉄柱の左側からさっと覗き、コート・ジェントリーが二〇メートルほど前方で、路地にスクーターが何台もとまっている蔭でひざまずいているのを見つけた。

トラヴァーズは、送話ボタンを押した。「Z（ズールー）部隊、おれたちはカジノの二ブロック西にいる。この路地の名前は知らない。大運河がうしろにある。三人……あるいは四人の敵が、おれたちの一ブロック北にいる。用心して接近しろ」間を置いてからいった。「だが、さっさと来い！」

トラヴァーズは、数メートル離れたところでべつの鉄柱の蔭にいるヒュームのほうを向き、SIGの弾倉を交換しているのを見守った。

「だいじょうぶか、ピート？」

「いまのところは。でも、うしろの汚い水に跳び込まないといけないかもしれない。あまり気が進まないが」

ヒュームがまた撃ってから、身を縮めた。

トラヴァーズは、衛星携帯電話の呼びかけを左耳のイヤホンで聞いた。銃声を締め出すために、右耳に指を突っ込んだ。

「こちらZ（ズールー）、どうぞ」

「現況報告は？」スーザン・ブルーアだった。さすがに識別手順で時間を無駄にしなかった。

「ヴァイオレイターを目視しているが、敵と接触している」

「だめよ。敵と交戦（ネガティヴ）してはいけない」

「まあ、その指示は手遅れですね」トラヴァーズは、右に身を乗り出して一発放ち、三〇メートル離れたところで、ひとりがスクーターの列の蔭にあわてて戻るのを見た。

横でヒュームがいった。「敵が増えた」

「運河のほうに目を配れ。船に乗っているやつがいたら厄介（やっかい）なことになる」

スーザンがまたいった。「ズールー、ただちに交戦を中止し、その地域を出るよう命じる。いますぐに！」

「ヴァイオレイターを捕えていない。いまわれわれがここを離れたら、ヴァイオレイターは必死に逃げないといけない」

「ヴァイオレイターはそれが大得意よ。ほうっておいて、街の中間準備地域に戻り、指示を待って」

「しかし——」

「あなたたちの正体がばれたらまずいのよ。話は終わり。ブルーア、通信終わり」

「ちくしょう！」トラヴァーズはどなり、送信ボタンを押して、チームに指示した。「全ズールー、さっきの命令は取り消す。隠密脱出(エクスフィル)のために合流点(RP)へ移動」

北からさらに銃声が何度も響いた。

ひとりが、トラヴァーズの命令に応答した。「了解……しかし、だれかがまだ交戦してます」

「おれたちだよ。おれたちもいま敵の射線から出る(オフ・ザ・X)」トラヴァーズは、ヒュームのほうを向いた。「おれの左へ行け。おれはおまえのすぐうしろにいる」

ヒュームが横に移動し、トラヴァーズはグロックの残弾を前方に向けて撃ち尽くし、弾倉を交換した。ヒュームが路地から死角になる建物の角に達すると、トラヴァーズはひとりごとをつぶやいた。「幸運を祈る、コート」それから、ヒュームにつづき、敵の射線から逃れた。

ふたりは建物の運河側に積まれた木箱の上を走った。何世紀ものあいだ人間が歩いてつるつるに磨かれた石畳でヒュームが足を滑らせて、左側の運河に落ちた。トラヴァーズが立ちどまって、ヒュームを引き揚げ、ふたりは狭い通路を駆け出して、西に逃れていった。

おれは一秒間撃つのをやめて、グロック19に最後の弾倉を押し込み、そのときに、敵に応射しているのが自分独りだと気づく。肩ごしに見ると、トラヴァーズが運河沿いの建物の側面から姿を消すところだ。

まあいい。

なにがあったのかは知らないが、スーザンが関わっていることはまちがいない。

スクーターの蔭から身を乗り出そうとしたとき、うしろから甲高い(かんだか)サイレンの音が聞こえる。警察の大型スピードボートが視界にはいり、スポットライトがおれと路地の敵に向けられた。

おれのグロックは股のあいだにあり、ボートの警官には見えないはずなので、地面に落とし、そばの溝に蹴り込む。それから両手をあげ、若い女みたいに甲高く叫ぶ。

「助けて！　助けてくれ！」

北の銃声が熄む(や)。コンソーシアムの警備陣は、付近から逃げ出している。おれもそうすることにする。深く息を吸い、イタリアの警官が射撃下手(べた)か、引き金を引くのに手間取ることを祈りながら、全力疾走で路地を走り抜け、レストランのドアへ行く。鍵はかかっていない。だれもおれを撃たない。なかにはいると、ナイフを抜き、悪党がまだいるかもしれないので用心深く進んでいく。

だが、まもなく逃げようとしているクラバーやクラブの従業員の群れにまぎれ込む。ゴムのエプロンが役立ち、そのなかのひとりに見える。

ひとの群れといっしょにサン・レオナルド大聖堂まで走り、おれはそこでエプロンを捨て、走りつづける。

39

ショーン・ホールは、警護対象のケイジとともに、銃声が聞こえる一〇〇ヤードうしろとは逆の方向へ運河の岸を急いで進んでいた。ケイジを囲む警護班の人間は、ホールのほかにはふたりしかいなかった。撃ち合いがはじまったとき、あとの四人は市場の他の場所にいて、まだ追いついていない。

隠れ家にいるクローディアと女ふたり、マーヤとソフィアは、マラ・デル・ブレンタの構成員に護られ、警戒態勢は強化されていると、ホールは知らされていた。

ホールは、ケイジの肩に左手を置いて走りながら、マイクに向かって叫んだ。「ボートを運河の岸に着けてくれ。カジノの二〇〇メートル北だ！　親玉が四十五秒後にそこへ行く。急いでくれ！」

マホガニーの船体のスピードボート二艘のうちの一艘の操縦手が、そうすると応答し、すぐに〈スピリット・ヨットP40〉が細い運河を進んでくるのが見えた。

ケイジと警護班のふたりとともに乗り込み、スピードボートが運河を航走しはじめるとすぐに、ケイジはふたたびマイクで呼んだ。「ライオン指揮官（アクチュアル）、受信しているか？」

「ライオン・アクチュアルだ」

「やつを殺（や）ったか？」

長い間があった。「いや（ネガティヴ）。われわれはべつの敵と遭遇した。部下がひとり死んだ」

ホールは頭を両手で抱えた。自分が働いている組織が、たったいまＣＩＡ要員と撃ち合った。それでなくても状況は悪化していたのに、さらにひどいことになった。

コンソーシアムのディレクターに雇われていると、もっとひどい事態に巻き込まれるかもしれないとホールが不安にさいなまれていると、膝（ひざ）を軽く握られるのを感じた。ホールが顔をあげると、向かいに座っていたケイジが身を乗り出していた。機関と船体が水面を打つ音のなかで聞こえるような大声で、ケイジがいった。「ありがとう、ショーン」

四十歳の元ＳＥＡＬ隊員のホールは、腹の底から吐き気がこみあげそうになった。うわの空で答えた。「いいんです」

ケイジが、さらにいった。「クローディアとアメリカに連れていく女ふたりは、ジェット機に乗せて、いっしょに連れていこう」

ホールは、愕然（がくぜん）とした。「あすのべつの便に乗せましょう。商品（マーチャンダイズ）といっしょに旅をしたことはなかったはずです。

ケイジが首をふった。「ここから連れ出したい。いますぐに！　手配してくれ」

ホールは、腹立たしげにまたカフマイクを口もとへ近づけた。警護チームのふたりをマラ・デル・ブレンタの隠れ家に行かせて、ドクター・クローディア、マーヤ、ソフィアをマルコ・ポーロ空港まで運ぶ。ケイジ、フェルドーン、女たち、ほか何人かがガルフストリームに乗り、アメリカ本土に向かう。

ホールは早く飛行機に乗りたかった。危険から遠ざかり、ケイジとも離れて、安全な場所でウォトカを痛飲したいと思っていた。

大運河付近での銃撃戦の一時間半後、おれはヴェネツィアの北西約三〇キロメートルにあるトレヴィーゾというイタリア本土の街で、タクシーをおりる。乗っているあいだに、タリッサに二度電話した。最初は電話に出なかったが、二度目は出て、声にストレスが感じられたものの、マールテン・マイヤーが目の前にいて、すばらしい技倆(ぎりょう)でタリッサが狙っていた銀行の記録にハッキングしていると、自信たっぷりにいった。定期的に情報を伝えるよう頼んでから、アメリカへ行くことをおれは伝える。

タリッサは驚いたが、考えれてみれば当然だとわかるはずだ。ロクサナは、自分を捕えているのはアメリカ人だし、西海岸に連れていかれるといっていた。すべての道は西に通じる。それに、おれが狙うなにかもしくはだれかについてタリッサが情報を教えるときには、アメリカにいたい。

おれはシーレ川を見おろす橋までタクシーで行き、運転手が視界から見えなくなると、よく手入れされた樹林を通って、水が流れていない排水路まで行く。その向かいにしゃがみ、双眼鏡を出して、正面の大きな金網のフェンスの隙間（すきま）から覗（のぞ）く。

一〇〇メートル前方に、トレヴィーゾ空港を離発着する自家用機向けの運航支援事業者（FBO）がある。その建物の向こう側に格納庫と駐機場があり、高級なビジネスジェット機が何機かとまっていることを、おれは経験から知っている。

そのなかにCIAの専用機があることを願っている。

おれをアメリカに連れ戻すための飛行機があるはずだ。

それをハイジャックするつもりだ。

その高みからは一機も見えなかったので、フェンスを乗り越え、向こう側におりて、明かりを避けながら駐車場を進みはじめる。

三分後、駐機場の端の商用トラックの下に伏せている。前方のさまざまな機種十数機に視線を走らせる。すべてビジネスジェット機だ。ボンバルディア、サイテーション、リアジェット、エンブラエル、ガルフストリーム。だが、おれはダッソー・ファルコン50に目をつける。まわりの飛行機よりも旧(ふる)いが、状態はいいようだ。だが、ことに目を惹(ひ)くのは、そのファルコン50がFBOの他の飛行機とは異なり、エアステア（機体に収納できるタラップ）をおろし、尾部の貨物ハッチをあけてあることだ。しかも、補助動力装置(APU)（おもに地上で航空機に空気圧・油圧・電力などを供給する装置。大型機は搭載することも多い）が機首近くに置いてある。

何者かがすこし前に降機したか、まもなく使おうとしている。コクピットとキャビンの明かりは消えているので、すぐに出発することはなさそうだ。いい兆候だと、おれは判断する。

必要なことをやる時間の余裕がある。マット・ハンリーに、ヴェネツィアへ行くことを教えた瞬間から、おれを捕えて連れ戻す人間をよこすだろうと確信していた。イタリアでCIAの仕事をやってからだいぶたつが、ここのFBOを使ったのを憶えている。CIAがおなじ施設を使うと確信していたわけではないが、その可能性は高いと思った。

おれには幸運が必要だし、それをつかんだと思う。

民間の旅客機でアメリカに行くことはできない。どのヨーロッパの空港でもCIAの顔認証で見つかり、捕まって、送り返されるまでCIAの隠れ家に監禁されるだろう。

それに、貨物船に乗ってアメリカまで行くような時間の余裕はない。

だから、手にはいるひとつのものを利用する。おれをアメリカに連れ戻して働かせたいと思っているCIA本部長の怒りに乗じる。

トラヴァーズの地上班がここに到着するまで三十分くらいかかるとわかっている。おれはこれから機内に忍び込み、機長と副操縦士が飛行前チェックリストを行なうために来るのを待つ。そして離陸させ、特別活動センターの連中を置き去りにする。トラヴァーズたちは当然、CIA本部(ラングレー)に連絡するだろうし、この飛行機がどこに着陸するにせよ、盛大な歓迎陣が待ち構えているだろうが、アメリカ国境を越えたところで機長に緊急事態だと報告させれば、ハンリーがおれを捕えるために部下を派遣する前に降機できるはずだ。

そう、計画では、これで行けるはずだ。飛行機をハイジャックしたことはないが、おれはやけっぱちで、選択肢もとぼしい。

だからこんなことをやる。

これが罠ではないという読みがはずれた場合のために、代案(プランB)もあるが、プランBはさまざまな要素に左右されるし、おれの経験ではそれはあてにならない。

プランBにはぜったいに頼りたくないし、やらざるをえないのは、それが最後の頼みの綱になったときだけだ。

おれはトラックの下から這い出して、ファルコンに向かったが、はたと立ちどまる。おれがやることで、こんなに簡単だったことが、これまでにあったか？　急に幸運がめぐってきたことを除けば、罠にはまり込むかもしれないと思わせるものは、前方になにも見当たらない。

しかし、ゆっくりと用心深くやっている時間はない。行動しなければならない。かまうものか、と自分にいい聞かせ、夜の闇のなか、駐機場を横切って歩く。

一分後、エアステアを昇る。ふたつの理由から、武器は持っていない。理由はふたつある。ひとつ、一挺しかなかったグロックは、溝に蹴り込んだ。ふたつ目の理由は……CIAの人間を殺すようなことは避けたいし、向こうもおれを殺すつもりはないだろう。ハンリーはおれを生け捕りにしたい。利用できるからだ。

おれは暗いキャビンを覗き込む。エンジンがかかっておらず、昇降口があいているのに、機内の照明がすべて消されているのは奇妙だ。機長と副操縦士は空港内にいないのかもしれないと思うが、近くのラウンジにいるのならべつとして、ファルコンをこんな不用心な状態にしておくはずはない。

もちろん……これが罠なら……話はちがってくる。

そのとき、おかしなことが起きる。キャビンの奥のソファの上で、ライトがひとつ点灯する。なにを見ることになるのか、おれははっきりと悟る。ライトのほうを向く。

男が片脚を膝の上で組んで座っている。カウボーイブーツと、手にした〈コロナ〉の瓶ビールがはっきり見える。うしろのライトでシルエットになっているが、それだけでじゅうぶんだ。

男が言葉を発する前から、だれだかわかっている。

「元気か(ハウディ)、6(シックス)。乗り物を探してるのか?」

くそ。顔が見えなくても、おれが地上班に属していたころのチーム指揮官、ザック・ハイタワーの声だとわかる。いまは関与を否定できるCIA資産(アセット)として、マット・ハンリーに動かされている。

おれとおなじように。

特務愚連隊(グーン・スクワッド)でのザックのコールサインはS1(シエラ・ワン)、おれはS6(シエラ・シックス)だった。この十年間、ザックはおれをずっと6(シックス)と呼びつづけている。

おれはできるだけ平静を装って答える。「マットが迎えの飛行機をよこすのはわかっていたし、たぶんあんたが乗っているだろうと思っていた」

ザックが、ビールをひと口飲んだ。「もうわかっているだろうが、マットがおれを呼んだのは、道理をわきまえろとおまえを説得するためだ。いつだっておまえは道理を無視する。だからおれは、手荒にやらなきゃならなくなる」ザックがいう。「手荒なことをやらせないでくれ」

ザックは腕が立つし、すこぶる荒っぽいとわかっている。

ほんとうにふたりきりだというのをたしかめるために、おれは機内を見まわす。「どういうふうに手荒にするつもりだ？」

「トラヴァーズとやつのチームが、ここに向かっている。今夜、だいぶ騒ぎを起こしたらしく、呼び戻された」

「しかし、まだ到着していない」

ザックが笑う。おれを思いどおりにはめたのがうれしいのだ。「機長と副操縦士も来ていないだろうが、間抜け。アメリカまでずっと操縦するつもりか？」

おれはコクピットのほうを見てから、ザックに目を戻す。

ザックが笑うが、急に不安になるのがわかる。「おい、やめろ。それは無理だ」

「それじゃ、早く機長と副操縦士を呼べ」

ザックが首をかしげる。「おまえは局（エージェンシー）の飛行機をハイジャックするのか？」

「そういういいかたはしない。ただ借りるだけだ」

「それで、こいつをアメリカまでずっと操縦するつもりか？　おれが機長と副操縦士を呼ぶのを拒(こば)んだら、独りでやるのか？　本気か？　そういう筋書きか？」

「そういう筋書きは避けたかった。しかし、ほかの選択肢をあんたがよこさなかったら、やってみるしかない。あんた、ついていると思わないか？」

ザックが、あきれて目を剝(む)いた。「こいつはアマゾンやカナダやオーストラリアの奥地を飛びまわってる四人乗りの双発プロペラ機じゃない。高級なビジネスジェット機なんだぞ」

おれはまわりをもう一度見る。「だいじょうぶだ。もっと上等なのも見ている」

「おまえの操縦はひどいもんだ。いつだってひどかった」

「それじゃ、プロをここに呼んで、いっしょに夜明けに向かって無事に出発しよう」

ザックが、ビールの残り半分を飲み干して、げっぷをする。ザックは五十代のはじめだが、だれにも行儀を教わらなかったようだ。やがて、ザックがおれを見る。「おまえのブラフにコールをかけてやろう、6(シックス)。こいつをアメリカまで飛ばせ。おれもいっしょに行く」

くそ。

この大きさのビジネスジェット機を操縦することはできるが、大陸横断飛行はやったことがない。単独で、ほとんど睡眠をとらずにできることではないだろう。

しかし、ほかに方法があるのか？　外に出て尾部ハッチを閉めるために、エアステアに向かう。燃料が補給されているかどうかもわからないが、コクピットに行けばわかるだろう。

だが、エアステアの最上段に足をかけようとすると、距離九〇センチから拳銃がこっちを狙っているのが見える。

拳銃を持っているのは女で、拳銃は大型のＳＩＧだ。女が、キャビンに戻るようおれに手ぶりでうながす。

おれがキャビンに戻って座席に座ると、女がはいってきて照明をすべてつける。

ザックがうしろでいう。「騎兵隊の到着だ。ああよかった。おまえの操縦じゃ、アイスランドの山に激突していただろう」

おれはプランＢを考えながら、ザックのほうを見た。前部隔壁にいる女に背を向けているときに、女が口をひらく。

「あなたなのね」

おれはふりむく。えっ？　おれがもっとも怖れているのは、顔を見分けられることだ。そのため、おれの防衛本能は一気に高まる。しかし、すぐにこっちも彼女の顔を見分ける。前にＣＩＡの輸送機に乗ったときのフライトアテンダントだ。

あのとき、イギリスの飛行場での銃撃戦で生き残ったのは、おれと彼女だけだった。

「ああ」おれはいう。「おれだ」

彼女が、拳銃の銃口を下に向ける。

「前に乗っていたガルフストリームから、格が落ちたな」

「あの飛行機は現役を引退したと思う。穴だらけだったから」女がにっこり笑う。「働けるだけでもありがたいわ。命を救ってくれたお礼をいう機会がなかったわね」

「それほどでもなかったと憶えている。あんたは運悪く被弾し、おれは包帯を巻いて、立ち去った。あんたはどのみち助かっていたよ」

彼女がかぶりをふる。「でも、あなたはジェット機をタキシングさせて、危険なところから遠ざけ――」

キャビンの奥で、ザックがいう。「こんなときにおれをからかうのか？　おまえがスチュワーデスに惚れられるわけがないだろう？」

こんどは、彼女がカウボーイブーツの大男を睨みつけた。「わたしはスチュワーデスなんかじゃないわよ。馬鹿たれ！」

おれは大笑いする。今夜は、笑いたくなることがあまりなかった。

「あんたの忠誠心を疑うね、おねえちゃん。おれは作戦本部本部長の作戦をやってる。そいつはフリースタイルでやってるんだ」

彼女は、おれのほうを見たままで答える。「わたしもあなたとおなじDDOの作戦をやってるのよ、ロマンティック。だからといって、ちょっと知り合ったひとに挨拶(あいさつ)するぐらいかまわないでしょう」拳銃で脚の横を叩いた。「それに、だからといって、このひとにわたしのジェット機を盗ませはしない」

もっともな意見だ。おれはザックのほうを向く。「機長と副操縦士を呼んでくれ」おれはいう。「いっしょにCIA本部(ラングレー)へ行く」

ザックが腕時計を見る。「トラヴァーズが着くまで三十分ある。機長と副操縦士は五分以内に来る。燃料は補給してあるから、すぐに飛べる。エンジンをかけて、タイヤを蹴とばせばいいだけだ。地上班の連中が来たら、家に帰る。予定どおりに」

おれはキャビンの座席に背中をあずける。残された計画はプランBだけになり、ファルコンを独りで操縦して帰るほうがよかったかもしれないと思う。

それでどうなっていたかは、知る由(よし)もない。

40

ファルコンに乗り込んだCIA工作員六人の最後尾は、クリス・トラヴァーズだ。全員が銃撃戦を切り抜けたとわかり、おれはほっとする。狭いキャビンに六人が詰め込まれ、トラヴァーズがおれの正面に座る。

ほとんどが額に角が生えている人間でも見るような目を向けるが、トラヴァーズはおれと握手する。

こんな形で対面するのはうれしくないが、礼をいう恩義がある。「路地で注意してくれたのを感謝している」

トラヴァーズが、肩をすくめる。「あんたを生きて連れ戻すことになっていた」

「そうだな。で……あんたがチーム指揮官（TL）か。おめでとう」

トラヴァーズが、また肩をすくめ、チームのひとりが差し出したビールを受け取る。

「この野人どもに命令をどならないといけないから、大変だよ」ふたりが笑ったが、あとの連中はまだ装備をしまっていた。

つづいて、トラヴァーズがいう。「ちょっと質問。おれとこの連中は賭けをしたから、はっきりさせてほしい」

「わかった」

「先週、あんたはラトコ・バビッチをばらしたか？　おれはイエス、こいつらはたいがいノーだ」

「ノー」おれは答える。

トラヴァーズがにやりと笑い、部下のほうを向く。「つまりイエスだ」

チームのひとりがいう。「ノーでもあるんだ、クリス」

特殊活動センター（SAC）の六人が議論するあいだに、ファルコンが滑走路に向けて地上走行（タキシング）する。

ザックが隣にいて、こっちを見ているのがわかるが、できるだけ長いあいだ、彼の視線を避ける。離陸すると、あたりにひどい悪臭が立ち込める。

おれはちょっとあたりを見まわし、においの源（みなもと）を探す。たしかとはいえないが、ひとりが運河に跳び込むか落ちたのだろう。

ついに、空に上がって十分たつと、ザックがおれのほうに身をかがめる。

「おれが見落としてることがあるんじゃないか？」

「どういう意味だ？」

「つまり……おまえはＣＩＡ本部に帰りたくなかった。それなのに、ここに現われた。トラヴァーズとチームを乗せた。シャロンから拳銃を奪うこともできたはずだ。彼女がおまえを撃たないとわかっていたからな」

「いいたいことは？」

「要するに、おまえはみずから拉致された。さて……きかなきゃならない。どうしてそういうことをやったんだ？」

「アメリカへ行く必要があった」

不思議そうな顔で、ザックがきく。「嘘だろう？　仕事に戻るつもりなのか？」

おれは首をふる。「ポイズン・アップルの仕事に戻るためじゃない。その前にやらなければならないことがあるし、あんたたちの手助けが必要だ」

「ハンリーが了承するかね？」

おれはビールに手をのばす。「いや、ハンリーはぜったいに了承しないだろう」

ザックが、〈コロナ〉の残りを飲み干し、つぎの一本をまわしてもらう。ライムなしで渡されたので、調理室に座っていた男にどなる。シャロンが丸のままのライムを地上班のひとりに渡すとき、テディと名前を呼ぶ。テディがキャビンにライムを投げ、ザックが受けとめて、ポケットナイフを出し、櫛(くし)型に切る。「なあ、6(シックス)。おれが命令に従う男だというのは、知ってるだろう。マットのところへおまえを連れていけと、命令されてるんだ」

「それじゃ、あんたの頑(かたく)なな心に訴えるしかない」これが代案(プランB)だ。実行できたとしても、第一案(プランA)よりもだいぶ成功率が低いだろう。

ザックが、ライムの汁を瓶に絞り込む。「ああ、そうか、うまくいくといいな」

「おれは正しいことをやっているんだ。アメリカ人が関わっている恐ろしい大きな仕組みを暴いた。それを阻止したい」

ザックがひとことで答える。「つまらねえ」

「おれの狙いは、巨大な性的人身売買コンソーシアムだ」

メキシコのビールを飲みながら、ザックはおれの演説に退屈している顔になる。「性的人身売買か」

「ユーロポールのアナリストと協力してやっている。彼女の妹が拉致された。やつらは東欧からバルカン諸国経由で売る場所へ女たちを運んでいる。この組織が年間数十億ドルを稼(かせ)いでいるのがわかっている。つまり世界中に何万人もの拉致被害者がいる」

顎鬚(あごひげ)を生やしたザックが、表情を変えずに片方の眉をあげる。「ひどい話だな」

おれはザックの目を覗(のぞ)き込む。「まだ大人になっていない少女もおおぜいいるんだ、ザック」

それを聞いて、ザックがビール瓶をおれの前のテーブルに置き、顔をそむける。「ほんとうにひどいな」

「そのとおりだ。タリッサとおれは、もうちょっとでその実態を暴くところまで来ている。いま、その組織の上層部を突き止めるのに使える情報を、彼女が入手しようとしている。だが、西海岸のどこかに本拠があることが、すでにわかっている」

ザックは答えない。しばらく黙っているので、説得できそうだとおれは思う。

だが、ザックはいう。「命令があるんだ、6(シックス)。命令を受けたとき、おれはほかのことには耳を貸さない。悪いな。状況報告はよくわかった。おまえの考えは正しいだろうが、おれはいつもどおり命じられたことをやる」

おれは首をふる。「今回はやめろ。今回はおれに手を貸せ」

「まだそんな馬鹿なことをいうのか。おまえを殺せとおれが命じられたときのことを、憶えてるだろう？　おれはなにをやった？」

「失敗した」

ザックが、腹立たしげに溜息をつく。「まあな。しかし、ベストを尽くしたぞ。そうだろう?」

「それに、毎日そのことを悔やんでいる」皮肉だが、ザックには通じない。

「悔やんでいない。ただの一度も、受けた命令が賢明かどうか、考えたことなんかない。おれはこの組織に参加したとき、自分の考えを重視することをやめた。おまえは逆で、風の吹くままどこへでも行こうとする」

「だが、あんたはもうCIA（エージェンシー）の正規局員じゃない。ポイズン・アップルの資産（アセット）だ。つまり、自分で考えられるし、考えるべきだ。おれはあんたに、ハンリーやCIA（エージェンシー）やアメリカに敵対するようなことを頼んでいるわけじゃない。正しいことをやってくれと頼んでいるだけだ」

ザックがしばし口ごもるが、折れてはくれないとわかる。「悪いな、あんた」

顔をぶん殴りたいと思う。それが目つきに出たようだ。

「落ち着かないと、あいつらを呼んで拘束させるぞ」

おれは衝動をこらえ、革の座席にもたれる。つぎの切り札を出す潮時だ。

「マット・ハンリーが関わっているといったらどうする?」

ザックがひと呼吸置いてから笑う。「ハンリーが性的人身売買をやっているというのか」おれが答えないので、ザックはいう。「おいおい、それはありえないよ」

おれはトラヴァーズのほうを向く。「クリス、今夜の午前零時におれがカジノ・ディ・ヴェネツィア近くにいるという情報を、どこで手に入れた?」

おれに話していいかどうかわからないので、トラヴァーズがザックのほうを見る。ザックは、もうどうでもいいことだというように、肩をすくめる。

トラヴァーズがいう。「ブルーアだ。情報源を聞くと、それは〝必知事項(ニード・トゥー・ノウ)〟だといわれた」

おれがザックの顔を見ると、ザックはとまどっていた。トラヴァーズに向かって、ザックがいう。「おまえは現場のチーム指揮官(TL)だ。情報の良し悪しを判断するのに、情報源を知る必要がある(ニード・トゥー・ノウ)」

トラヴァーズがいう。「おれもそういいたい」

「ザック」おれは口をはさむ。「おれはハンリーに、ヴェネツィアに行くから、このコンソーシアムと呼ばれる組織と戦えるように手伝ってくれといった。それに対してハンリーは、コンソーシアムのことなどなにも知らないといった。十四時間後、ハンリーが地上班をおれに急接近させた。そこはヴェネツィアでのおれの人脈の縄張りからはかなり遠い、マラ・デル・ブレンタの縄張りだった。しかも、コンソーシアムが拉致(らち)被害者を競(せ)りにかける時刻とも一致していた。コンソーシアムのことをハンリーが知らなかったら、そんなことは起きるはずがないだろう？」

　ザックには答えられない。

　おれはことさら誇張してつづける。「あんたがおれといっしょにボスニアにいて、女たちを見たら。家畜みたいに連れまわされて、アドリア海でヨットに乗せられるのを、おれとおなじように見ていたら。女たちがどんな目に遭うかという話を、おれとおなじように聞いていたら。おれとおなじように、犠牲者のうちのふたりと、面と向かって話をしていたら……手伝ってくれるはずだ」

　ザックが決めかねているのが、いつもなら自信たっぷりな顔から読み取れる。ザックがいう。「戻ったらマットと話し合おう。このおかしな状況がはっきりするさ」

　また殴りたくなるが、今回はうまく隠す。ゆっくりと息を吸って、最後の切り札を出す。

「ザック……子供がいると、あんたはいったな。娘がいると」

　ザックが、おおげさに座席にもたれる。「いまここでおれに、娘っていう切り札を出すのはやめろ、6（シックス）」

「手持ちの切り札はなんでも使う。彼女はたしか、十二歳だったかな？　デンヴァーにいるといったな？」

「十三歳だ、この野郎。それに、ボールダーにいると思うが、会ったことがないからわからない。この話をやめないと――」

おれは畳みかける。「ボスニアで見つけたその地下牢に十三歳の少女はいなかった。だが、十四歳がふたりいると聞いた。十五歳や十六歳もおおぜいいる」

トラヴァーズが聞いていて、そっとつぶやく。「ボスニア？　それじゃ、やっぱりバビッチを殺ったんだな」

おれは否定しない。「女たちを西側に密輸するパイプラインの中継基地を、バビッチは仕切っていた。まるで恐怖の館だった」

「なんてこった」トラヴァーズがいい、ザックを無神経な男だと思っているような目つきで見た。「あんたに子供がいるって？　おれに教えなかったのは、どういうわけだ？」

ザックは答えない。

おれはいう。「ザック、おおぜいが死に、おおぜいが虐待され、おおぜいが自由を奪われた。この娘たちはみんな、父親がいるんだ。そういう父親は娘のためになにかをやる力はない。でも、あんたにはそういう力がある。こういうことに立ち向かわないようなら、あんたはいったいなにを信条としているんだ？」

ザックは、横の窓から長いあいだ外の暗闇を眺めている。

だが、ザックが口をひらく前に、おれのポケットで衛星携帯電話が鳴る。悪いことが起きたのかと、つかのま恐怖にかられる。電話をつかんで、タリッサからにちがいないと思いながら出る。「どうした？」

前回の電話とはちがって、タリッサが声を弾（はず）ませている。「重要なことをつかんだわ！」

41

タリッサが息を切らしているので、おれたちが必要としていた好機を見いだしたのだとわかる。おれがヴェネツィアでこそこそ動きまわり、変態のビリオネアの写真を撮り、銃弾をよけても手に入れられなかったような情報があるのだ。

「重要なこととはなんだ？」

「ロクサナがあなたに話した、〈ラ・プリマローザ〉に乗っていた心理学者ドクター・クローディア・リースリングよ。マイヤーが探り出した口座と結びついているアンティグアの口座を通じて、その女を見つけた。もとの口座情報に名前は載っていなかったけど、彼女の名義の個人銀行口座に、コンソーシアムとつながりのあるダミー会社から、毎月送金されている」

おれはものすごく感心した。その情報をおれが手に入れるには、いったい何人の顔を殴らなければならないだろう。

「その女はどこに住んでいる？」

「カリフォルニア州のパシフィックパリセーズに自宅があり、南フランスにもう一軒ある」

「すごいぞ。いまどこにいるか、見つけなければならない」

「その必要はないわ」タリッサがいう。

「どうして？」

「だって、あすとあさってどこにいるか、わかっているから」

「どこだ？」

「サンフェルナンド・ヴァレーの高級ホテルを二泊予約している」

おれはちょっと考える。「自宅の近くだ」

「一時間くらいのところよ。拉致被害者の女性たちを迎えに来た直後だし、仕事に関係しているんだという気がする。ホテルの近くの不動産情報を見て、牧場と呼んでもおかしくない広い場所の所有者を洗い出し、企業や信託基金などが登記しているものを調べた」

「恐れ入った」おれはいう。「どれぐらい時間がかかったんだ？」

タリッサがいう。「マイヤーとふたりがかりで三十分くらいかかった。とにかく、近くにいくつか牧場があって、コンソーシアムの一部だとわたしが判断したダミー会社百六十八社のうちの一社が所有している牧場が一カ所あるの。ロサンゼルスの北のサンフェルナンド・ヴァレーにあって、広さは六〇エーカー（約二四・三ヘクタール）。リースリングのクレジットカードの使用情報を調べて、この近くのホテルに毎月、二泊ないし五泊していることがわかった」

そのたびに人身売買の被害者が外国から連れてこられたのだろう。おれはこの飛行機では捕虜なので、目の前にコンピューターがなく、牧場のことを調べられない。だが、タリッサが教えてくれる情報をすべて聞いて、シャロンからボールペンとメモパッドを借り、書き留める。

それからおれはいう。「すばらしい仕事をやってくれた。それで、これからはものすごく用心しないといけない。そこを出たら、うしろを警戒しろ。マイヤーというやつが隙を見つけて付け込むかもしれない」

タリッサが答える。「マイヤーとわたしには取り決めがある、ハリー。マイヤーはなにもしないわよ」

おれは驚いて片方の眉をあげる。おれの指導なしに、タリッサはそこでなにをやっていたのだろう。だが、なにをやったにせよ、文句なしの成果だ。

「わかった」おれはいう。「どこかに隠れていてくれ。もっと詳しいことがわかったら、電話する」

「冗談でしょう？　ここにずっと隠れているつもりはないわ」

「こっちに来たら、危険な目に──」

「カリフォルニアに着いたら電話する」電話が切れる。

おれはザックのほうを見て、ザックがずっとやりとりを聞いていたのだと気づく。おれが口をひらく前に、ザックがいう。「ボスに電話しよう」

おれはうなずく。「あんたは正しいことをやっているんだ、ザック」

42

着陸まで五時間になったところで、ザック・ハイタワーがそばのテーブルに置いてあった携帯電話を取り、いくつかボタンを押す。頭上のインターコムに接続し、呼び出し音が鳴り、やがてカチリという音がしてつながるまで、三十秒のあいだ全員が無言で座っている。

「ハンリーだ」

いつものように、切り出すのはザックに任せる。「やあ、マット。識別確認は、W(ウイスキー)、Y(ヤンキー)――」

「荷物(パッケージ)はいっしょか?」

ザックが咳払いをする。「はい、本部長。いまインターコムにつないであります」

「パッケージも聞いているのか?」

「はい、本部長と話がしたいといっています」

「ヴァイオレイター」ハンリーがいう。声でいらだちを伝えようとしている。わざとらしい。こっちは激怒しているのだ。

「ききたいことがあるんですがね」おれはいう。

「インターコムを切れば、話ができる」

おれはザックに首をふってみせる。「ここにいるものはみんな、適切なデータをすべて受け取り、最高度機密情報（TS/SCI）を聞く資格があるし、おれがこれからいうのは個人的なことで、方法、形式、書式のどれをとっても、秘密扱いではありませんよ。インターコムを切ったら、ここにいる男七人と女ひとりに、会話を聞かれるのを怖れているというのとおなじことです。そうしたいですか？」

また間があり、おれがこれからいおうとしていることにハンリーが不安を感じているのが、手に取るようにわかる。

「だったら、いってみろ」

「コンソーシアムのことを知らないといったのは、嘘だった。地上班を配置する場所をスーザンに指示したのはあんただった。つまり、コンソーシアムの活動をよく知っていた。二十数人の性的人身売買被害者を救うのに資源を貸してほしいというおれの要求を、あんたは拒（こば）んだ。おれを捕えるために地上班をよこしたのは、おれがコンソーシアムに手出しするのを阻止するためだった。

おれは探偵じゃないが、こういったことすべてから、この国際性的人身売買組織にあんたがなんらかの形で関わっていることぐらいわかる。直接関わっているのかもしれないし、やつらの活動を隠蔽するのを手伝っているのかもしれない」

「ばかばかしい、ジェントリー。おれのことは知っているはずだ」

おれはいう。「それじゃ、あんたを操っているのはだれですか？」

ハンリーの溜息が聞こえる。おれと話をするときには、しじゅう溜息をつく。ハンリーがきく。「おまえはなにを知っている？」

「いうわけがない、マット。あんたが先に話してくれ」

ハンリーがこういう。「コート、おれがおまえに嘘をついたことがあるか？」

よくそんな白々しいことをいう。「嘘をついたことがあるか？　くそ、マット、あんたはおれを殺そうとした。それは勘定に入れないのか？」おれは横のザックのほうをちらりと見る。「ザックとふたりで」

ハンリーがすぐさまどなり返す。「命令だった！」

ザックが挙手する。「右におなじ。その話はやめよう。気持ちを切り替えろ」

ハンリーがいう。「コンソーシアムという名称は知らなかった。そう呼ばれているとは。

しかし、おまえがブルーアに電話してきたときに調べた。彼らのオペレーションのことは知っていたし、ヴェネツィアで集まりがあるのも知っていた」

「それを動かしているアメリカ人のことは？」

「まちがいなくくそ野郎だ。だが、資産（アセット）でもある」

おれは理解する。「そいつはなんらかの情報産物（インテリジェンス・プロダクト）（生情報を採集、照合、分析、統合、解釈してできあがったもの）を提供している。その見返りに保護している。そういうことか」

「そういうことだ」

「それじゃ、マット、パイプラインのことを調べるのをやめて、ゾーヤがどこかのくそまみれの地獄の穴で死なないように、さっさと帰ってこいと熱心に説いたのは、国際犯罪組織に情報プロダクトの供給をつづけさせるためで、ゾーヤは無関係だった」

「おれがイエスといったら、真夜中におれのベッドの足もとに姿を現わすつもりだな？」

おれは答えないが、なにを指しているかはわかる。じっさいにある雨の夜、話をするためにハンリーのところへ行った。その不法侵入をハンリーが快く思わなかったのは明らかだ。

おれが黙っていると、ハンリーはさらにいう。「実世界の人間は、おまえとはちがうんだ、懐かしのジェントリー。おれたちは命令を受ける立場だ。上層部の望みをかなえるために、おれたちは一所懸命働く。おれにも、話をよく聞き、敬意を表さなければならないボスがいる。ぶっつけ本番で、自分の馬鹿な頭に流れる音楽に合わせて踊るおまえとはちがうんだ。その音楽は、ほかのだれにも聞こえないんだよ」

「たとえ話ばかりするなよ、マット」

「それじゃ、はっきりわからせてやろう。こういうことだ。おれはいわれたんだよ。この中心にいる人物について——」

「そいつの名前は？」

「名前は知らない。暗号名だけだ」

「情報資産（インテリジェンス・アセット）の名前をDDOが知らない？　嘘っぱちだ」

「厳重に隠されてきた資産だ。もとは向こうから来た。はいり込み、容易には身許を突き止められない手順を設置した」

「わかった」おれはいう。「バルカンのパイプラインは、そいつをディレクターと呼んでいる」

「そうか。そのディレクターは、おれたちのために働き、そいつが生み出す情報プロダクトは、そいつがやっているかどうかわからないサイドビジネスよりも優先されている」

「サイドビジネス？　いいかげんにしてくれ、マット。そいつは大規模な国際性的奴隷組織を動かしているんだ。〈ピンクベリー〉のチェーン店とはわけがちがうんだぞ！」

　キャビンのおれの周囲が、水を打ったように静かになる。

　ハンリーは、おれに何度かひどい仕打ちをしたが、善良な男だと信じている。それに、何万人もの若い女や少女の人生を台無しにするような陰謀には加担したくないだろう。だが、ハンリーの道義の指針(コンパス)には、仕事への熱意ほどの力がない。だから、ハンリーはいう。

「その性的奴隷オペレーションを閉鎖させたいと心から願っている。だが、ディレクターを阻止しないかぎり、閉鎖できない。そいつはアメリカの国家の権益にとって自分がきわめて重要だということを実証した」

「どうやってそれをやった？」

「そいつにつづけてもらう必要があることを、そいつはやっている」

　おれは頭が切れるほうではないが、この稼業は長いので、最初からそうではないかと疑っていた。

「国際金融のことだろう。コンソーシアムのマネーロンダリングが芸術の域に達しているのは知っている。やつはほかの主体(エンティティ)とも協力している。テロ組織、ならず者国家、核兵器を拡散している国と。そして、そういった主体の情報をあんたたちに流している」

「認めることも否定することもできない」ハンリーがいう。

おれはハンリーを十年前から知っているから、そういうときには、否定しておらず、一〇〇パーセント認めているとわかる。

おれはいう。「しかし……そいつが犯罪行為にいそしむあいだ、あんたたちが干渉して保護しているから、そいつは協力しているんだ。それはわかっているはずだ。おれがこの一週間、通ってきた国ではすべて、政府関係者や官憲があからさまに下働きをしたり、なんらかの形でそいつの活動を手伝ったりしていた。あるいはそいつの正体がばれないようにしていた。買収できる人間を買収するのに、そいつは何百万ドルも使い、金で買収できない相手には重要な情報を流しているにちがいない」

ハンリーが、また溜息をつく。どういう部屋にいるかわからないが、暖房・換気・空調(HVAC)システムよりも大量の空気を循環させているにちがいない。ハンリーがいう。「そういう仕組みだ。どんな諜報作戦でも、そういうふうに動いている。コート、この稼業のからくりを、おまえはだれよりも知っているはずだろうが！　最大のくそ野郎どもに雇われているからこそ、よそのくそ野郎どもを付け狙うことができるんだぞ。それがおまえのビジネスモデルじゃないのか？」

おれは答えない。ハンリーが正論を吐くのが気に入らないからだ。

「そうだろう？」ハンリーがまたどなる。

十秒間の沈黙のあとで、ザックが静寂を破る。「6(シックス)、おまえが口を閉じていると、なんだか楽しいぜ」

ハンリーがまた口をひらく。「それなのにおまえは、ディレクターをかっさらって、重要な国家の利益をあきらめるのが正しいことだという。テロ組織、敵国の独裁者、武装勢力、麻薬カルテルの情報を捨てろという。悪いな、コート。おまえのことは好きだが、高慢な考えかたはやめろ。大局的なことはCIA(エージェンシー)がやる。おまえは部分的な仕事をやる」

おれは黙ってじっと座っている。

だが、ハンリーがなおもいう。「シナロアの最大カルテルをおまえが始末したとき……どうだったかな？　おまえがそいつらを倒したのか、それともそいつらの資源を使って、べつのやつを倒したのか？」

ハンリーの論理は正しい。まったくそのとおりだ。いい負かすことはできない。しかし、おれは懐柔(かいじゅう)されるような気分ではない。

「いいか」おれはいいかけるが、ハンリーが言葉をかぶせる。

「今回もそうだ。そうだろうが、ヴァイオレイター！　おまえはヴェネツィアでだれと会った？　おまえの友だちのルイジ・アルフォンシだろう？」

ちがう。おれが会ったのはアルフォンシの警備チーフだ。だが、揚げ足はとらない。

「やつらがなにをやっているか、知っているだろう？　銃の密輸、麻薬の密輸、難民の密輸。先月、そいつらとつながりのある船が、リビア人三十八人を乗せたまま、地中海で沈没した。まだ回収されていない子供の遺体がある」

ファルコンのキャビンに乗っている全員が、ハンリーの理屈におれがみごとに反論するのを期待して、おれのほうを見る。だがおれは「くそったれ、マット」というだけだ。

マシュー・ハンリーはＣＩＡ作戦本部本部長だ。口汚い下っ端の契約工作員の電話を一方的に切っても当然だが、切らない。

おれに好意や敬意を抱いているからではない。

おれを必要としているからだ。戻ってきて、地球上でもっとも優秀な殺人者として、自分のために働いてほしいからだ。

おれもそれを知っている。つまり、理非（りひ）の面で議論に負けても、影響力で議論に勝てる。

それをハンリーも知っている。ハンリーがいう。「おい、若造。おまえがやろうとしていることには敬意を表する。だが、やろうとすればおまえは死ぬし、なにも是正できない。おまえを死なせるわけにはいかない。つまり……おれの作戦をやっているときならべつだが」

最後のほうで、ハンリーは鼻を鳴らして笑うが、冗談のつもりではない。おれも笑わない。

機内のあとの連中も笑わない。大きな善のためなら、ハンリーが一瞬のためらいもなく彼らを犠牲にするはずだということを、全員が承知しているからだ。この仕事に契約したとき、だれもが肝に銘じたことだが、だからといってハンリーが冗談めかしていうのが許されるわけではない。

気まずい数秒のあとで、おれはいう。「コンソーシアムに雇われているアメリカ人心理学者がいる。その女の名前も住所もわかっている。これから数日、どこへ行くかもわかっている」

スピーカーからはしばらくなにも聞こえず、やがてハンリーがいう。「おまえがいいたいことは想像がつく。要求を却下する」

くそったれ。「これは要求じゃない、マット」

「ああ、そうか。では……なんだ？　そうすると、おまえは中型ビジネスジェット機の機内で、練度の高い軍補助工作員七人と武装したフライトアテンダントを、たった独りで片づけ、飛行機をハイジャックして、レーダーの下をくぐりながら地球を半周して、アメリカの人里離れた飛行場に着陸させるのか？　ＦａｃｅＴｉｍｅ（フェイスタイム）で実況中継してほしいね。おもしろそうで見逃せないから、おれはポップコーンを買ってくるよ」

「いや、マット。おれはだれとも戦わない。あんたはおれがやる必要があることを、やらせるだろう」

「どうしてだ？」

「あんたはおれを押さえているかもしれないが、おれの仲間は押さえていない。この一件では、おれは仲間と協力している。彼女の名前がわかったとしても、いまどこにいるかわからないだろう。六時間後におれが連絡しなかったら」――ちょっと腕時計を見る――「すまない。五時間十二分後に、彼女はあんたの親友、《ワシントン・ポスト》のキャサリン・キングに電話して、ＣＩＡが性的人身売買に梃入れしているというすばらしい話を教える」

「梃入れしていない。われわれはただ――」

「つながりがある証拠をつかんでいる。それだけでじゅうぶんだ。《ポスト》があんたのいい分を載せると思うか？　もっともセンセーショナルな話を載せるんじゃないか？」

ハンリーは答えない。おれのいうことが正しいのが不愉快なのだ。

おれはつづける。「そんなことはやりたくない。それはあんたにはわかっているはずだ。しかし、いざとなればおれはやるし、やるだろうとあんたにはわかっている」

ザックが、スピーカーホンのほうに身を乗り出す。「ひとこと命じてくれ、マット。そうしたら、こいつをパラシュートなしで飛行機からほうり出す」

だが、そういいながらザックはおれにウィンクし、ボスに媚を売っただけだということを示す。

おれのまわりには、いかれたやつらばかりいる。

ハンリーが答えないので、おれはいう。「おれの仲間は、ドクター・クローディア・リースリングというその心理学者と人身売買組織のつながりを示す銀行記録を握っている。コンソーシアム幹部には南アフリカ人がいる。おれはそいつを見た。ヤコという名前のようだが、確信はない。拉致被害者をヴェネツィアの競り会場に運ぶヨットに、そいつがいた。被害者はそこで売られて性的奴隷にされる。おれの仲間はそれも知っているんだ。くそ、マット。《ポスト》はこの記事を一カ月報じつづけるだろうな！」

「なにが望みだ、若造？」

「この飛行機をDCでおりるときに邪魔をするな。おれがそのまま立ち去れるように」

ハンリーはだいぶ長いあいだためらっているが、それが有望に思える。ハンリーは、〝ぜったいにだめだ〟というときには即座にいう。しぶしぶ〝イエス〟というのには、一分くらいかかる。

やがて、ハンリーがいう。「承認する。条件付きで。それだけだな？」

それだけではないのを、ハンリーは知っている。「いや、ハイタワー、トラヴァーズ、地上班の五人を、七十二時間、おれが使えるようにしてほしい」

ハンリーが笑い、調子に乗りすぎたかもしれないとおれは心配になる。「その要求は却下する。おまえの配下ではないし、アメリカ国内で活動することは許されていない」ハンリーが言葉を切り、最後までいうのをおれは待つ。ようやくハンリーがいう。「だが、ロマンティックと内密に話をする。おまえを手助けするというかもしれない。それも条件付きだ」

ハンリーがいう意味がわからないが、当初願っていたよりもだいぶましのように思える。

「そっちの条件は？」おれはきく。

「おまえにはディレクターは見つけられない。そいつは自分のオペレーションとの結びつきを隠蔽(いんぺい)するのが、世界のだれよりも上手だ。だからこそ、死体になってどこかの雨裂(ガリ)に投げ込まれることもなく、十年間も国際犯罪組織の情報を流すことができたんだ。だから、われわれにはそいつの正体がわかっていない。

それに、その心理学者か南アフリカ人をかっさらっても、そいつらは口を割らないだろう。ディレクターの手がのびてくるのを知っているからな」

「条件はなんだ？」おれはくりかえす。

「だが、おれがまちがっているかもしれない。おまえはどうにかしてディレクターを見つけるかもしれない」ハンリーがいう。「その場合、おまえはぜったいにそいつを殺すな。ぜったいに逮捕させるな。そいつは配置したままにする必要がある。性的人身売買組織をぶっ潰してもかまわないが、国際金融の世界でそいつを使う必要があるんだ。そいつがコンピューターを使って、オフショアのタックスヘイヴンや犯罪組織と取引できるようにしておかなければならない。それから、局（エージェンシー）があおりをくらうようなことがあってはならない。おれたちがおまえを送り込んだと思われてはならない」

気に入らない。どこもかしこも。しかし、いくらでもやりようがある。「決まった。おれがディレクターを見つけても、生かしておく。当局には突き出さない。あんたと話をしたことを知られないようにする。ほかには？」

「できるだけ目立たないようにやれ。おまえがなにをやるかわかっているし、どういうやりかたをするかもわかっている。厳重に偽装し、姿を見られないようにして、すばしっこいニンジャキャット（マイクロソフトの公認マスコット、絵文字にもなっている）みたいに隠密にやれ」間を置いてから、ハンリーがいう。「それに、おまえはアーノルド・シュワルツェネッガーみたいに街中で撃ちまくるのをテレビで生中継されかねない。打ち倒すのを許可されていない主体（エンティティ）に対抗してアメリカ国内で作戦をやるときには、ランボーじゃなくてすばしっこいニンジャキャットになれ。聞いているのか？」

シュワルツェネッガーはランボーではないが、いいたいことはわかる。

「了解した。ほかには？」

「ほかには？　死ぬな。それだけだ。おまえにやってもらう仕事がある」

そうだろう。おれはいう。「わかった。委細了解した。ありがとう」

ハンリーは、〝どういたしまして〟とはいわない。「コート、そのうちにおまえは厄介(やっかい)ばかりかけるようになって、値打ちが色褪(いろあ)せるぞ」

「いまはまだちがう」

また長い溜息。「いまはまだちがう。こっちに戻ってきてもらう必要がある。やりたいことをやり、おれが決めた交戦規則(ROE)を守れ、それから仕事に戻れ。これ以上の遅れは許さん、いいわけも許さん。組織から離叛(りはん)するのは善行のためだとかいうたわごとも許さん」

「了解です」

ハンリーがザックに、スピーカーを切れと命じる。ザックが携帯電話を持って、話を聞かれないように前部隔壁へ行く。おれが周囲を見まわすと、いちようにほっとしている。おれはもう彼らの捕虜ではないし、脅威ではない。おれはいちおう是認されている。

勝負はこれからだ。

43

コンソーシアムのダミー会社が所有するガルフストリーム・ビジネスジェット機は、CIAのジェット機のトレヴィーゾ空港出発よりも一時間以上早くヴェネツィアのマルコ・ポーロ空港を離陸し、大西洋横断飛行を開始してから四時間以上が過ぎていた。キャビンにはケイジ、ショーン・ホール、ホールの部下六人、マーヤとソフィアと呼ばれる東欧の女ふたり、ドクター・クローディア・リースリング、ヤコ・フェルドーンが乗っていた。

フライトの最初の一時間、フェルドーンとケイジは話を聞かれないように奥の席に座り、ヴェネツィアで起きた出来事すべてをつなぎ合わせようとしていた。ケイジとホールはフェルドーンの失態に激怒していたし、フェルドーンは自分の部下、ことにルーツの失態に激怒していた。ルーツはグレイマンにSIGザウアーの照準を合わせていたにもかかわらず、撃ち殺すのに失敗した。

それに、間抜けなライランド・ヨンカーがヴェネツィアの路地で撃たれて死んだことにも激怒していた。

ルーツと生き残りのホワイトライオン七人は、べつの社有ジェット機でヴェローナを出発することになっている。車で西に二時間の距離のそこへ行くのは、ヴェネツィア市内で銃撃戦が起きたために、マルコ・ポーロ空港で警察が大挙して警戒に当たるおそれがあるからだ。

しかし、フライトの二時間目にはいると、フェルドーンは前部隔壁のそばの座席に独りで座り、身を乗り出して電話で話をしながら、膝に置いたタブレットコンピューターの画面をスクロールして、情報を調べ、メモパッドに書きつけていた。うしろではクローディアがマーヤとソフィアにひっきりなしに話をして、待ち受けている運命をふたりが受け入れるように、どんどん強く働きかけていた。麻薬の作用が消えたソフィアは、涙ぐんでいた。マーヤはほとんど感情を表わさなかった。マーヤはときどきケイジのほうを見ていたが、クローディアのいうことにはまったく反応を示さなかった。まだショックから醒めていないのだろうと、クローディアは判断した。とにかくおとなしくしている。

マーヤはケン・ケイジにとっていいペットになるだろうし、専属心理学者の自分に感謝するはずだと、クローディアは思った。

ケネス・ケイジは、ふるえる手でウォトカのオンザロックを飲んでいるショーン・ホールと並んで座っていた。今夜の出来事でホールが動揺しているのは明らかだったが、警護班は報酬に見合う仕事をきちんとやった。ケイジはホールに腹を立ててはいなかった。だが、フェルドーンには激しい憤りを感じていた。

ケイジが三杯目のスコッチ&ソーダを飲んでいたとき、前のほうの席のフェルドーンがうしろを向いて、クローディアを呼び寄せるのが目に留まった。怪訝に思った。厳めしい南アフリカ人が、今夜、部下をひとり失い、ターゲットを逃したあとで、商品を再教育する役割の心理学者に相談する必要があるとは思えなかったからだ。だが、マーヤに目を向けたとたんに、ケイジはそのことを考えるのをやめた。

ケイジはまたスコッチを飲みながら、ルーマニア女の髪をつかんで、後部のソファへ引きずっていき、そこにいる護衛をどかして、その場で、全員が見ている前でレイプすることを空想した。考えるだけでわくわくした。性的な興奮と怒りが入り混じっていた。怒りをぶつける相手が必要だった。自分を侮辱して平手打ちしたルーマニア女くらい、それにふさわしい相手はいない。

マーヤがちらりと目を向けるたびに、恐怖が浮かんでいるのが見え、ケイジはそれがおおいに気に入った。あと数時間で到着する。一日か二日、家族と過ごしてから、ランチョ

・エスメラルダへ車で行き、きちんともてなすやりかたをマーヤに教え込むのをはじめる。
そして、彼女が用済みになったら、〝家に帰す〟ようフェルドーンに命じる。正体がばれないように女たちを消すことを、婉曲(えんきょく)にそういっている。

ドクター・クローディア・リースリングは、大男のフェルドーンの隣に座り、彼のそばにいるとつねに襲われる威圧感を顔に出すまいとした。たいへんな夜だったことに同情し、フェルドーンの気持ちを察しているふりをして、クローディアはいった。「気分はどう、ヤコ？」

だが、フェルドーンはその質問には答えずにこういった。「電話をかけた。ルーマニア、ハンガリー、ベオグラードに。ジェントリーがどうしてこんなふうにわれわれを追いつづけることができたのか、突き止めようとしていたんだ」

「それで、重要なことを見つけたのね？」

「そのとおり」

クローディアは困惑した。「でも……どうしてわたしに話をするの？　あなたはオペレーション担当チーフ。ショーンはディレクターの警備班班長。わたしは無関係――」

「この飛行機に乗っている商品(マーチャンダイズ)のことを調査した」

クローディアがいった。「調査？　どういう調査？」

「家系調査だ」

「ごめんなさい。いったいなんのことかわからない」

「ケイジの貴重な獲物、おれたちの二列うしろに座っているルーマニア女には、姉がいる」

「それで？」

「そいつは二日前にドゥブロヴニク警察に行ったユーロポールのアナリストだ」

クローディアは座席に背中をあずけて、目をつぶった。目をあけてからいった。「どうしていまごろそんなことがわかったの？　品物（アイテム）を集める前に、採用担当（リクルーター）や飼育担当（グルーマー）が調べなければならないはずなのに」

「そいつの姉は、苗字がちがう。ルーマニアのリクルーターはそれで気づかなかった。女を早めの便に入れるようケイジが要求したせいで、急がされたせいだろう」フェルドーンはつけくわえた。「ここにいる売春婦の名前はロクサナ・ヴァドゥーヴァ、ユーロポールの女はタリッサ・コルブだ」

クローディアがいった。「そのコルブが、わたしたちを追ってくる暗殺者に協力しているのね」

「そうにちがいない」

「でも、マーヤは姉がなにをやっているかを知るはずがない。何度も裸にして調べた。通信手段は持っていない」

「〈ラ・プリマローザ〉に乗っていたときに、ジェントリーと話をしていたら、知っている可能性がある」

クローディアが、なんの根拠もない推理だと思って、目をぱちくりさせた。「待って。そのあとでマーヤを殴ったということ？」

「おれたちに怪しまれないためには、そうするしかないだろう？」

「でも……どうして彼女を連れ出さなかったのかしら？」

フェルドーンが、窓の外を見た。「連れ出すのが無理だったか、姉のために働いているから、逃げたくなかったんだろう。どちらかはわからないが、いずれにせよ、あの女は危険な存在だ」

クローディアは、肩ごしにケイジのほうを見た。鶏（にわとり）小屋を覗（のぞ）き込むキツネのような目つきで、ケイジはあからさまにマーヤをじろじろ眺めていた。クローディアは、フェルドーンにいった。「どうしてわたしに話をするの？　ディレクターにはいわないの？」

フェルドーンは、首をふった。「いってもなにも変わらない。おれがケイジのところで働くようになってから、これほどケイジが執心している商品はいままでなかった。あの女が脅威だといっても、おれたちが厄介な目に遭わされるだけだ。ケイジや女じゃなくて、おれとあんたがまずいことになる」

クローディアがいった。「あなたの理屈がよくわからないんだけど」

「姉妹の関係を突き止めていなかったおれたちに、ケイジは腹を立てるだろう。それでなくても、ボスニア、クロアチア、ヴェネツィアでジェントリーを殺せなかったことに、腹を立てている。それに、やりたいことをやり終えるまで、ケイジはあの女を始末させないだろう」

「それじゃ……わたしたちはどうするの？」

「この新しい展開を、おれは絶好のチャンスだと思いたい」

「なにをやるのに？」

フェルドーンは、タブレットコンピューターを指さした。連絡先とビジネス用の服装でほほえんでいるガリガリに痩せたブロンドの写真も含め、〈リンクトイン〉のタリッサ・コルブのプロフィールが表示されていた。「おれが敵に連絡するのに好都合だということさ」

フェルドーンがにやりと笑った。いつもの残忍そうな厳めしい顔が、よけい不気味になったと、クローディアは思った。

CIAのファルコン50が大西洋を横断するあいだ、おれは二時間眠ったが、手に持っていた衛星携帯電話が鳴りはじめ、目を醒ます。あたりをすばやく見まわす。外は昼間で、前部隔壁のモニターを確認すると、ワシントンDCのアンドルーズ空軍基地に着陸するまで、あと四十五分だとわかる。

目をこすり、電話に出る。

「タリッサ？　だいじょうぶか？」

不安そうな声。「だいじょうぶ。いま空港にいる。LA到着は十二時間後よ」

「きみにこっちに――」

「ハリー、聞いて。だれかから電話がかかってきた」

よくない兆候だ。「だれだ？」

「名乗らないの……ジェントリーというひとと話がしたいといっている。それがあなたの名前なの、ハリー？」

もっとよくない感じだ。おれは目を閉じ、顔をそらす。「当ててみよう。南アフリカ人だな」

「そうだと思う。この電話からそっちに転送できるわ」

「わかった。やってくれ」

おれはまわりを見て、シャロンが起きてきて動きまわっているのに気づく。だが、あとの連中はまだ眠っている。この手の仕事に携わっている人間は、男も女も、いつでも、どこでも、休めるときに体を休ませることに熟達する。ザックはいびきを響かせながら舟を漕ぎ、ソファの横に頭をぶつけている。特務愚連隊（グーン・スクワッド）でザックの部下だった年月は、ほとんど毎晩、あのいびきを聞かされた。

衛星通信が接続されるカチリという音が何度か聞こえ、耳障りな低い声が耳のなかで響く。

「やあ、ハロー、あんた」

「ハロー、ヤコ」これまで得た知識に基づく推測だが、相手が口ごもったので、図星だったとわかる。

ようやく相手がいう。「恐れ入った。いや、恐れ入った。あんたもおれとおなじように相手を精査してると気づくべきだった」

「なんの用だ?」

「ふたつある。ひとつ、自己紹介したかったが、その必要はないようだな。ふたつ、あんたの情報提供者を突き止めたことを知らせるために電話した」

「おれの……情報提供者？」おれはとぼけるが、ヤコが電話してきたことをタリッサから聞いたとたんに、ロクサナのことを知られたのだと気づいた。

「そう、あんたの情報提供者だ。あんたの仲間のかわいい妹だよ」

おれは口がきけない。やつらが点と点を結んで見抜くかもしれないということは、ずっとわかっていたが、そうならないことを願っていた。ロクサナにどういう影響があるかわからないが、いいことであるはずがない。

「心配するな」ヤコがいう。「髪の毛一本にも触れていない。いまのところは」

おれは思いつく唯一の方法で、ロクサナを窮地から救い出そうとする。「ヨットで殴り倒したときには、彼女がどういう女なのか知らなかった。売春婦のひとりかと思った。コルブに写真を見せられたのは、そのあとだ。おれたちは、彼女が死んだと思っていた。おれが彼女を連れ出さなかったのを、コルブはいまだに怒っている」

「あまりむきになると見え見えだぞ、あんた。あんたがコストプロスを殺したあとでロクサナと話をしたことは、わかってるんだ」

「コストプロス？　ああ、そうか。〝バスローブを着た変態じじい〟のことだな。いや、話はしていない」

ヤコが馬鹿にするように鼻を鳴らして笑う。どう応じるのかとおれは待つ。ヤコがいう。「あんたはいいやつだな。ほんとうにいいやつだ」

「そして、あんたは悪いやつだ。ちがうか？」

「有罪を認める。しかし、おれとおれの部下は、これからずっとロクサナのまわりにいる。あんたがまた来て、もう一度やろうとするのが待ち遠しいよ」

奇妙なことをいうと、おれは思う。「それじゃ……やめろと警告するつもりはないんだな。おれにつづけさせたいんだな」

「そういうことだ。あんたは、敵を怖がらせて戦うのをあきらめさせるのに慣れてるようだな」

そんなことに慣れてはいないが、せっかく強敵だと思っているのだから、そうではないと説得する必要はないだろう。

ヤコが話をつづける。「ジェントリー、おれはあんたが相手にしてる平凡なやつらとはちがう。あんたと会う日をものすごく楽しみにしてるんだよ」

「おれもだ。住所を教えてくれればいいのに。すぐそっちへ行く」

「そううまくはいかない。それじゃ簡単すぎるだろう？　だいいち、ボスに怒られる。いや、おれはやるべきことをやる。仕事の範囲内で働く。ロクサナにやるべきことをやらせる。あるいは、じきに彼女は無理やりやらされる。ひどい目に遭うだろうな。おれはただ、星まわりがよくなって、あんたが目の前に現われるのを待つだけだ」

「おい」おれはいう、「せっかくの機会だからいうが、何万人ものなんの罪もない女たちの人生をめちゃくちゃにしても平気なのか？　なんとも思わないのか？」

「あんたは無数の人間を殺しても、なんとも思わないのか？」

シャロンがコーヒーを持ってきたので、おれは受け取る。衛星電話機を強く握り締める。

「なにも感じないこともある。だが、殺されるのが当然の相手だったときには……最高の気分になる。だから、あんたの目の前に現われる日を、心底楽しみにしている」

ヤコが馬鹿笑いする。「こっちもおなじだ。脅してるつもりだろうが、ちっとも怖くない」

「脅してはいない。おれがあんたの下腹にナイフを突き刺すときまで、自信満々でいてもらいたいだけだ。そのとき、あんたは信じられないという顔をして、恐怖と怒りが入り混じった目つきになる。そういう目つきは知っているだろう。あんたも殺した相手の目に見たにちがいない。そうだろう、ヤコ？」

ヤコが答えないので、おれは狙いどおりそいつの頭の奥へはいり込んだことを知る。

ヤコがいう。「あんたは自分を一種のヒーローだと思い込んでるんだろう？　あんたみたいな人間のことはお見通しだ。あんたは、あわれなかよわい売春婦どもを気にかけてるから最後までやるのだと思ってる。だが、それだけじゃない。あんたの声でわかる。あんたはおれとおなじだ。あんたはひとを救うためにこれをやってるんじゃない。ひとを殺したいからやってるんだ。ひとを殺さずにはいられないんだ」

ヤコのいうことは当たっていない。まったくの的はずれだ。そう……的はずれにちがいない。おれは血に飢えて殺すようなことはやらない。自分が置かれた状況のせいで殺す。あるいは……自分をそういう状況に置いて。

こいつのいうことに一理あるのか？

自分の動機はさておき、おれはいう。「まあ、いろいろと事情を聞かせてもらってありがたかった。つぎに会うのを楽しみにしている」

「おたがいにな、あんた」

ヤコがすこしは不愉快になるだろうと思い、おれは電話を切る。ロクサナに手を出すなと頼もうかと思ったが、おれに影響力を行使するのに彼女をもっと使えると思われたくない。

シャロンが、コーヒーポットを持ってきて、コーヒーを注ぎ足そうとするが、おれはまだひと口も飲んでいなかった。シャロンがいう。「三十分後に着陸よ」

「ありがとう」

ザックが目を醒(さ)まし、隣の座席に来た。小声でザックがいう。「おまえが寝てるあいだに、マットと話をした。おまえにちょっと役立ちそうな話がある」

ハンリーが容認している事柄を考えれば、それは疑わしい。「おれにやらせたくないと思っていることなのに、どうしてハンリーが手を貸すんだ？」

「立派な大義のためにおまえが死ぬのを望んでいないのさ。自分のために死んでほしいのさ」

無茶苦茶な話だが、ハンリーのことはよく知っているので、事実だろう。

おれはいう。「わかった、それじゃ、あんたはどうしておれに手を貸すんだ？」

「おれが？」ザックが、気まずそうな顔になる。いつも威張っていて自信満々のザックには似合わない表情だ。しばらくして、ザックがいう。「おれにも理由がある」

理由はわかっている。ザックの一身上の理由だ。「あんたは、おれが助けようとしている人間のことを考え、自分の子供のことを考えているんだな？」

「おれの娘だ。ボールダーに住んでいる。憶測じゃない。去年の春にわかった。娘と母親は証人保護プログラム(ウィト・プロ)の対象になってる。長い話になるが、FBI(ビューロー)の知り合いに調べてもらった」

証人保護プログラムの対象の人間を捜すのはかなり難しいから、ザックはかなり苦労したはずだ。「どうしてこんなに月日がたってから、捜そうとしたんだ？」

　ザックは、吐き気をもよおしそうな顔になっている。感情的な男ではないので、目がうつろになり、血走ったとき、おたがいに嫌な気分になり、居心地悪くなる。ザックがいう。「おれはいつまで生きていられるかわからない。火曜日まで生き延びられないかもしれないんだ」詰まった鼻から息を吸う。涙はないが、泣きそうだ。「ステイシー、それが娘の名前だ。母親が名付けた。おれは戦争かなにかで死んだと、母親はいったにちがいない」また鼻をすすっていう。「ステイシーには新しいパパがいる。消防士だ。そいつのことを徹底的に調べた」間を置いて、ザックがいう。「いいやつだ。立派な男だよ」首をふる。「くそ野郎」

「娘を善良な男の手で育ててもらいたいんだろう？」

　ザックがうなずく。「もちろんそうだ。しかし、おれがそういう男だったら、どんなによかっただろうと思うんだ。おれは家を出ただけで、娘になにもしてやらなかった。以前はそれでじゅうぶんだったが。いまはそうじゃない」

　ザックが、頭を強くふって、はっきりさせる。「とにかく、パイプラインのその女たちを救い出すのを手伝いたいんだ」

モスタールで見た女たちは、リリアナを除けばすべて悲運から逃れられないにちがいない。だが、ロクサナだけは救えるかもしれない。「それで、あんたはなにを提供してくれるんだ？」

「いっしょに行きたいのはやまやまだが、そんなことをやったら、ハンリーにきんたまを踏み潰される。だが、おまえが話を持っていけそうな人間を知ってる」

「だれだ？」

ザックが向きを変え、おれをまっすぐ見る。「ハンリーがいったように、おまえは自分の任務を達成するためなら、いかがわしい連中といっしょにやるのにやぶさかでない。そうなんだろう？」

おれは一瞬もためらわない。「この被害者たちを救うためなら、悪魔とでもいっしょにやる、ザック」

ザックがうなずく。「ザ・部隊(ユニット)にいたやつだ」ザ・ユニットとはデルタ・フォース（創設当初の部隊名称〝第1特殊作戦支隊D「デルタ」〟に由来する通称。さまざまな名称があるが、これがもっとも一般的）のことで、地球上でもっとも優秀な戦闘員から成っているのを、おれは知っている。「そいつは地上班に配属された。局(エージェンシー)を辞(や)め、数年前にフィリピンで会社を立ちあげた。売春窟を襲撃し、外国人観光客に性的虐待を受けている子供を救うのが仕事だった。フィリピンにはむかつく変態がいっぱいいる。国際機関が調査したあとで、そいつとチームを雇う。そいつとチームの六人が、デルタ式にドアを蹴破り、突入して買春してるやつらと人身売買業者を殴り倒す。犯罪者どもを結束バンドで縛り、あとは警察に任せる。子供たちを連れ出し、シェルターに運ぶ。三年のあいだに、そいつはかなり戦闘を経験した」

おれはいう。「悪魔みたいには思えない。しかし、フィリピンにいるやつがどうして――」

「いまはラスヴェガスに住んでる」ザックがつづける。「会社がなくなった」さりげなくつけくわえる。「そいつとそいつの部下は、ガチで大量殺戮（さつりく）をやった」

おれは首をかしげる。「なにをやったんだ？」

「マニラに来ていたイギリス人が、子供をレイプしている現場にそいつらが踏み込んだ。詳しいことは知らないし、知りたくもないが、連中がその部屋でどんなひどいことを見たにせよ、完全にキレちまった。そいつは買春目的のイギリス人旅行者の首をつかんで、皮膚が破れて喉笛（のどぶえ）が突き出すまで絞めた。イギリス人はその場で失血死した。その屋敷で働いていたフィリピン人たちが、武器を持たずに駆け込んできた。アメリカ人チームが全員撃ち殺した。十三人が死んだ。首都のどまんなかが血の海になった」

「悪魔の仕業（しわざ）じゃない」おれは反論する。「神の御業（みわざ）だ」

「ああ、たしかに。しかし、フィリピン政府の意見はそうじゃなかった。観光業に悪影響がある。買春観光への影響は大目に見るとしても、観光全般への影響は無視できない。フィリピン当局はアメリカ人七人を逮捕し、マニラのどこかの刑務所に監禁してから、アメリカに引き渡した。CIAとの結びつきがあるから、起訴はされなかった。目立たないようにして、いままでやっていたようなことはやるなといわれただけだ」

「しかし……」おれはいう。「そいつらが、そういうことをやってくれる見込みがあると、あんたは考えているんだな。おれが頼めば」

ザックが、肩をすくめる。「ハンリーを知ってるやつはひとりもいない。だが、優秀な戦闘員だし、そいつらの動機は片時も疑わないほうがいい。アジアで逮捕されて送り返されるまで、こういう仕事をやって暮らしていたんだからな。

おれに話したようなことを、そいつらにいってみろ……すこしは応援してもらえるかもしれない」

試すだけの価値はある。「そいつはだれなんだ？　あんたの知り合いだろう」

「シェプ・デュヴァル。頼りになるやつだ。とにかく、おれが知っていたころはそうだった」

名前を聞いて、おれは目を閉じる。

「どうした？」ザックがきく。

おれはいう。「そのくそ野郎は知っている」

「ああ、そうか。選(え)り好みできる立場じゃないだろう、6(シックス)」

おれは目をあけていう。「それはそうだが、限度というものがある。銃を借りられないか？」

ザックが、むっとして渋い顔をするが、こういう。「着陸して、降機したら、トラヴァーズの部下から一挺もらう。それが精いっぱいだ」

「ありがとう、ザック」

ザックがおれにうなずき、ちょっとウィンクする。「やつらをぶっ潰せ、6(シックス)」

44

ソフィアと呼ばれている女とマーヤと呼ばれている女は、ビジネスジェット機からおろされ、小さなターミナルから離れたところで駐機場を歩かされて、待っていた黒いSUV、メルセデスGクラスのリアシートに乗せられた。ドクター・クローディアが、ふたりにつづいて乗り込んだ。

ロクサナは、ディレクターが飛行機から出てきてタラップを下り、彼女のほうにちらりと視線を投げてから、おなじメルセデスGクラスのリアシートに護衛のショーンと並んで乗るのを見た。

ここがどこなのか、ロクサナは手がかりをなんとか見つけようとした。自分の位置をタリッサにどうやって伝えればいいのか、見当もつかなかったが、それはあとで考えればいいことだった。

飛行場の標識かなにかがないかと、あたりを見まわしたが、なにも見当たらなかった。

街を出るときには海が左手にあり、ブカレストで学んでいたときには地理の成績がずば抜けていたわけではなかったが、アメリカ西海岸にいるのだとすると、北に向かっているはずだった。山や渓谷があり、商店や住宅が多かったが、やがて開発が進んでいる地域を離れて、人家がまばらな乾燥した低山地帯にはいった。

数十分後、広い牧場の鉄の門をＳＵＶが通り、ロクサナ・ヴァドゥーヴァは目を細くして、フロントウィンドウから差し込む陽光を見ていた。ＳＵＶがエンジン音を響かせて、舗装されている私設車道（ドライヴウェイ）を登り、化粧漆喰（しっくい）の低い小さな建物二棟と、四人の若い男のそばを通過した。ＳＵＶが通るときに男たちが目を向け、ロクサナは濃いスモークを張ったウィンドウを透かして、男たちが胸に大きな銃を吊っているのを見た。ＳＵＶは走りつづけた。まわりは草木が多く、こういうところは生まれてから一度も見たことがないと気づいた。映画で見たメキシコの風景に似ている感じだった。

低い丘があり、Ｇクラスがそこを越えると、ロクサナはフロントウィンドウから外を覗（のぞ）いて、巨大な化粧漆喰の家を見た。そんな大きな家を見るのは、生まれてはじめてだった。明らかにスペイン風の建築で、その正面でＳＵＶがとまったとき、銃を携帯しているスーツ姿のラテン系の男たちがまわりに立っているのが目にはいった。

マーヤとハンガリー人の娘は、ドクター・クローディアのあとから正面階段をあがり、館の巨大な両開きの扉を通った。なかはひんやりとして暗く、ローカットのイブニングドレスを着た赤毛の美しい女が、シャンパンのグラスを持って立っていた。まだ朝のはずだとロクサナは確信していたので、夜の服装をしている理由が、まったくわからなかった。

　クローディアが、ふたりの先に立って階段を昇り、二階へ行って、廊下を進んでいった。歩いているあいだに、べつの女たちのそばを通った。女たちはみんな若く、年端もいかない少女もいた。いずれも異国風の変わった服装だった。女たちは、ロクサナとソフィアにはまったく話しかけず、何人かはクローディアに挨拶をしたが、あとはただ顔をそむけただけだった。

　全員ではないかもしれないが、ほとんどが麻薬をやっているにちがいないと、ロクサナは確信した。遠くを見つめるような目と緩慢な動きが見て取れ、つらい旅のあいだにときどきあたえられた抗不安薬の〈ザナックス〉にちがいないと思った。

　凝った装飾の廊下の突き当たりのドアに近づいたとき、ソフィアが口をひらいた。「ドクター・クローディア、ここには何人の女性が閉じ込められているの？」

　クローディアが答えた。「閉じ込められてはいない。みんなここにいたいのよ」

「何人がここにいたいと思っているの？」ソフィアがきいた。

「たいがい二十人くらい。何人収容されているかは知らない」

窓のそばを通ったとき、ロクサナは自分たちの位置について手がかりを得ようとして、ゆっくり歩き、外を覗いたが、なにもわからなかった。

ほどなくクローディアがふたりを寝室に案内した。隣の寝室との境のドアがあった。

「マーヤ、あなたはここよ。ソフィア、あなたの部屋はあのドアの奥よ」

美しい部屋で、広く、アンティークの家具が備え付けられていると、ロクサナは思った。四柱式ベッド、化粧台、箪笥、リビングスペース、大きなオークのワードローブが目についた。ソフィアのあとから隣の寝室にはいると、まったくおなじだが、カラーデザインが異なっていた。クローディアは、ふたりをそれぞれのクロゼットに案内した。高価そうなイブニングドレスや、もっと露出度の高い服も含めて、さまざまな服が何着もあった。

服を目にして、あらたな生活空間をじっくり眺めたソフィアが目を輝かしているのに、ロクサナは気づいた。クローディアがソフィアをものの見事に洗脳したのだと、ロクサナは判断した。

ふたりが部屋に落ち着くと、館を見学してもらうのに係があとで来ると、クローディアがいった。許可なく外に出るのは許されていないが、館のなかを歩きまわるのはかまわないと、クローディアが説明した。

ソフィアの部屋との境のドアが閉まると、ロクサナとクローディアはベッドのそばに立った。クローディアに目の奥を覗き込まれているのを、ロクサナは感じ取った。ほんとうに従順になったかどうかを見届けようとしているにちがいない。

もちろん、ロクサナはほんとうの狙いをひた隠していた。ここに来たのは姉を手伝うためだ。最初からそうだったが、いまではどういうふうに役に立てるのか、まったくわからなかった。部屋に電話機はないし、館のなかを歩いて通ったときにも一台も見ていない。だいいち、ここがどこなのかもわかっていない。

ようやくクローディアがロクサナから視線をそらし、腕時計を見ていった。「ほかのひとたちとの面談がある。あなたたちのようすを見るために、これから五日間、毎日ここへ来るわ。いい日も悪い日もある。そう思っていなさい。わたしはあなたたちが落ち着くのを見届けたいの」

ロクサナはとまどった。「あなたはここにいるんじゃないの？」

クローディアが首をふった。「いいえ。わたしはここで起きていることとは関係ない。あなたたちをそれに備えさせるプロセスを手がけているだけよ。ここには泊まらない。また来るし、できるだけあなたたちの力になるわ」

西海岸で楽しい思いができるという話をさんざん聞かされていたのに、それが影も形もなくなった。クローディアは、すこし顔が赤く、あまり楽観的ではないように見えた。

　ロクサナは、思い切ってきいた。「ここはどこ？　この館はなんなの？」

　クローディアは答えなかった。長いあいだロクサナの目をじっと見ていた。ようやく口をひらいた。「知っておいたほうがいい……ヤコはあなたの正体を嗅ぎつけた」

「いったいどういうこと？」

「あなたの姉について知ったということよ」

　ロクサナは暗澹として、ベッドに座り込んだ。それが自分とタリッサにどういう意味を持つかはわからなかったが、パニックが沸き起こった。

　ロクサナはとぼけようとした。「姉がどうしたのよ？」

　だが、クローディアは、期待を裏切られたとでもいうように顔をしかめた。「わたしをしばらく騙していたことは自慢に思ってもいいわ。わたしたちはスパイが潜入するのを許したことは一度もなかった。つまり、わたしはあなたをきちんと分析できていなかった。でも、いまではお見通しよ」

「なにを見通しているのよ？」

「あなたは自分の運命が決まっているという事実を、まだ受け入れていないけど、じきに受け入れる。そのときに、自分の運命は自分がどうふるまうかに左右されると気づくはずよ。潜入スパイかどうかに関係なく、ここで楽しく過ごすことはできる。自分がそれなりにふるまえば」

「ロクサナには、どういうことなのかまったくわからなかったが、この心理学者が一味のすべての人間とおなじように邪悪そのものだということは確信していた。ロクサナはひとことも いわずにベッドに仰向けになった。クローディアが部屋を出て、厚いドアを閉めた。

五十六歳のマイケル・〝ジェプ〟・デュヴァルは、読書用眼鏡をはずして、聖書を置いた。
擦り切れたリクライニングチェアから身を起こして、ノース・ラスヴェガスにあるバンガローの暗いリビングを見まわした。

なにか異変が起きているが、それがなんであるのか、わからなかった。

デュヴァルは、灰色の顎鬚を搔いて立ちあがり、壁の小さな鳩時計を見て、二二〇〇時になっていると気づいた。十八歳のときから、デュヴァルは時計を軍隊風に二十四時制で読んでいる。民間人は現在の時刻を午後十時と呼ぶのだと気づくのに、一秒かかった。

暗い家のなかはがらんとして、静かだった。デュヴァルは独り暮らしなので当然だが、なにかが警戒を呼び醒ました。それはまちがいない。

不安の原因を、すぐさま突き止めた。

犬はどこにいる？

デュヴァルが飼っている四歳のレトリヴァーの雌、〝モンキー〟は、フェンスに囲まれて二車線のヒッキー・アヴェニューに面している庭に、キッチンのドッグドアから出ていける。毎晩、しじゅう出たりはいったりするが、このぐらいの時間になると、デュヴァルの読書用リクライニングチェアのそばの擦り切れた茶色のラブソファにいて、眠っているか、飼い主をいとおしげに見つめて、寝室に寝にいくときについていくのを待っている。

だが、モンキーはラブソファにもリビングにもおらず、水を入れたボウルが置いてある脇の狭いキッチンにもいなかった。

「モンキー？」ゴムのカーテン付きドッグドアの外側から、大きな黒い犬が跳び込んでくるだろうと思い、デュヴァルは大声で呼んだ。もっとも、こんな遅い時刻にモンキーが外にいることはめったにない。

だが、モンキーははいってこなかった。

デュヴァルは、遠くを見るための眼鏡をかけて、そばのテーブルから四五口径のウィルソン・コンバット1911セミオートマティック・ピストルを取った。デュヴァルは長身ではないが、胸幅が広く、必要とあれば威圧的になれる。五十代のなかばを過ぎ、CIAを辞めてから腹が出てきたが、それでも相手を脅しつけることができる。

それに、ステンレス製の大きな四五口径が、威嚇の要素を一段と強める。

デュヴァルはモンキーをもう一度呼んでから、リクライニングチェアのそばのライトを消し、キッチンのドアに近づいた。音もなくドアをあけて、拳銃の銃口を突き出したまま外へ出ると、狭い敷地の金網のフェンスに沿い、用心深く歩いて、犬がいる気配を探した。

モンキーはどこにも見当たらず、私設車道(ドライヴウェイ)の華奢(きゃしゃ)な門は鍵がかかったままだった。

デュヴァルは不安になったが、寝室と小ぶりなホームオフィスを調べなければならないとわかっていたので、家のなかに戻った。キッチンを抜けて、裏の廊下へ行こうとして、ウィルソン・コンバットを紐(ひも)で締めるウォームアップパンツのポケットに入れたとき、リクライニングチェアのそばのライトがついた。

デュヴァルは肝を縮めたり怯(おび)えたりはしなかった。肉体を酷使してきたので、反応が鈍くなってはいたが、意表を突かれたときには効果的に反応できる。ライトのほうを向くと、リクライニングチェアに男が脚を組んで座っていた。

男がいった。「その大筒(ハンド・キャノン)をそのままにして、あんたのでかい手がおれに見えるようにしてくれ」

拳銃を抜くのは無謀だと、デュヴァルは悟った。座っている男はサプレッサーを取り付けた黒いグロック19を握り、膝(ひざ)に悠然と乗せて、デュヴァルに狙いをつけていた。

デュヴァルはいった。「おまえ、金が目当てなら、今夜は無駄足だったぞ」

男が驚くようなことをいった。「よく見るんだ、シェプ」

デュヴァルはゆっくりと片手を動かして、眼鏡のぐあいを直した。数秒後にいった。

「ジェントリーか」

「そうだ」

「生きているのか？」

「きくまでもないだろう」

「驚いた」

「おたがいさまだ」ジェントリーがいった。「座ってくれ。話がある。だが、銃を抜こうとしたら、話ができなくなる」

「銃は抜かない」デュヴァルはビニールのラブソファに腰かけた。「おれの犬になにをした？」

「ステーキをやった。一二〇グラムのフィレミニヨン。ベリーレア。というより生だ」

デュヴァルが首をかしげた。「それで……その肉汁がしたたるステーキには〈ケタミン〉（麻酔剤）が仕込んであったのか？」

「〈ベイリウム〉だ。心配いらない」間があった。「それはそうと、いい犬だな。カーポートの横の物置で寝ている。精選肉（チョイス・カット）がまたフェンスを飛び越えて口にはいる夢を見ているんじゃないか」

デュヴァルがうなずいた。「それで……ちょっと挨拶(あいさつ)に寄っただけか？」

「どう思う？」

デュヴァルは両手を左右にひろげて、ビニールのソファに寄りかかった。「ちがうだろうな」


シェプ・デュヴァルがあまりにも老いぼれていたので、おれはがっかりする。肥(ふと)りすぎだし、眼鏡のレンズは防弾ガラスかと思うほど厚い。頭のてっぺんの髪は薄く、灰色で、鬚(ひげ)は濃く、灰色だ。だが、おもに評判によるが、デュヴァルのことは知っている。すこぶる冷血で優秀だったのは、それほど前のことではない。デルタで曹長だったデュヴァルは、テロとの戦いで数え切れないくらい海外遠征をこなし、CIAでは地上班の最優秀チームのひとつを指揮していた。

デルタに二十年近く勤務してから、CIAに移ったころのデュヴァルをおれは知っていた。おれがザックとG(ゴルフ・シエラ)S（特務愚連隊）に所属していたころ、デュヴァルはべつのタスク・フォースを指揮していて、ザックが背中の怪我(けが)で働けず、GSが作戦不能になったときに、おれは彼の部下として働いた。

デュヴァルとのあいだに、なにも悶着はなかった。

だが、それは七、八年前のことだ。当時でもだいぶ年配だと思ったし、その後の歳月は、デュヴァルにとって過酷だったようだ。

デュヴァルが気まずい沈黙を破る。「おまえは知らないかもしれないが、ヴァイオレイター。数年前に、おれはおまえを殺すよう命じられた」

知っているし、だからデュヴァルのことをくそ野郎だと思っている。

それでも、おれはいう。「あんたも、ほかのみんなもだ」

デュヴァルが、鼻を鳴らして小さな笑い声を漏らす。「まあ……おれもみんなも失敗したようだ。おまえはここにいる。局はいまもおまえを付け狙ってるのか？」

「まあな」おれはそう答えてからつづける。「そうでもない」小さく肩をすくめて、その話を締めくくる。「込み入っているんだ」

「わかった」デュヴァルが答える。「それで……近ごろは、なんの罪もない犬にレイプ用ドラッグを盛るほかになにをやってるんだ？」

「働いている。いつもとおなじだ」

「個人営業か？」

「そうだ。というより……人道的な仕事だ」

「よくわからない」

「あんたに手助けしてほしいんだ」デュヴァルは、遠まわしな話を聞いていられるような人間ではないので、おれはいう。「あんたに銃を手にしてもらいたい。あんたの友だちにも銃を持たせて、全員、おれといっしょに来てほしい」

「なにをやるためだ？」

「すべてが片づくまでに、死体の山ができるだろうな」

「おまえは世界最高の暗殺者だといわれてるんじゃないのか？」

おれは答えない。

デュヴァルがあたりを見まわす。「どうしておれなんだ？　どうも罠のような気がする」首をふる。「ジェントリー、おれは厄介なことを抱えてるんだ。出ていってくれ。撃つか逃げるか、ふたつにひとつだ。おまえがおれを撃たないようなら、おれは電話をかける。マシュー・ハンリーに電話を一本かければ、局のやつらが天窓を破って突入してくるだろう」

おれは質素な家の天井を見上げる。天窓はないから、たとえでいっているのだと安心する。おれはいう。「デュヴァル、マット・ハンリーに電話をかけても、体に合わないスーツを着た文句の多い本部長さまに電話を切られるだけだ。おれをここによこしたのは、だれだと思う？」

　デュヴァルがしばし考える。「わからん。おれは四年前に辞めた」

「知っている」

　デュヴァルが疑いのまなざしを向ける。「ほかになにを知っている？」

「マニラのことを知っている」

「ああ」デュヴァルがいう。「あれは失敗だった。人でなしを殺したことじゃない。そのあとで地元警察に捕まったことが」

「そうだな。しかし……あんたは正しいことをやった」

「やめろ、ジェントリー」デュヴァルがどなる。「おれはあのことで苦しんでるんだ。おまえに不法侵入されて、慰められるのはごめんだ。なんだか知らないが、いいたいことをいって、さっさと出ていけ。そうしたら、おれは犬を抱きあげて、ベッドに運んでいく」

「おれがいいたいことはこうだ。戦闘員が何人かほしい。あんたと、集められればマニラ時代のチームがいい。頼りになる連中、共同作業のやりかたを知っている連中がほしい」

「なんのために？」

「人身売買組織を阻止するためだ」

　牧場の母屋風の小さな家の暗い明かりのなかで、デュヴァルがおれの顔を見る。「おれは冷蔵庫へ行くのに急な動きをして疑われたくないから、おまえがビールを取ってこい。そのときにおれの拳銃を持っていけ」

おれが近づくと、デュヴァルが立ちあがり、両手を体から遠ざけてうしろを向く。おれは拳銃を取りあげ、デュヴァルから目を離さないようにしながらキッチンへ行き、冷蔵庫からよく冷えた〈パシフィコ〉の瓶ビールを二本出す。栓を抜いてからデュヴァルのほうへ行き、ふたりとも腰をおろす。

それから十五分間、おれはデュヴァルにコンソーシアムの話をする。おれの話を聞いたら、たいがいの人間はぶったまげるだろう。殺人、レイプ、拉致、セルビア軍将軍、ギリシャのギャング、イタリアの市街での撃ち合い。

だが、デュヴァルは驚かない。そういうものすべてを見てきているからだ。無表情でじっと座り、口をはさまず、ときどき事情はわかっているという顔でうなずく。

それから、西海岸に住んでいる男ひとりが、この国際組織すべてを動かしているという事実と、人身売買被害者の女たちが監禁されている場所を、正確につかんだと思っていることを告げて、おれは話を終える。

デュヴァルの態度が、じわじわと変化する。これは遠い国のおぞましい事件ではない。そういうものなら、数え切れないくらい聞いているはずだ。そうではなく、けだもののような男に虐待されている女や少女は、数時間の距離のところにいる。そして、その男は、アメリカ合衆国の保護下でいたって静かに暮らしている。

態度でわかる。デュヴァルはすでに話に乗っている。

「ターゲットの位置は？」デュヴァルがきく。「具体的に」

「六〇エーカーの牧場で、LAから北へ一時間。女たちはそこに監禁されて虐待され、世界中の大企業の経営者たちがパーティをやっている。おれはそのパーティを叩き潰したい」

「牧場の見取り図は？　犠牲者が囚われている場所は？　警備員や武器は？」

「その情報はまだわかっていない。グーグルマップで見ると、大きな建物がひとつある。八〇〇メートル離れたところに、もっと小さい付属の建物がいくつかある。ドローンか手伝いがいれば、全体像がもっと詳しくわかるだろう。だが、いまのところは、ただ攻撃するほかに手がない」

「敵は？」

「敵は未詳だ。かなりの戦力にちがいない」

デュヴァルが顔を強くこする。いらだちが感じられる動作だ。「おまえのこの作戦は袋小路にはまりこんでるんじゃないか、ヴァイオレイター？」おれの口まねをする。「手伝いがほしいから、おまえの友だちと連絡をとってもらいたいんだが、敵の人数もわからないし、六〇エーカーの敷地のどこに味方がいて、どこに敵がいるかはっきりわかっていないし、そこがどこにあるのかもわからない。こういうことだな？」

「実情はそんなところだ」おれはいう。「おれのケツの上で時計がカチカチ動いている。すぐにやらないと、うまくいかない」

「どんな時計だ？」

「なんでもいい。ひどい目に遭わされる前に救いたい女がいる。ヴェネツィアで売られた女や少女がいて、手遅れにならないうちに取り戻したい。それに、マット・ハンリーがいる」

「本部長(DDO)の狙いはなんだ？」

「おれだよ、シェフ」

「おれを紹介し、コンソーシアムを征伐するチャンスをあたえるのを条件にして、おまえと取引したんだな？」

「そのとおり」

デュヴァルがビールを飲み干し、さっと立ちあがる。

おれは腰の拳銃に手をかけるが、抜きはしない。「シェフ！」

デュヴァルは心配もせず、くすくす笑う。「撃ちゃしないさ。どこのどいつが、ビール（セルベサ）を持ってきてくれる人間を撃つ？」

おれはほっとして、ウェストバンドから手を遠ざける。「おれじゃない」

数歩しか離れていない狭いオープンキッチンへ行きながら、デュヴァルがいう。「それじゃ、おまえは、おれとマニラで仲間だった連中が必要なんだな。いざとなったらこういうことに命を懸ける男たちが」

「そうだ。立派な大義だというのは、認めざるをえないだろう」

デュヴァルがおれに二本目の〈パシフィコ〉を渡し、自分も二本目をぐびりと飲む。

「わかった、ヴァイオレイター。気に入った。ほんとうはおまえが好きじゃない。情報が乏しいのも気に入らないし、アメリカ本土で活動するのも気に入らない。しかし、気に入ったことに変わりはない。一年間ずっと、マニラのことばかり考えてた。おれたちが殺したくそ野郎どものために涙を流してたわけじゃない。またくそ野郎を殺しにいけないのが腹立たしかったんだ」

「乗るか？」おれはきく。

「もうとっくに乗ってるのを知ってるだろうが」

おれは薄笑いを浮かべる。「おそるおそるだが、楽観していた。あんたの仲間はどうだ？　六人編成のチームだったと聞いているが」

　シェプが首をふる。「以前は六人だった。スコット・キャンプは、数カ月前にユタで一二番径のショットガンの銃口をくわえて自殺した。苦悩に打ち負かされたんだ」

　おれは目を閉じて、自分の数々の苦悩を思った。「あとは？」

「おれに売り込んだみたいに売り込めばいい。決めるのはやつらだ」

「遠くにいるのか？」

「おまえは不運なくそ野郎だが、今回はついてる。アジアで拉致被害者救出をやっていたころから、だいたい西海岸が根城だった。ひとりはLA、ひとりはベイカーズフィールドにいる。ひとりはローダイ、もうひとりはこのヴェガスにいる。すぐに集められる」

　おれはスマートフォンでカリフォルニア州南部の地図を見る。「ベイカーズフィールドがいちばんターゲットに近い。そこで集まろう」

　シェプがうなずき、おれはビールを傾けて乾杯のしぐさをしてからいう。「もうひとつ必要なことがある」

「くそ、ヴァイオレイター、いったいなんだ？」

「牧場だ。衛星地図で見た。広く、平坦で、さえぎるものがない」

　シェプが察する。「おれたちの接近を見られる」

おれはうなずく。「ヘリコプターが必要だ。命令どおりに飛ばしてくれるパイロット付きで。銃火を浴びながら、おれがおりろといった場所に着陸できるようなパイロットだ」

「銃撃戦のどまんなかにヘリをよろこんで飛ばすようなやつを、おれが知ってると思ってるのか？」

おれは肩をすくめていう。「あんたには長年の経験がある。悪くとらないでくれ。ザックが、あんたはものすごく知り合いが多いといっていた」

シェプはそれに対して、ソファで顔を仰向ける。「ザックのやつ。近ごろどうしてるんだ？」

「教えられない」

シェプが片方の眉をあげる。ザックがＣＩＡの仕事に復帰したのを明かしたことになるが、かまうものかと思う。シェプの協力が必要だし、まちがいなく誠実だと思ってもらうために、なんでもやるつもりだ。

「パイロットとヘリ。注文が多いやつだな、おまえは」

おれはにやりと笑う。「あんたはおれとおなじくらい、これを成功させたい」

間を置いて、シェプがいう。「ザックのいうとおりだ。ちょうどいいやつを知ってる、ヴァイオレイター。それに、この街にいる。近くにいるヘリコプター・パイロットのなかでは最優秀だし、金を払ってでも戦闘に参加したいと思ってるはずだ」

おれは首をかしげてきく。「そいつはヴェガスでなにをやっているんだ？」

「おれとおなじように仕事人生の日暮れを迎えているといっておこう」

やれやれ。

「だが、おれよりもっと齢が行ってる。かなりの齢だ」

なんてこった。

シェプが時計を見る。「今夜はここに泊まれ。チームのやつらにはこれから電話する。

パイロットのほうは朝いちばんにかける」

「どうしていま電話しないんだ？」

「出ないからだ。寝るときには補聴器をはずすからな」

おれは長い溜息をつく。「そんなことだろうと思った」

45

タリッサ・コルブは、ヨーロッパ中を旅したことがあり、カリブ海にも行ったことがあるが、ロサンゼルス国際空港で飛行機をおりて、税関と入国審査を通るまで、アメリカに足を踏み入れたことは一度もなかった。入国すると、レンタカーを借りて、ショッピングモールへ行き、服やスーツケースなど、アメリカ行きの便に急いで乗ったせいで用意できなかったものを買った。

準備が整うと、タリッサはジェントリーに電話し、ジェントリーは最初の呼び出し音で出た。ロサンゼルスに到着したとタリッサがいうと、そのまま待てといわれた。身許が敵にばれているので、本名でホテルの部屋を予約してはいけないと、ジェントリーが注意し、計画を立てたら電話すると約束した。

三十分後にジェントリーが電話してきて、リシーダ地区の住所を教えた。

タリッサがそこへ行くと、ひとりの女が家に入れて、ゲストルームに案内した。そこでジェントリーに電話すると、なにもかも報告するから、ランチョ・エスメラルダにはぜったいに近づかないようにしろといわれた。

タリッサは、ランチョ・エスメラルダの場所を知っていた。すぐ近くにあるとわかっていた。車でそこへ行こうかと思った。だが、自分が行くよりもジェントリーがそこへ行くほうが、ロクサナが助け出される可能性が高いこともわかっていたので、そうしなかった。ロクサナは居場所について情報を伝えると約束したが、それが実現する可能性は低い。しかし、サンフェルナンド・ヴァレーの東にその牧場があるという推測が当たっていれば、ロクサナが情報を伝えられなくても、彼女を発見できるはずだった。

警察に通報できればどんなにいいだろうとタリッサは思ったが、これまでの経験から、警察には近づかないほうがいいとわかっていた。それに、アメリカ政府がコンソーシアムのオペレーションに利害関係があるのがわかったと、ジェントリーがほのめかしていた。積極的に人身売買を支援してはいないが、情報を提供する見返りにディレクターを保護していることが、じゅうぶんに考えられるという。

パイプラインが通っている国々とおなじように、アメリカも腐敗している。

タリッサは、その暗澹とするような考えを意識から追い出して、明るい面を考えようとした。

狭い部屋のベッドに腰かけ、そう長くはかからないと自分にいい聞かせた。
また妹に会える。そうしたら、これからの一生、姉妹の関係を立て直そう。

ベイカーズフィールドの家は、まるでごみ溜めだ。おれが座っているリビングには、車の部品、ビールの空き瓶、汚れた服が散らばっている。おれの向かいにいる男四人が二十代はじめの初々（ういうい）しい顔の若者だったら、寮母がいない友愛会館の部屋かと思ったにちがいない。

だが、四人は若者ではない。若者に近い年齢でもない。

全員が四十七、八だ。ロドニーとステュは白人、A・Jはラテン系、カリームはアフリカ系アメリカ人だ。全員が顎鬚（あごひげ）を生やし、眼鏡をかけていて、一五キロぐらい減量してもよさそうに見える。

四人ともシェプよりも若く、体力がありそうに見えるが、その程度のものだ。

精鋭（Aチーム）とはいえない。

シェプはここにいない。手に入れると約束したヘリコプターを手配し、ヴェガスを離れた。だが、東南アジアの旧チームに連絡し、そのうちのひとりの家に集まるよう指示した。

そして、さきほどおれにメールを送ってきて、自分抜きではじめてほしいといった。

タリッサが身をひそめる場所も、シェプが紹介してくれた。ここにいる四人のうちのひとりの妹だが、だれの妹なのか、おれは知らない。

マニラ・チームの生き残りは、シェプを除いて五人だが、ひとりは人工股関節を取り付けたばかりで、手助けできず、足手まといになると、シェプに返事していた。

ここにいる四人は、まだ何事にも同意していない。ターゲットも特殊任務(ミッション)の内容も知らないが、おれの説明を聞くためにここにいる。いい兆(きざ)しだと、おれは解釈する。

アフリカ系アメリカ人のカリームが、話し合いの口火を切る。「おれたちはみんな、パパと話をした」

「パパ?」

「デュヴァルのことだ。コールサインが〝パパ〟だ」

「納得できる」

「あんたは正直だし、ミッションは高潔で、時間が微妙だと、パパはいってる。だが、おれたちはききたいことがある」

「当然だな。あんたたちは四人ともすこぶる優秀だといっている」

家の主(あるじ)のロドニーが、おれに怪しむような目を向ける。「それじゃ、シェプはあんたに嘘をついたことになるんじゃないか。おれたちはどう見たって盛りを過ぎてる」

ラテン系だとおれが判断したA・Jがいう。「あんたはそうだろうよ。おれはちゃんとやってる」

だが、ステュと名乗っている男がいった。「ロドニーのいうとおりだ。シェプはあんたにそんなことはいわなかった」

いわずもがなの褒め言葉だったようだ。おれはすぐにそれをひっこめる。「わかった。シェプはそうはいわなかったが、頼りになるといった。人身売買にひっかかった子供たちを救出するミッションを、あんたたちはともに第三世界でやった」

「そのあとで、パパはあんたにどんな話をした？」カリームがきく。

「マニラのことを聞いた」

部屋の緊張がすこし高まったが、だれも驚いた顔はしなかった。

ステュがいう。「それを聞いたんなら、おれたちがコミュニティから追放されたのは知ってるだろう。もうおれたちをどこかへ派遣するやつはいない」

「おれがそうする」

数秒のあいだ、あたりがしんとする。男たちが期待に満ちた表情になるのを、おれは見てとる。そうとも、彼らはリーダーのシェプとおなじように、戦闘に復帰したいのだ。

「それで……」ロドニーがいう。「あんたは局の人間か？」

「それには答えられない」

カリームが、声を殺してつぶやく。「エージェンシーさ」

A・Jが、カリームのほうを見る。「どうしてわかる？」

「そいつを見ろ」

「CIAの人間には見えない」

「まさにそのとおり」

ありがたいことに、おれにはカリームの論理を理解する力は必要ない。

シェフが人物を保証してくれたにもかかわらず、四人はおれをまだ品定めしている。カリームがいう。「で、あんたはおれたちを確実な死に導いてくれるんだな？」

「おおげさなことをいわないでくれ。十中八九、死ぬという程度だ」

「ああ……そいつはすげえ」

ロドニーが口をひらく。「あんたのターゲットについて話してくれ」

「ランチョ・エスメラルダというところだ。そこがパイプラインと呼ばれる性的人身売買の終点だ。東欧やアジアから若い女や年端も行かない少女を連れてきて、このアメリカで金持ちに提供している」

カリームがいう。「若い女と……年端も行かない少女だと。未成年っていうことか？」

「そうだ」

「何人？」

「カリフォルニア南部に連れてこられるのが何人か正確には知らないが、この大陸間横断組織は年間何十億ドルも稼いでいる」

ロドニーが、ささやき声でいう。「それじゃ、犠牲者は何千人という数だ」

おれはただうなずく。

「アメリカ人がこれをやっているのか？」A・Jは驚いているようだが、ロドニーがそれに気づいて、おれが考えていることをいう。

「おれたちだって、ほかの国の連中とおなじように、とんでもない悪党になれるんだよ」

ステュがつけくわえる。「おれたちだって、努力しなかったら、悪党になっていたかもしれない」

A・Jがゆっくりうなずく。「ああ、そうだな」

四人が顔を見合わせ、A・Jがいう。「アメリカでそういう女や少女が虐待されてるのを知ってるのに、どうして警察に通報しないんだ？」

「密輸パイプライン沿いの国は、どこも警官が腐敗しているのを見てきたからだ。ここにも悪徳警官がいて、オペレーションを保護していることはまちがいない」おれはためらってからいう。「すべてを動かしている男は……まだ身許はわからないが、連邦政府に保護されているといわれた」

「くそ」カリームがいう。四人ともおれをじっと見る。探るような目つきに居心地悪くなる。ようやく、全員が考えていたにちがいないことを、ロドニーが口にする。「警官は殺さない。たとえ腐った警官でも」

A・Jがつけくわえる。「そうだ。どれほど腐ったやつでもおなじだ。勤務中に殺された警官は、エリオット・ネスになる。ヒーローに。降りしきる雪みたいに潔白だと見なされる」

「そのとおりだ」ソファのあとのふたりも、声をそろえていう。

「おれも警官を殺すつもりはない」真っ赤な嘘だし、この連中に嘘をつくのはうしろめたいが、地球上でおれが殺した悪徳警官すべてについて詳しい話をするつもりはない。そいつらは当然の報いを受けたのだ。だから、おれの良心にはすこしもやましいところがない。

「だが、腐敗したやつの正体を暴き、裁きにかけさせる。くそ、これをうまくやれば、ほんとうに大きな変革をもたらすことができるかもしれないんだ」

A・Jが、おれを睨みつける。「あんたのことは知らないが、あんたみたいなやつのことはわかる。熱弁をふるうのはやめろ。あんたがここに来たのは、他人に危害をくわえ、なにかをぶち壊すためだ。たとえ正しい大義のためだろうと、根本的な動機に変わりはないんだ」

他人に危害をくわえ、物をぶち壊すのは、たしかにおれのやることリストのいちばん上にあるから、反論するのは無意味だとはいえ、〝殺人鬼〟と描かれたTシャツを着ているような心地になる。あるいは、自分にはわからないが、他人にはそれが見え透いているのだろうか。

聞き流す。

車が家の正面にとまるのがわかり、四人ともシャツの下から拳銃を抜く。ロドニーが落ち着いて携帯電話のメールを見る。「パパが来た」

シェプ・デュヴァルが、どこをどう見ても七十五歳にしか見えない男とともに、一分後にはいってくる。男は小柄で痩せていて、頭頂部が銀髪と禿げた場所のパッチワークになり、浅黒く陽に焼けている。高齢のわりに敏捷で、散らかった部屋のがらくたをまたいで歩きながら、全員と握手をして、カールと名乗る。

明らかに彼がパイロットだから、四人がそれを知ったら、おれが途中までしゃべってきた売り込みの効果が薄れるのではないかと心配になる。

シェプとカールが、キチネットで華奢なアルミの椅子を見つけて、リビングまで三メートルひきずってきた。おれたちの正面で腰かけると、シェプがいう。「カールがおれたちをターゲットまで運んでくれる」

A・Jがいう。「なにで？　ソッピース・キャメルか？（第一次世界大戦中のイギリスの複葉戦闘機）」

おれは笑いそうになるのをこらえる。だが、カールは笑わない。

「くそくらえ、若造。いまベイカーズフィールド空港の駐機場に、ユーロコプターAS350をとめてある。だが、おれは、翼、回転翼（ローター）、タイヤ、フロート、着陸用橇（スキッド）があるものなら、なんでも飛ばせる」

ステュが、カールをじろじろ見る。「危険を冒す気になったぜ。あんたはベトナムに行っただろう」

たしかにカールはそういう年齢だ。ずっと朝食のシリアルに除草剤（エージェント・オレンジ）をかけていたから、そんなに浅黒くなったのかもしれない。

「そのとおり。二度出征し、ナムとラオスでヒューイの武装ヘリ型と輸送ヘリ型の両方を飛ばした。そのあと、エア・アメリカに何年かいた」

エア・アメリカは、秘密活動支援のために人員や装備を輸送するために、CIAが東南アジアで設立した航空会社だった。きわめて危険な状況に、世界でもっとも優秀なパイロットたちが送り込まれた。

カールは高齢なのに、四人はすっかり感心している。カリームがいう。「エア・アメリカか。あれは凄(すご)かった」

「おまえがなにを知っているというんだ？」

カリームが肩をすくめる。「映画で見たよ」

「そのあとで局(エージェンシー)に移ったのか？」ロドニーがきく。

「おまえの知ったことか、間抜け」四人とも四十代後半なのに、カールは子供扱いしている。

A・Jがいう。「だいぶ暴れまくったみたいだけど、おじいちゃん、昔のことだろう？引退してから何年たつんだ？」

カールが肩をすくめる。「引退したかもしれんが、期限切れじゃないぞ。必要とあれば、ハリケーンのなかでおまえらを十セント玉の上におろしてやる」

向かいに座っている元チームの四人を見ながら、シェプが口を切る。「カールは頼りになる。ハリーも頼りになる。おまえらの意見は？」

一瞬静まり返り、突然、ステュという男が立ちあがって、おれではなく仲間三人のほうを向いていう。「おい、みんな、おれがあんたたちといっしょに炎をくぐり抜ける覚悟があるのは、知ってるだろう。くそ、さんざんやってきたじゃないか。しかし、子供が生まれるところだし、死んだり刑務所に入れられたりするのはごめんだ。たとえ上等なアメリカの刑務所でも、すまないが、走ったり撃ったりする日々は、おれにとってはもう過去のものだ」

あとの三人が立ちあがり、握手をして、背中を叩き、わかっていると慰める。おれは内心腹が立っている。ひとりでも手助けが多いほうがいい。だが、わかる。おれになにか生き甲斐があったら、やはりこんなことはやっていないだろう。おれはステュの手を握る。ステュはもうなにもいわずに出ていく。

おれたちはまた席につき、おれはどうしてもきかなければならない質問をする。なじられるのは承知のうえだ。

シェプの顔を見て、おれはいう。「厄介なことにならないか？　あいつはおれたちのオペレーションのことを知ってる。そのまま行かせていいのか？」

シェプ・デュヴァルが首をふり、あとの三人が怒って、あいつが名誉を守る男だというのがわからないのかと文句をいう。おれは聞き流し、三人も黙る。

つぎに、ロドニーがきく。「これをいつやりたいんだ？」

おれは、シェプのほうを見てからいう。「シェプとおれはきょう車で行って、牧場を偵察する。できるだけ多く、情報を集める。朝までに戻ってきて、ここに集まり、計画を立てる。そして、明日の夜——午前零時にしよう——そこを襲撃する」

カリームがいう。「三十三時間くらいしかない。ずいぶん急いでるんだな、きょうだい」

「ぐずぐずしていたら、そのあいだに……」おれはいいかけてやめる。

A・Jがいう。「ああ、了解。マニラの安ホテルを襲撃するのが、一時間早かったら……どうなっていたかな？」

おれはいまも、彼らがそこでなにを目にしたのか知りたくない。

ロドニーが立ちあがる。「おれは乗る。ほかにやることもない。子供を犯しているやつを殺すのは、いい時間の使い道だ」A・Jとカリームもうなずく。

シェプがいう。「よし、ハリー。班員がそろった」

「ありがとう、みんな」

シェプがつけくわえる。「つまり、パイロット、少人数の戦闘員、ターゲット、予定表がある。計画が必要だ。それと武器だ。なにか武器を持ってきたか？」

「計画はみんなで考えよう」おれはいう。「武器だが……あんたたちが自分の武器を持ってきてくれると期待していた」

プロフェッショナルらしくないやりかたなので、たちまち三人が責め立てる。

「こんな馬鹿な話は聞いたことがないぜ」A・Jがいう。

おれは溜息をつく。プロフェッショナルらしくないと思ったら、彼らは激怒するだろう。

「それと、だれか、おれに貸してくれる余分なライフルを持っているかな?」

三人が文句をいうが、立ちあがって出ていくものはいない。勝負に勝ったと思うことにする。

家の主(あるじ)のロドニーが、ようやくいう。「銃はある、ハリー。好きなのを選んでいいが、血だらけにしないと約束してくれ」

「できるだけそうならないようにすると約束する」

ロドニーの家はごみ溜めみたいかもしれないが、奥の部屋にここの土地家屋よりも高そうな銃器用金庫がある。高さ一八〇センチ、幅一五〇センチで、ロドニーが扉をあけると、長いライフルとショットガンが十数挺、拳銃十数挺、ナイフ数本が収められているのが見える。

AK(アメリカ製カラシニコフ・ライフル)、AR(アーマライト社の製品名。たとえば軍用のM-16の市販品はAR-15)、イスラエル製のX-95があり、ベルギー製のでかいFN・FALまである(アメリカ国内では自動小銃の販売が禁止されているので市販品はすべて半自動小銃だが、個人が自動小銃に改造することがままある)。スナイパーライフルも二挺ある。ナイツアーマメント製のSR-25セミオートマテイック・ライフルと、ボルトアクションのレミントン700。いずれもあすの夜のミッションに役立ちそうだが、おれは折り畳み式銃床のAKを選ぶ。

ロドニーがいう。「奥の倉庫に弾薬がある」

「カリフォルニアでこんなものを所有するのが許可されているのか？」ライフルの負い紐を自分の体に合わせながら、おれはきく。

「いや。ひとを撃つのも許可されてないが、あすの朝はその予定だろうな」

「図星だ」

おれは金庫からワルサーP22を出して、横にあった二二口径のサプレッサーも取る。

「これも借りていいかな？」

ロドニーが、不思議そうにおれを見る。「いいよ。しかし、サプレッサーを取り付けられる拳銃は、ほかにもある。そんなちっぽけな豆鉄砲を使わなくてもいい」

おれはワルサーとサプレッサーを、カンバスのバックパックに入れる。「豆鉄砲で撃たなければならないことがあるかもしれない」

正気かというような目で、ロドニーがおれを見てから、必要な装備を用意してくれる。

ロドニーのかなりの量の隠匿武器を見て、おれはいう。「あんたたちは引退したはずじゃないのか。大量の武器を手放さないのは、どういうわけだ？」

銃器を収集しているとか、銃器マニアだからだと答えるだろうと思っていたが、おれがずっと憶測していたとおりのことを、ロドニーがいう。

「おれたちはつねに、のっぴきならない仕事がふたたびやってくるのを期待していたんだ。マニラのあと、おれたちは戦うことができなくなったが、みんなまた戦いに戻りたいと思っていた。ステュだって、女房が妊娠するまではそうだった。あとの三人はどうか？　さんざんひどいことを見てきたんだ。ちくしょう。おい、あんた。おれは最期の息をするまで、人身売買業者や女を虐待するやつらを追撃するつもりだ。あとの連中も、パパを含めておなじだ」

「おれにとってはありがたいことだ」おれはそういい、シェプのピックアップでランチョ・エスメラルダ偵察に出発するために、私設車道（ドライヴウェイ）へ出ていく。

46

シェプとおれは、渓谷のある低木砂漠を通って一時間半車を走らせ、午後四時にようやく目的の場所に着く。シェプがフォードF‐350をレイク・ヒューズ・ロードの道端の砂利地にとめる。ふたりとも荷台からバックパックを出して背負い、低山地帯を歩きはじめる。三十分後、尾根の頂上に達し、腹這い(はらば)いになる。

サンフランシスキート・キャニオン・ロードのすぐ南にあるランチョ・エスメラルダまで、ほぼ一・五キロメートルのところだ。おれのスマートフォンの地図とシェプの時計のGPSで、ここが夜の偵察に格好の監視所だと決めていた。ざっと見るためにそれぞれ双眼鏡を用意し、敷地内を詳しく調べるためにシェプが持ってきた高性能の監的望遠鏡(スポッティング・スコープ)をケースから出す。

スポッティング・スコープは夜には使い物にならないが、ランチョ・エスメラルダのあちこちの建物は明かりがついているし、満月に近かった。今夜はそういう状態がありがたいが、あすの夜は発見されずに最接近する妨げになると、シェプもおれも知っている。

双眼鏡とスポッティング・スコープでざっと見ただけで、眼前にあるのが攻めづらい広大な敷地だということを、ふたりとも悟る。シェプの六〇倍のスコープで、地上警備部隊とおぼしいものを見分ける。どうやらメキシコ人かサルバドール人から成っているようだ。経験から判断するなら、銃器を扱う訓練は受けているが、組織化されたまとまりのいい戦闘部隊とはいえない。ほとんどが市販型のAR－15かショットガンを携帯し、徒歩でぶらぶら歩きまわるか、四輪駆動車で起伏の多い六〇エーカーの敷地をパトロールするか、あるいはあちこちの掩蔽された固定陣地に座っている。

表に女たちの姿は見えないが、それは意外ではない。それでも、拉致被害者が閉じ込められている場所はすぐに見当がつく。警備部隊は大きな館の周囲に集中している。牧場の母屋風の豪華な三階建てで、一四〇〇平方メートル前後だろうと、おれたちは推測する。牧場にはほかに独立した建物がある。物置、倉庫、納屋、小屋が二棟。だが、戸外の警備部隊の配置からして、女たちは大きな館にいるにちがいないと判断する。

宿泊所は敷地の東端にあたる奥のほうにあるが、裏に車が何台かとまっているし、道路らしきものが八〇〇メートル西の化粧漆喰の館まで起伏のある地形を通っている。

午後九時過ぎに、高級車のSUV二台が幹線道路から曲がり込んで、私設車道を登り、警備員詰所でとまる。一分後、二台がまた走り出して、館の前でようやくとまる。

二台とも運転手がリアドアをあけ、男四人がおりてきて、館の正面階段に向かう。すぐに館にはいって見えなくなる。

シェプが、おれが考えていることをいう。「買春客(ジョン)だ」

「ああ」スナイパーライフルがあれば、そいつらを狙い撃ちたくなっただろう。だから、なくてよかった。

静かな夜には声が遠くまで伝わるとわかっているので、おれは小声でいう。「ヘリで侵入、館に兵力を集中する。拉致被害者を確保し、願わくは、戦って離脱する」

「願わくは」シェプがつぶやく。

「ああ、わかっている。願いは戦略じゃない。だが、あすの晩は、そういう戦術でやるしかない」

シェプがうなずく。「対応部隊を手いっぱいにさせるのに、表にふたりが必要になる。おれは齢(とし)をくってるし、膝(ひざ)も弱いが、狙撃できる。おれがヘリから上空掩護(えんご)する。襲撃のあいだ、カールがターゲットの上で周回する。それに、A・Jは一〇〇ヤードからノミのケツのにおいを吹っ飛ばすことができる。谷の向こうの小高い丘に配置しよう。宿泊所のやつらを精いっぱい引きとめてくれるだろう」

おれは闇のなかで笑う。「ずいぶん簡単そうにいうじゃないか」

シェプが、正面の泥の上に唾(つば)を吐く。「攻め込むのは……簡単じゃないが、できる。引き揚げるのは……なんともいえない」おれはいう。それからきく。「カールにこれがやれると信じているんだな？」

シェプがためらわず答える。「だいじょうぶだ」

「局(エージェンシー)で知り合ったのか？」

「いや、カールはとっくに引退していた。何十年も前に。いまはあのヘリを、ラスヴェガスの北にある二五〇エーカー（約一〇一ヘクタール）の射場で飛ばしてるんだ。週末戦士(ウィークエンド・ウォリアー)がそこへ行って、空から標的を撃つ。客に一生忘れられないような経験をさせてやるのさ」

「あす、狙い撃たれるのは知っているんだな？」

シェプがうなずく。「カールは秘密任務(ミッション)がどういうものか知ってる。いいか、おまえには五人の仲間がいる。女たちを救い、女たちを監禁していておれたちを阻止しようとするくそったれを殺すために、死と直面するのをいとわない男たちだ。おれたちの動機を掘り下げるのはやめろ。おれたちもおまえの動機を掘り下げない」

「承知した。カールのヘリを見たことがあるか？」

「もちろん。四人乗りのまともなヘリだ」

おれはスコープから目を離して、シェプの顔を見た。「四人乗り?」

「ああ」

わけがわからず、おれは明白なことを指摘する。「あんた、おれ、ロドニー、カリーム、A・J。パイロットを除いて五人だ」

「関係ない」

「どうして?」

「おまえ、A・J、カリーム、ロドニーは、着陸用橇（スキッド）に乗るからだ」

くそ、おれは思う。なんてことになったんだ。「だれが決めたんだ?」

シェプが肩をすくめる。「カールが右座席、おれが左座席。おまえたちは機外に乗る。一・五キロ手前でカールがA・Jをおろし、A・Jがスナイパー陣地を設置する。あとのものはターゲットまでそのまま行く。ヘリのキャビンから出るよりも、スキッドから跳びおりるほうが早いし、これを成功させるにはすばやくなめらかに侵入しなければならない」

シェプのいうとおりだし、おれは数多い心配事のリストに、ヘリコプターから墜落して死ぬことをつけくわえる。

そのあと、おれたちはさらに一、二時間偵察し、ベイカーズフィールドに戻る。

ケン・ケイジは、午前七時からずっとホームオフィスで仕事をした。いつもは九時からはじめるのに、だいぶ早い。ヘザーはむっとしたが、ケイジの機嫌が悪いのがわかったので、咎(とが)めはしなかった。コーヒーのお代わりが必要か、子供たちが来ていないか見るために、一度覗(のぞ)いただけだった。

だが、十時になると、今日は仕事をつづけられないと、ケイジは気づいた。だめだ。気になっていることが山ほどある。

おととい、どれほど殺されるおそれがあったのか、ケイジにはわからなかった。これまでになくきわどかったことはたしかだ。

ホワイトライオンは、パイプラインの保護と監督を五年前からやっているが、重傷者を出したことは一度もなかった。それが今回は、ひとり死んだ。

ショーン・ホールはびくついている。コストプロスが死に、ボスニアの中継基地は閉鎖され、セルビア人、アルバニア人、ギリシャ人、イタリア人がすべて、コンソーシアムに襲いかかったこの新たな危険のせいで恐慌をきたしている。

フェルドーンとホールはいま、このハリウッドヒルズの大邸宅にいる。ホールはホームオフィスの外のリビングにいて、近接警護を行なっている。ホールの部下六人は、敷地をパトロールしている。フェルドーンは三階のゲストルームに泊まり、そこを住まいとオフィスに使っている。フェルドーンの生き残りの部下八人は、ランチョ・エスメラルダにいるが、彼らがそこにいる理由がケイジにはわからなかった。

ケイジは何年もコンソーシアムを運営してきたが、これほど立場が不安定に思えたことは一度もなかった。いまこそリーダーとなり、力を見せつけなければならないとわかっていた。そのために、ホールとフェルドーンをホームオフィスに呼びつけて会議をはじめた。ビリオネアの金融業者のケイジが環境雑音を流し、ホールがドアをロックして、ケイジのデスクの前の椅子に三人は腰かけた。

ケイジはまず、フェルドーンに向かっていった。「イタリアで死んだ部下からたどられて、おまえの身許がばれるおそれはあるか？」

「その心配はありません。おれの部下は全員、オフショア会社を設立しているので、ホワイトライオンやコンソーシアムの他の会社やディレクターとのつながりはたどれません」

ケイジは、つぎにホールのほうを向いた。「今夜、エスメラルダに行く。それに問題はあるか？」

ショーン・ホールが、フェルドーンに目を向けてから、ボスのほうを向いた。フェルドーンとはちがって、あまり自信がなさそうに見えた。「ジェントリーがアメリカにいるという情報はありませんし、ディレクターの身許を知っているとは考えられません。しかし、やつはパイプライン沿いのさまざまな場所で姿を現わしてきました。われわれはアメリカにいるので、現われる可能性は低いですが、それでも……二週間ほど身をひそめているほうが賢明だと思います。ヤコと彼の配下がこの状況を封じ込めるまで」

フェルドーンが、すかさず口をひらいた。「反対です。ホールがいったように、やつがこっちにいるとか、こっちに来るとか、ここのことを知っていることを示すような情報は、なにもありません」

ケイジが、冷ややかに答えた。「おまえはイタリアでもそういうことをいった。それでうまくいったか？」

それに対して、フェルドーンは肩をすくめた。「あいつを殺れる寸前でしたよ」

「わたしには、そうは思えない」ケイジは、語気鋭くいった。「ショーンとその部下が、わたしを逃がしてくれた直後に、グレイマンは攻撃距離に迫ったんだぞ」

フェルドーンの目つきが、一瞬鋭くなった。「もうすこしで殺れたんです。われわれはここでもひそかに見張りを出しています。やつが来ればわかるし、やつを阻止します。ランチョ・エスメラルダに部下を配置し、警備部隊を支援しています。やつが来たら、今回はかならず仕留めます。

牧場とご自分を結びつけるような書類はないと、何度もおっしゃいましたね。やつがそこに来ても、たとえやつが連邦捜査官を連れてきても安全だと」

ホールがどなりはじめた。ケイジはホールが大声をあげるのを聞いたことは一度もなかった。

「連邦警察が来るときにやつが敷地内にいたら、安全じゃない！」

ケイジはいった。「落ち着け、ショーン。FBI(フェズ)はわたしに手出しできない。みんなそれは知っている。わたしは彼らにとってきわめて重要な人間なんだ。今夜、わたしは牧場へ行く。やれやれ、二日前の夜にあんな目に遭ったんだから、息抜きが必要だ。おまえの部下、ヤコの部下、牧場のメキシコ人が、わたしを護(まも)ってくれるだろう」ケイジは薄笑いを浮かべた。「そうじゃないのか？」

ホールはなにもいわず、フェルドーンの顔を見た。

「どうなんだ？」ケイジが語気荒くいった。

「もちろん護ります」ホールは答えた。

ショーン・ホールは、よく冷えた〈グレイグース〉のウォトカをフリーザーから出し、栓(せん)を引き抜いて、ごくごくとラッパ飲みした。アルコールの刺激の強い味に顔をしかめ、プールハウスの住まいの正面の窓に近づいて、プールを隔てて二〇メートルほど先にあるケイジの大邸宅を眺めた。

馬鹿らしくてやってられない、と心のなかでつぶやいた。

携帯電話を見おろすと、ケイジの長女シャーロットからメールが届いているのがわかった。翌日、いっしょにサーフィンをやりたいという。ホールはそのメールを読みかけたが、パティオの動きが目に留まった。

ヤコ・フェルドーンが、よく手入れされた庭園を通り、パティオを横切って近づいてきた。

「馬鹿野郎」ホールは声に出していい、携帯電話をポケットにしまって、冷たいウォトカをまたがぶ飲みした。

ホールは、まもなくフェルドーンをなかに入れた。まだウォトカを持ったままで、フェルドーンがそれを見た。

「昼間から飲んでるのか？　仕事中じゃないのか？」

「くそくらえ」ホールはまたラッパ飲みした。

フェルドーンが、溜息をついた。「いいか。あんたが思っているとおりだ。ジェントリーは牧場を見つけるだろう。だが、そのほうがいい。やつが現われたとたんに、一気に決着をつけることができる。だが、ケイジを危険にさらさずにそれをやるのは無理だ。あんたはケイジに目を配って、おれの任務を支援してくれ」

「いったいなんの話だ？」

フェルドーンは、ひとことだけいった。「マーヤ」

ホールは首をかしげた。「ルーマニア人の女か？　それがどうした？」

「ジェントリーの狙いはマーヤだ。このくだらん騒ぎのすべて、戦闘も死者も中継地点の焼き討ちも、あの売女ひとりが原因なんだ」

ホールはまごついた。「どうして……それを知っているんだ？」

「知ってるのさ」フェルドーンはそう答えただけだった。

ホールはソファに腰かけ、遠くを見つめた。「ケイジはこれを知ってるのか？」

「知らないし、教えるな」

「どうして？」

「おれの面子が立たなくなるからだ。おれの面子が立たなくなるようなことをやったら、あんたは面子を心配するどころじゃなくなるぞ」

ホールは、禿頭の南アフリカ人をただ見つめた。

フェルドーンはつづけた。「イタリアでおれがディレクターを餌にしたと、あんたは非難した。それについてはおれに罪があるかもしれないが、あんたがケイジを護っているあいだにジェントリーを殺せるはずだという、理にかなった計算があった。おれの部下がしくじったから、こういうことになったわけだ。今回は、マーヤが餌だ。おれは牧場で部下をマーヤの周囲に配置してる。おれも行き、身を隠して待つ。ジェントリーが来たときには……準備が整ってる」

ホールは、足もとの絨毯(じゅうたん)を見つめた。

「それまで離れていろと、ケイジにどうしていわないんだ？」

「理由を説明しなければならないからだ。マーヤがそれほど危険な存在だとケイジが知ったら、殺せとおれに命じるだろう。そうしたら、ジェントリーは狩りを中止するかもしれない。だめだ。マーヤは生かしておかなければならない」

「そのあとは？」

「あとか？　この騒ぎの源(みなもと)がマーヤだったことを、おれがケイジにいう。そのときにわかったことにして。だれかがあの売春婦のことを調べるおそれはない。ジェントリーが死ぬときには、女も死ぬ。このちょっとした問題は解決する」

ホールは、〈グレイグース〉の栓を押し込み、のろのろとうなずいた。これはフェルドーンのオペレーション、フェルドーンの失態だ。

ウォトカの酔いを頭からふり払って、ホールは立ちあがった。「こいつを殺せ、ヤコ」

フェルドーンがそっけなくうなずき、背を向けて、プールハウスを出ていった。

47

ロクサナ・ヴァドゥーヴァは、表で陽光が薄れるあいだ、部屋の小さなラブソファに座って、両手を見つめていた。いまは独りきりだが、一時間前に英語が話せないか、話せないふりをしているアジア系の女が、なんの前触れもなく現われて、ロクサナの指と足の爪に真っ赤なマニキュアを塗った。そのあとで、ロクサナのために選ばれたイブニングドレスが届けられ、念入りに入浴するよう命じられ、スタイリストが来て、焦茶色の髪を整えた。

ロクサナが牧場に到着してから二日目になる。きのうの夜はずっと部屋にいた。昼間は自由に館のなかを歩きまわっていいが、初日の晩はお務めがないので、お客さまと顔を合わせないほうがいいと、クローディアに注意されたからだ。

お務め、お客さま。それを聞いたとき、ロクサナは、じつに不快な婉曲表現だと思った。お務め、お客さま。

今夜の配慮――マニキュア、メイキャップ、服、ヘアスタイリスト――を、ロクサナはきわめてよくない兆候だと受けとめた。昨夜、ロクサナは自分の部屋で食事をしたが、ひっきりなしに二人組か四人組の男がやってくるのが音でわかった。館にいる若い女や少女が、いまの自分のようにドレスアップしているのが想像できた。閉ざされたドアの向こうでなにが起きているのか、はっきりとわかっていた。

きょうの午後、三十分歩きまわったとき、館のどこにも時計がなかった。ロクサナは窓の外を見て、ここがどこなのかわかる手がかりを必死で探した。少女数人と、クローディアが紹介したパティという女と、すこし話をした。パティはコーディネーターだとクローディアがいったので、要するにこの館の女主人(マダム)（娼館を切り盛りする遣り手のこと）なのだろうと、ロクサナは解釈した。やってくる客が望みどおり遊べるように手配する役目なのだ。

館の周囲の警備員がほとんどラテン系で、女たちをじろじろ眺めるが、じかに話をすることはなかった。南アフリカ人らしい上等な服を着た白人も何人かいて、そのうちひとりかふたりは、ヴェネツィア行きのヨットに乗せられるときに見かけた憶えがあった。きのうガルフストリームをおりたあと、ヤコという男はまだ一度も見かけていないが、冷酷そうな男たちを通じて、彼の不気味な存在が感じられた。

午後八時過ぎに、ドクター・クローディアがロクサナの部屋にはいってきた。ロクサナやほかの女たちとはちがって、ドレスではなくビジネスーツ姿だった。

穏やかな声で、クローディアが話した。作り笑いを浮かべている。「今夜が肝心な夜よ、マーヤ」

「どういうこと?」

「今夜、ディレクターが来る。あなたに会いたいから。光栄だと思いなさい」

二十三歳のルーマニア人は、うわの空でうなずいた。

「忘れないで」クローディアがいった。「ヤコが注意深くあなたを観察するでしょうね。ディレクターを裏切ったり、ヤコを裏切ったりしなければ、何日も前から約束されていたすばらしいものが手にはいるのよ」

クローディアが出ていった。

恐怖のためにロクサナの動悸が激しくなったが、絶好のチャンスでもあると気づいた。ディレクターがここに来て、この部屋にはいるようなら、携帯電話を持っている可能性が高い。ここがどこかわからなくても、タリッサに電話で連絡して、この館や周囲の人間についてわかっていることをすべて説明することはできる。空港の一部で見かけたものや、北へ車で運ばれたこと、海や地形を説明すれば、ひょっとしてそれが役に立つかもしれない。

トムが来るのは絶好のチャンスだとわかっていたが、ロクサナの心をいま支配している感情はそれではなかった。ちがう。恐怖に呑み込まれそうだった。絶望的な激しい恐怖。レイプされるだろうとわかっていた。抵抗することもできるが、館のなかに武装した男が十人以上いるのを見ているし、すべてディレクターの配下にちがいない。今夜、襲いかかるつもりなら、ディレクターはそれをやり遂げるために、応援を呼ぶことができる。

それに、部屋のなかで揉み合ったら、携帯電話をこっそり盗むことはできなくなる。

自殺しようかとつかのま思ったが、それはありえないとわかっていた。まもなく起きることよりは死を望む気持ちもあったが、自分がどんな犠牲を払ってでもパイプラインを暴きたいという気持ちもあった。ディレクターとクローディアとヤコをなんとかして阻止したかったが、それを実現する見込みがあるのは自分、姉、姉に協力している殺し屋だけだとわかっていた。

メイキャップアーティストが部屋にはいってきて、ロクサナのそばの化粧台にケースを置いた。

ロクサナは、彼女に話しかけなかった。恐怖を必死で抑え込んで自分がやるべきことに集中し、恐ろしい出来事と確実に訪れる好機に備えて覚悟を決めようとした。

おれは一日かけて、館を襲撃するふたり、ロドニーとカリームとともに、ひと部屋ずつ掃討する模擬戦を行なう。それから、カールも含めたチーム全員で、ベイカーズフィールドの狭い家のなかに集まり、牧場の衛星画像を徹底的に検討する。無数の難問に取り組み、午後三時ごろには、全員の責務と担当事項を詳細に決めた計画ができる。

確固とした脱出計画はないものの、すばらしいチームだし、自信がみなぎっている。拉致(らち)被害者を確保して車を何台か奪うあいだ、敵を制圧できるはずだと、おれは確信する。ただし、カールの操縦の技倆(ぎりょう)と、シェプが空から容赦なく敵に銃弾を浴びせるあいだ、飛んでいられることが、その確信の裏付けだ。

午後九時、おれたちはシェプのフォードF-350とロドニーのフォード・ブロンコに乗り込んで、空港を目指す。

武器を満載してベイカーズフィールド空港の敷地にはいると厄介(やっかい)なことになるので、ユーロコプターを駐機してある運航支援事業者(FBO)のゲート前でカールをおろし、ヘリの飛行準備をやってもらい、二台でそのまま南へ向かう。

午後十時、おれたちはゴールデンステート・ハイウェイにいて、さまざまな事案想定(シナリオ)で机上演習をやる。長年のあいだに彼らが数多くの建物を襲撃してきたことがわかる。みんな冷静でプロフェッショナルらしく、肉体的な能力については絶好調とはいえないが、精神的にきわめて安定している。ハンリーとザックは最適なグループを紹介してくれたといえる。

こういう男たちがあと二十人いればありがたいと思うが、屋内の敵の数がわからず、拉致被害者の位置もわかっていないのに、一四〇〇平方メートルの館を攻撃するのだから、欲をかきたくなるのは当然だろう。

だが、手持ちの部隊が少人数であるとはいえ、おれは彼らを戦闘に投入する。そしてともにベストを尽くす。

午後十一時四十五分、おれたち四人はシェプのピックアップの荷台に座って、雲のない夜空を見ている。A・Jが北から近づいてくる光の点を指さす。音が聞こえるまで数分かかるが、カールがヘリを最終接近させるときには、全員が銃を持ち、バックパックを背負って、トラックからおりている。

五〇ヤード離れた野原にヘリコプターが着陸し、おれたちは重い荷物を背負ってそこへ向かう。

機外に乗ることになっているおれたち四人は、不安気に顔を見合わせる。カールは、肉眼で見つからないように灯火を消し、遠くから音を聞きつけられないように低空飛行する予定だ。カールがおれたちに飛行計画と自分が行使する戦術を説明する。本来なら家でテレビを見ながら輝かしい日々を追想するほうがふさわしい男が操縦するヘリコプターの機外に乗って、地面の三メートル上を八〇ノットで飛ぶことを思うと、四人ともあまりいい気分はしない。

だが、いまとなってはそれぞれの思惑から、四人とも最後までやり抜く決心がついている。

約束したとおり、カールはカラビナにつないだ太いロープを、キャビン内の金具に固定していた。機外のおれたちは、カラビナを多機能（ユーティリティ）ベルトに取り付け、ちゃんとつながれているのをおたがいに確認する。

昇降口のドアは取りはずされていて、おれたちの命綱は、スキッドの上に立ってドア枠をつかむだけの長さしかない。スキッドの上で足を滑らせても墜落死はしないが、宙吊りになってヘリコプターの胴体にぶつかりながら運ばれることになる。そうなったら、カールが金をけちってイーストベイカーズフィールドの一ドルショップでおれたちの命綱のロープを買ったのではないことを願うしかない。

おれはその考えを頭から追い出し、巻いてキャビン内に置いてあるべつのロープ四本を見る。長さは一〇メートル、裏口から十数メートルのところにファストロープ降下できるように、ターゲットに到着する直前に投げおろす。

屋根から侵入することも考えた。牧場の館の屋根はかなり平坦に近い。だが、三階から下へ進むあいだに、敵が館から逃げ出すおそれがある。だから、裏の芝生から攻撃し、三人で部屋を掃討しながら上の階へ進み、立ち向かうやつを殺すことにする。

とにかく、そういう計画だ。

おれは左座席のシェプとFN・SCAR(スカー)16Sライフルのすぐうしろに位置を決め、ヘリコプターの左前部に目を向ける。あとの三人が位置につくあいだに、自分の装備をもう一度点検する。かなり強化されているが単純な仕組みのAK-47タイプの半自動小銃(セミオートマティック・ライフル)。近接戦闘に使うにはでかすぎるが、世界中で何十年ものあいだ実力を実証してきた銃だし、目を閉じていても効率よく使うことができる。

胸掛け装備帯(チェストリグ)に予備弾倉を四本入れてある。ライフル本体の弾倉と合わせて百五十発になる。

あとの連中は抗弾ベストを着けているが、おれが使う予備はなかった。ドロップレッグホルスターに拳銃を入れ、外傷用キットを携帯し、固定刃(フィクストブレード)の〈ベンチメイド〉ナイフをベルトの鞘(さや)に収めてある。ロドニーが、発煙弾と特殊閃光音響弾を一発ずつ用意してくれ、いずれも胸からぶらさがっている。チーム間無線機のヘッドセットの上から、イヤプロテクターをかけ、防弾ゴーグルをかけている。

ヘルメットはかぶっていない。ロドニーはヘルメットの在庫も切らしたばかりだった。

小さなバックパックに、予備の拳銃用弾倉数本と、サプレッサーを取り付けたワルサーP22を入れてあるが、ヘリコプターでターゲットまで行くことを考えると、隠密にやる必要があるかどうかはわからない。しかし、今夜、どういう展開になるかわからないので、念のために、用途が多い減音器付きの拳銃を携帯するほうがいいだろう。

午前零時、カールがヘリのエンジンを最大出力にし、ローターが一瞬空気と争って、野原の上に離昇し、捲きあがる土煙にくるまれて、ターゲットまで二十分の飛行を開始する。たちまち、おれのゴーグルが土埃に覆われ、それを手でぬぐうときには、ベトナム戦争帰還兵のパイロットのカールが、すでに灯火をすべて消している。ドアのない昇降口から覗くと、前にある計器のグリーンの照明に照らされているいかつい顔が見える。暗視ゴーグルはかけていない。ただ地面すれすれを飛び、速度を上げ、前方の闇に目を凝らしている。

すごい。

フライト後の撃ち合いのほうが安全かもしれないので、それを待ち望んでいるのに気づく。これからの二十分ほどには危険ではないはずだ。

ケン・ケイジはベッドに横たわり、天井を見ていた。体毛が濃い前腕で、額の汗をぬぐった。

胸のなかで心臓が激しく打っている。狭窄した喉が灼けるように痛む。だが、セックスのあとのそういう状態に、ケイジは慣れていた。

隣には最新の拉致被害者が、顔をそむけて横たわっている。裸身をさらし、罰せられた子供のようにすすり泣いているのが聞こえた。

ケイジはそれを聞いて薄笑いを浮かべた。数秒のあいだ動かずに横たわっていたが、やがて手をのばして、女の髪をつかみ、顔を仰向かせた。女がびっくりして悲鳴をあげ、照明を暗くしたなかで、七、八センチしか離れていないふたりの目が合った。「いっておくが……今夜はやさしくしてやったんだ。つぎは、わたしの野性的なところを見せてやる」

ケイジは転がってベッドから出ると、ショーツをはき、ドアに向かった。「もうひとりの新しい女のためにエネルギーを節約したから、おまえはわたしの猛烈なやつを受けずにすんだ」またにやりと笑った。「朝になったら、彼女に礼をいったほうがいい」

ディレクターは、そういうと部屋を出ていった。

ソフィアと呼ばれているハンガリー人の女は、涙を浮かべた目で、呆然と壁を見つめた。

ソフィアはレイプされ、それをどうにもできなかった。終わったいまもおなじように無力感を味わっていた。

ディレクターがナイトスタンドに置いていったグラスを見た。半分くらい茶色い液体が残っている。グラスをバスルームで割って、手首を切るだけの気力が自分にあるだろうかと、ソフィアは思った。

だが、グラスを取ろうとはしなかった。ただ横たわり、泣いた。

48

ヤコ・フェルドーンは、スーツのジャケットを脱ぎ、ネクタイをはずしたが、ダスティブルーのシャツの上に取り付けたショルダーホルスターははずさなかった。ホルスターに収まっているSIGザウアーは、瞬時に抜くことができる。足はオットマンに乗せ、椅子をリクライニングさせていた。広大な館の一階にある広い書斎で、午前零時近くに眠り込んだばかりだった。

フェルドーンは夜のあいだに、ランチョ・エスメラルダ常駐のメキシコ人と自分の部下の配置を終えていた。特殊な脅威があるという警告が行き渡り、全員が精いっぱいの備えをしているように見受けられた。メキシコのカルテルの下っ端構成員は、牧場の母屋風の館の屋根と周囲の敷地に配置され、八〇〇メートル離れた敷地の東端にも予備の要員がおおぜいいる。

フェルドーンの部下は、館のなかに配置され、身を隠している。八人とも、ランチョ・

エスメラルダにはいることを許された金持ちの買春客（ジョン）のような服装をしている。品のいいスーツ、高級なポロシャツ、カジュアルな服装で、ふだん買春客と売春婦が使う二階と三階の数十室のうちの二部屋に泊まっている。

　フェルドーンの部下たちは、この環境を不愉快に思っているはずだった。自分たちは警備員ではない。買春客のために警戒するのが仕事ではない。コンソーシアムの狩人、実行部隊なのだ。だが、彼らがいらだっているのは、フェルドーンにしてみれば好都合だった。

　彼らをうれしがらせるつもりはない――備えを固めさせなければならない。

　フェルドーンは、一時間前にここに到着したあと、ショーン・ホールとその警護班の六人とは距離を置いていた。ホールの警護班は全員、館の東の三階にあるケイジの専用アパートメント内と周辺、もしくはケイジがいる部屋の周囲にいて、新しく来た女を味わっているか、三階のエントリーホール横のラウンジで、食事をするか、酒を飲むか、コカインをやっている。

　フェルドーンはうとうとしたが、ジェントリーが早くやってくることを願って、今夜はここでずっと過ごすつもりだった。ジェントリーがターゲットに侵入するやりかたを、詳細が判明している数少ないミッションから、フェルドーンは研究していた。ジェントリーは、世界一優秀な刺客（しかく）の諜報技術（トレードクラフト）を駆使して、音もなく、姿を見られず、抜け目なく行動するのを好む。

ジェントリーは気づかれないようにこの屋敷に忍び込むにちがいないと、フェルドーンは完全に予測していた。自分と部下が迎え撃ち、ジェントリーが逃げようとしたら表のメキシコ人が退路を断つはずだった。

ケイジはどうする？　ケイジのことはホールの問題だと、フェルドーンは見なしていた。真の重要人物(VIP)は、コート・ジェントリーだ。

ヘリが闇のなかで上下に揺れるあいだ、おれは吐き気をこらえる。昇降口の縁にしがみつき、ベイカーズフィールドから来る途中でタコスを食べたのはまちがいだったと、心のなかでつぶやき、馬鹿な提案をしたA・Jをののしる。

いっぽう、カールはとてつもなく優秀なパイロットだ。ヘリの動きでその技倆(ぎりょう)が感じ取れる。カールは、ラダーペダルとサイクリック・コントロール・スティックを巧みに操っている。関節にこたえるフライトだが、もっとひどくてもおかしくないとわかっている。

やがて出力が落ちて、速度が下がり、すぐにホヴァリングの状態になる。機外のおれとあとの三人が、前のめりになる。カールが地面に向けて数メートル降下させ、スキッドが接地する。土埃(つちぼこり)が周囲の闇に舞い、なにも見えないが、ヘリの右側でA・Jがカラビナをはずしてスキッドから跳びおり、すばやく伏せて、館の裏から八〇〇メートル以上離れたところに射撃陣地を設置しているのがわかっている。

低空飛行し、まだ距離があるので、ヘリの音は敵に聞こえないはずだが、ふたたび上昇して最後の数百ヤードを飛ぶあいだは、そういうわけにはいかない。

今夜、こういう部隊で空から攻撃するのを、敵が予測していないことに、おれたちは賭けている。

その賭けがはずれれば、おれたちはパーティがはじまる前に空から吹っ飛ばされるだろう。だから、そのことは考えないようにする。

ふたたびゴーグルから土埃を払い落とし、昇降口から前席のふたりを見る。シェプの頭のうしろしか見えない。シェプはかがんでライフルのスコープを覗き、まだ遠い館の屋根にターゲットはいないかと探している。

風防の外に注意を集中しているカールは、皺だらけの顔をいっそう皺くちゃにして、無表情に経験による自信と決意をみなぎらせている。カールはまさにこれを望んでいるのだと、即座におれは気づく。カールはこれをやりたいし、どうしてもやる必要があるのだ。

一瞬、おれもおなじことを感じるが、すぐに戦闘モードに気持ちを切り替える。見ていると、カールが肩ごしにふりかえり、コレクティブ・ピッチ・レバーから手を離して、手袋をはめた手で一本指を立てる。

カールのかすれた声が、無線を通じておれの耳に届く。

「到達まで一分（ワン・ミニット・アウト）！」

チーム全員がそれぞれのマイクで復唱し、武器を肩から吊るし、闇に必死で目を凝らす。

よし、行くぞ。


ケン・ケイジは、ボクサーショーツ姿で寝室に立っていた。五分前にハンガリー人の女を襲ったときにかいた汗が、まだ引いていなかった。正面でマーヤが壁に背中を押しつけて、不安そうに立っている。黒いカクテルドレスが、体にぴったり合っていた。

ケイジは、マーヤの不安を和（やわ）らげるようなことは、なにもやらなかった。

「脱げ」語気荒く命じた。

マーヤはためらってからいった。「あの、わたし――」

「脱げ！」ケイジがどなった。

マーヤはいわれたとおりに、裸でケイジの前に立った。口もとをふるわせていたが、ケイジから目を離さなかった。じっと見据え、誇らしげで、怖がっていたが、決意に満ちていた。

ケイジがいった。「クローディアができなかった仕事を、わたしがやり終える」

マーヤはきいた。「どんな仕事？」

ケイジがにやりと笑った。ボクサーショーツを脱いだ。何時間も前に飲んだ〈バイアグラ〉が、まだ効いていた。

ケイジが、マーヤの全身をなめるように見てからいった。「おまえの鼻持ちならない反抗的な態度を、心の底から一掃してやる」襲いかかる動きで、ケイジがマーヤに近づいた。目が血走っていて、マーヤを壁に押しつけた。自分の体をくっつけて、片手でマーヤの口と鼻を覆った。

そのとき、ケイジのうしろでドアがいきなりあき、ショーン・ホールが駆け込んできた。携帯無線機を持ち、真剣な表情になっていた。白いタンクトップにジーンズという格好で、サンダルを履き、拳銃をウェストバンドに差し込んでいた。

ケイジは、股間を隠そうとしながら、さっとふりむいた。「どうした、ショーン？」

ホールが突進して、ベッドの端のフットスツールからバスローブを取り、ケイジに渡した。まだ裸のままのケイジの腕をつかみ、ドアから廊下に出た。裸のマーヤが、向きを変えてバスルームに走っていった。

急いで廊下に出るときに、ホールがケイジに説明した。「外の警備員が、ヘリコプターが近づいてくるといっています。ライトをつけず、敷地の裏手を飛んでいる。それを識別するまで、安全な場所に移動してもらいます！」

　ケイジは不機嫌になったが、従うべきだとわかっていた。ホールは脅威をおおげさに考える傾向があるが、あとで叱りつければいい。いま口喧嘩（くちげんか）をしたら、移動が遅れて、自分も含めた全員がいらいらするだけだと、ケイジは思った。

　ふたりで走りながら、ケイジはバスローブを羽織（はお）って、ベルトをしっかり締めた。ホールが携帯無線機を口もとに近づけた。

　だが、ホールが交信する前に、頭上の屋根で銃声だとはっきりわかる轟音が響いた。

　一秒後、地上のライフルの連射が轟（とどろ）いた。

　ホールは、ケイジの肩をぎゅっとつかんで急がせ、階段に向かった。そうしながら、ホールはいった。「味方の射撃です。メキシコ人が撃っている。ヘリを敵だと識別したんです！　急いで！」

「ヤコはどこだ？」

　ホールは答えなかった。携帯無線機で部下に大声で指示した。「これから出ていく。Gクラスに乗れ！」

　ケイジは激怒しながら走った。逆上したボディガードに体をつかまれて命からがら逃げるのは、この三日間で二度目になる。それが腹立たしかった。

「敵銃火を受けている！」シェプがいうのが無線機から聞こえ、超音速弾がヘリコプターのそばを飛び過ぎる音も聞こえている。

シェプが横の昇降口から身を乗り出し、そこのなかほどの高さに張った射撃台代わりのケーブルにSCARライフルを乗せる。「屋根にターゲット！」シェプがいい、ゆっくりと抑制のきいた射撃を開始する。

おれにはまだターゲットもそれがいる館も見えないが、後方のスナイパー隠蔽陣地(いんぺい)からA・Jが報告する。「こちら掩護射手(オーヴァーウオッチ)、敷地内のターゲットを捉えている。東側、地上、これから交戦する」

A・Jのスナイパーライフルの銃声は聞こえないが、おれがしがみついているヘリに向けて撃っているやつらを何人も斃(たお)しているにちがいない。

おれはまだ殺す相手を探している。この高みからターゲットを捉えられないのは、シェプのライフルに前方の視界をさえぎられているからだ。だが、闇のどこかに銃口炎の輝きが見えるのを期待して、探しつづける。

カールがいう。「銃火が激しすぎて、裏の芝生にはおりられない。ターゲットの真上に行く。一周して、正面からやってみる」

ようやく館の裏にある小さな池のそばで銃口炎がひらめくのが見える。光源に向けてAKから数発放つ。それからいう。「やめろ（ネガティヴ）！　やめろ（ネガティヴ）！　カリームとロドニーを屋根に降下させろ」

「おまえはどうする？」シェプがきく。

「カール、おれを三階の窓にほうり込めるか？」

間があり、そのあいだにカリームがヘリの反対側で撃っているのが聞こえる。

カールが答える。「なにをやれっていうんだ？」

おれは銃口を下にしたAKを肩から吊り、ファストロープを投げおろした。「建物のこっち側で、最上階の窓からぴったり一〇メートル離れたところを飛んでくれ。おれはロープを滑りおりるから、おれを窓にぶつけてくれ。できればふたりと合流する」

カールがヘリの速度を落とすと同時に早口で応答する。「ぴったり一〇メートルだと、どうすればわかる？」

「近づければいいんだ」

無線から溜息が聞こえる。「やれるが、位置につくまで十五秒しかないぞ！」

「了解！」おれは叫び、カラビナを左手ではずして、両腕と脚でファストロープを挟み、ひやひやするくらい早く滑りおりる。

敵と味方の射撃がふたたび轟き、周囲の空気を叩く。そのとき、あらたな音が聞こえる
――ドーンという骨に響くような重い音が連続する。

カールがいう。「被弾した！」つづいていう。「つづけるぞ！」

シェプのライフルが、おれの頭の上で何度も咆哮する。

おれはドロップレッグホルスターからグロックを抜き、ロープを滑りおりながら一〇メートル正面の窓を狙う。ガラスの上のほうに二発撃ち込む。すこし上のほうを撃ったから、拉致被害者に当たるおそれはないし、小さなリスクでガラスを割れる。壊れていない窓をぶち破るのはぞっとしないからだ。

もちろん、そういう経験があるからわかるのだ。

二秒後、おれはロープを放して、体をボールみたいに丸め、屋根に着陸するために、カールがヘリの速度を落としていたので、ガラスが割れた窓に二五ノットで激突する。おれはガラスの破片とちぎれたカーテンに包まれて跳び、イヤプロテクターとゴーグルがはずれて、宙で何回もまわる。床に激突して骨にまで衝撃が伝わるのを予期していたが、なにか柔らかいものの上ではずみ、ひっくりかえって、転がった拍子にライフルのポリマーの銃床が口にぶつかる。

そして、どういうわけか立った姿勢になり、勢いをとめられずに走っている。頭上ではヘリコプターが屋根の上でホヴァリングし、四方から銃声がとぎれることなく響いている。

よろけながら部屋を横切り、ようやく壁から跳ね返る。片方の肩をぶつけ、グロックを落とす。奇跡的にまだ立っていて、向きを変え、負い紐で吊ったライフルを構える。

そう。みごとな離れ業だ。

なにがあったのか、たちどころに見てとる。窓を抜けて、広い寝室のキングサイズのベッドに落ち、弾みで起きあがって、奥の壁まで走っていったのだ。見まわすと、ベッドは乱れていて、蝋燭のにおいが漂っている。脅威がいないとわかると、おれはグロックを拾い、ホルスターに戻す。

隠密モードは中止だと、気を引き締める。窓を破ったから、近くにいる人間が警戒しているはずだ。

ドアに向かうとき、頭がすこしふらふらして、口から血が出ているのがわかるが、いつも慣れているようなことに比べれば、どうということはない。肺に息が残っていて脳が働いてるあいだは戦えるし、行動不能になるような負傷でないかぎり、動きが鈍ることはない。

ドアまで行く前に、走る足音が外から聞こえた。ドアの蔭に隠れたとたんに、ドアがぱっとあき、黒いカーリーヘアの男が、黒いAR-15を肩付けしてはいってくる。

男が部屋のなかに視線を走らせるあいだ、おれは辛抱強くうしろで待つ。屋根におりた仲間かもしれないからだ。だが、ほかに足音が聞こえないので、男がふりむきかけたときに側頭部に一発撃ち込む。

こめかみから弾丸が飛び出して、男は三メートル離れたところで斃れる。もう一発撃ち込んでから、向きを変えて部屋から廊下に出る。

ロドニーの声が無線から伝わってくる。表の銃撃の音が激しいせいで、やっと聞き取れる。「屋根の敵はすべて殺った。館の西の階段からはいる」

つぎにA・Jがいう。「敵が接近中。車両二台。宿泊所から来る。敵の数は不明。おれの視野の外でトラックに乗った。おれが食い止められなかったら、一分でそっちへ着く。指示は？」

シェプが呼びかける。ローターのけたたましい連打音がイヤホンから響く。「ハリー？なかにはいったか？それとも壁にぶつかったか？」

前方の脅威が不明なので、おれは小声で答える。「はいった。できるだけ長く、上空支援をつづけてくれ」

「了解した」シェプがいう。

おれはA・Jに呼びかける。「掩護射手、敵即応部隊を引き留めて時間を稼いでくれ。おれたち三人は館のなかを掃討して、拉致被害者をまとめる」

A・Jが冷ややかに応答する。「できるだけやってみる。トラックのエンジンブロックを狙う」

館外の敵についての心配を、意識から追い出し、館内の敵に注意を集中する。光学照準器を覗きながら照明の明るい廊下を進むと、前方にはドアがいくつもある。ホテルの廊下みたいだ。右前方のドアがあく。おれはためらわずドアに体当たりし、向こうにいるやつにドアをぶつけて、壁に押しつける。

ブルーの目に恐怖を浮かべている若い女だ。おれは手袋をはめた左手で口を押さえる。女はまわりで起きていることにショックを受け、おろおろしている。

女が着ているのはTシャツとパンティーだけで、くすんだ茶色の髪をポニーテイルにまとめている。シャワーを浴びたばかりのようだ。

ロクサナではないし、モスタールで見たことがあったかどうかもわからない。

おれは女のほうに身を乗り出す。「英語は？」

女がうなずき、おれはきく。「警備員は何人いる？」

　手をはずすと、女がなまりのある英語でいう。チェコ人のようだ。

「わ、わからない。おおぜいいる。あらたに来た男たちもいる。白人で、七、八人。銃を持ってる。買春客（ジョン）みたいな服を着てる」

「ジョンは何人いる？」

　ふたたび女がいう。「わからない。そんなにいない。五人ぐらい？」

　おれはすばやくカリームとロドニーに伝える。「報（しら）せる。敵は買春客（ジョン）に混じっている。つまり、目にはいる男はすべて敵と思われる」

　ロドニーが応答する。「これはおれたちの初舞台じゃないんだ、ハリー」

　マニラで十数人の人身売買業者を撃ち殺してきた男たちだ。銃を構えていろと、おれに指図されるいわれはない。

　おれは送信を打ち切り、目の前の女からもっとターゲットの情報を聞き出そうとする。

「女はいま何人いる？」

「九人」女がいってから、首をふる。「ちがう。きのうふたり来たから十一人よ。十一人いる」

「どこにいる」

「たいがい二階か三階だけど、ジョンに一階に連れていかれることもある。ここの反対側よ。そこにもいるかもしれない」

「服を着て、バスタブにはいり、迎えが来るのを待て」

「わたしたち、どこへ行くの？」恐怖で声がひずんでいる。

「家に帰るんだ」

女が、まごついておれの顔を見る。「あなたたちは……いいひとたちなの？」

おれは肩をすくめ、顔をそむける。「ここの悪いやつらより、ほんのすこしましなだけだ」

おれはその部屋を出る。女が裸足(はだし)で部屋の奥へ行く。服を着て、靴を履(は)いてくれることをおれは願う。

家に帰らせるという約束は、高望みかもしれない。おれと仲間ふたりは、四倍ないし五倍の敵を相手にしているからだ。だが、それで女がいうとおりにしてくれればいいと願っていた。

49

ロクサナ・ヴァドゥーヴァは、裸でバスルームに駆け込み、そこですばやくウォームアップスーツと、バスタブの縁にかけてあったプルオーバーを着た。銃撃がはじまったとき、床に伏せて頭を手で覆った。そのあと、バスルームのすぐ外でヘリコプターが夜気を切り裂いた。バスルームのドアへ這っていって掛け金をかけたが、数秒後に、男の声が聞こえた。「マーヤ！　出てこい！」

ヤコだった。息を切らし、興奮しているが、怖れているようすはない。

マーヤは掛け金をかけたドアを見たが、ヤコが行ってしまうのを願い、近づかなかった。

ヤコの声が鳴り響いたが、こんどはバスルームのすぐ外に来ていた。「あけないと蹴りあけて、おまえの首をへし折る！」

マーヤは、掛け金をはずして、ドアをあけた。

ヤコが手をのばして、マーヤの腕をつかみ、バスルームからひきずり出して、廊下へひっぱっていった。階段を下るとき、禿頭で長身のヤコについていくのに、マーヤは苦労した。

表の銃声に混じって、遠ざかるヘリコプターの爆音が聞こえた。

「どこへ行くの？」マーヤは激しい口調できいた。

ヤコはマーヤの手首をぎゅっと握って、階段を駆けおりながらいった。「ひとことでもいったら、顎の骨を折る」

ロクサナは黙った。

一階におりて、広いエントランスホールを館の玄関に向けて走りながら、ヤコがベルトの無線機を取った。「ライオン・ワン、出ていく」

「了解」部下のひとりから応答があった。「ヘリは北へ飛んでいった。着陸したと思う。見えない」

「好都合だ」ヤコがいった。「おれたちは南へ行く」

ジョーン・ホールの声が、無線から聞こえていた。「ディレクターをGクラスに乗せた。ここから脱出する」

「待て！」ヤコがどなり、ロクサナの手をつかみ、拳銃を高く構えて、館の裏口から駆け出した。

カールが、館の東の敷地上空でヘリの機体を大きく傾け、ライフルを背負って四輪駆動車で私設車道（ドライヴウェイ）を走っている男に狙いをつけるために、シェプが上半身を機体から出した。

シェプが撃ち、四駆には当たるが、男には当たらない。東から来るもっと大きな集団のほうが確実にターゲットの数が多いから、そちらに射撃を集中しなければならないと、シェプは判断した。

A・Jの声がヘッドセットから聞こえた。「パパ、即応部隊（QRF）のトラック二台を走れなくした。エンジンを撃ち抜いた。だが、敵がおりて徒歩で進んでる。二十人以上いる。ここ とそいつらのあいだに小さな丘がある。館にそいつらが到達する前に掃射してくれ」

シェプが受領通知し、カールにいった。ふたりは三〇センチしか離れていないが、ヘリコプターの音がすさまじく、ヘッドセットを通じてやりとりしなければならない。

「西に戻してくれ。低空、低速で航過しろ」

カールがいった。「低空か低速のどっちかだ。両方はできない。格好の的になる」

「低空、高速。あの敵の数を減らさなきゃならない」

「了解した。機体を揺さぶるから、しっかりつかまれ！」

カールがサイクリック・コントロール・スティックをぐいと引き、ユーロコプターが左に激しく揺れた。

シェプは、A・Jが指示した銃口炎をひらめかせている集団に狙いをつけ、一発を放って、カルテルの下っ端の腹を撃ち抜いた。狙いを右に向けてふたり目の足を撃ち、戦えなくした。

敵集団の一五メートル上を飛ぶヘリコプターから、シェプは銃弾を浴びせつづけた。敵を撃つ銃声とAS350のエンジンとローターの音を抜けて、敵の銃声が響いていた。

未舗装路の脇の繁茂した藪を抜けているつぎの群れに狙いをつけながら、シェプが呼びかけた。「ハリー、報せる。おれとA・JはQRFを叩きのめしてるが、それでも二分以内に十人以上が館に行くぞ。数が多すぎて――」

そのとき、地上からの精確な自動火器の射撃が、ヘリの機首に襲いかかった。

「上昇する！」ガラスと金属がコクピットに飛び散り、カールが叫んだ。こんどはサイクリック・コントロール・スティックを右に傾け、ユーロコプターをふたたび急旋回させた。

シェプの体が右に揺れ、力なく座席にもたれて、首をがくんと垂れた。

ベトナム戦争帰還兵のカールは、速度を増して銃撃から逃れるために機首を下げ、スキッドの下の暗い地形に注意を集中しながら、無線で呼びかけた。「パパが被弾した！　パパが被弾した！」

水平飛行に移ったときにようやく、カールは隣の大柄な男のほうを見た。シェプはライフル弾一発を喉(のど)にくらい、とめどもなくあふれる血が左側のダッシュボードを染めていた。顔に血の気がなく、目を閉じ、両腕を脇に垂らして、命が失せていった。

「シェプ！　シェプ！」カールが呼んだが、シェプから返事はなかった。ロドニーとカリームが、リーダーのシェプから最新情報を聞こうとして呼びかけたが、計器盤の滑油圧計が点滅して異常を告げていたので、カールは答えなかった。

　着陸しなければならなかったが、そのまえに敵からできるだけ遠ざかる必要があった。

「パパの状態を報告しろ」A・Jが語気鋭くいった。

「戦死(KIA)」カールはつづいていった。「残念だ、野郎(ボーイズ)ども。上空支援もなくなった。A・J、おれはこいつをおまえの二〇〇ヤード西に着陸させ、点検する。館外の戦いは、おまえがやるしかない」

「了解した」A・Jが応答してから、さらにいった。「ハリー、カリーム、ロドニー、宿泊所のやつらが、そっちへ向かってる」

　ヤコ・フェルドーンは、館の前ですでにエンジンを始動していた黒いメルセデスGクラス三台のそばへ行った。ケイジとホールが二台目に乗り、ホールの警護班六人のうちの三人が、にわか仕立ての車列の運転手をつとめていた。

フェルドーンは、ホールと並んで座っているケイジの横のドアをあけ、マーヤをそこへほうり込むようにして入れた。

「どうしてこの女を連れてきた？」ケイジが悲鳴のような声でいった。ケイジはパニックを起こしていたし、フェルドーンの目には、ホールもおなじような状態に見えた。

フェルドーンは答えず、ホールの顔を見た。「忘れるな。この女が重要だ」

「女がなんだと？」ケイジがどなった。

ホールがフェルドーンに向かってうなずき、ケイジにいった。「ボス、出発してから説明します。ヘリが戻ってくる前に、ここを離れないといけない」

フェルドーンがドアを閉めかけたが、ケイジは足を突き出してさえぎった。「待て。おまえは来ないのか？」

フェルドーンが向きを変え、館のほうを見た。「ジェントリーがここにいる、ボス。おれはここにいないといけない」

フェルドーンは、Gクラスのドアを閉め、館の玄関に向けて走っていった。

おれは館中央の二階踊り場でカリームおよびロドニーと合流する。ふたりが警備員ふたりを撃ったと報告する。屋根の敵ふたり、おれが撃った敵ひとりと合わせて、合計五人を殺(や)ったことになる。それから、若い女と少女合わせて六人を発見し、おれたちが館内を掃討するあいだ、一ヵ所に避難するよう指示した。

襲撃は一分半くらいで終わるが、カリームとロドニーがばてているのがわかる。ロドニーは壁に片手をついて息を整えているし、カリームは一歩ごとに顔をしかめている。

「撃たれたのか？」

「時間にな。腰が悪いんだ」

なんてこった。

カリームがライフルの弾倉を交換しながら、おれの懸念に気づく。「アドレナリンのせいなんだよ」弾倉を押し込み、ボルトリリース・レバーを下げる。「撃ちまくろう(レッツ・ロック)」

ロドニーは壁から離れ、三人縦列でスタック（それぞれの視界がきくように前の戦闘員が体を低くし、うしろの戦闘員が高くなるように折り重なる態勢）を組み、一階へおりていくが、二段下ったところで、武装したラテン系三人が下で視界に跳び込む。三人は脅威を捜しているが、おれたちがターゲットだと気づくのが一瞬遅れる。

カリーム、ロドニー、おれが、それぞれ抑制の効いた二発速射をひとりずつに放ち、三人は死んで仰向(あおむ)けに一階に転げ落ちる。

おれたちはまた下りはじめるが、カリームがおれの肩をつかみ、ロドニーが投げた特殊閃光音響弾がおれの耳をかすめる。館のエントランスホールで特殊閃光音響弾が破裂する直前に、おれたちは顔をそむける。

階段を一気に駆けおりて、特殊閃光音響弾で聴覚と視覚が効かなくなった私服の白人ふたりが四つん這いになっているのを見つける。カリームがふたりを蹴り倒し、ロドニーとおれが階段の上、東西の翼に通じる一階の廊下、エントランスホールから調理室に通じているドアを見張る。

床に転がっているふたりのうちのひとりをカリームがボディチェックし、武器を持っていないとわかるが、もうひとりのそばにはヘッケラー&コッホ・セミオートマティック・ピストルが転がっているし、ジャケットの無線機の輪郭が浮き出ている。

カリームがいう。「こいつは敵だ、どうす——」

おれは黙ってAKを構え、後頭部に一発撃ち込む。

「くそったれに情けをかけるひまはない」

死体のそばにひざまずいているカリームがうなずく。「結構だね」立ちあがり、武器を持っていない男の上に跳びおりて、腰の痛みのせいで顔をしかめる。

その民間人は、胎児みたいに体を丸め、小便を漏らして、赤ん坊みたいに泣いている。二メートル離れたところに転がっている男とおなじように殺されると思っているにちがいない。

そいつは買春客でレイプ犯だから、殺したくなる。だが、おれにとって脅威ではない。カリームがそれを察し、男の耳もとでささやく。「ここにじっと寝てろ。窓から朝の光が射すまで動くな。わかったか？」

男が転がって顔を床にくっつけ、泣きじゃくる。

館の玄関ドアがぱっとあき、おれたち三人は、六メートル前方に武装した男が何人もいるのを見る。狙いを玄関に向けておれたちは連射し、敵が身を躍らせて視界を出る。当たったかどうかはわからないが、おれたちが屋根と三階から突入してから二分しかたっていないから、ドアをあけたとたんに撃たれるとは予期していなかったのだろう。敵はおれたちの人数を知る由もないので、ドアを破ろうとする前に一分か二分、状況を確認しようとするはずだ。

ロドニーがドアへ走っていって、閉め、ロックする。そのあいだ、カリームとおれが周辺すべてを見張る。

また私服の白人が、おれたちの右手の調理場のドアからエントランスホールに出てくる。若く、引き締まった体つきで、なにも持っていない両手をあげておれたちに示す。「くそ！　撃つな！　撃たないでくれ！」

カリームが小声でおれにいう。「あいつは買春客（ジョン）じゃない」

だが、おれたちふたりが反応する前に、男が木の床にすばやく伏せる。そのうしろからふたり、ひとりは白人、ひとりは黒人が、個人防護武器（PDW）とも呼ばれたヘッケラー&コッホMP-7サブマシンガンを肩付けして現われる。

おれが撃ち、ロドニーが玄関ドアのそばの巨大なプランターの蔭に身を躍らせる。カリームとおれはサブマシンガンを構えているふたりを撃つが、同時に弾薬が尽きる。

おれたちが拳銃を抜くと同時に、床に伏せた男が腰から拳銃を抜き、おれたちに狙いをつける。

そいつは一発放ったが、プランターの蔭から転がり出たロドニーがSCARから十二発をぶち込み、即死させる。

おれが横を見ると、カリームが被弾している。右肩で血がギラギラ光り、一歩うしろによろめいたが、倒れはしなかった。

カリームが傷口を見る。「ちくしょう！」怒り狂って叫ぶが、痛みのせいではない。

おれも撃たれたことがある。痛みはあとで襲ってくる。

おれは外傷キットを出して包帯を巻こうと思い、胸掛け装備帯（チェストリグ）に手を突っ込むが、カリームが首をふる。「だいじょうぶだ。やるべきことを先にやろう。カルテルのやつらがじきにドアを破る。おれとロドニーは、二階で女たちをまとめる。あんたはあっちの洞窟みたいな場所を確認してくれ」

「了解」おれはライフルの銃口を正面に向けて、館の西翼へ向けて駆けだす。カリームとロドニーが、階段を昇ってひきかえす。

50

ホワイトライオン1（ワン）のヤコ・フェルドーンと、ホワイトライオン7（セヴン）のダンカン・ドイカーは、エントランスホール側の戸口に拳銃の狙いをつけて調理場の床で折り敷いていた。仲間三人が目の前で殺されるのを見たばかりだし、周囲は弾痕だらけだった。エントランスホールから発射された銃弾で、調理場のものはなにもかも撃ち砕かれていた。

位置が悪いので、そこからは撃ってきた相手が見えなかった。グレイマンとその仲間は、一五メートルくらいのところにいると、フェルドーンは考えていたが、戸口の〝死の漏斗（ろうと）〟（ドアの外にいる敵の射角に捉えられて撃たれる可能性が高い範囲）に走っていって、それをたしかめるつもりはなかった。

ドイカーが、フェルドーンのほうを向いた。「やつがこっそり忍び込むと、おれたちは思ってましたが、ヘリコプターなんかに乗って、一個小隊連れてきた。いったい何様のつもりなんでしょうね？」

フェルドーンは、自分とジェントリーの両方に腹を立て、怒り狂っていた。ジェントリーについて誤った判断を下していた。ジェントリーのこれまでの隠密性の高いやりくちを重要因子として予測を立てていた。そのために恐ろしい代償を払ったことに、フェルドーンは気づいた。無線で呼び出してもだれも応答しない。ホワイトライオンの当初からのメンバーの生き残りは、ケイジとともに車で離脱したルーツと、ここにいるドイカーと自分だけになったようだった。

テーブルの蔭にしゃがんでいるあいだに、フェルドーンは決断した。「警察が来る前にここから脱け出そう。この騒ぎのほとぼりがさめるまで、ディレクターに外国にいてもらわないといけない」

「敷地内のメキシコ人は？」

「知ったことか。二十五人いる。いや、最初はそれだけいた。ジェントリーとその仲間を攻撃するのは、そいつらに任せよう」

南アフリカ人ふたりは、調理場から出ていった。エントランスホールのほうに拳銃を向けたまま、カリフォルニアから客が乗ってきて表にとめた何台もの高級車に向けて全力疾走した。

人工の滝の裏に洞窟めいた部屋があり、そこに隠れていた女三人をおれは見つける。ひとりは十六歳くらいに見える。武器を持っていない買春客四人が、いっしょに隠れていて、拉致被害者の女たちよりもいっそう怯えている。おれは四人のジョンをすばやくボディチェックしてそこに残し、三人を連れて中央階段を目指す。見張らなければならないドアがいくつもあるエントランスホールには戻りたくなかったが、やむをえないと判断する。

西翼の廊下を用心深く進んでいるとき、女のひとりがおれの腕をつかむ。

「なんだ?」おれはいらいらしてきく。

「どこへ行くの?」

「上の階」

「裏階段のほうが安全じゃないの?」

おれは向きを変えて、ひきかえす。「たしかに、ずっと安全だ。案内してくれ」

裏階段で敵ひとりに遭遇し、見られる前に七・六二ミリ弾六発をそいつの背中に浴びせる。一分後、おれたちは二階の踊り場にいて、エントランスホールと玄関ドアに通じる階段を見おろしている。カリームとロドニーが、集めた拉致被害者たちとともに合流する。ロクサナはいない。おれは女たちに大声できく。「だれか、マーヤのことを知らないか?」

ひとりがいう。「ルーマニア人ね。知ってる。きのういっしょに来たの」

「あんたの名前は？」

「ソフィア」首をふってからいう。「ノーラ。ほんとうの名前はノーラ」

「マーヤはどこにいる？」

女たちがしばらく話し合い、洞窟にいた少女がいう。「背が高い禿げ頭の男が、一階に引きずってきて、外に連れ出したわ。ディレクターが出ていったすぐあとに。どこへ行ったのか知らない。わたしは洞窟に隠れたから」

つまり、ヤコがロクサナを連れて逃げ、交渉材料に使おうと思っている。

おれは向きを変えかけるが、さっと彼女のほうを向く。「待て。ディレクター？ディレクターがここにいたのか？」

ノーラがいう。「今夜、ずっといた。さっき逃げたばかりよ」

信じられない。ヴェネツィアのときとおなじように、やつを取り逃がした。

おれは怒りを抑えて、自分の窮状について考える。敵の大人数の即応部隊は、まだ突入していないが、ドアを破って突入するのは、時間の問題だ。

おれは無線機の送信ボタンを押す。「A・J、そっちからなにが見える？」

チームのスナイパーが、即座に応答する。「館の裏しか見えない。QRFは三分前に正面にまわった」

おれはもう一度、送信ボタンを押す。「カール、現況は？」

「オイル漏れはなんとかなる。たいしたことはない。ヘリは飛べるが、アクロバットはやりたくない」

ロドニーが、おれが考えていることをいう。「ハリー、ここに突入できる入口はいくつもある。十五人ないし二十人が、調整して攻撃してきたら、おれたち三人は蹂躙される」

もちろんそのとおりだ。複数の方角から敵が激しく攻めてきたら、撃退できない。

おれはタリッサに電話しようと決断する。ここから生きて脱出できないかもしれないから、ロクサナとディレクターを探すのは、タリッサにやってもらわなければならない。

だが、電話をかける前に、イブニングドレスを着た彫像みたいに長身のブロンドの美女が、おれの破れた戦闘服の袖をひっぱる。「戦えるのはあなたたちだけだと思ってるの？」

相手にしているひまはない。「なにをいっているんだ？」

「わたしも戦える」

二十歳のファッションモデルのような女なので、おれは言下に斥ける。「心意気は気に入ったが、表にいるのはメキシコのカルテルの構成員だし、武器の扱いを心得ている」

「わたしだってそうよ」

信じられない。おれはいう。「M4で撃てるのか？」

「試したことがない」

おれは背中を向けかける。「そうか、だったら――」

「でも、そのAKなら打てる。ウクライナ軍に二年いたから」

おれはびっくりした顔で、彼女のほうに向きなおる。「なにをやっていた？」

「歩兵」

カリームがそれを聞く。「マジかよ？（ノー・シット）」

女がおれの目を見つめ、顎（あご）を突き出す。「あたしはあなたが胸に吊ってるライフルを使える。でも、男のプライドが邪魔して、使わせてくれなかったら――」

おれは負い紐（ひも）を首の上に持ちあげて、カラシニコフをはずす。「おれはそんな男じゃない。あんたが戦ってくれるなら、ものすごくうれしい。よし、これは任せる」AKを彼女に渡す。

女がAKを肩から吊り、弾倉を抜いて弾薬を確認してから、カチリとはめ込む。おれは階段の上で、あとの女九人を見まわす。「ほかに使えるスキルがあるやつは？」

ふたりが手をあげる。ひとりはポーランド空軍に二年いて、銃器を扱う基礎訓練を受けたという。洞窟に隠れているのを見つけた十六歳の少女は、父親がブルガリアの警察官で、おれみたいに拳銃を撃てるという。

それは無理だろうが、いい考えかたなので、グロックを渡す。

あとの女たちが、二階で死んだ男たちの死体から武器と弾薬を取ってきて、さきほどウクライナ人に手渡したAKの代わりにAR‐15と予備弾倉二本をくれる。ロドニーとおれは、つぎの四人の新人射手を東西の翼を見張れる遮掩（カヴァー）の蔭に配置する。カリームがほかの何人かに銃の扱いかたを教え、最初の三人が階段の下を見張る。

あとのものが寝室から家具をひきずり出し、床をひっぱっていく。化粧台、テーブル、テレビ。防護にはあまり役立たず、身を隠せるだけだが、ないよりはましだ。ロドニーが手伝い、階段の上にならべて下からの遮掩（カヴァー）にする。

おれはA・Jに連絡し、いまでは射手が九人いると伝える。A・Jがカールとヘリのところへ行くと報告する。敷地の裏のスナイパー陣地を撤収し、ふたりが合流するのは、正しい判断だ。四人乗りのヘリコプターで、ここから十三人を運び出すことはできないが、タイミングを選んで高速で低空飛行し、ライフル一挺で撃てば、敵の攻撃を妨害できるかもしれない。

カルテルの下っ端どもは、第二派の攻撃を計画するのにすこし手間取るが、けっこうまともなやりかたで開始する。まず、館の明かりが消え、正面ドアがあき、廊下の両側から同時に銃撃が開始される。

だが、敵は狭い三ヵ所から攻撃しなければならず、われわれがその三ヵ所に銃を数挺ずつ配置しているせいで、敵の優位は大幅に衰えている。おれたちは全員、頭がいかれたみたいに敵に大量の銃弾を浴びせつづけ、二、三人しか並べない狭い攻撃経路の敵を圧倒する。

暗いのでどれだけ命中したかわからないが、おれたちの射撃は五感が耐えられないくらいすさまじい。おれは窓から跳び込んだときにイヤプロテクターをなくしていたし、女たちも今夜はずっと聴覚が戻らないだろう。

武器を持った女たちは、どんな射撃大会でも入賞できないだろうが、おれと仲間ふたりとおなじように、闇に向けて銃弾をばらまきつづけることはできるようだった。射撃経験のある三人は、弾倉を交換できるが、あとは弾薬が尽きるとそれでおしまいだ。おれがフルに装弾した二本目の弾倉をふり落とし、三本目に交換するとき、ロドニーが撃ちかた待てと命じる。

空薬莢（からやっきょう）が数秒のあいだ階段をカラカラと落ちる、敵の応射は熄（や）んでいる。

そのとき、カールの声が無線から聞こえる。「全コールサイン、兵員（パックス）が何人も徒歩で南に逃げてる。おれは追わない。このヘリを飛ばさなきゃならないし、また鉛玉をくらうのはごめんだ」

カリームが了解と応答し、おれたちは女たちを移動させはじめる。

うしろから悲鳴が聞こえ、おれがふりむくと、ロドニーがライフルのライトをつけて、声の方角を照らす。おれのカラシニコフで撃っていたウクライナ人の女が、仰向（あおむ）けに倒れ、あいた目の虹彩が閉じている。ドレスのまんなかに血まみれの射入口がふたつある。もうひとり、英語がわからないらしい小柄なアジア系の女が右膝の下を撃たれ、二十代の赤毛の女が跳弾を左腰に受けたようだ。カリームが女数人とともにアジア系の女のそばでかがみ、ロドニーが外傷キットを出して、赤毛に包帯を巻く。

拉致被害者ひとりが死に、ふたりが負傷している。怒りが任務を脅（おびや）かしそうになり、おれはそれをこらえて深く息を吸う。「私設車道（ドライヴウェイ）にとまっているSUVで出発しよう。キーを見つけるか、イグニッションをショートさせてエンジンをかける。どっちでもいい。みんなでいこう。負傷者は運ぼう」

シルヴァーのキャデラック・エスカレード二台の車列で牧場の敷地を疾走するあいだ、一・五キロメートルほどうしろの闇で、無数の警察車両のライトがひらめく。ヘッドライトを消してある車を運転せずにすむのはありがたい。カリームとロドニーがじきに六〇エーカーの牧場から出る田舎道を見つけ、それを通って幹線道路に出て、負傷した女を病院でおろすためにカラバサスの街がある南へエスカレードを走らせる。

おれはタリッサと連絡をとり、ランチョ・エスメラルダで起きたことを伝える。戦闘中にロクサナがヤコとディレクターに連れ去られたことを知らせたくはないが、知らせた。ロサンゼルスに潜伏して、銃撃戦についてできるだけニュースを集め、ディレクターの身許を突き止めるのに役立ちそうな重要情報を探すよう、タリッサに頼む。

そんなふうに脇に追いやられるのをタリッサが嫌がるが、ことを進めるための計画がほかにないし、これに参加させていないわけではないと、おれはなんとか説得する。

タリッサが身許を突き止めた心理学者を追う方法は、漠然と考えてあったが、いまのところ、あまり有望ではなさそうだ。今夜、牧場では見かけなかったが、おれがこっちに来ているのは知っているはずだから、おれが現われるまで家にじっとしているとは考えられない。

たしかに、遅かれ早かれドクター・リースリングは姿を現わすだろうが、待っている時間はない。サンフェルナンド・ヴァレーでの銃撃戦のことを聞きつけたらすぐに、ハンリーはトラヴァーズたちをロサンゼルスに派遣するだろう。おれはまたCIAのために働かされる。

この作戦でおれがなにをやるにせよ、それをやり遂げるのに十二時間ほどしかない。そのあと、地上班を回避する。

二台のエスカレードは、ロドニーとカリームの運転で、おれと女たち九人を乗せ、夜の闇を縫って走る。つぎになにが起きるのか、だれにもわかっていない。

ケン・ケイジは、なにもかもが周囲で崩壊するのではないかと心配し、心臓の鋭い痛みを味わいながら、メルセデスGタイプのリアシートに座っていた。

ケイジは携帯電話を耳に当て、延々と鳴る呼び出し音を聞いていた。相手がなかなか出ないので悪態をつき、ようやく眠たそうな女の声が聞こえた。

「ケン？」

「よく聞いてくれ、ヘザー。起きてほしいんだ」

「いったい——何時なの？」

「頼むからなにもきかないでくれ。子供たちを起こして、家を出てくれ。急いで。ちょっとした手ちがいがあったんだが、すぐに片づく。しかし、ショーンが、大事をとったほうがいいと——」

「どうなっているのよ？」

ケイジは、マーヤのほうを見た。マーヤは無表情に睨み返した。ケイジは彼女を絞め殺したかったが、グレイマンに対して利用できる重要な手立てだといわれ、フェルドーンに制止された。

そこで、ケイジは妻との電話に注意を戻した。「ヘザー」なおもいった。「あとでなにもかも説明するが――」

「あなた、いったいなにをやったの？」

「いや、なにもやっていない――」

ヘザーがはっきりと目を醒まし、わめいた――パニックではなく、怒りから。「あなた……いったい……なにを……やったの？」

ケイジは、弱々しく答えた。「なにも。なにもやっていない」

「あなたがだれとなにをやっているのか、わたしは知らないし、知りたくもない。でも、あなたとわたしは大事ななにかを築いたし、あなたにそれを壊してほしくないのよ！」

「ただの仕事だよ、おまえ。そんな――」

「嘘よ！」ヘザーが金切り声をあげた。「あなたは犯罪者よ。それも、帳簿を改竄する程度のことじゃない。あなたはそれを二十年やってきたけど、いまなにをやっているにせよ、あなたは変わってしまった。よく聞いて。いくらでも長いあいだ家をあけていいわ。よそへ行ってるあいだにだれとファックしてなにをやってもいいわ。だけど、わたしや子供たちにそのろくでもないことを近づけないで。あなたがわたしたちにあたえてくれた暮らしをつづけさせて。それを奪わないで。だれにもそれを奪わせはしない。わたしのいうことがわかる?」

ケイジは下唇を噛み、つぎにいうことを慎重に考えた。「わたしはおまえたちを精いっぱい危険から遠ざけてきた。ショーンが、ヤコといっしょにいろいろ処理するまで、一日か二日、よそに行ってほしいといっている。お願いだから、わたしのためにそうしてくれ、ハニー」

ヘザーの荒い息が何秒か聞こえたので、ケイジは目を閉じて待った。「シャーロットがいないわ。レイク・アローヘッドにあるアンバートン家の湖畔の別荘へ行っているの」

「電話して、そこにいるよう伝えてくれ」

「シャーロットが真夜中の電話に出るわけがないでしょう、ケン」

「とにかく電話してくれ。頼む。ジャスティンとジュリエットを連れて、よそへ行くんだ」

「どこへ行くのよ? 海岸の別荘?」

「だめだ！　われわれが所有しているところへは行くな」ケイジはしばし考えた。「もう午前一時近い。ホテルをとれ。どこでもいいが、行く場所が決まったらメールをくれ。これがすべて終わったら、わたしは――」

ヘザーが電話を切った。

ケイジは、携帯電話をホールに返した。「ヘザーたちは家を出る」

ホールは、やりとりをずっと聞いていた。「シャーロットはレイク・アローヘッドにいるんですね？」

「ああ。心配ない」

ケイジは、一カ月前にブカレストのナイトクラブではじめて会った女のほうを見た。

「で……これはみんなおまえと深い関係がある。さぞかし自分は重要な人間だと思っているんだろう？」

マーヤが顔をそむけ、窓の外を見つめた。

ケイジが、悪意と欲望のみなぎる声でいった。「これまでのこと、ひどかったと思っただろうな。これからわたしはおまえを罰する。一秒一秒楽しみながらやる」にやりと笑った。「ヤコは、おまえを生かしておくようにといった。殺さなければいいだけで、わたしはなんでも好きなことをやれる。おまえにこのろくでもない事態の代償を払わせる」

ルーマニア人の女は、黙っていた。

ケイジは身を乗り出して、女に顔を近づけた。「おまえを痛めつける。きょうからはじめる。わたしがおまえを罰し終えたときには、家に帰りたいとは思わなくなるだろう。悪夢を終わらせるために殺してくれと、ヤコに頼むだろうな」

「あんたは悪魔よ」マーヤがいった。

「そのとおりだ、お嬢ちゃん」ケイジが手をのばして、マーヤの首をつかみ、絞めあげた。

ショーン・ホールは、ケイジとマーヤの前の席に座っていたが、ふたりのほうへ向きを変えた。ケイジの腕をつかみ、引き離した。「肝心なことを忘れないようにしてください、ボス。この女を保険に使うためには、怪我をさせたらだめです。貴重な人質なんです」

ケイジは、ホールの手をふり払ったが、拉致した女に憎しみのこもった目を向けたままで、残忍な薄笑いを浮かべた。「待っていろ、売女。楽しみにして、待っていろ」

51

カールとA・Jは、ベイカーズフィールド市営空港に着陸し、暗い駐機場でヘリコプターの給油と修理を終える。シェプ・デュヴァルの遺体を厚手のゴミ袋二枚に入れてテープでつなぎ合わせ、粗末な遺体袋にする。A・Jがタクシーで家にとめてある自分のピックアップ・トラックを取りにいく。命の失せたシェプの遺体を後部に載せ、病院の駐車場へ行く。緊急治療室から見える駐車場の端の木の下に、遺体をそっと横たえる。

斃(たお)れた友に祈りを捧げたあと、A・Jはカールがコーヒーを飲み、もう一度ディレクターを狙う機会がめぐってくるのを切望しながら待っている空港にひきかえす。

あとのおれたちは、ベイカーズフィールドの家に午前三時に到着する。カリームの肩を手当てし、たいしたことはないのに、カリームがコンソーシアムの親玉を取り逃がしたことに、絶え間なく悪態をつく。

うるさいと思うが、気持ちはわかる。おれは撃たれていないのに、カリームとおなじくらい口惜しい。

拉致被害者の女たちは、家のなかのあちこちで横になる。多くはショックから醒めていないが、だれもが囚われの身から解放されたのをよろこんでいる。それを見てほっとする。女たちは恐ろしい目に遭ったにちがいないが、それでもごく少数が自分を捕えている連中の肩を持つ可能性があるからだ。

大使館に連絡したいと、何人かが要求したが、ものすごく低予算であるとはいえ、きわめて潤滑な作戦で救われたことを、ほとんどの女が理解していて、不安はほぼ収まっている。

おれとあとの男たちがロドニーのガレージから弾薬と発煙弾を運び出し、武器をクリーニングしていると、タリッサがロサンゼルスから電話してくる。妹の救出にまた失敗したと攻撃されるだろうと思い、プライバシーを保つために、おれは裏庭に出る。自分もそれがいちばん気になっているからだ。

ところが、タリッサはいう。「ジェントリー、ディレクターは、わたしたちがどうして牧場を見つけたのだろうと思うでしょうね。これから二、三日は、自分が所有する不動産をわたしたちが突き止めるんじゃないかと、心配するはずよ」

そのとおりならいいのだがと思う。「やつが怯えて逃げているのなら、好都合だ」

「こういう男はね」タリッサがいう。「金持ちで有力な男のことよ。危険なときに逃げる場所を、いくつも用意している」

「そうだな」有力なくそ野郎は何人か知っているし、タリッサのいうとおり、厄介なことに対処するときには、ほとんどがそうする。

タリッサがいう。「ディレクターが所有するそのほかの不動産がわかれば、わたしたちは先に進めるけど、ランチョ・エスメラルダは所有している会社が厳重に秘密を守っていて、所有者との結びつきがわからない」

すべてすでにわかっていることばかりだ。「要点をいってくれ」

「要点はこうよ。ディレクターはこの地域を離れる。もうじき。まだ離れていないとしても」

「ああ。そうだろう。ドクター・リースリングもそうするだろう。しかし、おれたちにはどうにもできない。空港がごまんとあるから、そのどこかへ――」

「ディレクターがどこに住んでいると思う？」

唐突な質問に思える。「わからない」

「牧場へ車で行ける距離よ。ディレクターは、ロクサナをルーマニアから運び、じかにこっちへ連れてきた。こっちに自宅があるからよ」

「そうだが、牧場から車で二時間の距離に一万人が住んでいる」

「ディレクターは、その一万人とおなじ暮らしはしていない」それは真実だ。「しかし、それでも、金持ちが住む地区はいっぱいある。LAだけじゃなくて、沿岸のほかの町にも」

タリッサがいう。「彼はビジネスマン、金融業者よ。LAから離れた海岸沿いの町に住むはずがない。市内に住んでいるにちがいない。クライアントとのランチには、LAの街を利用するはずよ」

タリッサがなにをいおうとしているのか、おれにはさっぱりわからない。「わかった。やつはLAにいる。金持ちが住む地区に。どうする？　一軒ずつドアをノックするのか？」

「もちろんちがうわ。でも、あなたとあなたのチームは、ベイカーズフィールドの家にじっとしていてはだめよ。こっちに来て。妹がなんらかの形でわたしに報せてきたら、もしまだ生きていて、ディレクターの近くにいれば、そのときにあなたたちは近くにいられる」

〝たら〟と〝れば〟が多すぎるが、タリッサのいうとおりだ。ディレクターはロサンゼルスにいる可能性が非常に高いし、いまからそっちに向かえば、なにか奇跡が起きて、ロクサナがメッセージを送ることができたときに、ずっと迅速に行動できる。

二十分後、カリーム、ロドニー、A・J、おれは、拉致被害者たちをロドニーの家に残し、A・Jのピックアップ・トラックで南へ向かう。

カールはまだヘリコプターとともにベイカーズフィールド空港にいるが、おれたちがやることを告げると、サンフェルナンド・ヴァレーのヴァンナイズ空港へ行くことにする。それでロサンゼルスのどこへでも数分で行けるし、そこがおれたちの根拠地にもなる。たいしたことではないかもしれないが、前進の勢いだと感じる。たとえ漸進的な勢いであっても。

だが、ひとつだけたしかなことがある。おれの働きで、ヴェネツィアまでたどり着いた。タリッサの働きでランチョ・エスメラルダまでたどり着いた。十二時間以内にこの邪悪な組織のトップにたどり着けるかどうかは、ロクサナの働きに左右される。

ロクサナ・ヴァドゥーヴァは、まわりの男たちが彼女を殺すべきかどうか話し合っているあいだ、ミニボトルのぬるいウォトカをストレートで飲んだ。

三人の男が、ロクサナの運命を握っていて、彼女が何者でなにをやったかを三人とも知っている。姉の指示でディレクターと会い、そのあと、拉致されてから姉の仲間とヨットで話をして、情報をあたえた。それで姉の仲間の男が、ヴェネツィアへ行った。

　だから、ロクサナは無言で座り、ウォトカを飲み終えると、彼らの決定を待った。

ディレクターと呼ばれる男が、矮軀にバスローブをまとって腰に手を当て、ホテルの最上階のスイートを憤然と歩きまわっていた。ヤコという長身の禿頭の男は、向かいの隅でソファに座り、たてつづけに電話をかけている。そして、ディレクターのボディガードのショーンは、ロクサナのすぐそばで、キッチンのカウンターに黙って腰かけている。

　ショーンがミニバーからウォトカのミニボトルをこっそり出すのを、ロクサナは見ていた。

　明らかに怯えているようだった。ロクサナほどではない——いまの自分よりもっと怯えている人間など、どこにもいないだろうと、ロクサナは思った——だが、この事件といっさい関わりたくないと思っているのが、ありありとわかった。ショーンがウォトカ一本を飲むのを、ロクサナは見たが、それはなんの役にも立たなかったようだ。それとおなじように、ロクサナが飲んだウォトカのミニボトル一本も、この窮地を脱する助けにはならない。

　ドクター・クローディアも、ペントハウスに来ていた。いつもなら落ち着いたようすの中年のアメリカ女が、激しい不安をあらわにして、爪を噛み、煙草をたてつづけに吸っていた。

牧場にヘリコプターで現われたのがだれにせよ、コンソーシアムのトップをかなり動揺させたことはまちがいない、とロクサナは思った。

ヨットで会った刺客にちがいない。だが、今回は何人もの仲間といっしょだった。タリッサがあの戦闘の近くにいなかったことを、ロクサナは切に願っていた。タリッサはまだヨーロッパにいて、アメリカ人殺し屋の行動をそこから指示しているのだろう。

ロクサナは、ヤコに目を向けた。ヤコが見返した。その目つきが怖くて、ロクサナは目をそらした。ジャケットの下からヤコが銃を出し、頭を撃たれるのではないかと思った。

それを最終的に決めるのはディレクターだと、ロクサナは確信していた。それでよけい怖くなった。ここにいる人間のなかでもっとも怯えているのはロクサナだが、もっとも怒り狂っているのは、その小柄な禿げ頭の男だった。歩きまわり、部下をどなりつけ、薬を飲み、ときどきふさぎ込んでしばらく黙る。そのせいで、ロクサナはこの数時間、とてつもなく恐ろしいジェットコースターに乗っているような心地を味わっていた。

ディレクターが憤然と歩きまわりはじめ、ロクサナは彼に注目した。最初はワーテルローの戦いで大敗したナポレオンのように見えたが、そのうちに敗軍の将ではなく、甘やかされた子供が、思うようにいかないことに癇癪を起こしているように見えてきた。

ロクサナは、恐怖を頭から追い出し、プラス面を考えようとした。恐ろしい一夜だったが、そのすべてにも重大なプラス面がある。

自分がロサンゼルスのどこにいるのか、正確な位置がわかっている。車に乗っているあいだに、ハリウッド方面を示すインターステートの道路標識を見たし、やがて、インターステートをおりると、ビヴァリーヒルズにいることが標識からわかった。

このビルに車が到着して、部屋に連れていかれる前に、最後の手がかりを目にした。フォーシーズンズ・ホテルという文字が見えた。

電話かインターネット接続をどうにかして見つければ、タリッサに連絡し、ディレクターといっしょにここにいることを伝えられる。

それでも自分が生き延びることはできないと、ロクサナは確信していた。なにをやっても、もうじき殺される。しかし、殺される前に情報を送ることができれば、この恐ろしい組織の奴隷にされている女性たちを救うのに役立つかもしれない。

ディレクターが歩くのをやめて、一瞬、窓の外を見た。それから、ロクサナには聞き取れなかったが、ヤコがいったことに対して、また情けない声でわめきはじめた。

ディレクターがいった。「わたしはアメリカから出ていかない！　どうして逃げ出さなければならないんだ？　このあとは政府がわたしを護ってくれるし、ランチョ・エスメラルダで起きたことと、わたしはいっさい個人的なつながりはない」

ヤコが、驚くほど落ち着き払った声で答えた。「一週間でいいんです、ボス。あるいは二週間。われわれはアンティグアからコスタリカへ行って、そこの屋敷から指図して、こっちのことをすべてきれいに片づけ、ジェントリーのやつを始末すればいい」

ショーンがヤコの提案に賛成しかけたが、ディレクターがどなりつけた。

「そんなことができるのか？　おまえの部下はほとんど殺(や)られて、ふたりしか残っていないし、おまえはジェントリーにかすり傷ひとつ負わせていないじゃないか。牧場には武装したカルテルの構成員が三十人もいたんだぞ。三十人だ！　それなのに、牧場を襲撃したやつらは、ヘリコプターで逃げたそうじゃないか。おまけに商品(マーチャンダイズ)も奪われた。高価な商品だし、そいつらはみんなこのあたりの重要な人間の顔を見ている。エスメラルダへ行ったことがある連中がどうなるか、わかっているのか？　そいつらはみんな、わたしを付け狙うだろう。映画会社の大物、金融業者、有名な弁護士だ。われわれのクライアントがどれだけ力を持っているか、説明するまでもないはずだ」

「だからこそ、これの後片づけに取りかかるあいだ、海外にいたほうがいいんですよ。いいですか、アメリカ政府は躍起(やっき)になってグレイマンを殺そうとしている。グレイマンはいまアメリカにいる。どの地域にいるのか知られている。問題のこの局面は、すぐにおのずと片づくはずです。やつは逃げるか、それとも殺られる。そのどちらかになるまで、ここを離れていればいいだけです」

ディレクターが座った。ロクサナの観察では、ディレクターが座るのはフォーシーズンズに到着してからはじめてだった。

ディレクターが目を閉じ、膝に肘をついて両手でまぶたをこすった。ブルーのバスローブの袖がずり落ちて、毛むくじゃらの前腕が見えた。「家にやばいものがいろいろあるから、それを置いていけない。無記名債、ハードディスクといった物的証拠だ」

「ショーンと彼の部下に取りにいかせます」

ショーンが抗議しはじめた。ボスのそばを離れたくないのだと、ロクサナは見抜いた。だが、ケイジがいった。「出国するのなら、わたしが家に行かなければならない。ショーンに金庫をあけさせるわけにはいかない。わたしがあける」

ヤコが立ちあがり、バルコニーごしに早朝の景色を見た。「どれくらいかかりますか？」

こんどはショーンが口をはさんだ。「待て。ほんとうにボスを家に行かせるつもりなのか。ジェントリーと仲間が住所や名前を突き止めたかもしれない。だめだ。家に帰ったら――」

ヤコが、ショーンに指を突きつけた。「おまえは自分の仕事をやれ」ディレクターのほうを向いた。「時間はどれくらいですか、ボス？」

「二時間あればいい。ショーンの部下に手伝わせて車に積む。家内に、われわれは国を出るし、おまえは家に帰れないといったら、彼女はわたしに大損害をあたえるだろう。ジェントリーがやるよりもひどい損害を」ディレクターがソファにもたれた。「くそ！　これが終わったら、責任をとるべき人間に責任をとってもらうぞ。おまえたちにいまから注意しておく！」

ヤコが、ショーンにいった。「二時間ということだが？　あんたら七人で、ディレクターを護(まも)れる。おれ、ルーツ、ドイカーもいる。武装した男十人だ。クローディアも手伝ってくれるだろう」

ロクサナには、ショーンが打ちのめされているように見えたが、完全にくじけてはいなかった。「一時間だ。全員で、激しく、迅速にやる。わたしの部下が見張り、あんたたち三人とわたしは、ボスが必要なものをまとめるのを手伝う」

クローディアは、それまでひとこともいわなかったが、口をひらいた。「ヘザーの服や子供のものは、わたしが荷造りします。あなたがたが重要な証拠を処分するあいだに」

ディレクターがうなずき、また目をこすってから両手を遠ざけ、ロクサナのほうを見た。

「この女はどうする？」

ヤコがためらわず答えた。「いっしょに連れていきます。ジェントリーと仲間が現われたら、女の首にナイフを突きつけ、ボスが逃げるあいだ、そいつらの動きを鈍らせます。やつがわれわれと接触するときに、取引のネタか餌に使えます」

ロクサナは恐怖のあまり歯の根が合わなくなったが、ディレクターの自宅へ行けるのだと気づいた。コンソーシアムの本拠に。

あらたな危険だとは思わなかった。

ちがう。これはチャンスで、それも最後のチャンスだとわかっていた。

52

十六歳のシャーロット・ケイジは、ベルエアにある同性の友だちのキッチンのドアから出た。私設車道（ドライヴウェイ）を歩いていくと、前で門が自動的にあいた。歩きながらシャーロットはスマートフォンの画面を親指でなぞった。二度クリックして、最高級配車サービスのウーバーLUX（ラックス）に、ハリウッドヒルズの家まで乗ると伝えた。早朝なので、十五分で行ける。

ここに来てはいけないことになっていた。シャーロットの母親は、この十八歳の友だち、クララの家に泊まるのを、何度も禁じていた。クララが悪い影響をあたえると思っているのだ。そこで、シャーロットはもう許可をもらわないことにした。母親には、レイク・アローヘッドのおなじ齢（とし）の友だちの家にふた晩泊まるといってある。母親は彼女なら信頼している。今年の夏、そういうごまかしをやったのは、これが最初ではなかったし、これからもそうするつもりだった。

そこに立って車が来るのを待つあいだに、シャーロットはメールと電話を一本ずつ受けているのに気づいた。メールは母親からで、いつもどおり感情をむき出しにしていたが、それほど心配するようなものではなかった。

［これを見たら、できるだけ早く電話しなさい。どんなことがあっても、家に行ってはだめよ］

ボイスメールは聞かなかった。

迎えに来たBMW5シリーズのリアシートに乗ったシャーロットは、どうなっているのか知るために電話しようかと思ったが、やめた。母親の希望には従わないことにした。こんな早朝に友だちの家を出たのは、ショーンに会ってサーフィンのレッスンを受けるためだった。ショーンは水曜日の朝は休みだし、一週間前に約束している。

シャーロットは、レイク・アローヘッドのごまかしを、ショーンに教えていなかった。市内にいてサーフィンを楽しみにしていた。

サーフボードを積んでショーンといっしょにサンタモニカに行くまで、母親には電話しないことにした。母親には、朝早くレイク・アローヘッドに迎えに来てもらったといえばいい。

ウーバーのBMWは、ハリウッドヒルズの曲がりくねった狭い道を走っていった。母親や父親に見つかりたくなかったので、シャーロットは一軒前の家の前でおろすよう運転手に指示した。そこから歩いて、二エーカー（約〇・八ヘクタール）の屋敷を囲むフェンスの鍵がかかっている門へ行き、暗証番号を打ち込んで、なかにはいった。門を閉めると、急勾配の私設車道を登り、母親がリビングに立ってこちらを眺めていないともかぎらないので、途中から道をそれて、造園された傾斜のある庭を横切った。

シャーロットは、午前七時ちょうどに敷地の裏手にまわり、家のなかから見られないことを願いながらプールハウスのドアをノックした。だが、ショーンがすぐに出てこなかったので、キッチンのダイニングエリアに母親が立っていて、裏のパティオを見おろしているのではないかと不安になった。プールハウスのドアの横のキーパッドに暗証番号を打ち込み、ロックが解除されると、なかにはいった。

「ショーン？」書斎の奥に声をかけ、二階に向けてもう一度呼んだ。まだ起きていないのは変だったが、水曜日と日曜日が休みなのはわかっている。きょうは水曜日だから、ぐっすり眠っているのだろうと、シャーロットは思った。

ショーンが寝ている二階には行かなかった。さすがにそれってヘン（ワイアード）だから。だから、来たことをメールで伝えてから、プールハウスの奥の物置へ行った。そこで静かにウェットスーツを着て、きょうの練習用のサーフボードを選び、ビーチで必要な細かい装備を用意した。

メルセデス・ベンツG550三台が、ハリウッドヒルズにあるケネス・ケイジの屋敷の私設車道を進み、玄関前に一列でとまった。ショーン・ホールの部下ふたりが、先頭の一台からおりて、ポロシャツや薄手のジャケットの下に隠した拳銃に手をかけて、付近に目を配りながら、玄関ドアの鍵をあけた。

数秒後にひとりが無線で呼びかけ、SUV三台すべてのドアがあき、男八人と女ふたり——ロクサナ・ヴァドゥーヴァとドクター・クローディア・リースリング——が出てきて、家にはいっていった。

けさは全員に割り当てられた仕事があり、フェルドーンはホールの許可も得ずに彼の部下をひとり、マーヤの見張りに充(あ)てた。その男が、マーヤの腕をつかんで、奥のひろいキッチンに連れていき、プールを見おろすスライド式ガラス戸の前のテーブルに向かって座らせ、手を縛る紐(ひも)を探しにいった。

男は延長コードでマーヤの手をきつく縛ったが、椅子にくくりつけなかった。急いでSUVへ行かなければならないときに、ほどく手間をかけたくなかったからだ。

とはいえ、マーヤと呼ばれている女がいたっておとなしかったので、逃げるおそれはないだろうと、男は思っていた。

ショーン・ホールの警護班の五人は、敷地のあちこちに配置され、周囲の険しい山の斜面や広大な屋敷に目を配っていた。下着のTシャツにジーンズという格好だったホールは、プールハウスで着替えようと思って駆け出したが、キッチンまで行ったところで、リビングにいたケイジに呼ばれ、フェルドーンとルーツとともに、犯罪の証拠になるファイルや外付けドライブをオフィスから持ち出すよう命じられた。

ホールは、ボスの命令に従おうとして踵（きびす）を返したが、キッチンを出るときに、部下をどなりつけた。「のらくらしているんじゃない、スコット。おれたちのコーヒーをいれてくれ」

クローディアが、廊下のクロゼットからスーツケースを出して用意するようにというホールの指示に従って、子供部屋に行った。

到着してから五分以内に、ケイジとその配下は邸内のあちこちで、割り当てられた作業を急いで進めていた。約二〇キロメートル離れたロサンゼルス国際空港では、ガルフストリームの機長と副操縦士が、コスタリカのサンホセ行きの飛行計画（フライト・プラン）を提出して待機していた。

午前七時過ぎ、おれたちはフェンスに囲まれたヴァンナイズ空港のすぐ外にある、使われていない倉庫のそばに車をとめる。金網のフェンス沿いのピクニックテーブルを囲んで座る。駐機場の端の発着場に駐機している弾痕だらけのカールのヘリコプターまで、二〇メートルあまりのところだ。

おれたちはコーヒーを飲み、カリームの腕の傷を消毒して包帯を巻き直す。カールとA・Jが、シェプの犬について話し合い、世話をする飼い主がいなくなった雌犬をふたり交替で預かることに決める。

そして、青天の霹靂のような出来事が起きるのを、じっと待つ。

ロクサナはあてにできないとわかっているので、仲間ふたりの携帯電話でニュースを見るのを頼みの綱にしている。真夜中の銃撃戦についての最新情報を、ここまで来る三十分のあいだに読んだ。牧場と結びつきがある人物か死んだ人間についてメディアがなにか情報を流すのではないかと、ほとんど期待できないことを期待しているが、見込みはなさそうだ。

ディレクターがこの空港から離陸するかもしれないので、双眼鏡を出して空港の敷地内を監視する。その可能性は百分の一だろう。おれたちが切羽詰まっていることを如実に示している。

電話が鳴り、おれは耳に押し当てる。「タリッサか？」

ルーマニア人のユーロポール・アナリストの声から、激しい不安が伝わってくる。「ハリー……あの男よ。電話をかけてきた。ロクサナを殺すといっているの」

「つないでくれ」

カチリという音が聞こえ、おれはいう。「あんたか、ヤコ？」

陰気な声でヤコが答える。「きのうは見事だった」

おれは笑う。作り笑いだが、悠然と落ち着いているように思わせたい。「気に入ってくれたのか？」

「ものすごく気に入った。いつもの手口で、あんたがこっそり忍び込むとばかり思ってた。メキシコ人をふたりくらい、細いナイフで刺し殺し、そのあとでおれの部下と出くわすだろうと。しかし、ちがってた。あんたは派手に攻め込んだ。でかい音をたて、いろいろなものをぶち壊し、どうでもいいやつを何人か殺した」

「おれたちは、あんたの部下もおおぜい殺しただろう？」

「かもしれない。だが、それでなにが得られた？」

「性的人身売買の被害者を救い出した。彼女たちが身許を突き止め――」

「だれもこいつを突き止めることはできない。売春婦どもは、おまえの役には立たない。おれたちは最高レベルの人間を保護してる。おまえは風に向かって小便をしてるみたいなもんだ」

おれは答えない。

するとヤコがいう。「いましがたおまえの彼女に、かわいい妹をおれがここに捕らえてるといった。隣の部屋にいる。そこへ行って、心臓をナイフで刺そうかと思ってる。グレイマンにもどうにもできないんじゃないのか？」

「どうにかする必要はない。あんたは彼女を殺さない」

ヤコが笑う。「そうかい？　どうしてだ？」

「昨夜、牧場から彼女を連れ出した理由はひとつしかない。安全装置に使えるからだ。あんたとあんたのボスが命を拾うための取引材料だからだ」

ヤコが、長いあいだ沈黙してからいう。「ジェントリー……おれは自分のことをあんたに話しておきたい」

おれは溜息をつく。「好きにしろ」

「おれは南アフリカ軍にいた。第四特殊部隊連隊だ。偵察コマンドウでコンゴと中央アフリカ共和国で戦闘を経験した。ほかにも話せないことをやった」

「結構なことだ。どうでもいい」

ヤコが、鼻を鳴らして笑う。「おれがいいたいのは、軍を辞めたあとで、情報機関にはいったことだ。グレイマン目撃情報、もしくは目撃した可能性があるという情報を、三年のあいだアフリカ中で追跡した。中東で二度、インド亜大陸で一度、追跡した。手がかりを探しに、バングラデシュまで行ったこともある。

「そうか」おれはいう。「バングラデシュへ行ったことはない」

ヤコの耳にははいらなかったようだ。「だが、諜報活動は退屈極まりなかった。グレイマンはいないし、戦闘もない。二十代に偵察コマンドウで味わった勇気への試練もない」

それに対して、おれはいう。「電話してきた理由を、そろそろ聞かせてもらえないか？」

南アフリカ人がまた笑うが、重圧にさらされているのが声でわかる。おれのいうことが耳にはいらなかったらしく、ヤコがまた自分の話をつづける。「おれのような男には、企業のセキュリティを担当するような仕事しかなかった。退屈で単調だろうと思っていたが、それよりもっとひどかった。やがて、自分の会社がコンソーシアムの傘下企業と契約したときに、これがどういうことなのか全貌を知るようになった。おれと部下はきわめて困難で過酷な仕事をやって、この事業を維持させてきた……なんていうか、〝このほうがずっといい〟と思えてきた」

「あんたはくその塊だ。そうじゃないか？」

、ヤコが、おれの言葉を黙殺してつづける。「要するに、この仕事が気に入っているといいたいんだ、ジェントリー。しかしいま……いまはあんたが相手だ。何年も前から戦いたいと思っていたでかい獲物だよ。あんたのおかげでこういうことにひきずり込まれ、信じられないくらい幸運だと思ってる」

それを聞いて、おれは首をふる。「コストプロスやバビッチは、幸運だったとは思わないはずだ。ディレクターも、おれがカリフォルニアに現われたのは、明るい方向へ向かう転機だとは思わないだろう」

ヤコが、正気とは思えないような笑い声をあげた。「おれは物事の明るい面を見る。ディレクターはそうじゃない。おれたちとはちがって、狩人ではない。獲(と)られた獲物がきれいに処理され、切り分けられて、陶器の皿に盛りつけられるのを好む。逆に、おれとあんたは、皿のことなんか気にしない。追跡の技と殺しの刺激のことしか考えない」

「たしかにそうだな。だったら、ロクサナを解放し、あんたとおれが延々(えんえん)とおたがいを狩ればいい」

「うまいことをいう。しかし、おれがあの女を返したら、あんたはグレイマンのいつもの流儀で雲隠れしないともかぎらない。だめだ。羊は杭につないでおき、ライオンが来るのを待つ」

「あんたは自分のボスに、彼女は取引材料に使えるといったんだろうが、それだけじゃないんだな？　彼女を捕えていれば、おれがあんたを追うと思っているんだな？」

ヤコがいう。「ご名答」

A・Jが、角の〈マクドナルド〉で買ってきたコーヒーを渡してくれ、おれはごくりと飲む。ふだんならカフェインの効果がすぐに出るのだが、そうでなくても、このくそ野郎のせいで興奮してエネルギーがあり余っている。「おれはもうじきあんたの目の前に現われるよ。あんたの胸の穴から命がこぼれ落ちるあいだ、顔と顔を突き合わせる。あんたが血を流して死ぬときに、それでもおれに追われて幸せだったかときこうじゃないか」

「自分にずっとそういい聞かせるがいい、ジェントリー。おれに近づく励みになるだろう」ひとりごとのように、ヤコがつぶやく。「おれはこの仕事が大好きなんだ」

男性ホルモンに駆り立てられたやりとりに、おれはうんざりしていたが、利用できそうな重要なことをヤコから引き出そうとする。ヤコはいまにもおれが目の前に現われそうだと思っているようだが、こっちはヤコのボスの居場所を直径数百キロメートル以内にやっと絞り込めただけなのだ。

だが、情報をおれが聞き出そうとする前に、ヤコがいう。「その日まで、コート」電話が切れる。

くそ。

ボディガードが戸棚からカップを出して、ミルクを注ぐあいだに、ロクサナは窓から裏の敷地を見て、ヴェルサイユ宮殿みたいな景色だと思った。プール、大理石のテラス、植栽。のどかな光景。

ジョヴェニータキャニオン・ドライヴ９１０２。悪魔が住む場所に似つかわしくないと、ロクサナは思った。

屋敷にはいるときに住居表示を見た。車に乗っているあいだずっと、道路標識や目立つ建物など、機会があれば姉を導くのに役立つ事柄を探していた。だが、私設車道にはいったところで、門があくまで車がしばしとまったとき、正面の大きな郵便箱に住所が描かれているのが見えた。

自分を捕えている男たちに殺されずにすむかもしれないというわずかな希望は、そのとたんに消え失せた。ディレクターが住んでいる場所を知られても、彼らはまったく心配していなかったからだ。

自分は確実に死ぬとロクサナは一片の疑いもなく悟ったが、死ぬ前に姉に連絡できるかもしれないというかすかな希望は捨てなかった。

ロクサナがいるキッチンの壁に、ケンという名前だとわかっているディレクターと家族の写真があった。十五歳くらいの女の子が、弟と妹といっしょに立っている写真があった。三人とも流れの速い山の渓流の前で、オールとライフジャケットを持ち、カメラに笑顔を向けている。べつの写真では、おなじ子供たち――もっと幼いころの三人――が、雪に覆(おお)われた美しい連山を背景に、スキーをはいて縦一列に並んでいる。

裏側の敷地へ目を向けると、右側のスライド式ガラス戸を通してかすかな動きが見えたので、ロクサナは驚いた。蔦(つた)に覆(おお)われた二階建ての別棟がプールの横にあり、一階の窓の奥を茶色の髪の少女が横切るのが目にはいった。一度や二度ではなく、何度も通っていた。少女はなにかをくりかえし運んでいて、現われてはまた見えなくなった。

この二週間、パイプラインで目にした少女たちと年頃はおなじだったが、見憶えはなかった。

ロクサナを見張っている男が、ポットからカップや保温カップ(インサレーテッド・タンブラー)にコーヒーを注ぎ終えた。そのときに、南アフリカ人のひとりが、キッチンにはいってきた。

「コーヒーを飲んでるひまはないぞ」

「あんたのボスはおれのボスじゃないし、おれのボスがコーヒーを持ってこいといってる。配るあいだ、商品(マーチ)を見張ってくれ」

ライオン・ツーと呼ばれるのをロクサナが聞いたことがある南アフリカ人が、溜息をついた。「おれの分は残ってるか？」

「どうぞ」ボディガードが、マグカップを四つ持って、キッチンから出ていこうとした。リビングへ行く前に、南アフリカ人に向かっていった。「縛ってある。どこかへ行かないように気をつけてくれ」

「それじゃ、早く戻ってこい」

ボディガードが出ていき、ホワイトライオンの武装警備員がカップを持って、コーヒーを飲みはじめた。

そのとき、電話を切ったフェルドーンが、書斎から出てきた。にやにや笑っている。

「見張りはどこだ？」

ルーツが、あきれたように目を剝いて答えた。「ホールとケイジにコーヒーを持っていきました」

フェルドーンはきいた。「縛ってあるんだな？」両手をうしろで縛られているマーヤのことだ。

「縛ってあります、ボス」ルーツがいった。

「よし、いっしょに来い。車に荷物を運ばなきゃならない」

「ここでいい子にしているだろうな？」歩きながら、ヤコがロクサナにいった。

ロクサナが黙ってうなずくと、ヤコがキッチンから出ていった。

ふたりの姿が見えなくなると、ロクサナは電話がないかと必死で見まわした。キッチンの向こうに電話機が一台あるのが目にはいった。一瞬、楽観したが、姉の番号にダイヤルすることはできないと気づいた。国際電話番号がわからないし、両手をうしろで縛られている。

だが、そのときまたプールハウスに目を向け、人身売買の被害者らしい少女が窓ごしにふたたびちらりと見えた。縛られていないようだった。裏の網戸から出てプールまで行けば、姿を見られずにプールハウスに隠れられるかもしれないと、ロクサナは思った。

やってみるしかないと、わかっていた。

すばやくうしろを見て、だれかが近づいてこないことをたしかめると、ロクサナは立ちあがり、急いでキッチンを横切って、うしろ向きになり、縛られたままの手でロックを解除してガラス戸をあけた。ガラス戸を閉め、靴なしでストッキングのままプールハウスまで必死で走った。そこでまた向きを変えて、手探りでドアのラッチをつかみ、鍵がかかっていないドアをあけて、なかにはいった。

左側にオープンキッチンがあり、カウンターに近づいたロクサナは、カッティングボードに置いた果物ナイフを見つけて、手首のいましめを慎重に切った。

それが済むと、手にしたナイフを見おろした。武器になるが、それで戦って逃げ出すのは無理だとわかっていた。

自殺しようかと思ったが、それはほんの一瞬だった。

だめだ、死ぬわけにはいかない。自分には使命（ミッション）がある。電話を見つけなければならない。

物音にはっとしてロクサナが見あげると、さきほど窓ごしに見えた少女が、リビングを歩いていた。ジッパーを腰まであけて、紫色のウェットスーツを着ていた。両腕は脇に垂らし、〈ラッシュガード〉の黒い長袖（ながそで）スイミングシャツを着て、左右の手首に手製のブレスレットをはめている。

ロクサナは、性的人身売買の被害者を何十人も見ていたが、こういう服装をしているのは見たことがなかった。

少女がロクサナを見て、足をとめ、目を丸くした。まごついているようだった。

「英語はわかる？」ロクサナは、息を切らしていった。

「あー……ええ。あなたはだれ？」アメリカ人のしゃべる英語だったので、ロクサナには奇妙に思えた。牧場にアメリカ人の奴隷はいなかったし、パイプラインにもひとりもいなかった。

ロクサナが答えかけたが、アメリカ人の少女がいった。「ショーンのお友だち？」

ロクサナは、少女を見てから答えた。「連れてきてもらったの。わたしはロクサナ」

「ハイ」少女が、居心地悪そうに言った。

しばし黙り込んだあとで、見たことがある少女だとロクサナは気づいた。いましがた、ディレクターの家のキッチンにあった写真で見た。写真のほうが若いが、スキー場のスロープで写された子供三人のうちの最年長の少女だ。

「あなたの名前は？」ロクサナは、信じられない思いで聞いた。

「シャーロット・ケイジ」

「ケンのお嬢さんね？」

十代の少女は、悪いことをしているのを見つかったような感じで、不安そうにうなずいた。「ショーンとわたしは、けさいっしょにサーフィンに行く予定だったの。彼、忘れたのかしら。ねえ、わたしはここに来ちゃいけないことになってるの。つまりね、わたしはショーンと会う予定だったけど、ママが家に帰ったらだめっていったの。頼みがあるんだけど――」

「わたしはなにもいわないけど、あなたのパパはいま家のほうにいるわよ」

シャーロットが、窓の外を見て、「やばい」とつぶやいた。

「ここにいなさい。ショーンにそう伝えるわ。いまやってることが終わったら、サーフィンに行けばいいじゃない」

シャーロットがほっとした顔になった。「ありがとう。ママやパパにはいわないでね」

ロクサナは、シャーロットの顔をちょっと見てからきいた。「ケイタイを借りられない？　ちょっとメールを打ちたいの」

シャーロットが、小首をかしげた。「ケイタイを持ってないひとなんているの」ウェットスーツのウェストバンドに手をのばし、iPhoneを取った。

六十秒後、ロクサナはプールのほうへ行って、切ったコードをうしろで手首に巻きつけ、端を押し込んで、まだ縛られたままのように見せかけた。それを終えたとたんに、スライド式ガラス戸があいて、コーヒーを持って出ていったアメリカ人ボディガードが跳び出し、ロクサナの首をつかんでキッチンに連れ戻した。そうしながら、家のなかのだれにも聞かれないように、ロクサナの耳に口を近づけた。「どこへ行ってたんだ、売女（ばいた）？」

ロクサナは、男を睨（にら）み返し、やはり小声でいった。「洗面所を探していたのよ」

「表で？」

「そうよ。表で。プールハウスにあるんじゃないかと思ったのよ。覗（のぞ）かれたくないから。でも、ドアに鍵がかかっていた」

「ちょっと前にはそこにいなかったぞ」

「裏に行ったけど、やっぱりはいれなかった。手を縛られているから」

ボディガードは、プールハウスをちらりと見てから、ロクサナを椅子に押し戻し、徹底的にボディチェックしたが、コードはうまくごまかしてあったので、切ってあることに気づかなかった。

ボディガードはうろたえてキッチンを歩きまわったが、さきほどロクサナを見張っていた南アフリカ人がファイルを両手にかかえて廊下を通るまで、なにもいわなかった。

声をひそめていたが、怒りをこめてボディガードがいった。「おい！　女を見張れって頼んだだろうが。女が外に出ていたぞ」

ホワイトライオンの男が、ロクサナを見てから、ボディガードに視線を戻した。「なにをいってるんだ。見張るのはあんたの役目だろうが。縛ってあるといったじゃないか」

「だがな――」

「連れ戻してから、ボディチェックしたんだろう？」

「ああ、なにもない」

「だったら、なにが心配なんだ」歩きはじめながら、ロクサナのほうをちらりと見た。

「内緒にしておこう。さもないとこっぴどく叱られる」

ボディガードがうなずいた。「そうだな。わかった」

南アフリカ人は、家の正面にとめてあるSUVに向かい、姿が見えなくなった。

ロクサナを見張るよう命じられたボディガードは、歩きまわりながら、ロクサナを殴ろうとして二度手をふりあげたが、二度とも殴らずに手をおろした。ようやく、ロクサナの前で腰をおろし、ショルダーホルスターの拳銃の床尾をいじりながら、悪意のこもった目でロクサナを睨みつけた。

だが、ロクサナは平気だった。気分がよくなっていた。おそらくきょう死ぬだろうが、それも気にならなかった。プールハウスに隠れているシャーロットのそばを離れる前に、借りたｉＰｈｏｎｅできわめて短いがきわめて貴重な情報を、タリッサにメールで送っていたからだ。

「ジョヴェニータキャニオン・ドライヴ９１０２。ディレクターはケン・ケイジ。銃を持った男が十人いる。なにが起きても——姉さんを愛している。返信しないで」

キッチンに連れ戻されたのは、そのあとだった。

自分が脱出すれば、ケイジとその仲間がすぐさま逃走するだろうとわかっていた。だから、じっと待たなければならない。たとえ自分が死んでも、タリッサのために時間を稼がなければならない。

53

おれはタリッサとの電話を切り、教わった住所をくりかえすと、ロドニーがスマートフォンのグーグルマップに打ち込む。表示される前に、ロドニーがいう。「ジョヴェニータキャニオン？　ハリウッドヒルズだな」

おれたちは衛星地図を見て、その住所を拡大し、五千万ドルはしそうなイタリア風の広壮な大邸宅を見る。急斜面の上に建ち、周囲の敷地は几帳面(きちょうめん)に起伏を整えられて、おれが生まれ育った家の二倍はありそうな離れ屋のプールハウスがある。

A・Jがいう。「ほんとにハリウッドヒルズの大邸宅を攻撃するのか？　警察が押し寄せるぞ。悪党どもに殺(や)られなくても、警官(ファイヴ・オー)に殺られちまう」

カールがつけくわえる。「ロサンゼルス市警(LAPD)のヘリコプターが空を覆(おお)いつくすぞ。あんたらを侵入させることはできるが、みんな不帰の任務になる」

もちろん、ふたりのいうとおりだ。おれは肩をすくめていう。「おれはやる。あんたたちが来ても来なくても」

肩の血がにじむ包帯をいじりながら、カリームがくすりと笑う。「そう息巻くな、ヒーロー。正しいことをやりたがってるのは、あんただけじゃないんだ」カールと、生き残りのふたりのほうを向く。「シェフのために、これを最後まで見届けよう」

カール、A・J、ロドニーが同意する。

引き締まった痩軀（そうく）のベトナム帰還兵のカールが、ヘリコプターに向けて歩きはじめる。

「三分後に離陸（スキッズ・アップ）だ、諸君」

A・J、ロドニー、カリーム、おれは衛星画像をふたたび見て、ハリウッドヒルズの大邸宅を攻撃する計画を急遽（きゅうきょ）組み立てる。

十四分後、最後のバッグがメルセデスのSUVに積み込まれ、ケイジはデスクに置いてあった小さな額縁入りの自分と家族の写真を両手で持ち、だだっぴろい玄関広間を通ってドアへ向かった。ヤコ・フェルドーンとクローディア・リースリングがいっしょに進み、ショーン・ホールが数歩うしろをマーヤとならんで歩き、ホールの部下ひとりが一行を先導していた。

ホールが携帯電話を出して時間を確認し、そのときにシャーロットのメールを読みそこねていたことに気づいた。けさサーフィンに連れていく約束をしていたことを思い出して、ホールはうろたえたが、母親に家に近づかないよう注意されているはずだと安心した。

だが、メールを読んだとたんに、また激しく動揺した。

「なんてこった」ホールは足をゆるめ、立ちどまった。いまプールハウスで待っていると、シャーロットはメールに書いていた。

ケイジは一行とともに歩きつづけ、玄関口に近づいた。

ホールはケイジに声をかけようとしたが、そのときかすかな音を聞いて、首をめぐらした。

ロサンゼルス上空を飛ぶヘリコプターはめずらしくないので、バタバタというローターの音に、だれも注意を払わなかった。だが、やがてふだんよりも音がやかましくなり、ジョヴェニータキャニオン・ドライヴ沿いを飛ぶヘリコプターの爆音が家の正面の高い山々から跳ね返って、四方から伝わってきた。

ケイジが玄関口で足をとめ、ホールの部下が周囲を囲んだ。フェルドーンはケイジの横に立っていた。

ホールは、大邸宅の広い玄関広間で凍りついた。ヘリは低空を高速で飛んで接近し、いまでは敷地裏手の上空に達していた。

つぎの瞬間、ヘリが大邸宅の上を通過して正面玄関に向かい、ローターの轟音が壁の絵を震動させた。

フェルドーンが手をのばして、ケイジの肩をつかみ、玄関口からうしろにひっぱって遠ざけた。それから、戻って身を乗り出し、雷鳴のような轟きの源を探した。正面にはハリウッドヒルズと何軒もの広大な邸宅しか見えなかったが、突然、一五メートルも離れていない頭上を、赤いヘリコプターがあっというまに通過した。

昨夜、ランチョ・エスメラルダを襲撃したヘリコプターを、フェルドーンは見ていなかったが、音から判断して、おなじヘリコプターのようだった。

フェルドーンはウェストバンドに手をのばしたが、ヘッケラー&コッホのセミオートマティック・ピストルを抜いたとき、スープの缶ほどの大きさの小さな物体数個が、玄関とその前にとまっているメルセデスのSUVと私設車道のあいだではずんだ。ちょうどフェルドーンの真正面だった。

それらの缶が赤い煙を吐き出して、石畳の私設車道で弾み、煙があっというまにあたりにひろがった。

フェルドーンが命令をどなり、ケイジの部下が前進しはじめた。ホールが七メートルうしろから発煙筒の赤い煙を透かして見ると、ヘリコプターが機首を急に起こして、急勾配の正面私設車道の上でホヴァリングしていた。警護班とホワイトライオンの武装警備員が銃を構えて撃とうとしたが、ヘリコプターから何挺ものライフルが銃声を轟かせたので、反撃をあきらめ、物蔭に隠れた。

ホールの部下ひとりがすでに外に出ていて、メルセデス三台の列の向こう側で脅威に向けて拳銃を発射したが、二発目を放つ前にライフルの射撃で薙(な)ぎ倒された。

やがて煙が濃くなり、私設車道の上でホヴァリングしているヘリコプターが見えなくなった。

フェルドーンはケイジを玄関広間にひっぱっていって、伏せさせ、遠ざけた。ホワイトライオンの生き残りのひとり、ドイカーが前腕に一発くらって、仰向(あおむ)けに倒れ、血しぶきをあげてのたうった。

ショーンと警護班には拳銃やサブマシンガンがあり、ルーツはライフルを持っていたが、危険を冒して玄関口へ戻るものは、ひとりもいなかった。数人が書斎やリビングの窓ぎわに陣取って、壁に目を凝らし、見通せない煙のなかのターゲットを探した。ホールと数人が、もっと安全なところへ移動させるために、ケイジに駆け寄った。

二分前、カールはAS350をハリウッドの低地に向けて急降下させてから、針路を変更し、ロサンゼルス中心街のスカイラインから遠ざかって上昇し、ハリウッドヒルズに向けてひきかえした。斜面を抱くように低空を高速で飛び、ジョヴェニータキャニオン・ドライヴにあるケイジの大邸宅の裏手を目指した。

A・Jとおれが右翼側でスキッドに立ち、ロドニーとカリームが反対側の左翼側のスキッドに立っていた。

接近中にカールが電線をスキッドでひっかけそうになり、その数秒後には、ガラスと鋼鉄の豪邸に突っ込むにちがいないとおれは思った。その豪邸の平屋根を一五〇センチの差でかわし、やがて斜面の上のほうにあるターゲットが正面に見えた。おれはスキッドを踏んだまま命綱に体をあずけて、両手を機内にのばした。ダンボール箱からM－18発煙弾を二個出して、安全ピンを一個ずつ抜くと、二発とも赤い煙が下側から噴き出した。

数秒後、ヘリがケイジ邸のインフィニティプールの上をすさまじい勢いで通過し、おれは裏口にできるだけ近いところにM－18二発を投下し、その直後にヘリが屋根を越えた。

発煙弾がどこへ落ちたかは見届けなかった。つぎの二発に手をのばしていたからだ。スキッドに立っていた四人とも、すばやく発煙弾を取って安全ピンを抜き、玄関の真上を通過すると同時に投下した。

発煙弾投下の一、二秒後、カールがヘリコプターをその場で急激に一八〇度機首方向転換させ、私設車道に近づけた。

おれたちは玄関のほうを向き、そこにいる男たちを見た。A・Jとおれがヘリの側面で敵を照準線に捉えていたので、ターゲットめがけて数発ずつ放った。A・Jが、黒いメルセデスGタイプ三台のそばにいた武装した男を倒し、おれも戸口にいて武器でこっちを狙っていた男に命中させたと思うが、そのターゲットは見えなくなった。

カールが離れ業の機動を行なって、私設車道の急な下り坂を利用し、おれたちを地表に近づけた。さきほどグーグルマップをひと目見たとたんに、ローターを石畳の路面にぶつけずに着陸するのは無理だと、おれたちは悟った。だが、カールはバックミラーに視線を据えたまま、路面から一二〇センチの高さを維持していた。回転するローターは、あと三〇センチずれただけで路面に激突してバラバラになり、おれたち全員が死ぬことはまちがいない。

おれを除く三人は、カラビナをはずし、一メートル以上の高さから跳びおりた。着地するときに、膝を曲げて衝撃を和らげている。その決断について、三人の足首と膝と腰と背中はあとで文句をいうだろうが、三人ともバックパックのぐあいを直して、ライフルを持ち直し、ぎこちなくゆっくりとではあるが、メルセデスのSUVに向けて進みはじめたので、おれはほっとした。

ユーロコプターが、こんどは上昇して、右旋回し、ケイジ邸に向けて勢いよくひきかえす。おれはまだスキッドに立っているが、カラビナに手をのばして、左手でつかみ、右手で肩に吊ったカラシニコフを押さえる。

カラビナの留め具をひらいて、命綱から体を切り離すが、滑り落ちないように、命綱をつかんでいる。

数秒後、カールがケイジ邸の裏手で降下し、濃い赤い煙のなかを飛ぶ。煙を突き抜けたところで、地上から七メートルの高さを三五ノットで飛ぶヘリのスキッドから、おれは跳びおりる。

宙を落下しながら、おれはライフルをしっかりと抱き、膝を胸に引きつけて、計画のつぎの段階が前の段階とおなじようにうまくいくことを祈る。

ショーン・ホールは、玄関広間に横たわっているケン・ケイジに駆け寄って、立ちあがらせた。ふたりで裏口に向けて走りながら、ホールは携帯無線機に向けてどなった。「スコットとランディ、ついてこい！　あとは警察が来るまで時間を稼げ！　わたしは要塞2に親玉を連れていく。退却するときには、そこで結集しろ（IT用語で〝折り畳まれる〟を意味することから、〝小さくまとまれ〟の意味）」

〝シタデル2〟は、プールハウスの二階を意味する符丁だった。ホールはそこを、家でケイジか家族が襲撃された場合の撤収陣地に設定していた。

シャーロットがプールハウスにいることがわかっているので、最適の目的地ではないが、正面から攻撃していた男たちがそこを調べるのは最後になるはずだとわかっている。いま肝心なのは時間稼ぎだった。ジェントリーとその仲間がボスのそばに到達するのをできるだけ遅らせることが最重要だった。

ホールはロサンゼルス市警(LAPD)に勤務したことがあり、じきにここを警察が包囲するはずだとわかっていた。ジェントリーは地元警察に連行されたくはないだろう。だから、ヘリコプターがじきに戻ってきて、ジェントリーを拾いあげるはずだ。

これは持久戦だし、ケイジをジェントリーからできるだけ遠ざけるのが最善策だと、ホールは判断していた。

「マーヤを連れていけ」うしろからフェルドーンが叫んだ。「マーヤをケイジのそばにいさせろ！」

ロクサナ・ヴァドゥーヴァは、ホールの部下のひとりに腕をつかまれ、家のなかをひきずっていかれた。ロクサナは、切ったあとで手首に巻きつけていたコードをはずして、家の裏手に連れていこうとしていた男をそれでひっぱたいた。男の動きと一団の動きが鈍ったが、それでも二十秒後には裏口に着いた。

パティオに赤い煙が濃く立ち込め、視界の一部をさえぎっていたので、ホールは驚いた。攻撃者がこちらからも来るのだと判断したが、向きを変えて玄関にひきかえし、銃撃の源に近づくのはまずいと判断した。一階で身を縮めていたら、ジェントリーがたちまちケイジのいどころを突き止めるだろう。そこで、煙を裏にいる敵から身を隠すのに利用し、動くものがあればなんでも撃とうと決断した。

ところが、スライド式のガラス戸ごしに赤い煙を見たケイジは、キッチン内で進むのをやめた。ホールにわめき散らし、体をひっぱった。すぐうしろで、ホールの部下が、マーヤに対しておなじことをやっていた。まもなく全員が煙のなかにはいり、パティオを横切って走り、プールに落ちないように右に向きを変えて、鯉を飼っている長方形の池二面のそばで煙がない場所に跳び出した。

一行は走りつづけた。ホールが最初にプールハウスのドアに達して、ケイジをリビングに押し込み、拳銃を高く構えたままで、二階へと急いだ。

おれはプールの浅い側で膝をつき、目と頭のてっぺんだけを出して、ケイジ、ロクサナ、その他の男三人が一五メートル離れたプールハウスにはいるのを見守る。五人はこちらに背を向けているし、おれが空からプールに跳びおりたことを知る由もないし、発見されたことにも気づいていない。

プールに跳び込むのは、思いついたときには名案のように思えたが、水面を割ると装備が重いせいで深いほうの底まで沈んだ。当然、浅いほうを狙っていたのだが、跳ぶタイミングがずれ、底まで突き進んで、浮きあがれなかった。ほとんど動けなくなったが、必要とあれば装備を捨てるように身構えていたので、すばやくAKとチェストリグをはずし、多機能(ユーティリティ)ベルトと小さなバックパックだけを着けたままにした。

持っている銃は、グロック19とサプレッサー付きの二二口径ワルサーだけだ。そのほかにグロックの弾倉一本と、フィクストブレードのナイフが一本ある。

目にはいった水をぬぐい、ありがたいことに完全防水のマイクに向かっていう。「ドアは突破したか？」

「いや(ネガティヴ)」ロドニーがいう。「いま玄関前で、これから特殊閃光音響弾を投げ込む」

「了解した」おれはいう。「主ターゲットはプールハウスに撤退した。敵三人と味方ひとりがいっしょだ」

「わかった。あとで合流する」

特殊閃光音響弾が家のなかで破裂する音が聞こえ、つづいて信じられないほどの量の銃声が聞こえる。仲間がいつここまで来られるかわからないので、独りでプールハウスを攻撃しなければならないと決断する。

　プールのなかで立ちあがり、発煙弾一発をベルトからはずして、安全ピンを抜き、接近するのを赤い煙幕で隠せることを願い、プールハウスの近くに投げる。

　そして、プールのなかを歩きはじめる。ライフルを失い、独りきりで、敵に数で劣っているし、警察が急行しているとわかっている。最適な状況ではないが、時間が逼迫(ひっぱく)しているから、なんとかやり遂げるしかない。


　ショーン・ホールは、部下ふたりにマーヤとディレクターを護(まも)らせ、二階の安全を確信した。一階と二階のあいだの踊り場に四人を待たせ、二階を進んで、寝室二部屋、自分の狭いオフィス、バスルーム二カ所、広いほうのクロゼットを調べた。

　だれも隠れて待ち伏せていないと確信すると、部下を呼び、ボスと人質を連れてくるよう命じた。

　ケイジは過呼吸を起こしていた。呼吸、血走った目、ピンクの禿頭(とくとう)に噴き出した汗が、ケイジの恐怖を物語っていた。ホールは、急いでケイジを裏手の寝室の奥の片隅へ連れていった。

「ここにマーヤといっしょにいろ」ホールは命じた。ボスにはいつも敬語を使うのだが、いまはケイジと自分の命が危険にさらされている。ホールが指揮官だった。

元海軍SEAL隊員のホールは、ケイジの顔に浮かんでいる恐怖を自分も味わっていた。このグレイマンが、抑制できない軍隊のように思えた。フェルドーンとはちがって、間近で会いたいとは思っていなかった。だが、SEALで受けた訓練によって、ホールは恐怖を意識の隅に追いやり、能率的に作業をつづけることができた。

「どこへ行くんだ?」ホールがドアに向かうと、ケイジがおろおろしてきいた。

「遠くへは行かない。部下と階段の上にいる。ジェントリーとその仲間を食い止めないといけない」

「警察が来るまで、どれくらいかかる?」

所轄の警官たちがハリウッドヒルズの麓ですでに群れをなし、銃撃戦の現場に向かっているはずだと、ホールにはわかっていた。頭上からも上空掩護のヘリコプターの音が聞こえる。だが、SWATがいつ強襲をかけるかは、見当がつかなかった。

「三十分くらいだ。連中は強襲をかける場所について詳しく知ろうとするはずだ。しかし、ジェントリーは道路封鎖の非常線にはひっかかりたくないだろう。家のほうであんたを見つけられなかったら、逃げ出すにちがいない。それまで時間を稼ぐ」

それがすべて事実であることをホールは願ったが、自信はなかった。マーヤをケイジのほうに押しやると、小柄なケイジがマーヤを押さえ込み、首に腕を巻きつけた。

「銃をくれ！」ケイジが語気鋭く要求した。

ホールは、警護チームのあとのふたりとおなじように、拳銃一挺しか持っていなかった。それをケイジに渡したくはなかったので、ポケットに手を入れて、刃渡り一〇センチの折り畳(たた)みナイフを出した。刃をひらいて、それをケイジに渡した。

そして、向きを変え、寝室を出て、廊下を階段のほうへ進んでいった。部下のスコットとランディがそこにいて、階段の下を見張っていた。ランディは玄関にいたときに撃たれたが、腕の傷はたいしたことがないように見えた。

警護班とフェルドーンの部下が何人残っているかをたしかめるために、ホールは携帯無線機で呼びかけた。

「親玉はシタデル2で安全」

ホールは無線機をベルトに戻して、ポケットからスマートフォンを出した。階段の上で、シャーロット宛てに短いメールを書いた。

「どこにいても――身を隠せ。もうじき終わる」

シャーロット・ケイジは、プールハウス一階のユーティリティルームに隠れていた。父親がいる寝室の真下にあたる。シャーロットは、壁に立てかけたサーフボード三枚の蔭で腹這(はらば)いになり、銃声が敷地全体に反響するあいだ、悲鳴をあげないように我慢していた。

なにが起きているのかわからなかったが、怖くて裏口へ走っていくことができなかったし、そこからどこへ行けばいいのかもわからなかった。

スマートフォンを両手で持ちあげると、画面が明るくなって、ショーンからのメールが目にはいった。返事を書くのに苦労したが、ようやく書くことができた。

［ユーティリティルームに隠れてるの。お願い。助けて！］

シャーロットは、スマートフォンを顔の前の床に置き、目をぎゅっとつぶって、これが早く終わってほしいと願った。


クローディア・リースリングは、二階のジュリエットの寝室を駆け抜けた。そこの窓から、斜面の繁茂した藪(やぶ)が見えたからだ。その藪に伝いおりて、脱出できるうちに脱出するつもりだった。通りまで行けば、ウーバーに電話し、うまくすると、警察にとめられて事件に関係しているかどうかを調べられる前に、ここから逃げられるかもしれない。

警察がここの敷地に押し寄せたときに、周囲の男たちが脅威に直面することを、クローディアは知っていた。コンソーシアムは暴かれ、そのときにここにいれば、自分も結びつけられる。

この事件は、あまりにも派手な展開になったので、ケイジの一味が隠蔽するのは無理だと、クローディアは確信した。グレイマンの攻撃を生き延びても、連座していることが明らかになったら、刑務所に入れられる。

クローディアには、一応の計画があった。アメリカを離れる。パナマとアンティグアとマルタに銀行口座があるし、それらの国はアメリカに犯人を引き渡す条約を結んでいない。アメリカから出ていくのは、理想的ではないが、コンソーシアムそのものはこのあと、ケイジとその手先がいなくても生き延びるはずだ。あまりにも大きい組織で、途方もなく儲かっているからだ。それに、自分のようなスキルを持つ人間は、つねに必要とされる。

クローディアは、二階の窓から地面に跳びおりて、着地したときに足首をすこしひねった。足をひきずり、急斜面を転げ落ちないように枝をつかんで、敷地の西側へ進んでいった。高さ一八〇センチの石塀に達して、そこを登りはじめた。

ヤコ・フェルドーンは、退却しながらヘッケラー&コッホVP9セミオートマティック・ピストルで玄関広間に向けて撃ちつづけ、キッチンを抜けて裏手に移動していった。ルーツがいっしょにいて、ライフルで撃っていた。ドイカーがそばをよろめき進んでいたが、腕の血まみれの傷が気になるようだった。

ホールの部下がもうひとり殺されたが、ひとりが二階へ行った。銃声から判断して、襲撃者のひとりも二階へ行き、ホールの部下を排除しようとしているようだとフェルドーンは思った。つまり敵はふたり以上いる。フェルドーンはいまもジェントリーを照準に捉えたいと願っていた。

ライフルを持った男が、ダイニングルームの戸口からキッチンに跳び込んできたので、フェルドーンはたてつづけに撃ち、その男の胸の上部と頭に命中させた。男はタイルの床にべったりと倒れたが、ふたり目がうしろから現われて、距離六メートルからドイカーの腹を撃った。ドイカーはキッチンの床に倒れて死に、ルーツが応射して、敵は物蔭に隠れた。

VP9の弾薬が尽きるまで、フェルドーンは撃ちまくり、弾倉を交換した。そうしながら、悲鳴のような声でルーツにいった。「家のなかでやつらをひきつけろ。LAPDが来るまで、敵を手いっぱいにさせろ。おれはシタデルへ行く」

「わかりました!」ルーツがいい、家の裏手へ進んでいった。フェルドーンは、裏口へ走っていった。ホールとおなじように、外の煙幕を見て驚いたが、自分たちはプールハウスに到達したというホールの報告を聞いていたので、敵がそこにいるとは思わなかった。

おれはプールから出る。煙幕のなかにはいり、拳銃を前に突き出して、パティオを横切りはじめるとき、ブーツから水がどっと流れ出す。
五、六歩しか進まないうちに、カリームの声がイヤホンから聞こえる。
「A・Jが死んだ。くりかえす、A・Jが戦死(KIA)」

くそ。

うしろの邸内では銃声がつづいていて、何人の敵がまだ戦っているのかわからないが、目標に集中できるように、そういうことをいっさい意識から追い出す。

朝の軽風が煙幕を四方に流している。顔の前の自分の手が見えない。後方から警察車両の耳障りなサイレンが聞こえるが、警察に捕まるのはいまのところそんなに心配していない。状況を掌握(しょうあく)しないでLAPDがこの大混乱に跳び込むことはありえない。道路を封鎖し、上空にヘリコプターを飛ばし、一般市民を射線から退避させるためにできるかぎりのことをやるはずだ。やがてSWATの車両が到着し、計画が立てられる。そこでようやく銃を持った容疑者を搦(から)め捕る。

だから、警官のことは心配していない。敷地内にいる銃を持った悪党どものことのほうが、いまはもっと心配だ。

濃い煙幕から出はじめたとき、パティオに長方形の池が二面あるのがちらりと見え、すぐにまた煙が顔の前で渦巻く。

足を速めようとするが、二歩進んだところで、右側からすさまじい衝撃を受ける。走っていた人間の体が、かなりの速度でおれに激突したのだ。おれは吹っ飛び、グロックが手から落ちる。おれはパティオの石畳にぶつかって息が詰まり、バックパックに手を入れて、予備の拳銃を出そうとする。

だが、その前に脚を片手でつかまれる。蹴ってふりほどくが、おれに激突した男がそばで煙のなかに立っていることに気づく。

それに、ナイフが見える。赤い煙の切れ目で鋼鉄がギラリと光り、おれの方角へ突き出される。

はずれるが、相手のほうが有利だ。

この男はすばやく、荒々しく戦っているし、武器を持っている。いっぽうおれは、バックパックのなかを手探りしている。

おれの世界では、こういう状況を、主導権不足という。もってまわった表現だが、要するにこいつのほうが優位で、おれは殺られかけているということだ。

濃い煙幕のなかからそいつが突進してくるのが、見えなくても感覚でわかり、おれは転がってよける。ナイフが石畳にあたり、おれはずぶ濡れのブーツで踏ん張って立ちあがる。男が赤い煙幕のなかに見えなくなり、また突然現われる。おれがベルトからフィクストブレードナイフを抜くと同時に、男がまた襲いかかる。男が右横にナイフを薙ぎ、戦闘服ごと肋骨の上を切り裂かれて、そこが熱くひりつく。

おれは数歩さがり、また男を見失う。

出血している。傷口は長いが、深くはない。

テレビドラマのナイフでの戦いは、お笑いぐさだ。現実の世界では、踊るようなステップを踏んだり、ナイフを左右にふりまわしたり、真上からまっすぐ突き刺すようなことはやらない。腕がたつ人間は、そんなことはやらない。おれが経験したナイフでの戦いは、まるでホラー映画だ。戦闘員が敵の腹めがけて突進して、何度も刺す。手の速いやつなら、三度か四度刺す。そういう攻撃を防ぐのは難しい。防御側はうしろによろけるか、仰向けに倒れるか、横に身をかわすしかないが、ハリウッド映画とはちがって、攻撃される側には、周到な動作で受け流して反撃するような時間はない。

ナイフで戦うときには、かならず傷を負う。敵か自分のナイフで、切り傷ができる。何カ所も。

今回も、何カ所も切られる。

煙幕のなかから相手の腕が突き出されるのが見え、今度は右前腕を浅く切られる。また熱くひりつくのがわかり、ナイフの尖端が肉を切る音が聞こえる。指を動かす筋肉から五センチ離れたところを切られ、悪くすると戦闘力が落ちるところだが、相手の突きが下手だったおかげで、勝機がめぐってくる。

おれはナイフを握って低く突進し、男の手の甲に切っ先をぶつけて、長さ一〇センチの深い傷を負わせる。

男が悲鳴をあげてあとずさり、渦巻く煙幕のなかで一瞬、たがいに相手を見失う。家の裏口から煙が漂い、鯉の池二面のあいだの発煙弾からも吐き出されている。軽風がそれをおれたちの周囲でかきまぜているようだ。

おれは荒い呼吸をして、動かず、背中をプールの浅い側に向けている。

やつはどこだ？

周囲の赤い煙幕のどこかから、声が聞こえる。「おれはこの仕事が大好きなんだよ、ジェントリー！」

ヤコか。

ヤコが右側から現われ、急接近してくる。切られるのをなんとか避けようとして、おれは石畳に仰向けに倒れる。ヤコが上に乗り、ふたりとも揉み合い、ナイフをふるい、かわす。死に物狂いの男ふたりが、全力を尽くし、受けた訓練と狡知のかぎりを尽くして、相手を殺し、殺されまいとする。

おれは仰向けの姿勢でヤコの股間を膝で蹴り、ナイフを右前腕に突き刺す。そして、ヤコが跳びかかろうとしたときに、また横に転がる。姿が見えているヤコの体のまわりで、煙が渦巻く。

つぎの瞬間、おれたちはたがいに相手のナイフを持っている手の手首を握っている。

おれは思い切り力をこめて右に転がり、ふたりいっしょにプールの浅い側に転げ落ちる。おれは上のほうの段に背中から着地する。だが、ヤコが上に乗り、おれのナイフを持っている手の手首をぎゅっと握り、自分のナイフをおれの心臓の上に向けている。おれは渾身の力で、ナイフがまっすぐに突き出されるのを防ぐ。

ヤコはおれの上に乗っていて、ナイフに体重をかけられるので、おれよりもずっと有利だ。

「殺してやる、ジェントリー」ヤコが叫び、そうなるかもしれないとおれは思う。ナイフが水のなかに見えなくなり、おれの心臓に近づく。

煙がおれたちの上を流れて、おれにのしかかっている禿頭の男が一瞬見えなくなる。ヤコがナイフに全体重をかけ、勢いよく刺そうとしている。おれは力が抜けはじめている左腕で支えている。

カリームかロドニーがそばに現われて助けてくれないかと願うが、長くは持ちそうにない。

新しい戦略が必要だし、願いは戦略ではない。

なにをやらなければならないか悟り、気が進まないが、手立てはそれしかない。おれは右手のナイフを捨て、ヤコがびっくりする。そのとたんに、おれは右手首をまわして水に突っ込み、ヤコの手からもぎ離す。右手にはもうナイフがないが、その手をあげて、心臓の上のナイフをつかむ。と同時に、左手をヤコのナイフから離し、左側に手をのばして、バックパックをまさぐる。おれの動きを怪しんだヤコが、ナイフを持っているほうの腕に渾身の力をこめる。

つぎの瞬間には刺される。それがわかっている。

おれは数十センチ右に体をずらし、ヤコのナイフの冷たい切っ先が左鎖骨のすぐ下の皮膚に触れる。切っ先が勢いよく突き刺さり、おれは痛みのあまり悲鳴をあげる。

そのとき、おれは左手をバックパックからさっと出して、サプレッサー付きのワルサー二二口径をヤコの右脇腹に押しつけて発砲する。

ヤコがびっくりして跳びのき、その隙(すき)におれは起きあがる。ヤコのナイフがまだ肩に刺さっているので、ヤコはもう武器を持っていないが、そのためにおれは高い代償を払った。左腕がだらりと垂れ、もう撃つことができない。

おれがヤコに撃ち込んだ弾丸は小さく、初速が遅い。殺傷力がきわめて弱い弾薬だ。ヤコを殺すことはできなかったが、傷つけ、内臓に小さな鉛玉がはいり込んだとわかっている。ヤコが立ちあがりかけ、おれも立ちあがるが、左手がいうことをきかない。

だが、右腕は無傷だ。おれはプールの一段深いほうへ踏み込み、数秒前に捨てたナイフを拾い、それをかまえて水から躍りあがり、プールの縁でヤコの上に跳びおりる。勢いよくぶつかり、ナイフを柄元(えもと)まで突き刺す。

ヤコの体を押して離れ、いちばん浅い段に腰かける。煙がだいぶ吹き払われ、ヤコの上半身がパティオに横たわり、脚がプールの水のなかに垂れているのが見える。顔に血の気がなく、わけがわからないというように目をかっと見ひらいている。仰向(あおむ)けにじっと横たわり、空を見つめている。

「これでも仕事が大好きか、ヤコ?」

ヤコが血を吐き、顔を真っ赤に染めた血が白いシャツと深紅のネクタイを流れて、プールにしたたり落ちる。まわりの水が、あたりの空気を赤く染めている最後の煙幕の名残(なごり)とおなじくらい赤くなる。

ヤコはひとことも漏らさず、おれのそばで横たわっている。おれは起きあがり、プールからあがる、ヤコのそばへ行き、蹴ってプールの縁から落とす。ヤコがうつぶせで浮かび、向こう側へ漂いはじめる。

煙幕がようやく晴れ、おれは肩に突き刺さっているナイフを見る。そのままにしておくしかない。抜けば出血がひどくなる。

ワルサーを右手に持ち替え、プールハウスに向けてまた進みはじめる。家のほうの銃声が熄(や)んでいることに、不意に気づく。

「ロドニー？　現況報告は？」

「邸内は掃討した。被弾したが、命に別状はない。カリームと合流した。プールハウスへ行く」

プールハウスのドアは、すぐ目の前だ。「表にいてくれ。水鉄砲に気をつけろ」

「あんた独りで突入しなければならない理由はないだろう、ハリー？」

だが、そうではない。理由はある。「くりかえす。パティオに位置し、掩護(えんご)しろ」

ロドニーは、おれの指示が納得できないようだったが、優秀な兵士らしくそれに従う。

「わかった。用心しろよ」

ドクター・クローディア・リースリングは、斜面の木立に隠れているあいだにウーバーに電話し、あと一分で到着するとアプリが報せると、フェンスを乗り越えて通りに出た。目の前の道路は、数台が駐車しているだけで、ひと気はなかった。警察車両のサイレンが山の下のほうで鳴り響いていたが、まだここには来ていないようだと思った。近くをLAPDのヘリコプターが飛んでいる。聞き慣れているので、音でわかる。ほかにテレビ局のヘリコプターらしき音が、遠くから聞こえていた。どちらも真上を飛んではいなかったので、クローディアが服装を整え、スマートフォンをハンドバッグに入れて、曲がりくねっている二車線の道路に出ていくと、グレイのトヨタ・カムリが斜面脇の急カーブをまわって、六メートル手前でとまった。

女が運転していた。クローディアはウーバーの運転手と車かどうかをアプリで確認することなく、リアドアに向かい、ドアをあけて乗った。

女がふりむき、目を丸くして見つめた。

クローディアはいった。「ビヴァリーヒルズのフォーシーズンズ。わかった?」

「あなたの名前は?」女がきいた。なまりのある英語だったが、ロサンゼルスのウーバーの運転手はおしなべてそうだ。

「クローディアよ。行きましょう」

運転席の女が、ハンドバッグに手をのばして、ちょっとまさぐった。

「近くから銃声が聞こえるでしょう？　早く行って！」クローディアは、語気荒く命じた。

赤毛の女が、銃声から遠ざかるのではなく、銃声の方角へ車を走らせた。

「方向転換して！　なにをやってるのよ？」クローディアはいった。「もういいわ。歩くから。ここでとめて」

だが、カムリは九十九折りで速度をあげた。

クローディアは、精いっぱい高飛車な声でいった。「とめなさい！」

クローディアはドアハンドルに手をのばしたが、運転していた女が急ブレーキをかけたので、前に投げ出された。前の席のヘッドレストに、クローディアの顔が激突した。

クローディアは茫然として、血まみれの鼻を手で押さえ、運転手をののしったが、そのときリアドアがあいた。

運転手の女が手をのばし、クローディアのセーターをつかんで、押し倒した。クローディアは両手で顔をかばおうとしたが、大きな包丁を喉に突きつけられた。

若い赤毛の女が、リアドアからのしかかってきた。中欧のなまりで、おそらくルーマニア人かもしれないと、クローディアは不意に気づいた。「どこへも逃げられないわよ、くそ女」赤毛の女がいった。

　その女、タリッサ・コルブは、〈リンクトイン〉のページでドクター・クローディア・リースリングだと見分けた相手を車からひきずり出し、やがてふたりはジョヴェニータキャニオン・ドライヴ沿いの山を下りはじめた。


おれはプールハウス一階の安全を確保し、奥に隠れていた少女を見つける。少女は怯(おび)え、泣いていて、ウェットスーツを着ている。性的人身売買の被害者とは思えない服装だ。

　おれは、はじめはなにもいわず、立たせて、リビングと階段があるほうへ連れていく。ケイジと何人かが二階にいるとわかっている。

　階段に銃口を向けたまま、おれは玄関のほうを顎(あご)で示す。

　少女が動かないので、おれはいう。「英語がわかるか？」

　少女がうなずく。おとなしい声でいう。おれの肩に刺さっている血まみれのナイフを、目を丸くして見つめる。「はい、わかります」

　明らかにアメリカ人で、十五歳か十六歳なので、おれはまごつく。「ここでなにをしている？」

「ここに住んでるのよ」それからいう。「わたしのパパを殺すの？」

ケイジの子供か。パイプラインで目にしてき少女たちとあまりにも似ているので、おれの頭では理解できない。ケイジもコンソーシアムのほかの男たちも、子供がいるのに、どうして口にするのもおぞましいくらい邪悪なのか。

それは考えないようにして、できるだけ真実に近い答をいう。「おれは物事を正すために来た」

真実だろう？

「お願い」少女が哀願する。「パパを傷つけないで」

おれはほほえむが、おれが何者かわかり、ナイフが体に突き立っているのだから、よけい不気味に見えたにちがいない。そう気づいて、おれは笑みを消していう。「あの玄関から外へ駆け出せ。だれにも危害をくわえられないと約束する」

イヤホンに向かっていう。「非戦闘員(グリーン)がひとり玄関に出ていく」

非戦闘員、つまり味方(ブルー)でも敵(レッド)でもない。

ロドニーから応答がある。「了解、グリーンがひとり玄関から出る。拘束するか？」

「するな(ネガティヴ)。安全なところへ行かせてくれ」

「了解した」

ロドニーは、この少女を見て、自分がこれまで何百人も救ったような性的奴隷だと思うにちがいない。そう気づくと、彼女の父親への殺意が強まる。

だが、殺せない。ちがうか？

「行け」おれは少女にいう。「表に出ろ」

少女がまた涙を浮かべ、一生消えない傷を負うだろうとおれは悟る。かわいそうだが、おれがここで彼女の父親に対してやろうとしていることは、涙ではとめられない。

「どうして？」おれの左指先からしたたる血を見て、彼女がきく。

おれを怪物だと思っているにちがいない。目つきでそれがわかる。父親のほうが怪物だというのを知らないのだ。じきに知ることになるかもしれないし、あるいはすべてが隠蔽されるかもしれない。だが、ケネス・ケイジの犯罪を逐一並べている時間はないので、おれは答えない。

おれは拳銃の銃口を彼女に向け、玄関のほうを示す。ケイジの娘が、めそめそ泣きながら出ていく。

玄関ドアが閉まると、おれは階段に注意を戻す。

ケイジが上にいる。それが感じ取れる。ロクサナもいる。ここですべてが片づく。

ワルサーで階段の上に狙いをつけ、昇りはじめる。踊り場に鏡があり、二階の狭い範囲が見えている。おれは鏡を凝視するが、人影は見えない。

踊り場まで半分昇ったところで、男の声が聞こえる。「ジェントリーか？」

おれは何段かさがって、一階にひきかえす。

聞き憶えのない声だ。「だれだ？」

「ケイジのボディガードだ」

おれは低く笑いを漏らす。「履歴書を書き換えたほうがいい」ワルサーを高く構えて、ゆっくりと、用心深く、昇りはじめる。

「いいか、おい」上からその男がいい、おれはまた足をとめる。「こっちには三人いる、全員銃を持ってるし、高度の訓練を受けてる」

「情報をありがとう。しかし、勝ち目はあると思う」

「みんなあんたを迎え撃つ準備ができてる。向きを変えて出ていけば、追わない」

「準備ができてるのなら、おれに選択させる必要はないだろう？」

男の溜息が、上から伝わってくる。やがて男がいう。「いいか、きょうだい。おれはもう嫌になったんだ。こんなろくでもないことのために死にたくない。休戦ということにしよう。われわれはここにいる。あんたは立ち去る。女をそっちへ行かせる。危害をくわえずに」

ロクサナは危害をくわえられていない。それを確信する。おれが答える前に、二階のべつの場所から男が叫ぶ。「なにをやってるんだ、ショーン？」

その声も聞き憶えがないが、何者かはっきりとわかる。「おい、ケン、おまえの娘にさっき会ったよ。おまえがいなくなったら、淋しがるだろうな」

応答はない。

「おまえの部下のヤコにも会った。ところで、プールは専門の業者に清掃してもらったほうがいい」

ボディガードだという男が、また上からどなる。「いいかげんにしろ、ジェントリー。あんたを殺すぞ」

ナイフが左肩に突き刺さったまま、おれはワルサーを右手で構えて階段を下る。痛みに顔をしかめながら、おれはいう。「希望を捨てないところが気に入ったよ、ショーン」

「やけっぱちになってるだけだ」それが声から聞き取れる。ショーンがふたたび訴えるように甲高くいう。怯えている。「あんたは何者だ？　ヒーローか？　聖者か？　おれたちみんながそういうわけじゃないって、わかってるだろう？　生活のためにこういうことをやっているやつもいるんだ」

おれはひざまずき、鏡に映るターゲットを探す。そうしながらいう。「おれには師匠がいた、何度も忠告してくれたことがある。〝どんな聖者にも忌まわしい過去があり、どんな罪びとにも明るい未来がある〟」

数秒のあいだ、なにも聞こえず、鏡にもなにも見えなかった。

ショーンが小声でいう。「いい忠告だと思う」

真上にいるとわかっているので、天井を撃てば、二二口径弾が何発か跳ね返って当たるかもしれないが、ロクサナがどこにいるかわからないので、階段を昇ってターゲットを確認するしかないと判断する。

だが、おれが進みはじめたとたんに、ショーンがいう。「おい、部下に銃を投げ捨てろといい、おれもおなじようにしたら、ここから出ていってもいいか？」

おれはショーンを撃ちたかった。邪悪な人間の警護を打ち破られたからといって、すぐに後悔するというのは、尊敬できるような気持ちの切り替えかたではない。

だが、二階には武装した男が三人いて、おれがターゲットに迫るのを遅らせている。

「ほかにだれかいるのか？　ケイジとマーヤのほかに」

「いないよ。神に誓う」

「ケイジは武器を持っているのか？」

「小さな折り畳み（たた）ナイフだけだ」

「わかった。ゆっくりおりてこい。だれもあんたたちを撃たない」

間があり、ショーンという男がいう。「あんたがここで正しいことをやっていると、おれは信じている、ジェントリー」

「こっちもおなじだ。踊り場になにも持たずにおりてこい。さもないといま立っているところで撃ち殺す。わかったか？」

またケイジにちがいない男の声が聞こえた。「ショーン！　おまえの給料を倍にする！　倍だ！　それに、恨みには思わない。神に誓う！　警察が来るまでここにいて、わたしを護(まも)る仕事をしろ。そうしたら、倍に……くそ、三倍にする！　これからずっと」

ショーンが、ケイジではなくおれに向かっていう。「ほら、ほんとにくそ野郎だろう？」

だが、おれは答える。「大金だぞ、ショーン。その気になりそうな。あんたが決めろ」

LAPDのヘリコプターが何機も頭上を飛び、ショーンの低い返事がどうにか聞こえる。

「おれはサーファーなんだ、あんた。金はそんなにいらない。だが、命は惜しい」

ケイジがどなる。「ショーン！　ショーン！」

ショーンの拳銃がおれの頭のすぐ上で、絨毯(じゅうたん)を敷いた床にガタンと落ちる。そして、ショーンが鏡の正面に現われる。真上にいるが、おれは天井を撃たない。つづいてふたりの男が、両手をあげて現われる。ひとりは顔が血まみれで、右腕を覆(おお)うタトゥーも血に染まっている。

三人がおれの位置を過ぎて、一階におりていく。三人の最後尾のショーンが、通り過ぎながらおれを見る。冷ややかな感謝の念をこめてうなずき、無理に笑みを浮かべていう。

「これが終わったらビールでも飲もうか」

おれは顔をそむけ、階段に目を向ける。「ごめんだね。あんたはまだくそ野郎だ。おれが罰したいところだが、いずれ罪の報いを受けるだろうな」

ショーンが目を伏せ、顔をそむけて、部下ふたりのあとから階段をおりていった。

おれは無線機で呼びかける。「三人出ていく。脅威にならないかぎり、撃つな」

ロドニーがいう。「了解。報せる。警察が正面の道路を封鎖したが、敷地内にははいっていない。ヘリがいたるところを飛んでいる。カールから連絡があった。ハリウッドに強制着陸させられた。いまごろはLAPDに確保されてるだろう」

「わかった」おれはいう「あんたたちは離脱してくれ。ここはおれが片づける」

カリームが応答する。「おれたちはどこにも行かないよ、ハリー。あんたのうしろを護る」

「ショーン？」二階からケイジがまたどなる。「おい、ショーン」

だが、答えるのはおれだ。「ショーンは出ていった。おまえとおれとふたりきりだ、ケン」

「いいか、ジェントリー。あんたを――」

「ああ、わかっている」おれはさえぎる。「金持ちにするっていうんだろう。だが、金はいらない。ロクサナを渡してもらいたいだけだ。ロクサナに危害をくわえなければ、おまえを殺さない」

ケイジは答えない。おれはキッチンへ行き、フリーザーをあけて、よく冷えた〈グレイグース〉のウォトカの大瓶を出す。口でガラスとコルクの栓を抜き、血まみれの肩にふりかけて、濡れた戦闘服と傷口とそこに突き立っているナイフの柄元を湿らせる。ウォトカが腕から流れ落ち、指先から垂れる。それから、口で栓を閉めて、階段を昇る。拳銃を前に突き出し、ほとんどいうことをきかない左手にウォトカをぶらさげている。

二階へ行くと、絨毯が血で汚れている。負傷したボディガードが、そこに立っていたのだろう。ケイジの声が奥の部屋から聞こえ、おれは廊下を進んで、ゆっくりとドアを押し、ロクサナを胸に押しつけて立っているケイジを見る。

ナイフがロクサナの喉に押し当てられている。

おれはロクサナを見る。喉の血管が脈打ち、呼吸が速く浅い。「だいじょうぶだ」とおれはいう。じっさいにそう信じている。

ロクサナは答えない。

おれは右手のワルサーをケイジの顔に向ける。血まみれの左肩が、悲鳴をあげて抗議している。おれはいう。「彼女を放すか、いま死ぬか、ふたつにひとつだ」ケイジがナイフをロクサナの頸動脈(けいどうみゃく)に押し当てているが、おれはひたすら念入りに照準をつける。「おい、たった四メートルしか離れていないんだぞ。おれがおまえの目玉に一発撃ち込めないと、本気で思っているのか?」

「女を殺す」

「いや、その前におまえは濡れた土嚢(どのう)みたいに斃(たお)れる」

ケイジにもそれがわかる。命を拾うには、従うしかない。ケイジがナイフをおろし、床に落とす。両手をゆっくりと頭の上にあげる。

「ロクサナ」おれはいう。「表に味方がいる。きみを助ける。そこへ行け」

階段に向かうとき、ロクサナは生きていることがまったく理解できないようで、まだ動転している。おれのそばを通るときに、肩に突き刺さっているナイフと血に染まっている左半身を、目を丸くして眺める。

おれはケイジの顔に銃を向けたまま伝える。「ブルーがひとり出ていく。タリッサの妹だ。護(まも)ってくれ」

「そうか、任せとけ！」ロドニーがいう。

ケイジが、おれと拳銃と左手からぶらさがっている〈グレイグース〉の大瓶を見る。ケイジがいう。「あんたは狙う相手をまちがえている」

おれは片方の眉をあげる。「ちゃんと説明してみろ」

「わたしはたしかにプロセスを手伝っているが、自分で手を下してはいない。ヤコが知的指導者（ブレーン）だった。わたしは財務やなにかをやっていただけだ」

「つまり、巨大な性的人身売買組織コンソーシアムの金庫番だったというのか？　それが被告としての答弁か？」

おれは低く笑い、答えない。

「わたしを殺さないと約束したじゃないか」

ケイジがつづける。「去年は百三億ドルの収益をあげた。かなりの額に思えるかもしれないが、年間千五百億ドルの産業だ。わたしは小物にすぎない。だが、何人もの名前を知っている、ジェントリー。名前と場所を知っている。大物を突き止めるのを手伝える。それが望みなんだろう？　マーヤのことだけじゃなかったんだ。この産業そのものをあんたは潰したいと思っているんだろう？」

おれは黙っている。二階の窓からちらりと見る。ロクサナがロドニーのそばを走り過ぎ、カリームが足をひきずりながら現われ、ロクサナの肩に手をまわして、私設車道(ドライヴウェイ)へ連れていく。じきにカリームのほうがロクサナにもたれ、肩を借りて歩く。

マニラ・チームの生き残りは、ふたりとも負傷しているが、彼らのような年齢だと、こういったことをやったあとの怪我(けが)や苦痛は、すこしたってからひどくなるものだ。

ケイジがしゃべりつづける。「あんたに力を貸そう。わたしは自分たちがやってきたことが、嫌でたまらなかった。ずっとそうだった。ずっと抜けたいと思っていた。ただ……手に負えなくなっていたんだ。信じてくれ、ジェントリー。ほんとうにすまない」

おれは小さく溜息をつき、ウォトカの栓を口で抜けるように、左手を顔まであげる。ひと口飲むと、よく冷えたアルコールが喉をおりていくのが心地よい。おれはいう。「この稼業でひとつ気づいたことがある。悪行をやっている最中にはだれも謝らない。しかし、おれが現われて代償を払わせるときには、だれもが平伏して謝るんだ。あんたはどう思う、ケニー？」

おれがなにをやろうと思っているにせよ、それをやめさせられるようなことはいえないと、ケイジは知っている。それでもいう。「聞いてくれ、わたしには政府との取り決めがある。わたしは政府を手伝っている。おもにテロリズム関連の情報だ。多くの人間の命をわたしは救ってきた。いまも、かなり重要なことに取り組んでいる最中だ」

　おれは小さな溜息を漏らす。「それでおれはジレンマを抱えているんだ、ケン。おまえを殺すと、敵にまわしたくない相手を敵にまわすことになる。おれはアメリカ政府に追われて、暗殺されるだろう」

　ケイジの顔を驚きの色がかすめる。「それじゃ……わたしを逃がしてくれるのか？」ケイジがきく。

　おれはうなずく。「逃がしてやる。そうしたいからじゃなくて、そうせざるをえないからだ」

　ケイジがもっと空威張り（からいばり）するように、おれは誘いをかけている。

　ケイジが勢い込んでうなずく。「それじゃ、あんたは知っているんだ。わかっているんだ。わたしはこの国に大いに役立っている。わたしは愛国者だ」

　顎（あご）に力がはいるのがわかり、おれはいう。「いまもいったように、おれは殺されたくないから、おまえを殺さない」小さくウィンクする。「でも、おまえに一生消えない傷をつけるくらいなら、連中はただ激怒するだけだ」にやりと笑って、おれはいう。「それに、連中がおれに激怒するのは、毎度のことなんだ」

　ケイジの空威張りはなかなか消え失せないが、ようやく顔からそれがはがれ落ち、たどたどしくケイジがいう。「な……なんだって？」

おれはすばやく狙って撃つ。ケイジに妙なまねをする隙をあたえないために、間髪を容れず、睾丸を撃ち抜く。

ケイジが、おれが予想していたよりも馬鹿でかい声で人殺しと叫ぶが、床に倒れ、ショックと激痛で手足をばたつかせる。

おれはケイジのそばへ行き、股間を押さえている両手に〈グレイグース〉を注ぐ。それからケイジのそばの床にウォトカをほうり投げる。ウォトカが瓶から流れ出す。

「おまえのボロ玉にふりかけてやれ」

ケイジがウォトカを取るまで五秒かかり、まるで瓶とセックスしているみたいに、うつぶせになってそのまわりでのたうちまわった。

「殺せ！　殺してくれ！」ケイジが悲鳴をあげる。

おれはケイジの横にひざまずき、落ち着いた口調でゆっくりという。「おまえが手伝っている政府の人間のおかげで、きょうは命拾いできた。これまでとおなじように熱心に努力して、彼らの仕事をつづけるんだな……さもないと、どうなるか、わかっているはずだ」

「いまわたしを殺せ、くそったれ！」

「おまえを殺しはしない。ただ戻ってきて、おまえが大事にしているものをまた奪う。今回は男の機能を奪った。つぎは……」ケイジが持ってきた家族写真を見る。額縁のガラスが割れ、床に転がっている。のたうっているケイジのそばに、おれはそれを置く。

「つぎは……なにが奪われるかな」

ブラフだった。ケイジの女房も関わっているだろうが、おれは捜査員ではないからわからないし、子供に危害をくわえることは考えていない。

おれはケイジの目を覗き込み、おれがいったとおりのことをすると確信しているのを見てとる。

ケイジはいうことをきいて、CIAのために働きつづけるだろう。睾丸が使えなくなっても関係ない。

おれは立ちあがる。「救急医療隊員が来るまで、ウォトカで濡らしておいたほうがいい。出血がすこしはおさまる」

おれは向きを変え、階段に向かいながら、マイクで伝える。「おれは正面から出ていく」

「了解」ロドニーが応答する。

数秒後、おれは池のそばでロドニーと落ち合う。ロドニーは太腿を撃たれていた。貫通銃創なので、すでにきつく包帯を巻いていた。

ロドニーが、おれをじろじろ見る。「おい、あんたの肩」

おれは首をまわし、ナイフを見る。「気がつかなかった」

ロドニーが笑う。「病院に行くまで、そのままにしておいたほうがいい」

「そっちではなにがあった？」カリームがきく。

「ケイジを生かしておいた」

「どうして生かしておいたんだ？」

「信じてくれ、やつがもう楽しめないようにしてやったのさ」

カリームが、裏口のプランターに腰かける。「早く警官が来てくれないかな」

ロドニーが、そのそばの地面に座り込む。ふたりとも完全にへばっている。

だが、おれは座らない。「おふたかた、おれは逃げてみるよ」

おれよりも年配のふたりがうなずき、ロドニーがいう。「ここから逃げ出せ、きょうだい。あんたといっしょに戦って、楽しかった。また会おう」

カリームがいい添える。「ああ、ペリカンベイの運動場で」

三人とも笑う。

ペリカンベイはカリフォルニア州唯一のスーパーマックス刑務所（超厳重警備付きの大規模刑務所）で、おれたちが笑ったのは、いまはそんなことが気にならないからだ。おれたちはきょう仕事を終え、正しいことをやったとわかっている。

「LAPDが来たら」おれはいう。「プールハウスの二階にパラメディックを行かせるよういってくれ。負傷者がいる。無辜の市民がいて、助けてやらなければならない」

「どういう意味だ？　〝無辜の市民〟って？」

おれは肩をすくめる。「ルールを決めるのはおれじゃない。おれはルールに従うだけだ」言葉を切ってからいう。「ときどきだけど」


その三分後、山の三〇メートル上にある一ブロック北の道路に向けて、おれは急勾配の坂を登る。使えない左腕が垂れたままで、目出し帽を引きおろして顔を隠しているので、道路に出てくる馬鹿なやつがいたら、さぞかし恐ろしい姿に見えただろうが、上空のヘリに夜のニュース向けの顔写真を撮られるおそれはない。

角を曲がると、二五ヤード前方に何台もの警察車両が見える。ロクサナがふたりの女といっしょにパトカーのそばに立っているのが、どうにか見分けられる。ひとりが真っ赤な髪で、おたがいの体を押し潰しそうなくらいロクサナとぎゅっと抱き合っているので、タリッサだとわかる。もうひとりはだれだかわからないが、そのときロクサナが向きを変えて、その女の顔を殴り、地面に押し倒す。

そのとたんに、女の身許がはっきりわかる。

拡声器を持った警官が、おれにひざまずくよう命じるが、おれは道路封鎖に背を向けて、坂の下へひきかえす。

警官はどなりつづけるが、おれは気にしない。

地元警察に逮捕される可能性もあるだろうが、そうはならないだろうという暗い予感がする。

おまえはグレイマンだ。さっと姿を消せる、と自分にいい聞かせる。

だが、それは思いちがいだ。

坂の下のカーブをまわって二台のバンが現われる。山のこんな上まで登ってくるには、警察の非常線を通ってきたにちがいない。バンが近づくと、おれは立ちどまり、そばの樹木の茂る大邸宅を見て、そっちへ逃げようかと思う。

しかし、逃げない。疲れた溜息を長々と吐く。

バンがおれのそばでとまり、いちばん近いサイドドアがあく。

ザック・ハイタワーが、おれの頭のてっぺんから爪先までじろじろ眺める。「ひどい格好だな、若造」鎖骨の下から突き出しているナイフの柄を見る。「だが、明るい面を見るなら、おまえはただでナイフを一本手に入れた」

おれは口をきかない、ただバンのリアシートに乗る。バンが走りはじめ、おれのまわりにいた武装した男たちが、ボディチェックして手錠をかけ、そのあいだずっとザックが見ている。それがようやく終わると、ザックが片手をおれの背中にまわす。ザックはおれがベルトのループの下に手錠の鍵を隠しているのを知っているので、それを抜き取り、バンの外に捨てる。

車が走っているあいだに、ザックが携帯電話を出す。

「もしもし？　捕まえました。問題はないですが、ハリウッドヒルズの半分が燃えてます」一瞬待ってから、いう。「はい、わかりました」

ザックが、おれの耳に携帯電話を押しつける。ハンリーだとわかっている。

やはりそうだった。ハンリーがいう。「だいぶ派手にやってくれたな、ヴァイオレイター。めちゃめちゃじゃないか」

おれはただ窓の外を見る。

ハンリーがなおもいう。「おまえの首をへし折りたい」

「列に並んでくれ、ボス」

「やつは生きているのか？」

「生きている」

「わかった」それで終わりかと思うが、つぎの言葉を聞いて、おれはびっくりする。「コート、おれがこれからやることをいう。交渉じゃないし、最初の付け値でもない。おまえは得られるだけのものを手に入れて、それでおしまいだ」

「なるほど」

「われわれはひそかに、パイプライン沿いのすべての連邦政府捜査機関に接触した。州や地方や市町村の警察ではなく、もっと高度な政府機関に。最高レベルに」

おれは口をきこうとしたが、ハンリーがさえぎる。

「タリッサ・コルブがわれわれにくれた情報をすべて教え、それらの機関に、パイプラインが閉鎖され、女たちが無事に取り戻されたかどうかを、後日確認すると伝えた」

もっと話があるだろうとおれは思うが、ハンリーはなにもいわない。おれはいう。「それだけ？」

「それだけだ。おまえはおれにとって貴重な物品（コモディティ）だから、女たちをいちいち救うために世界を駆けずりまわるようなことはさせたくない。つぎの仕事も用意してある……正直いって、若造……これよりもずっとでかい」

「カリームとロドニーはどうなる？」

「おまえに協力し、生き残った連中のことだな？」

「そのうちに、局(エージェンシー)が力を貸すだろう。留置場から出す」ハンリーがつけくわえる。「そのうちに、こっそりと」

おれが反撃する前にハンリーが電話を切り、ザックがおれの耳から携帯電話を遠ざけて、通話を切るボタンを押し、バッグに入れる。

テディという地上班のひとりが、おれの肩からナイフを引き抜く。激しい痛みにおれは悲鳴をあげるが、テディは手当てのやりかたを心得ている。すぐさま傷口を消毒し、おれの肩に包帯を巻く。そのあいだに、もうひとりがおれの腕と脇腹の傷に抗生物質をふりかける。クリス・トラヴァーズがうしろから手をのばして、怪我(けが)をしていないほうの肩をぎゅっと握ってから身を乗り出す。「こんなふうに会うのは、やめようぜ、きょうだい」

おれは答えない。

二台のバンはとめられることなく警察の非常線を通過し、数分後にはハリウッドヒルズをあとにする。

すぐに、空港に向かっているのだとわかる。「目的地は、ザック？」

「そうだ」

「ロサンゼルス国際空港(LAX)で局(エージェンシー)のサイテーションが待ってる。アンドルーズ到着は二一〇〇時頃だ。そこからおまえをすぐに連れてこいと、ハンリーがいってる。手当ては機内でやる。なにかでかいことが起きてるんだろう」

うしろで手錠をかけられていなければ、両手で頭を抱えたいところだ。しかたないので、うなだれた。

まわりの連中には、疲労、いらだち、失望のしるしに見えたにちがいない。そのとおりだ。それらすべてをおれは感じていた。

だが、あきらめのしるしだと思っていたのなら、それはまちがっている。

とんでもない。戦いははじまったばかりだ。

ザックが、おれの態度を誤解する。「だいじょうぶだ、若造。おまえは暴れまくったよ」おれの背中を叩く。おれはそうされるのが嫌いだ。「気づいたらまた悪いやつらを殺しにいくってことになるさ」

おれはあまりにも疲れていたので、ザックに〝くそったれ〟といえない。じっと座り、今回のことをすべて考えていた。

カリームとロドニーとカールが、ＣＩＡによって救われることを願う。タリッサとロクサナと牧場にいたあとの女たちが、今回の経験を忘れてもとの生活に戻れることを願う。リリアナが無事にモルドヴァに帰れることを願う。イタリアで奴隷として売られた二十二人の女が、発見されて救出されることを願う。

彼女たちは大がかりな助けを必要としていたが、おれには救えない。ひとりも救えない。おれにできるのは、願うことだけだ。

目を閉じて、頭をシートにあずける。おれがじっと座っているあいだ、手当てがつづけられる。

願いは戦略ではないが、ときにはそれしかないこともある。

訳者あとがき

グレイマン・シリーズの最新作『暗殺者の悔恨』*One Minute Out*（2020）をお届けする。H・リプリー・ローリングス四世との共作『レッド・メタル作戦発動』を挟んだので十一月刊行になったが、今回もグリーニーの巧妙な仕掛けを存分に楽しむことができる。

グリーニーは毎回、魅力的な設定と意表をつくストーリー展開で読者をうならせる。たとえば前作『暗殺者の追跡』には、『暗殺者の飛躍』のいきさつでＣＩＡの資産（アセット）になった元ロシア工作員ゾーヤ・ザハロワが登場するが、ゾーヤの抱えている家族の秘密がプロットに編み込まれ、過去と現在の交錯によって、上質のエスピオナージュのような味わいが加味されている。

したがって、『暗殺者の追跡』には謎解きの部分が多いので詳しく述べることはできないが、敵方が狙うターゲットは、ファイヴ・アイズ合同会議のためにスコットランドに集まってくる情報組織の上層部だ。ファイヴ・アイズとは、アメリカ、イギリス、カナダ、オーストラリア、ニュージーランドの英語圏五カ国の情報機関すべてのことで、加盟五カ国の情報機関の作戦、分析、管理部門の上級職がすべてこの会議に出席する。そして攻撃手段は……種類こそちがうが、現在の世界情勢を予感させるものであるとだけいっておこう。

　ところで最近、日本政府の閣僚の一部にも、ファイヴ・アイズ参加に意欲を示す動きがあったが、六番目の〝目〟になるには、かなり強力な情報機関が必要だろう。ただ、中国のサイバー脅威に対抗するために、ファイヴ・アイズ側は日独仏の協力を求める流れになっているので、連携が進むことはまちがいない。

　さて、本書の新趣向のひとつは、一人称現在形を取り入れていることだ。先ごろ好評を得た『夕陽の道を北へゆけ』（ジャニーン・カミンズ著、宇佐川晶子訳、早川書房刊）でも使われている手法で、読者は主人公の視点に引き込まれ、深く感情移入し、これからなにが起きるのだろう？　と手に汗を握ることになる。臨場感を高めるのに効果的な技巧だと思う。

　また、ジェントリーの視点ではない部分には、三人称過去形が使われている。一人称だけでは描ける場面が限られるので、これもうまいやりかただ。そのふたつの語りがみごとに調和し、まったく違和感なく読めるのだから、グリーニーは抜群の文章力を備えているといえる。

もうひとつ注目したいのは、グレイマンことコート・ジェントリーの〝相棒〟が、今回は諜報や軍事のプロフェッショナルではなく、基本的に敵と戦う能力を持たない女性であることだ。しかし、タリッサ・コルブというその女性は、欧州連合法執行協力庁（旧称のEUROPOL［欧州刑事警察機構の略］が有名であるため残されているが、EUの正式な省庁となってこのように改称された）の下級犯罪アナリストで、暴力には弱くても、知性が高く勇気がある。悪事を暴こうとする理念と気概もある。タリッサは状況をじっくりと判断して推理するので、その場で判断して行動するジェントリーと、絶妙なコンビを形成している。

ジェントリーは、ボスニア・ヘルツェゴヴィナ紛争時の戦争犯罪人を暗殺する仕事を請け負ったのをきっかけに、東欧からバルカン半島に至る性的人身売買を運営している〝コンソーシアム〟という大規模な組織を相手にまわすことになる。〝コンソーシアム〟は東欧各国の犯罪組織とつながりがあり、悪徳警官を買収しているので、官憲に頼ることはできない。もちろんCIAの支援は受けられず、独力でやるしかない。

ジェントリーは、性的人身売買のために拉致された女性を輸送する〝パイプライン〟と呼ばれるルートを調べるうちに、やはり単独で捜査を行なっていたタリッサ・コルブと遭遇した。タリッサは拉致された妹の行方を追っているという。ジェントリーはタリッサとともに〝パイプライン〟をたどり、タリッサの妹ロクサナと性的人身売買の被害者たちの行方を追う。

舞台設定もなかなか巧妙だ。本書に描かれているような古都には、車がはいれないか、あるいは車の通行を禁じられている旧市街がある。したがって、ヨーロッパやアメリカの大都市とは異なるアクションがくりひろげられる。それも読みどころだろう。

グレイマン・シリーズの第一作『暗殺者グレイマン』には以前から映画化の話が出ていたが、Ｎｅｔｆｌｉｘ製作・配信の映画としてクランクインすることが本決まりになった。監督はアンソニー＆ジョーのルッソ兄弟、グレイマン役はライアン・ゴズリング、それをクリス・エヴァンスが演じるＣＩＡの元同僚ロイド・ハンセンが追うという設定になっている。製作費はＮｅｔｆｌｉｘ史上最高の二億ドルにのぼる。００７シリーズに匹敵する大々的なシリーズとしてヒットさせたいと関係者は考えているようだ。

『暗殺者の追跡』の解説で作家・脚本家の深見真氏は「グレイマン・シリーズの映像的な文章は、アクションシーンにおいて最大の威力を発揮する」と書いておられる。その文章がどのように〝映像化〟されるのか、考えるだけでわくわくする。二〇二一年一月に撮影開始の予定で、順調に行けば二〇二一年夏か春に配信されると予想されている。かなり期待できそうだ。

二〇二〇年九月

徳間文庫

ぜえろく武士道覚書

討ちて候 下

門田泰明

徳間書店

目次

第七章

一

人の話し声が耳元でした。それが遠のいたと思うと、また近付いた。

男の声であったり、女の声であったりしたが、何を話しているのかまでは判らない。

波が打ち寄せては、引いていくようであった。

幾度か、そのような感じがあって、政宗（まさむね）は薄目をあけた。

薄暗い天井が認められた。その天井の様子だけで、ひどく粗（あら）いと言うか、貧しい造りであると想像がついた。

薄目をあけた時から、意識はしっかりと戻っていた。気分も悪くはない。

ただ、左脚を試しに少し動かしてみると、大腿部（だいたい）に鈍痛が走った。

政宗はそれによって、左大腿部に矢を射られたことを思い出した。

(矢を受けるなどとはなあ……未熟極まりないわ)

そう思いつつ政宗は、視線をゆっくりと上下左右に振ってみた。

自分が置かれている——寝かされている——薄暗い部屋の全体が見て取れた。どう見ても町人が住む長屋の一室、という印象だった。

「あら、タマさん買物かえ」

「ああ、今夜は大根の煮つけにしようかな、と思ってさ」

「じゃあ、うちのも一、二本買ってきておくれな」

「あいよ」

外で若くなさそうな女の声がして、下駄の歯音が次第に遠ざかっていく。

矢張(やは)り町人長屋だったか、と思いながら政宗は布団の上に上体を起こそうとした。

だが、両の腕に痺(しび)れがあって、上体を支え切れなかった。

(何と不様(ぶざま)な……師がこれを知れば何と申されるか)

政宗は苦笑して、体を起こすことを諦(あきら)めた。

このとき狭い土間の直ぐ向こうにある表障子(しょうじ)が、うるさい音を立てて開いた。

長屋の上(かみ)さん、といった風体(ふうてい)の女が入ってきた。三十半ばくらいであろうか。

「おや、ご浪人さん気が付いたかね」

「どうやら迷惑を掛けたようだな。あい済まぬ」

「で、気分はどうだい」と、女は当たり前のような顔つきで上がり込んで、枕元に正座をした。

「悪くはないが、両の腕に痺れがあってな」

「そりゃあ痺れもしますよ。大喧嘩相手の博徒を三人も四人も叩き斬って、御浪人さんも、あちこち怪我してるんだからさ」

「博徒と大喧嘩？」

「神田明神下で駕籠舁きをやっている熊さんと元さんに此処へ運び込まれた時は、あんたはほとんど虫の息だったんだよ」

「その博徒というのは一体……」

「なんだい、一人残らず斬り倒した自分の喧嘩相手の事を、よく判っていなかったのかい呆れたねえ。この辺りでは大の嫌われ者の博徒でさあ。だから御役人が来る前に熊さん元さんがあんたを駕籠に乗せ一目散、ここへ駈け込んだのさ」

「そうか、世話をかけたな、礼を言うよ」

政宗は一応、神妙に言っておくことを選んだ。

「で、ここは？」

「湯島五丁目の貧乏職人長屋さ。腕は悪いが気立ての優しい医者もいるから安心しな。貧乏人からは一銭も取らない医者だからさ」

「水戸様お屋敷は近いのか？」

「近いよ。十三年前の明暦の大火の火元本妙寺は目と鼻の先、直ぐそこ。ここは、たった二棟焼け残った職人長屋として江戸じゃあ、ちょいとばかし有名でね」

「ふうん」

「ふうんって。あんた江戸者じゃないのかい」

「旅の者でな。つい数日前に江戸に入ったばかりなのだ」

「そうだったのかい……でも、つい数日前、というのは誤りだね」

「え？」

「あんた、まる五日間も眠り続けていたんだから」

「五日間も……」と、政宗は小さく驚いて見せた。目が醒めた時に、もしや、と想像できていた事だった。

「ま、そんな事あどうでもいいよ。いま玉子入りの粥を持ってきてあげるから、それで元気をつけな」

「恩にきる。申し訳ない」

「あんた、うちの亭主と違って、私好みのいい顔してるからさあ、両腕が痺れている間、わたしが食べさせてあげる。だからいつ迄も、痺れていなよ。ふふふっ」

女は勢いよく喋り終えると、「あたし、フミ」と言い残して出ていった。

入れ替わるようにして、それこそ入れ替わるようにして、よれよれの布袋を左手に提げた坊主頭の老人が曲がった腰を右拳で軽く叩きながら、当たり前のような顔をして入ってきた。

「どうじゃな気分は」と言いつつ、老人は政宗の枕元に胡座を組んだ。

「は、はあ。失礼ですが、ご老人は？」

「お前様の命の恩人じゃよ。この貧乏職人長屋では名医の舜扇として知られておってな。特に外科を得意としておる」

「これは先生、お世話になり御礼の言葉もございませぬ。わたくし松平政宗と申しまする」

「松平……将軍家の御親族かな」

「いえ。ただの素浪人。将軍家とは縁も所縁もありませぬ」

「ふむふむ。駕籠舁きの熊さん元さんに此処へ運び込まれたことは、聞いておるのかな」

「はい。いま出て行かれたフミさんから」

「これからは命の遣り取りをするような争い事に手を出したらいかん」

「は、はあ」

「運よくここは空家になっておった。先月まで住んでいた下駄職人の分造というのが昼間から酒に酔って大八車に撥ねられおってな。わしが処置をしたけど傷がひどくて、どうにもならんかった。で、空家になってたんじゃ」

「お気の毒に……大八車に撥ねられる事故、少なくないようですね」

「昼間っから酒に酔っ払ったりするのは特に危ない。昨今の江戸市中は活気に充ちておるから、大八車が走り回っておるでな。お前さんも気を付けなされ」

「はい」

「だからな、この九尺二間（間口九尺奥行き二間の意味）の貧乏長屋には何日いてもよい。

完全に治るまで安心してゆっくりとな」

「ですが、家主や大屋が、博徒と斬り合って怪我をするような浪人が転がり込む事を、承知してくれますかどうか」

「なあに。家主も大屋も、この舜扇じゃ。心配せんでもええ」

〝家主〟はその名の通り長屋の所有者で、〝大屋〟は家主に委託された差配人（管理者）であった。

「あ、そうでありましたか。これは天の助け。それでは厚かましく先生のお言葉に甘えさせて戴きます」

「うん。そうしなされ。店賃は月に五匁と安い。日割りで払える時に払えばよろしい。お前さんと私が知り合えたのも縁というやつじゃ。店賃が払えなくとも、店立て（強制退去のこと）なんぞはせんでな」

「ありがとうございます。店賃はきちんと払うように努めますゆえ」

「そんな事よりも、どれ、傷口を診て進ぜよう」

「はい。お願いします」

舜扇は胡座を解いて、枕元との間を詰めながら正座に替えた。

政宗は目を閉じて、左脚を僅かに動かしてみた。

矢張り大腿部の鈍痛は腰までジワリと広がった。

しかし政宗は、目を閉じた闇の世界で全てを舜扇の手に任せた。

舜扇の診察の手が、先ず着ているものの胸元をゆっくりと大きく開いて、右肩口に軽く触れた。

今の政宗には、その部分をやられた覚えが無かった。なにしろ五日もの間、昏睡していたというのだ。

針で刺されたような痛みが——ひどくはなかったが——首筋にかけて走った。

「うむ。縫合はうまくいっとる。綺麗にくっつき始めておるよ。心配ないな」

舜扇はそう言うと、「次はと……」と呟きながら診察の手を左脇腹へ下ろした。

その位置も、やられた覚えのない政宗であったが、とにかく舜扇に任せた。

今度は、右肩口よりも強い痛みが、肉体の内に向かって広がった。

「よし。ここも大丈夫じゃな。どれ、左脚を診てやろうか」

政宗にはっきりと覚えがあるのは、矢で射られた左大腿部だけだった。

はたして舜扇はそこを診てはくれたが、妙なことを口にした。

「この斬り傷は少し膿を持っておるな。いやなに、縫合はきちんと出来ておるから不安はない。この舜扇秘伝シブキ（ドクダミのこと）軟膏で、創傷部をしっかりと広く覆っておけば、膿は散るからの」

矢で射られたと記憶している傷を、舜扇は「創傷部」（斬り傷）と言ったのだった。聞き誤りではなかった。

それでも政宗は、口を挟まなかった。

よれよれの布袋をあけて取り出したシブキ軟膏を塗って、舜扇の診立ては終った。手を洗う湯桶の用意も、その手を拭く清潔な手拭いも無い衛生的には、はなはだ怪し気な舜扇の治療だった。

政宗は、体に受けた傷が思いのほか多いこと、矢傷が舜扇によって創傷となっている奇妙さ、について慌てて考えを巡らさなかった。

（ま、今更どうでもいいことか……）と、何事もない風を装うしかなかった。

「あと数日は、静かに寝ていなされ。さすれば元通りになる」

そう言い残して、舜扇は出ていった。

またしても申し合わせたように入れ替わって、フミが入ってきた。

「この玉子入りの粥を食べて元気を出しな。さ、食べさせてあげるよ」

「いま舜扇先生の治療が終ったところでな。すまぬがフミさん、もう少し経ってから、自分で頂戴することにしよう」

「あれまあ。あの藪医者。この長屋の家主をいいことに、何か乱暴な診立てを？」

「いやいや、親切に診て下さった。なかなかに立派なお人柄の医師ではないか。私はすっかり気に入ったよ」

「そうかねえ。それならいいんだけどさ」

「それよりもフミさん。この長屋には、どれくらいの人が住んでいるのだ。子供の声がしないようだが」

「向かい合って二棟十八軒。一人者が五人、あとは所帯持ちで皆、貧しいからねえ、子供なんぞ、つくれないよ」

「それにしても静かな長屋だなあ」

「三十一人が助け合って仲良く食べていってるよ。もっとも、その三十一人の内に、あんたが入っているけどさ」

「暫く此処で厄介になる積もりでいるので、ひとつ宜しく頼みます」

「あいよ。あんたの世話係は、私、という事に何となくなっちまったから、こちらこそ宜しくね。あ、そうそう……」

思い出したように立ち上がって、フミは半ば壊れかかったような古い箪笥(たんす)の引き出しを軋(きし)ませて、政宗の大小刀を取り出した。

「あんた、浪人だから刀が近くにないと心細いだろ。枕元へ置いとくからね」

「フミさんは気配りのできる女(ひと)だのう。世話をかけて誠(まこと)に申し訳ない」

「辛気臭(しんきくさ)い侍言葉なんぞ止(よ)しなよ。肩がこるからさあ。それと、この部屋の家具なんぞは、家主の藪医者が備えたものなんで、遠慮なく使っていいから」

「うん。使わせて戴こう」

「じゃあ、夕食時にまた来るよ。好き嫌いなんぞ、無いだろね」

「何ぞ食べられるだけでも幸せだよ。好き嫌いなんぞを言える身分ではない」

「あんた、博徒と大立ち回りをした割には優しい顔立ちをしているけど、小鰯(こいわし)の煮つけ嫌いじゃない?」

「大好物だよ……」

「決まりだね、それにするから」

「私に要した金子については、体が回復したなら必ず……」

「聞きたくないよ金子のことなんぞ」

フミは明るく言うと、指先で政宗の右の頬をやわらかく突いて、出ていった。

政宗は、その足音が充分に遠ざかった、と感じてから枕元に手を伸ばした。

彼は大刀粟田口久国を、仰向きに寝た姿勢のままそろりと鞘から抜いた。

両腕に痺れが残ってはいたが、大刀を顔の上に落とす程ではない。

顔の上に横たえた刃を見つめる政宗の目が、きつくなった。視線を切っ先から鍔元にかけて幾度も移動させる。決して、鍔元から切っ先へ視線を戻すことはしなかった。

刃を検る時は必ず切っ先から鍔元へと視線を移動させる。それが恩師夢双禅師の教えであった。大原則なのだ。

次いで政宗は、刃の面を返した。先に検た面を〝表〟、次いで検た面を〝裏〟と称したが、「裏返す」とは言わずに「面を返す」と言った。

これも夢双禅師の教えだった。

銘刀粟田口久国の大刀に、刃毀れは無かった。

政宗は大刀を鞘に戻して、小刀を手に取った。これも粟田口久国であったが現存するその数は、極めて少ない。

充分に丹念に刃を検て、「よし」と政宗は小刀を鞘に収めた。

暫くの間、彼は薄汚れた天井を眺めていた。

（さて、どうするか……）

政宗は胸の中で呟いた。実は水戸藩上屋敷を訪ねる目的で、日本橋春栄堂（にほんばししゅんえいどう）を後にした政宗であった。

それが思わぬ不覚をとり、すでに五日間が過ぎていると言う。

やがて政宗は、顔を少し顰め（しか）ながら体を回して俯せ（うつぶ）となり、両腕を突っ張るようにして上体を起こし出した。

痺れているとは言え、白くほっそりと見える両腕の内側から、鍛え抜かれた筋肉が膨（ふく）らみ上がった。それは上腕部から手首にかけて縦に走る、鋼（はがね）のような筋肉の盛り上がりであった。

薄くて汚れた敷布団の上に胡座を組んで、小さく息を吐いた政宗は、しみじみと布団を眺めた。恐らく大八車に撥（は）ねられて亡くなった分造とかが生前に使っていたものなのであろう。あちこちが染みだらけである。それにかなり湿っていて、決して肌に気持のいいものではなかった。

が、政宗は「有り難い……」と呟いてから、目の前の粥で満たされた欠け茶碗に手を伸ばした。

彼は温くなった粥を口に含むと、欠け茶碗を床に戻して妙な動きをとった。豊かな髪の髱の部分に小指の先を入れ、軽く掻き出すようにして何かを取り出した。

四角に小さく折り畳まれた、油紙であった。

政宗は、それを開いた。中に入っていたのは、小豆の三分の一くらいの黒い丸薬十数錠だった。

彼はそれを二粒口に入れて粥で胃袋へ流し落とした。奥鞍馬に古くより伝わっている強力な消炎・毒消しの秘薬であった。

政宗は折り畳んだ油紙を髱へは戻さず、着物の袂へ入れると、残りの粥を綺麗に平らげた。

「旨い……」

そう呟いたあと、再び染みだらけの薄布団の上に横たわる政宗だった。
このまま夜の訪れ——フミが小鰯（こいわし）の煮つけを運んでくれるであろう夜の訪れを待つ積もりだった。

二

「それじゃあ体をゆっくりと休めることだね。おやすみ」

「実に美味しい煮つけだった。料理上手のフミさんの旦那さんは幸せ者だな」

「あんたさあ、藪（やぶ）医者から聞いたけんど、松平政宗と言うんだって？」

「ああ」

「なら政（まさ）さん。私のことをフミさんなどと呼ばず、フミと呼んでな。優男（やさおとこ）に見える浪人だけど、一応はお侍なんだからさあ」

「それでいいのか。フミと呼び捨てにして」

「いいも何も、その方が気持いいよう」

「ははは、気持いいとは、面白い言い様（よう）だなあ。判った。フミと呼ばせて貰（もら）うよ」

「あたしゃあ政さんと呼ばせて貰うよ。それでいいね」

「結構だよフミ」

「ふふっ。いい感じ……」

　フミは妖しい流し目を、薄布団の上に横たわったままの政宗にくれて出ていった。

　部屋の片隅で、フミが点したぼろ行灯が二つ、小さな明りを揺らしている。油皿に魚油を入れたもので、菜種油よりもうんと安かったが、魚の生臭さがかなりひどく部屋に充満した。

　政宗は薄布団の上に体を起こした。手足は、なめらかな動きを取り戻していた。

（鞍馬の丸薬が無ければ、どうなっていたことか……）

　そう思いつつ大腿部に鈍痛を感じながら立ち上がった政宗は、表口の腰高障子に突っ支い棒をしてから、魚油行灯の明りを吹き消した。

　なるべく早目に夕飯を済ませて、貴重な行灯の明りは消し、床に就く。

　京でも大坂でも江戸でも、それが下下の常識であったから、夜の早目に政宗が明りを吹き消したところで、変に思う者などいる筈もない。

政宗は真っ暗な狭い部屋の中を、左脚に気を配りながら暫く歩いてみた。

鈍痛はあったが、今朝意識を取り戻した時よりは、遥かに痛みは薄らいでいた。

舜扇のシブキ軟膏と鞍馬の丸薬が、間違いなく二重に効いたのであろう。

シブキに強力な殺菌作用があることは、政宗も経験的に知ってはいる（近代に入って化学抗菌剤に匹敵する殺菌力があると判明）。

「無理をしなければ行けるか……」

呟いて政宗は、大小刀を腰に帯びると、土間の雪駄を猫の額ほどの庭へ移した。

満月だった。雲一つ無い夜空と判る程に、皓皓たる月明りだった。

政宗は庭に下り、毀れて斜めに傾き細く開いている裏木戸を、そっと押した。

無理はしなかった。体を横にして抜けられる程度に開くと、彼は足音を殺して路地に出、表通りへ向かった。

（木戸があると少し面倒だな……）

そう思いながら表通りに出た政宗であったが、幸い右を見ても左を眺めても木戸は無かった。十三年前の**明暦の大火**で阿鼻叫喚の犠牲者を出し『**江戸城**』や

『武家屋敷』までも徹底的に焼き払われた江戸市中はその後、木戸の設置に殆ど熱心ではなくなり、その数も事実上減らしていた。木戸を閉じ『逃げ場』を無くしてしまうことで、再びの大火の際に大惨事が、という不安をどうしても拭(ぬぐ)えなかったからであろう。

それに今の世、そもそも木戸にどれ程の意味があるのか、と江戸の人人は気付き始めてもいる。

政宗は満月の下を着流しの懐手で、ゆっくりと歩いた。左脚を動かすときよりも、右脚を前へ出すときに左脚の矢傷が痛んだ。

が、顔をしかめるほどの痛みではなかった。

政宗は東西南北が判らぬ道を、たいして気にもせずに歩いた。

方角の修正を重ねれば目的の場所へ自然と着くであろう、と気楽に歩いた。

行き先は水戸藩上屋敷。あれ以来、藩公の身に何事も生じていなければよいが、と気になっている政宗だった。

なにしろ五日が過ぎている。

(穏(おだ)やかに江戸見物を楽しめると思うていたが、こう次次と只事(ただごと)でない出来事に

迎えられるとはな……しかも体中傷だらけという情ない有様ときた）

満月を仰いで苦笑いする政宗であった。

が、笑っていない部分があった。目である。月明りの中、それは政宗らしくない非常に険しい目つきであった。

やがて政宗は、堀に沿った通りに出た。見覚えのある通りだった。

月明りが眩しいほど降り注ぎ散乱している、明るい通りではあったが、人の往き来は全く無かった。

治安の悪化が、中小の大名・旗本屋敷街区を対象に深刻化している、と下下の者が気付き出したからであろうか。

すでに南北両町奉行所や盗賊改方などの〝表の〟司法機関が『黒い組織』を求めて、昼夜を問わず総力をあげ江戸市中を走り回っている筈であろうから、人人が治安の悪化に気付かぬ方がおかしい。

また〝目立たぬ大きな権力〟として、大目付や目付の配下も一斉に動いているに相違なかった。

政宗はそう見ている。

暫く歩いて政宗の歩みが、立派な屋敷門の前でとまった。

小石川御門を正面に見る水戸藩上屋敷である。

「まこと贅沢なことよ……下下の生活は貧しいと言うのに」

来訪した将軍を迎えるための、二階櫓構造の御成門を見て、政宗は呟き小さな溜息を吐いた。年に一度、あるいは二、三年に一度訪ねて来るかどうか判らない将軍のための、専用門である。門扉は固く閉じられている。

「さてと……」

政宗は思案しつつ、長屋御門の方へゆっくりと移動した。こちらの門扉も閉じられていた。御三家の長屋御門ともなると、その立派さは上級大名の上屋敷御正門に見劣りしない。

「どうするか」

と、政宗は小さく迷った。出来れば水戸藩士の誰にも気付かれることなく、藩公に直接会いたいと考えている政宗だった。

この場で迷いを長びかせるのも、避けねばならなかった。全く人の往き来が無い通りではあったが、市中を走り回っているであろう町奉行所や盗賊改方、あるいは大目付や目付の配下の目に留まる心配がある。

政宗は横道へ回り込んだ。五日前に通って伝通院へ達した道だった。

「矢で射られた脚が耐えてくれるかどうか……」

と、表長屋に挟まれたかたちの白塗りの土塀を、眺める政宗だった。高さは六、七尺（一・八〜二・一メートル）。五体満足の彼であったなら、何ら問題ない高さであった。

政宗は通りに人の気配が無いのを確かめると、腰をかがめた。

政宗といえども、まる五日間も眠り続けていたなら、当然のこと筋力は落ちる。

けれども政宗は地を蹴った。ほとんど右脚だけで蹴りあげた。

両手が土塀の上にかかった。瞬時に肩・背の筋肉が政宗の体を土塀の上にぐいと引き上げ、休むことなくフワリと越えて庭内に着地した。

これも、ほとんど右脚だけの着地。

それこそ奥鞍馬に於ける修練が、尋常の厳しさでなかったことの証であった。

けれども政宗は月明りの庭を眺め回すことなく、傷んでいる左大腿部に神経を集中させた。今の飛び越えが、左大腿部にどの程度影響があったか、推し量っているのだった。

「大丈夫だな。丸薬が効いておる……頑張ってくれよ」

小声を出して、政宗は左脚を、そっと撫でた。まるで、自分とは別の生き物に語りかけているかのようだった。奥鞍馬の原生林に於ける苛酷な修練で、自分の命が鍛え抜かれた五体によって、しっかりと守られていることを悟った政宗であった。

政宗はようやく、月明りが満ちた広大な庭園へ目を向けた。

藩公水戸光国（徳川光国）が、この大邸宅のどの部屋にいるかを、まず嗅ぎ分ける必要がある。

とは言え、すでに雨戸は全て閉じられているかのようであった。

それを確かめるため、ともかく政宗は、明る過ぎると言ってもいい程の月下の庭を、木立の陰伝いに歩き出した。

庭内には幾つもの大きな石灯籠があったが、どれも明りは点されていない。今宵の月明りでは、その必要もなかった。

庭内を九分通り回り歩いてみたが、矢張り雨戸は何処も閉ざされていた。いや、塞がれていた、と形容してもいいような雰囲気を、政宗は感じた。

（回向院で襲われたことで、藩公も用心深くなられたか……）

そう思いつつ、政宗は等身大もある大きな石灯籠そばの大樹の陰に潜み思案した。

京の御所、公家屋敷、二条城、諸藩の京屋敷などに出入りの経験浅からぬ政宗であるから、江戸の藩上屋敷のどの辺りに藩公の居室があるか、大凡の見当がつかぬ政宗ではない。

が、その経験さえも揺さぶるような、目の前の余りにも広大な水戸藩邸（約十万二千坪）であった。（参考・尾張上屋敷約七万五千坪）。

藩上屋敷の敷地はたいていの場合、藩士の住む長大な長屋（表長屋という）とそれに続く白塗りの土塀（または板塀）によって囲まれている。つまり藩士長屋が塀がわりとなって敷地を取り囲み、藩邸を守っていると言えるのだった。この藩士長屋、治安上、庭内からしか出入りできないようになっている。外部からは出入りできない。

大藩になるとこの藩邸の中に凡そ五、六千人が住み、小藩といえども五、六百人は詰めている。その大きさはまさに『**藩の江戸総本部**』と称すべきものであった。なにしろ国許（本国）の屋敷より規模が勝っている場合が、少なくないのだ。

「やむを得ぬか……」

政宗は満月を仰いで目を細めると、着物の襟と胸元を改め整え、大樹の陰から出た。

彼の足は、小池に架かった石橋を渡り、目の前の雨戸へと向かった。

べつだん慌ててはいない。

彼は小刀を鞘から抜いて、なんと雨戸の下に切っ先を差し込んだ。

藩公がいる御三家水戸藩上屋敷の雨戸である。そうそう容易く敷居から外せる訳がない。と思いきや、カタッと小さな音を立てて、いとも簡単に雨戸一枚が敷居から外れた。

「これでは職人業を持つ盗賊の侵入を防ぎようがないわ」

と、政宗は呟いた。苦笑しはしたが、回向院で刺客に襲われた藩公水戸光国の身を、政宗は案じていた。案じていたからこそ、このような作法から外れた人目に触れぬ訪れ方を、敢えて実行したのだ。

聴覚を研ぎ澄ませた政宗は、大丈夫、と判断して素早く雨戸を取り外し、廊下に上がり込んで雨戸を元通りにした。

だが、政宗をいささか困惑させる廊下の明るさだった。防火用に工夫された掛け行灯が、一定の間隔で柱や鴨居に掛けられていた。

〝侵入者〟政宗にとっては、いささか多過ぎる、掛け行灯の数だった。

幸いだったのは、静まりかえって人の気配が全く感じられなかったことである。

政宗は腰の大刀を右手にして、ともかく歩き出した。恵まれた身丈、穏やかで彫りの深い端整な顔立ち、左脚に矢傷を負ってはいるがやわらかな美しいばかりの歩き様、足音は立てない。

ゆっくりと千両役者が、花道から大舞台へ歩むが如し。

長い廊下に沿ったどの部屋も、重重しい感じの腰障子が閉じられていた。部屋行灯も点されてはおらず、したがって物音ひとつ漏れ伝わってはこない。

大藩の上屋敷には江戸常駐の家老（いわゆる江戸家老）の指揮下にある役所機能や学問所などが大規模に備わっていることから、いま政宗が歩む長い廊下の左側に並ぶ部屋は、どうやら藩士たちが日中に詰める役所部屋（政務部屋）と思われた。

これは〝侵入者〟政宗にとって、いささか有り難かった。この廊下が役所廊下であるとすれば、〝奥向き〟の位置がおおよそ見当がつく。

奥向きとは、役所機能を持つ各部屋を〝表向き〟とすることに対する、藩主とその家族の生活機能の区画を指していた。

大名家の上屋敷は、それほど個別特色的ではない。

それゆえ、此処が役所部分なら奥向き部分はこの辺り、となってくる。

政宗はしなやかに長い廊下を進んだ。彼が行き過ぎたあとの掛け行灯の炎（ひ）が、かすかに揺れる。ほんのかすかに。

最初の曲がり角にきた。

政宗の整った表情に、一瞬であったが小さな変化が生じた。

しかし彼の静かな歩みは、衰えなかった。彼は廊下の角を、そのまま曲がった。さながら千両役者が曲がり花道を、ふわりと綺麗（きれい）に折れるように。

夜間警護の侍か？　その数二人。

これも足音を抑（おさ）え滑（すべ）るように進んできたと見え、双方あやうくぶつかりそうになる。

が、政宗はやわらかな衝撃で二人の間を割り、割られた二人の侍は思わず迎え入れるように左右に開いて、なんとうやうやしく頭を下げた。

何事もないかの如くに、政宗の背中が遠ざかってゆく。

それは言葉にならぬ光景であった。

三呼吸ばかり深深と腰を折っていた二人の侍は、これもまた何事もなかったかの如くに顔を上げ、そして逆の方向へと角を折れ曲がった。

双方お互いに一面識もない。にもかかわらず、二人の藩士は粟田口久国を右手にした政宗に対し全く疑心を抱かず、それどころか、うやうやしく見送った。

これが政宗の〝何か〟であった。

恐らく政宗自身も気付いていない〝何か〟であった。いかなる形容も当て嵌(は)まり難(にく)い〝何か〟であった。

その証拠に、二人の侍をやり過ごした彼の表情には、僅(わず)かにだがホッとした安(あん)堵(ど)が浮き上がっている。

二度目の角が、さほど進まぬうちに訪れた。そこから廊下が、大廊下となって幅が広がっている。いわゆる〝広縁廊下〟であった。

政宗は矢張り、何らたじろぐ事なく角を折れ、大廊下へと入っていった。

と、直ぐ先、左手の部屋から、侍女（腰元）と思しき若い女が小盆に湯呑みをのせて姿を見せた。

二人の目が合った。

すると、その侍女も丁重に敬いを見せて腰を折った。驚きの表情はなかった。

侍女は政宗が近付いてくるのを待たず、先に立って歩き出した。

それが政宗に、一つを判らせた。

敬いを見せて丁重に腰を折った侍女が、廊下の端に控えることなく相手（政宗）の近付いてくるのを待たず先に立ったということは、一つの理由しかなかった。

近付いてくる着流しの若い侍よりも身分が高いと判断した相手——恐らく藩公——へ茶を持参することを優先する。

間違いなくそれであろう、と想像して、政宗は少し間を空け侍女に従った。

侍女は、用心して振り返るようなことはしなかった。まるで政宗を案内しているかのように。

やがて大廊下が雨戸を開けている部分——政宗には遠目にそうと見えた——が

現われて、そこに三人の侍が厳めしい雰囲気で座していた。これは明らかに警護が任務、と政宗には判った。三人とも腰左側の位置に、大刀を横たえている。

侍女は、三人の侍に軽く頭を下げる振りを見せてその前を通り過ぎ、雨戸の開いている部分に消えていった。

雨戸が開いている、と政宗が遠目に見たそこは、大廊下と渡り廊下が繋がっている開口部だった。昼間ならば、直ぐにそうと判ったであろうが。

侍女に従うことを決めて、政宗は逡巡することなく、渡り廊下に近付いていった。

警護の三人の侍が、大廊下に両手をつき深く腰を折った。その様に全く不自然さも、迷いもない、見事なまでの敬意の表し様であった。

緩く右に曲がった渡り廊下の突き当たりの部屋——奥向き御殿と思われる——の前で、侍女はようやく政宗の方を振り返り、控え目に微笑んで再び丁寧に頭を下げた。

今度は政宗も、小さく頷き返して見せた。

侍女は障子の向こうへ声をかけ、返事を待ってから部屋の中へと消えていった。

さすがに政宗は、その部屋の前までは行かず、渡り廊下が右へ緩く曲がるその中心あたり——警護の侍も、奥向き御殿も見える——で佇（たたず）んだ。

侍女は直ぐに出てきた。政宗は、奥向き御殿へ足を向けた。

「ご苦労……」

侍女とすれ違うとき、政宗は優しく穏やかに声を掛けてやった。

侍女は微笑みを返し、端へ寄って廊下を政宗にゆずりながら腰を折った。掛け行灯の明りの中、侍女の耳のあたりがはっきりと朱（しゅ）に染まっている。

政宗は、たったいま侍女が入った部屋の前まで行き、音立てぬよう横向きに正座をして渡り廊下の向こうへ視線を流した。

侍女の姿は、すでに消えていた。警護の三人の侍の姿は、この位置からは見えない。

政宗は部屋の中へ正対するかたちで座る姿勢を攻め、「おそれながら……」と声をかけた。

あたりを憚（はばか）った抑え気味の声だった。

「誰じゃ」

政宗はその声を忘れていなかった。藩公水戸光国の声であった。

「夜分まことに無作法なるかたちなれど、参上いたしました」

「参上?……おっ、その声は」

障子の向こうで人の立ち上がる気配があって、障子が左右に開いた。

「おう、そなたは……」

「このような突然の、しかも誠に無作法。何卒お許し下されませ」

政宗は平伏し、わびの言葉を述べた。正座で体重のかかった矢傷が、強く痛んでいた。

三

政宗は上座を左に見て、光国は右に見て、二人は向き合った。どちらが、どうこう言い合った訳ではなかった。自然とその向き合い方になった。

「改めてご挨拶申し上げたい。常陸国水戸藩主徳川光国四十二歳でござる。回向院では危ないところを、お救い下され御礼の申し上げようもございませぬ。この通り心より深く感謝申し上げたい。生涯忘れは致しませぬ」

光国は畳に両手をつき、深深と頭を下げた。謙虚な人柄がその様子に表われていた。

「あ、いや、どうか御手を上げて下され。ああいう場合、私（わたくし）でのうても力をお貸し致しました。至極当たり前のことを致したまで」

「なれど……」と、光国は両手を上げ、やわらかく目を細めて旧（ふる）い知己（ちき）にでも対するかのように政宗を見つめた。

「至極当たり前のこと、と申されたが、それにしても天晴（あっぱれ）すぎる剣のお腕前。この光国驚きましてござる。それに、よくぞこの部屋まで、何の騒ぎも起こさず楽楽と参られた。当たり前では決して出来ぬこと。何卒（なにとぞ）お名を聞かせて下され。是非にも」

「はい……松平政宗と申しまする」

「松平……」

「徳川家とは縁（えん）も所縁（ゆかり）も無い天下の素浪人、松平政宗でござる」

政宗はそう言って笑ったが、光国は笑わずに真顔（まがお）でしげしげと政宗を見つめた。

「失礼ながら政宗殿……」

「はい？」

「お生まれは、どちらでござるか」

「人も通わぬ山奥の生まれ。熊、猪、鹿、猿などを相手に育ちましてございまする」と、物静かな笑みの消えぬ政宗だった。

「もう少し……どうか、もう少し真っ当にお答え下され。どちらの、人も通わぬ山奥でありまするのじゃ」

「う、うむ……。上流の武家社会は、どうも堅苦しいですなあ。何処の山奥か打ち明けぬと、話したい事も話せませぬか」

「そうではありませぬ政宗殿。こうして向き合ってお顔を拝見しているうち、ある古い記憶がフッと脳裏に甦りましたのじゃ」

「古い記憶？……」

「左様。この光国がまだ十六歳の頃、つまり二十六年も昔の記憶でござる。そのころ私は父徳川頼房（徳川家康十一男）に連れられて京を訪れ、関白近衛邸に凡そ一か月ばかり滞在してございまする」

「ほう。それはまた……」と、政宗の顔から笑みが消えた。むろん政宗の知らぬことだった。

「その一か月の滞在の間に一度だけ私は、父頼房に連れられ後水尾法皇居わす仙洞御所へ御挨拶に参りましてな、そのとき御庭園北池の南西にございます茶室又新亭の前にて、二、三歳と思われる男児の手を引いて佇む眼光鋭い高僧と出会いました。非常に近付き難い感じの、高僧であられた」

「…………」

「あ、いや。私が出会うたと申すよりは、父頼房が出会うた、と言い改めるべきでしょうかな。私は父頼房にかなり間を空けて従うておりましたゆえ」

「…………」

「父頼房は腰を低うして丁重な感じで、その高僧に声をお掛け致しておりましたが、その控え目な声は私の耳には届きませなんだ。そのかわり、それに応える高僧の穏やかだが凛とした声は、次のようにはっきりと聞きとれました。〝そう見えて当然であろう。この和子はこの御年ですでに奥鞍馬の熊、猪、鹿、猿を友とする牛若丸じゃからな〟……と高笑いなされて」

「………」

「あとで父頼房から、その高僧こそ尾張柳生、江戸柳生ともに一目置く天下第一の大剣客で、従二位権大納言（御三家の尾張・紀伊とほぼ同格）を後水尾法皇より与えられたる夢双禅師僧正（大僧正の次）と教えられました。また……」

そこで言葉を切った光国は、ふた呼吸ほど政宗と目を合わせたあと、言葉を続けた。

「夢双禅師様の手を握っておられたその和子様こそ、後水尾上皇が、目に入れても痛くない程に可愛く思うておられました る……」

「光国殿」

「はい……」

「もうお止し下され。私が法皇後水尾政仁を父とし、華泉門院を生みの母とする正三位大納言左近衛大将、松平政宗です」

政宗は、どうせ判るであろう官位も、隠さずに明かした。

「おお、や、矢張り……矢張り左様であられましたか。あのときの和子様の面影が……面影が今もはっきりと……」

言葉に詰まった光国は再び畳に両手をついて深深と頭を下げると、そのままの姿勢で座布団より出て、なお下がった。

政宗は小さく溜息を吐いた。政宗が最も嫌う〝形式〟であった。

「この光国、思いもかけぬ貴き御方様に命を救われ、身震い致しまする。恐ろしさすら覚えまする。大切な御体に、もし不埒者の刃の切っ先が針先程でも届いていたらと考えまするると、体の震えがとまりませぬ」

「なあに、私の体はすでに傷だらけでございまするよ。だから安心して下され」

「な、なんと申されました」

光国は顔を上げた。紅潮した硬い表情だった。

政宗は、笑みを浮かべて見せた。

「その位置では親しく話が交わせませぬ光国殿。さ、座布団の上へお戻り下さい」

「その前に、政宗様が上座へお移り下さるよう、お願い致しまする」

「私は上座が好きではありませぬ。上座下座の分け方も嫌いでございます。さ、私の前に戻って下され」

「は、はあ……」

光国が困惑の様子で元の位置に戻ると、政宗は「失礼させて下さい」と正座を解き胡座(あぐら)を組んだ。

光国は少し驚いたが、直ぐさま自分も正座を崩した。

政宗は矢傷が痛んできたので正座を解いたのだが、光国には、そうとは判らない。

政宗は言った。

「重ねて申し上げまするが、私は天下をぶらつく素浪人。それゆえ争い事に巻き込まれる事も、二度や三度ではありませぬ。私の顔をよく見て下され光国殿。すっかり治って目立たなくなってはおりまするが、眉間(みけん)にも頬にも顎(あご)先にも創痕(きずあと)が見られましょう」

「な、なんと創痕が？……」

聞いて更(さら)なる衝撃を受けた光国は、目を大きく見開いて上体を前へ傾けた。

「あっ。確かに……い、一体何者が貴(たっと)きお体にそのような」

「その〝貴き〟はどうか無しにして下さいませぬか。ごく当たり前な眼差(まなざ)しでこの政宗を見て下され。肩が凝って仕方がありませぬ」

「いいえ。そうは参りませぬ。この光国、朝廷を敬うことにかけては、尾張、紀伊には、いや諸藩いずれの大名家にも後れを取っておりませぬ。ましてや法皇のお血すじ余りにも濃い政宗様を、ごく当たり前な眼差しで眺めよ、など光国には出来ぬ芸当でございまする」

　朝廷に対する水戸家の深い和敬の精神は、御所や宮家、公家の間ではよく知られていることから、政宗は「仕方がないか」と微笑むに止めた。

「ま、少し話を休んで、この光国に茶を点てさせて下さいませぬか」

「喜んで頂戴いたしまする」

　暫しの沈黙が、高さのある美しく組まれた船底天井の十六畳の座敷を支配した。

　少しばかり重苦しさのある沈黙であった。

「さ、どうぞ」

「頂戴します」

　政宗の指、掌、腕、眼差し、表情、口元などの作法を、光国は身じろぎもせず眺めてから、「美しい……さすが、お血すじ……」と呟いて目を瞬いた。政宗にとって「さすが、お血すじ……」は無論好きな言葉ではなかったが、小さな乱れを残すこともなく、政宗は、わび、さび、の世界から静かに脱け出した。

そこで彼は、何事もないかのような表情で打ち明けた。

「私は今、左脚に矢傷を負うてございまする」

「……？」

光国は一瞬、政宗の言葉が理解できなかったのか妙な表情をつくったが、直ぐにハッとなって「矢傷？」と訊き返した。

「はい、矢傷です。無作法ながらそれで胡座を組ませて戴いております」

「な、なんと。真実でございまするか」

「不覚を取り申した。矢傷を負っていなければ、もう少し早くこの水戸藩邸を訪ねることが出来ておりましたでありましょうが」

「まさか、回向院での騒動が尾を引いての矢傷では……」

「いや、あの件とは全く関係ありませぬ。あくまで、江戸入りした私を亡き者にせんと企む者共によるもの」

「うぬ、政宗様の貴きお体に向かって何たる無謀、何たる卑劣、この光国怒りで体が震えまする。して一体、いかなる集団でありまするか」

「判りませぬ。忍び業を有する手練集団であったことははっきりしておりますが、何処の何者たちであるのかは判りませぬ。ただ、江戸入りして以来、たて続けに私の身辺でその忍び集団による異常事態が生じております」

政宗は光国には伏せておく必要はないと判断して、己れの身近で生じた出来事の全てを、江戸城本丸庭園での事も含め出来る限り詳しく打ち明けた。

光国は茫然となった。膝の上で拳を握りしめ、行灯の明りの中でもはっきりと顔色を失っているのが判った。

「一大事じゃ。取り返しのつかぬ一大事が起ころうとしておる。しかも江戸城中でも起きておったとは」

光国は怯えたように呻いた。呻いて歯を嚙み鳴らした。

「手練の、しかも忍び集団が政宗様に対して動いているなど……失礼ながら目的は単なる暗殺などではありますまいぞ」

「私もそう思うております」

「で、家綱様には、如何なる用件にて目通りなされたのでございまするか」

「ま、それはいずれお話しする事になりましょう。暫しお待ち下され」

「これは失礼しました。つい口が滑り申した。許して下され」

「それより光国殿を襲いたる刺客、あれも忍び侍と見ましたが、お心当たりは？」

「あります る。大ありでございますよ」

「ほう……差し支えなければ、お聞かせ下さい」

「私を亡き者にせんと企むのは、幕府権力でありましょう」

「なに。では四代将軍家綱様であると？」

「うーん。家綱様という見方は、恐らく正しくはないのではと考えております。矢張り幕府権力と申すべきでありましょう」

「なぜ幕府権力が御三家の水戸様に対し、刃を向けるのでございましょうか」

「この光国が、目ざわりなのでございましょう。幕政の良からぬ点に関し私は遠慮のう意見を吐いて参りましたからなあ。特に大老・老中・若年寄たちに対しては手厳しく」

「たとえば？……」

「このところ老中会議では、家綱様ご健在であるにもかかわりませず、次期将軍に誰を据えるか、こそこそ額を突き合わせており、京の宮家をという案が急浮上いたしておりまして……」

矢張り話はそこへ向かうか、と政宗は気持を暗くした。

「次期将軍に誰がなるか、この政宗には然程の関心はありませぬが、光国殿はその宮家案に反対の立場なのですな」

「政治とは、清なる部分と暗い部分を併せ持った怪物でございます。権力者が如何に美事温愛の考え方を理想としようが、政治は決してその通りには運びませぬ。なぜなら理想というかたちは、人人により国国により千差万別だからでございまする。政宗様は、そうは思われませぬか」

「全く、その通りかと……」

「政治というその怪物たる世界へ、宮家を巻き込むことは絶対に出来ませぬ。やってはなりませぬ。清と濁、理想と反理想の間で、巻き込まれた宮家は必ずや満身創痍となりましょう。許せぬのはそれを承知で、己れの巨利を得んと欲する幕府権力者、魑魅魍魎の蠢きが、はっきりと窺えることでございまする」

「うむ……」

「この光国は幕府政治の暗中へ清心にして無垢なる宮家が引き込まれることを、命を賭けて防ぐ覚悟でございまする。政宗様の江戸入りは、ちょうどそういう生臭い風が吹き出している最中のことでありまするゆえ、その貴きお体を狙った刺客団は案外、この私を狙った連中と同じ穴の貉やも知れませぬ」

「先程も申したように私は、次期将軍に誰がなるかについて、全く関心はないのだが」

「とは申せ、政宗様の正系なるお血筋に気付いた貉共が、ギョッとなって慌て出したとも考えられまする。これは大変に煙たい御人が江戸に現われた、とばかり」

「迷惑なことだ」と、政宗は苦笑したあと、言葉を続けた。

「ところで、回向院で生じた騒動の処理は、うまく運びましたか」

「はい。寺社奉行とは気持の通い合った間柄でありましてな、全てを隠密裏に片付けてくれました」

「それは何より。それに致しましても徳川御三家の光国殿が、幕府権力と対峙なされておられたとは……」

「大変に嫌われておりまする。水戸家が嫌われているのではなく、この光国が**幕府内の利欲物ども**に嫌われているのでござる。現在は特に大老酒井忠清の門閥政治の嵐が吹き荒れており、残念ながら御三家と申せどもその権力に手を触れれば火傷をいたしまする。この光国の今の官位を見れば、**幕府内の利欲者ども**に如何に嫌われているかが判りましょう」

「官位？」

「はい。尾張、紀伊の官位は大納言あるいは権大納言（権は「定数外の」または「仮の」という意味）、水戸は中納言あるいは権中納言と決まってござるが、私は藩主であり、しかも四十二歳にもなっていながら権中納言にさえ達せず、未だ参議に止まっておりまする」

「それはまた……して、亡き父上様は如何でありましたか」

「父頼房は二十三歳ですでに従三位権中納言に叙任されておりました」

「う、うむ……官位については、朝廷が授与していた歴史的権限なるものを、徳川幕府が力で奪ってしまい、それ以降気儘な扱いになってしもうたと聞いております」

「まことその通りかと……官位は朝廷から授与されてこそ、有り難く価値も嬉しさもあって励みになるもの、とこの光国は考えまする」

「実を申せば私の正三位大納言左近衛大将は、後水尾法皇がご自分の判断で下されたもの」

「おお、そうでありましたか。それでこそ権威あるものと申せましょう」

「私は権威にも官位にも全く関心ありませぬゆえ、法皇にお返ししようかと迷っていたところ、母から手厳しく叱られました。それを与えられし意味についてよくよく考えた上で、世の中に対する己れの役割について結論を導き出しなされ、と」

「さすが政宗様の母君。よくぞ申して下されました。その通りでございまする」

「わが恩師、夢双禅師が与えられし従二位権大納言も、恐らくは幕府に相談なく法皇が独断で与えたものでございましょう。朝廷が幕府を刺激するのは、余り宜しくはないのだが」

このとき矢傷がズキンと痛んで、政宗の表情が僅かに動いた。

光国は、それを見逃さなかった。

「矢傷、痛みまするのか。外科に優れた藩医がこの上屋敷にいまする。呼んで参りましょう」

光国が立ち上がろうとするのを、「あ、いや……」と政宗は軽く右手を上げて制した。

「手当ては充分になされており、痛みは次第に鎮まっておりまする。大腿部をまともに射貫かれた訳ではなく、皮膚の下を浅くやられただけですゆえ、ご安堵下され」

「どこの医者の手当てを？」

「この数日、湯島五丁目の職人長屋に転がり込んでおりました。そこの町医者に」

「湯島五丁目？」

「はい。十三年前の明暦の大火から危うく難を逃れ、僅かに其処だけ焼け残ったとかいう……」

「幽霊長屋とか言われて、長く手付かずになっているあの無人長屋に転がり込んでおられたと？」

「なんと……無人の幽霊長屋と言われまするか？」

「は、はい」

「そのような筈はありませぬ。親切で気さくな町人たちが、元気に住み暮らしておりましたが」

「はて、湯島五丁目の焼け残った長屋と言えば、一部屋の広さが九尺二間のあの幽霊長屋しかありませぬが」

「はあて、奇妙な……」

「間違いなく無人でござりますよ。大火の死者の幽霊が未だに夜な夜な出るというので、ゴロツキたちでさえ近付かぬと言われておりまする」

「すると、湯島五丁目ではなく、湯島三丁目とか二丁目の職人長屋であったのかなあ」

政宗は、ゆったりと言い繕って見せた。

「たぶん、丁目の聞き誤りか、記憶誤りでございましょう」

光国も、さらりと言い流した。そう言われてみると、政宗も湯島五丁目に少しばかり自信がなくなってきた。なにしろ幾日もの眠りから覚醒したばかりの事であったから。

「ま、職人長屋のことはさて置き、光国殿が目下、最も信頼を寄せておられる幕僚（りょう）の御名（おな）を教えて下さいませぬか」

「うーん、正直なところ、お教えする事に、いささかの不安がございまする。お教えすることで、政宗様の行動の範囲が好むと好まざるとにかかわらず広がり、その結果、幾層もの危機が覆いかぶさることになりは致しませぬかと」

「私への信頼が、まだ充分でないと？」

「左様な事ではございませぬ。ただひたすら、政宗様の御身の心配を致すからでございます。それよりも政宗様、江戸入りして対峙なされた刺客の中で、堂堂と名乗った者はおりませぬか。政宗様を倒せる、と自信のある刺客なら、名乗ることもあろうと存じまするが……」

「おう、そう言えば……」

「いましたか」

「はい。一人いましたな。確か……打滝四郎三郎助（うちたきしろうさぶろうのすけ）」

「打滝？」

光国が呟いて首を傾(かし)げたとき、政宗が腰の右へ置いた粟田口久国に手を伸ばし、左手人差し指を口の前に立てて見せた。

光国の表情が思わず硬くなる。

政宗が立ち上がり、粟田口久国をやや広目の角帯に通した。

帯がヒヨッと鳴った。

「幾人でござるか？」

「判りませぬ……判らぬほど多数」

「家臣を呼びます」

「幕府の権力者に好かれていないと申される光国殿にとって、騒ぎが大きくなることは宜しくありませぬ。静(せい)なる侵入者に対しては、静(せい)」

「かと申して……」

「音立てず静かに目的を遂げたいのは、恐らく侵入したる者どもの方」

「渡り廊下の向こうには、手練(てだれ)三名が警護で控えております。せめて、その三名だけでも、ここへ」

「いや、もう遅うございます」

「えっ」

「手練三名は気の毒なれど、すでに息の根を止められておりましょう。幸か不幸かこの十六畳の座敷の船底天井は高うござる」

「…………」

「この離れ座敷が血で汚れますこと、何卒お許し下され」

「ま、政宗様……」

そこで光国もようやく立ち上がり、床の間の刀に手をやった。今よりもまだ若かりし頃、非行に走って家臣たちを心配させた光国ではあった。しかし、腕力にも剣術にも自信の無い光国である。

「奥座敷へ、お退(さ)がりあれ」

政宗に促されて頷(うなず)いた光国は、奥座敷との間を仕切ってあった襖(ふすま)を左右へ勢いよく開き、薄暗い中へ入った。

「さらに奥へ」

政宗に言われ、次の部屋への襖も開け放して、ほとんど真っ暗な中へ光国は自分を置いた。

剣術のほとんど出来ない自分を、光国は情(なさけ)ないと思った。

それだけに、恐怖が激しく襲いかかってきた。

光国は、政宗の後ろ姿を眺めた。大行灯の明り満ちた座敷が、暗い中に立っている光国には歌舞伎の大舞台に見えた。

（役者じゃ……冷ややかに冴(さ)えたる、まるで白い花が如き役者じゃ）

光国には、座敷にすらりと立ち尽くす政宗が、そう見えた。

その冴えたる白い花が、ゆっくりと、それこそゆっくりと粟田口久国を鞘から滑らせた。

光国には、音無き筈のその滑りが、シュルシュルと聞こえたような気がした。

次の瞬間。

船底天井から、二つの黒い塊(かたまり)が落下。

いや、それは落下というよりは、政宗に向かっての〝激突〟であった。

反射的に光国は目を閉じた。恐ろしさで膝頭(ひざがしら)が震えた。

が、何の音、何の気配も、その直後には無かった。

光国は薄目を開け、（あっ……）と声にならぬ声を発して、のけ反(ぞ)った。

政宗を左右から挟むようにして、その足元に黒い骸が二体転がっていた。

二体とも首から上がない。

頭部二つが、座敷の向こう端まで斬り飛ばされている。

政宗は何事も無かったかの如く真っ直ぐに美しく立ち、やや腰の右へ寄せて下げた粟田口久国の切っ先からは、ポタリそして二呼吸ほどあってまたポタリ、と血玉が垂れていた。

障子や襖への飛び散りは、見える範囲ではうかがえない。

光国は瞬時に生じて瞬時に終ったその光景に、茫然となった。

（それにしても……何という……静かな凄まじい後ろ姿じゃ）

恐ろしさを十重二十重にまとい、唇をぶるぶると震わせながら、光国は思った。

これ程の凄惨を、しかも自分の座敷で見るなど当然はじめての光国であった。

が、光国にとっての本当の恐怖は、その後に訪れた。

閉じられていた廊下側の障子が、静かに次次と開いていく。

目二つだけを覆面の目窓から覗かせた全身黒ずくめが、廊下側に居並んだ。

その数――十三名。

これ程の人数が誰の抵抗も受けずにこの座敷へ侵入したのか……と光国は尚の
こと震えあがった。

己れの弱気を、光国は嫌悪した。幕政に対し手厳しく意見を具申してきた自分
のこの情なさは一体どうした事ぞ、と歯がゆく思った。

手を刀の柄に触れる勇気など、皆無だった。真っ暗な座敷から次の仄暗い座敷
へ歩を進める勇気など、余計に無かった。

十三名は動かなかった。

政宗も動かない。

敷居を境として、十三対一は無言のまま対峙。

双方とも、対決を疑わせるほど穏やかだった。その穏やかさの奥深くに潜む不
気味さが、光国の両掌に汗を噴き出させた。

「光国を出せ」

どれ程か経ってようやくのこと、十三名の内の一人——右端のがっしりとした
体つきの黒ずくめ——が淀んだ声を発した。いや、がらついた声、と言った方が
よいのか。

「この座敷は今宵、この松平政宗が借り切っておる」

「政宗様、光国揃うて、お命頂戴致すつもりぞ」

「その口ぶりだと、矢張り今宵、政宗がこの上屋敷を訪ねることを把握しておったな」

「左様。把握しており申した。回向院にて我が配下を斬り倒したる政宗様を、面子にかけて京へはお帰し致さぬ」

「ほう。京へ、と言うたところを見ると、私の身分素姓を充分に承知した上でのことだな」

「御意……」

「ならば、おのれら一人たりともこの屋敷から、生きては帰さぬ」

「笑止」

　政宗の左右から同時に黒ずくめ二人が襲いかかった。

　いや、襲いかかったというよりは、突きかかったと表現すべき、閃光の如き攻めであった。

　政宗が右の刃を受けて弾き返し、ひと呼吸も置かず左の刃を叩いた。

青白い火花が散ったのは、その後であったから、実に一瞬の攻めと受け。
だがそれよりも、続く政宗の面、面、面、面と二者に対する二連打の方が尚速かった。
凄まじいばかりの手練。右者と左者への休まぬ交互二段打ち。
二者が退がる、怯えたように退がる。
そのまま政宗は、集団十一名の中へ躍り込んだ。
粟田口久国が舞う、躍る、唸る。飛び散る火花、打ち鳴る鋼。
徳川光国は全身を硬直させて震えに震えた。喉がカラカラになった。
（おお、阿修羅じゃ、あれこそ阿修羅じゃ）
黒ずくめの首が跳ねた、腕が落ちた、脚が横っ飛ぶ。
またたく間の地獄絵図だった。
粟田口久国が十二人目を真っ向から袈裟斬りとし、政宗は残った一人と対峙した。
「幾人もの忍び頭が、私の刃に打たれ消えていった。そなたで幾人目かのう」
「儂は忍び頭にあらず」

「では頭領か」

「左様……が、頭領とは言いませぬわ。総領じゃ」

「そなたの声、聞き覚えがある」

「政宗様に倒されし打滝四郎三郎助は双児の弟」

「おお、それで声が」

「四郎三郎助の兄、打滝五郎佐……参る」

五郎佐が正眼に構えた。

「ほう……」と、政宗の表情が僅かに動く。

「はじめて見る綺麗な構えじゃ。それに微塵のすきも無い。何流か告げてくれぬか」

「流儀など無い。ただの忍び刀法」

「それにしては美しい身構え……斬るには惜しい」

「ふふっ、斬れまするかな」

「おのれら一人たりともこの屋敷から生きては帰さぬ、と言うた筈」

「さあて……」

両者に無言が訪れた。正眼に構えた忍びの総領打滝五郎佐に対して、政宗は粟田口久国の切っ先を無造作に下げたまま。

光国は息を殺して見守った。誰かおらぬか、出会え出会え、の声さえ出ない己れが情なかった。

いや、そのような叫びを発することは見苦しい、という気にさえなり始めていた。

忍びの総領、打滝五郎佐の足がジリッと前に出た。

政宗は動かない。

五郎佐の爪先(つまさき)がまたしても畳を噛むようにして、ススッと前に出る。

政宗は矢張り動かない。

双方の間が一間(けん)半ばかりに詰まったところで、正眼の構えの五郎佐の剣が、右の肩の上に乗った。そして右脚を引き、腰を下げていく。

政宗がようやく下段構えをとった。しかも逆刃(ぎゃくやいば)——刃を相手方向へ向けた——の構え。

そのまま刻(とき)が止まった。

光国の鼓動は、どうにもならぬ程に高まっていた。わが身の方が、対峙している二人よりも先に倒れるのではないか、と思いさえする光国だった。

と、この刻限、庭先で不意に野鳥が低く鳴いた。

刹那、光国は己れの網膜に二条の閃光が突き刺さるのを感じた。

五郎佐が打ち込んだ。速い、凄まじい速さであった。

面、面、面、面と政宗の顔面中心——鼻柱——を狙って五郎佐が激烈に打ち込む。

右へも左へも体を躱せず、政宗は相手の剣を鍔元でガツンッチンッと受けながら退がった。また退がった。さらに退がった。飛び散る鋼の粒が、火花と化して政宗の顔に降りかかる。

そのまま政宗の背が、座敷の船底天井を支える太柱に当たって、ドンと鈍い音を発した。

反動で政宗の上体が、僅かに前へ泳いだ。

五郎佐の剣が、そこを見逃さず、政宗の喉元へ矢のように伸びる。

その剣先が政宗の皮膚を裂き、喉を貫いて、首の後ろに突き出た。

噴きあがる血しぶき。

光国には、そう見えた。間違いなく、そう見えた。

だが政宗の粟田口久国は、相手の剣を真正面から迎え撃つようにして、空（くう）を滑った。

そのまま剣先が、ぐーんと伸びる。さながら西洋流剣術（フェンシング）を思わせる、政宗のあの不思議な突き業（わざ）。

たまらず今度は、五郎佐が素早く退がった。逃げるように退がった。

ところが粟田口久国の剣先は、それ自体が意思ある生命体の如く、政宗の足をその場に置いたまま、素晴らしく伸びた。

「うっ」

五郎佐の顔が歪（ゆが）んだ。鍔元で弾（はじ）き返した積もりが、右手親指の第一関節から上が跳ね切られていた。血玉を散らし蠰（かみきりむし）の如く宙を舞う親指。

両手親指は刀の柄を把持する上で欠かせない。

五郎佐の剣先が安定を欠いて僅かに下がったそこへ、政宗が飛燕（ひえん）の如く肉迫。

粟田口久国が五郎佐の右腋（わき）下深くに、するりと入った。

五郎佐が、くわっと目をむく。

「なぜ私を狙う……なぜ光国殿を狙う……理由を話せば許さぬでもない」

「…………」

「言わぬか……言わねば、このまま地獄行きぞ」

「…………」

答えるかわり、活路を得んと五郎佐は無言のまま畳を蹴って宙に躍った。

政宗が、粟田口久国で鋭く弧を描くのと殆ど同時。

五郎佐の肩から離れた右腕が、凄い勢いで横っ飛びに飛んで床の間の軸掛物に当たり、バシンッと大きな音を立てた。

赤い花火が、軸掛物に広がって、五郎佐が畳の上に音立てず落下。

いや、さすが両足先で、ふわりと落ちていた。

しかし、それが五郎佐の体力の限界であった。右肩口から血しぶきを噴き散らしながら政宗を睨みつけ、頭を下げるようにして畳の上にゆっくりと崩れていった。

政宗は懐紙で粟田口久国の刃を清めると、鞘に戻し光国を見た。

「申し訳ありませぬ。穏やかに、という訳には参りませなんだ」

「なんの……」

と、光国は政宗に歩み寄った。膝頭が震えていた。

「お怪我はありませぬか政宗様」

「はい、大丈夫です。これらの骸、大騒ぎせず、そっと片付けた方が」

「左様ですね。大騒ぎはまずい」

「これらの黒装束を剝いで、一人一人の面体を確かめまするか光国殿」

「それよりも政宗様、少し気になることが」

「気になること？」

「あの忍びの総領なる男……」

と光国は、静かになって微動もしない、最後に倒された忍びへ視線をやった。

「確か、打滝五郎佐、と名乗りましたな」

「左様。私は先に、打滝四郎三郎助なる忍びの頭領を倒しておりまするが、五郎佐はその四郎三郎助の双児の兄だとか」

「その打滝という姓でありますが……」

「なんぞ?」

「三、四年も前のこと、尾張殿の上屋敷を訪ね馳走になったことがありますが、そのときに同席した尾張殿の兵法師範柳生連也斎から、大和柳生の里より更に山深くの地に、柳生一族とは何ら関係なき打滝という忍び集落がある、と聞かされたことがあります」

「なんと……打滝という忍び集落が」

「なんでも非常に優れた忍び業を会得した者たちの集落であるとか」

「ふむう」

政宗は眉をひそめて、船底天井を仰いだ。

(いやな予感がする。いやな……)

政宗は声にならぬ呟きを、胸の中で漏らした。

このとき、ようやくのこと慌ただしい大勢の足音が、離れに伝わってきた。

光国は、「暫くここにいて下され」と政宗に告げると、座敷から出て障子を閉め、伝わってくる慌ただしい足音に向かって急いだ。

第八章

一

「今宵は是非に当屋敷にお泊まりなされ」

徳川光国のその勧めを丁重に辞して、水戸藩上屋敷を後にした政宗であった。

多数の忍びを斬り倒したあとだけに、気分は重かった。

「なぜに人は人を嫌い、欺き、悪し様に許し、罠に陥れようとするのか……おぞましい事だ」

両手を着流しの懐に入れて、ポツリと呟き歩く政宗だった。

月は、雲に隠されて、ほとんど一寸先も見えぬ闇だ。ところどころの辻にある等身大の灯籠の明りが、かろうじて自分の居場所を教えてくれる。

（こうして水戸藩上屋敷を出た私に対し、尚も忍び打滝一族が目を光らせているとすれば……）

政宗は、そう考えて立ちどまり、月無き夜空を仰ぎ見た。

なぜか京の明日塾の子供たちが、無性になつかしかった。自分が江戸に留まることで幕府の閣僚たちが苛立ち、権力対権力の激突が拡大するのであれば、直ぐにも江戸から立ち去ってもよい、とさえ思った。

政宗は再び歩き出した。

「しかし……このままでは」と呟いたとき、月が雲から出て足元が明るくなった。

それを待っていたかのように、彼はいきなり目の前の角を折れて長屋が密集する路地に入り、そのまま一気に走り出した。

奥鞍馬の山野を昼夜駈け回って、剣の修行を積み重ねてきた政宗である。月の光が届き難い長屋の路地を右へ左へと走り回ることに何ら不便はなかった。

路地の全く反対側出口に達して、政宗は静かに地に片膝をつき、聴覚を研ぎ澄ました。

熊、猪、鹿などを相手に、先に見つけるか、気付かれるかの修練も積んできた政宗である。

暫くの間、身じろぎもしなかった政宗は、(どうやら大丈夫か……)と声なく呟いて立ち上がり、路地口から通りへと出た。

木戸を右に見て、政宗は足を速めた。明らかに何処へ向かうかを決めている足取りであった。政宗のような者に対しては、木戸という制約は殆ど役に立たない。

彼は建ち並ぶ武家屋敷の小路に入ると、〝出ては入る〟を何度も繰り返した。

その彼が、御家人の住居らしい小屋敷角の大松の陰に溶け込むようにして身を潜めたのは、なんと水戸藩上屋敷からさほどに離れていない、豪商として知られた呉服商駿河屋の旧寮そばであった。

その旧寮は、つまり柳生分家、書院番士柳生兵衛宗重四百石の住居である。

松平政宗は、濃い闇をつくっている大松の陰から、柳生分家を見つめた。

彼は、明らかに呼吸する数を、著しく減らしていた。対象とするものを見る——いや、むしろ監視する——ことに集中するためであった。同時に、自分に忍び寄ってくる者の有無を、いち早く察知するためでもある。

刻が……過ぎていく。だが柳生分家に目を向ける政宗は、微動だにしない。

四方へ枝を広げる大松と、一体となり切っていた。

一刻半を過ぎた頃、政宗の体が僅かに退がった。

柳生分家の勝手口がある北東側は、やや広い小路のため政宗の位置からよく見え、その勝手口から今、背に小さな荷を背負っている商人風の男が月明りの中に現われた。

男は辺りに注意を払う様子などは見せず、政宗に背を向けるかたちで月明りの道を歩き出した。

「速い……」と、政宗は漏らした。

男の歩み様は、確かに当たり前の商人らしくなかった。

政宗は尾行を始めた。男のどこぞに見逃せぬ怪しさを感じた、とでも言うのであろうか。

「こいつは難しい……」と、政宗は思った。町の隅隅を知り尽くしている京ならば、先回りも出来れば、行き先の予測も不可能ではない。

しかし、ここは大江戸。

東西南北は鋭い勘でおおよそ判るようになってきたが、町のかたちや道筋までは如何に政宗といえども、とうてい摑み切れるものではない。

(下手をすれば気付かれる……)と思いつつも、しかし尾行をやめようとはしない政宗であった。

男は振り返ることも立ち止まることも、しなかった。普通でない速い歩みは、増すこともなければ衰えることもなく続いた。

「忍びか……」

と、政宗はようやく口から出した。柳生本家に優れた忍び集団の備えがあることについては、たとえ下級の武士であっても、実体は知らずとも噂ぐらいは耳にしている。

したがって柳生分家から夜、忍びと思われる商人風の男が現われたとしても、べつだん不思議ではない。

月がまた雲に隠れて、漆黒の闇が訪れた。

だが闇は政宗にとって、何ら苦手なものではなかった。月なき奥鞍馬の闇の暗さは、江戸に数倍すると言っても言い過ぎではない。

政宗は相手を見失うことなく、尾行を続けた。彼にとっては、有り難い闇ではあった。しかし相手が忍びとすれば、矢張り夜目に優れているのであろうから、油断は出来ない。

典型的な小禄旗本の小屋敷が、通りの左右に切れ切れに続いていた。

男は尚も歩き続けた。小石川大塚吹上と称する通りであったが、むろん政宗には、地名までは判らない。

やがて田畑が目立ち出した。俗に小石川田圃（たんぼ）と称した（この界隈も、やがては小禄・中堅の武家屋敷で、びっしりと埋まる）。

その田圃を東西に綺麗（きれい）に割るようにして、畦道（あぜみち）にしては幅のあるしっかりとした通りが、雲の切れ目から降り出した明りの中に現われた。

男はほぼ真っ直ぐな、その道へ入った。道の突き当たりに、かなり大きな屋敷がある。豪農屋敷には、見えなかった。商家構えに似た、屋敷のように政宗は捉（とら）えた。

男はその商家風屋敷の、東側にある勝手口を自分で開けて入っていった。当然のような馴（な）れた手つきであった。

政宗は足音を殺して、その勝手口に近付いた。

いや、月明りの下では、勝手口というよりは、ただの板張塀（いたばりべい）にしか見えなかった。からくり戸だな、と政宗は思ったが、手を触れなかった。

彼は屋敷の板塀に沿って、静かな早足で歩き出した。田圃の中の一軒家、と言っていい建物であった。西側には森が迫っていた。

かなり大きな屋敷であった。敷地の広さは中堅(ちゅうけん)の旗本屋敷（四、五百坪くらい）程度はあるか、と政宗は読んだ。

ひと回りして、政宗は表門の前に立った。とは言っても四脚門とか冠木(かぶき)門とかいった大層なものがある訳ではなかった。建物構えは商家風で、通りに面してはいわゆる〝商い(あきな)屋敷〟が見るからにしっかりとした二層造りで在(あ)って、その二層屋敷の中程を潜るかたちで頑丈な木戸があった。そこがまるで仕入商品の搬入口であるかのような。

（はてさて奇妙な建物じゃ。さながら野武士あがりの商人が造ったような建物だなあ）

政宗は、そう思った。

だが、この屋敷へ柳生分家を出た忍びらしい商人風が消えたことは、見誤りではなかった。確かに入った。

政宗はもう一度屋敷をひと回りしつつ、塀を飛び越えて侵入すべきかどうか慎重に考えた。なにしろ柳生分家を出た男が消えた屋敷である。柳生分家と強い関係があるやも知れぬと推測すれば、軽軽に迂闊(うかつ)な動きはとれない。

結局、政宗は引き返した。月明りが見せてくれている道すじ、森や田畑、家並みなどを脳裏に刻み込みながら。

瘦（や）せた猫が、通り右手の路地から現われ、政宗の前を歩き出した。

帰路を案内するかのように、ゆっくりと。

二

目を醒（さ）ますと障子を通した朝陽（あさひ）が、寝床の脇までやわらかく射し込んでいた。

障子に影を映している木立の枝で、小鳥が小さく跳ね動いている。

政宗は体を起こして、寝床を畳み押し入れへ片付けた。

障子を静かにあけると音なき音を立てるかのように、座敷に朝陽があふれ込んだ。

政宗は目を細めて、それを体いっぱいに浴びた。

（これほど気持よい朝が訪れるというのに、幕府内部には現将軍が若く健在であるにもかかわらず、次期将軍をめぐっての争いが生臭い……それに次次と生じる不可解な集団による私や大名旗本屋敷への襲撃……）

政宗の朝の気分はそう思うことで、たちまち沈んでいった。

「まあ、お殿様。もうお目醒めでございましたか」

庭を挟んで向こう、母屋の縁でさわやかな澄んだ声がした。

本所伝次郎一家の頭仙太郎の女房ハルであった。昨夕のうちに、手伝いに行っていた日本橋室町春栄堂から、娘の小春と共に戻って来ていた。

「昨夜は遅くに訪れて宿を頼み、誠にすまなんだのう。許しておくれ」

「なにを仰います。江戸にご滞在中は室町の春栄堂ともども、ご実家同様にいつ迄もお留まり下さいませ。日本橋室町の両親も、そのように申しておりますゆえ」

「ありがとう。恩にきます」

「ただ今お床を上げますから」

渡り廊下をこちらへ来ようとしたハルを、政宗は「いや、もう片付けました」と笑顔で軽く制した。

「なんとまあ、お殿様にそのようなことをさせてしまい、申し訳ございません。

それでは直ぐに朝餉の用意を致します」

ハルが縁を軋ませて、台所がある表口の方へあたふたと消えていった。

その直後であった。

何だか一家の表口あたりが、ざわつき出した。廊下を小走る慌ただしい足音が伝わってくる。

「兄貴……」と、聞き覚えのある業平の仁吉の声も届いた。緊張した声だった。

(何事だ……)と、政宗は渡り廊下を母屋へ渡り、表口へ急いだ。

一家の若い者たちが、土間に向かって横並びの一塊となって立っていた。

その一塊の後ろに背丈ある政宗は立ったが、框より一段低い土間にいるらしい何者かについては全く見えなかった。蹲りでもしているのであろうか。

と、政宗の背を、軽く叩く者があった。

「ん?」と振り向くと、すぐのところにハルの小娘のように愛くるしい笑顔がある。

「お殿様がご覧なさいますような光景ではございません」

と、ハルが笑顔のまま囁いた。

「どういう意味だ」と政宗も小声で訊き返した。

「客間に朝の膳が整いました。ともかくも、そちらの方へ……」

「そうか、わかった」

と頷いた政宗がハルの後に従って三、四歩戻り出したとき、地鳴りを思わせるような太い声が政宗の耳に飛び込んできて、その足が止まった。

「間違えましたら御免なさい。こちらは深川にその名も高い本所伝次郎御一家と承知して土間を汚させて戴きやしたが、相違ござんせんか」

「御意にござんす。手前、一家並代貸の一枚目を張ります居合の五郎造と発しやす。お控えなすって」

と、五郎造の声の気迫も負けてはいない。

「お控えなさい」

「お控えなさい」

双方お控えの挨拶が成って、相手の地鳴り声が一気に滑り出した。この社会では絶対に欠かすことの出来ない、いわゆる面通である。

「早速にお控え下さいやして有り難うござんす。甲州訛りで申し上げやす言葉、前後間違えやしたら御免なさい。早口お聞き苦しい点についても御免なさい。手前、生国と発しやすれば甲州は勝沼にござんす。勝沼と申しやしても広うござんす。葡萄畑広がる大沢山の麓にござんす。麓なお下れば国分寺、慈眼寺、浅間神社、大善寺と揃います信仰厚く良心熱い里として知られておりやす。稼業上、不思議の縁合を持ちやして、手前親分と発しますするは、石・木材の切り出し免状を御上より頂戴しておりやす石和一家の忠次郎にござんす。手前姓名を発しまするは失礼にござんす一家代貸を張りやす、笛吹の弥介と発しやす。代貸と申しやしても貸した返せはござんせん。一家帳合を締めておりやす昨今かけ出しの代貸にござんす。本日、深川にその名を知られしこちら様に、泣きの涙で御厄介相かけに参上致しやしてござんす。面体お見知りおきの上、向後万端よろしく、おたの申しやす」

淀みない実に見事な堂堂たる面通啖呵であった。これを〝切る〟ときの身構えの綺麗さ、言葉選び、流し方次第では「作法がなっちゃあいねえ、なめやがって」と喧嘩になることもあるのだ。

「申し遅れやして誠失礼さんにござんす。手前生国と発しやすれば江戸にござんす。江戸と申しやしても広うござんす……」

居合の五郎造の流れるような挨拶がはじまって、ハルが「さ、お殿様……」と促した。立ち止まっていた政宗が頷いて歩き出しながら言った。

「どうやら面倒が持ち込まれたようじゃのう」

「ちかごろ関東各地の石や木材の切り出し地で、ゴタゴタがよく起きるのでございますよ。気の荒い連中が多いですから」

「大変な仕事であろうから、多少の気の荒さがないと、やり通せないだろうに」

「それはそうですけれど、地元の働き手と出稼ぎ人夫の衝突が多いらしくて」

「外から流れ込んでくる連中との縄張り争いのような事も少なくないのであろうなあ」

「それはもう……」

「そのたびに本所伝次郎一家が必ず鎮めに行っておるのか」

「求められれば知らぬ顔を決め込む訳には、いかないんでございますよ。大江戸の木場を事実上、仕切っておるものでございますから」

「ゴタゴタの地元には山役人がおるであろうに」

「それがお殿様。どこもかしこも頼りない役人らしゅうございましてね。ですから本所伝次郎一家は、町奉行所へきちんと出立の手続きを致しまして、長脇差のお許しも頂戴し、出かけるのでございますよ」

「ふーん。仙太郎も大変だのう」

「ゴタゴタがひど過ぎる場合には、三丁を限度に鉄砲のお許しまで出ることがある程ですからねえ」

「そのような緊張が、甲州石和一家から持ち込まれなければよいのだが」

「甲州人は本当に真面目によく働きますから、助けを求められれば仙太郎は腰を上げましょう。さ、お殿様。この座敷に朝の膳を整えましたゆえ、ゆっくりとお召し上がり下さい」

「世話をかけてすまぬな」

「何を仰います。仙太郎ほか若頭たちが、京でどれほどお殿様に助けられましたことか……さ、お相伴させて戴きます」

　表口には緊張が走っているのに、愛くるしい顔に笑みを絶やさぬハルであった。さすが一家七組百人を超す荒くれを抱える頭の若女房だった。

ハルの相伴で政宗は、気持よくゆったりと朝の膳をとる事が出来た。

「仙太郎は幸せ者じゃ」

「え？」

「ハルのように可愛くて気配りのできる女房が、いつもそばに居てくれるのだからのう。それに小春。仙太郎に似たこの子がまた可愛い」

「ありがとうございます。お殿様にそう言って戴けますと、ハルは嬉しくてなりません」

「いつ血の雨が降るか知れぬ仕事を背負うている仙太郎じゃ。ハルの優しさは何よりのものであろう」

「仙太郎の心が少しでも安まるようにと、暗い表情、心配そうな表情は見せまいと努めて参りました」

「うん、大事なことじゃな」

政宗は労るような眼差しでハルを眺め、箸を置いた。

そこへ「お殿様……」と、韋駄天の政が縁に正座をして障子のへりから、遠慮がちに顔半分を覗かせた。

「どうした。表口は心配事か？」

「あ、いえ、そちらの方は大丈夫でございやす。たった今、北町奉行所事件取締方筆頭同心常森源治郎様が、鉤縄の得次親分と御一緒に訪ねて御出でございやすが」

「私に会いにか？」

「へい。常森源治郎様が、そう申されておりやして」

「私がここで一夜を明かしたこと、よく判ったなあ」

「なにしろ、地獄耳の得次親分が一緒でございやすから」

「判った。会おう。通しておくれ」

「承知いたしやした」

と、韋駄天の政は丁重に頭を下げて退がった。

「すまぬがハル、膳を片付けてはくれぬか」

「そうですね。いい茶葉を清水の貸元から戴いておりますから、美味しく淹れて参りましょう」

「それは楽しみだな」

ハルが朝の膳を手に、客間から出ていった。

表口からはもう、ざわつきは伝わってこなかった。甲州からの客人である石和一家の代貸笛吹の弥介は、頭仙太郎の座敷へ通されたのであろうか。

「仙太郎も、なかなかのもんだ」

呟いて目を細める〝自由浪人〟松平政宗であった。

三

韋駄天の政に案内されて、常森源治郎筆頭同心と鉤縄の得次が障子の開け放たれた客間の前に現われた。

「やあ、若……あ、いや、政宗様、やはり此処におられましたか」

「よくぞ深川にいると判ったものだ、と感心しておったところだ。さ、入りなさい」

「江戸をはじめて訪ねて来なされました政宗様の居所を絞り込むなんざあ、さして難しくはありませぬ。特に、この得次の目・耳は色色な連中との絆とやらで、四方に張り巡らされておりまするから」

「さすが得次、たいしたもんだな」

と、政宗は苦笑し、得次が頭の後ろに手をやって、これもまた苦笑した。

韋駄天の政が腰を低くして「それじゃあ、お殿様。私(あっし)はこれで……」と、退がってゆくのを見送り見送り三人は向き合った。

上座も下座もなかった。床の間を横に見て向き合うことが政宗流と、常森同心も得次もすでに心得ているから困惑したりはしない。

「表口を入った辺りに何だか妙に硬い雰囲気がありましたが政宗様、何ぞあったのでございまするか」

「仙太郎を頼って、甲州の石和一家の代貸とやらが、訪ねて来たようなのだ」

「まぁた石や木材の切り出し現場で、騒ぎがあったんだなあ。山役人でもないのに仙太郎も頼られて、こりゃ大変だわ」

常森同心は天井を仰いで、ひとり溜息(ためいき)を吐(つ)いた。

「ところで源さん、何か用があって私を訪ねて参ったのか」

「いえね。ここんところ江戸市中がどうも物騒でございますから、政宗様のご様子を二、三日に一度くらいは、私たちの目で確かめておいた方がよい、と得次がうるさく言いますもので」

「心配かけているようで、すまぬな。私は大丈夫だから、余り気にしないでい い」

「はて？　正座の仕様が政宗様、いつもと違って何だかお辛そうに見えまするが、どうかなされましたので」

「いやなに、京から江戸までの長旅が原因でな。今頃になって左脚に時として痺れが生じることがあるのだ」

「それはいけませぬな。いい医者を存じておりまするから、早速これから参りましょう。京への戻り旅で、また酷使する脚でございます。大事とならぬ内に」

「なあに、軽い痺れだよ。自然に治る」

「でありまするが……」

「自分の体のことは、自分が一番よく判る。それよりも源さん、湯島五丁目だったかに明暦の大火を免れた奇跡の貧乏長屋というのがあるのかね」

「明暦の大火を免れた奇跡の貧乏長屋……でございまするか」

「幽霊長屋ですよ。ほら立入禁止になっている」

得次が横から口を挟み、常森源治郎が「ああ、あれ……」と相槌を打ってから続けた。

「七、八年前までは高齢の職人たちが、幾人だか住んでおりました長屋ですが、やがて一人死に二人去りして今は誰も住んではおりません。そのうち誰が言い出したか、幽霊が出る、ってえ事になりましてね。建物もいつ崩れてもおかしくない古さなもので、現在は南町奉行所の立入禁止の高札が立ってございます」

「長屋の持主は？」

「欲も得もない病気勝ちの老夫婦でございますが、ま、その老夫婦が亡くなれば、自然と取り壊しってえ事になりましょう。南町奉行所のかかわりが深いものですから、北町の者は余り立ち入ってはおりませぬが……で、何故また、政宗様がその幽霊長屋の存在を御存知なのでございまするか」

「ん……ちょっと立ち寄ってみた数寄屋川岸の、ほら〝鍋屋〟とか言ったかな。そこで酔った職人たちから聞かされてのう」

「さいでございますか。鍋屋で……」

常森源治郎と得次は、少し疑わし気な目つきで政宗を眺めた。

そこへハルが足を運んで来たので、三人の会話がとまった。

「どうぞ、ごゆっくりとなさいまして」

三人それぞれの前へ茶を置いてハルが座敷から出ていくと、政宗は「もう一つ訊きたい事がある」と切り出した。

「はい、なんでございましょうか」

「実は……」

政宗は昨夜柳生分家を出て、小石川田圃の商家風構えの屋敷に入った男を〝ある男〟とだけ形容して、その商家風屋敷について訊ねてみた。

常森同心の答えが直ぐに返ってきた。

「それ、豪商としてその名も高い呉服商駿河屋の寮でございますよ」

「なにっ、駿河屋の寮……」

「はい。この江戸で豪商と呼ばれる店の数は、案外にまだ少のうございます。近い将来確実に大商人になるであろう、と幕府のお偉いさんたちに予想されておりまする人物は伊勢松坂出の商人など幾人かおりますが、駿河屋ほどに大成した商人はまだまだ……」

「左様か。で、小石川田圃の向こうに構えるその駿河屋寮は、今も駿河屋によって使用されておるのか」

「はい、使用されております。水道橋そばの旧駿河屋寮は、今では柳生分家となって、書院番士柳生兵衛宗重様四百石が当主であります。但し、徳川将軍家兵法師範で大名の、柳生飛騨守宗冬様との血のつながりはございませぬ」

「うん、その点については私も承知しておるが」

「小石川田圃向こうの駿河屋寮になんぞ不審でも?」

常森同心と得次がまた疑わし気に政宗を見た。

「いや、単に知っておきたかっただけなのだ。せっかく江戸へ来たのであるから、こうして少しでも関心を抱いた所を一つ一つ覚えていけば、江戸を何度か訪ねる内に詳しくなってこようからな」

「確かに左様ですね。私も京の奉行所に出向いている間、そのようにして町の形や様子を覚えてゆきましたから。のう得次」

「へい。私も全く同様でございやす。ですが政宗様、ひょっとして何ぞ不審な出来事に足を踏み込まれたんじゃあ、ございませんでしょうね。何かありましたら、必ずこの得次の耳へお入れになって下さいまし。それだけは御願い致しとうございます」

「ありがとうよ得次。お前の気配りは忘れぬよう大事にする」

「はい。そうして下さいまし」

「駿河屋は将軍家、諸大名御用達ながら、その商いの仕方については評判悪くはございません。新しく地方から江戸入りして店を構えた商人が金繰りに困りやすと、一定額を限度としてですが無利子で貸し付けたり致しておりましてね」

「ふうん。情がある駿河屋だな。生っ粋の江戸商人なのか」

「いいえ。先代が京で一旗揚げたその力で江戸入りして、京呉服を前面に押し出したのが大当たりしたとかで」

「ほう。京商人であったか」

「ですが、亡くなった先代夫婦の出は奈良であるらしいとか」

「奈良……」

「へい」

「奈良の何処なのだ」

「さあ、そこまでは」

「ふむう」

政宗が腕組みをして考え込むように目を閉じたものだから、常森同心と得次は顔を見合わせた。

「政宗様……」

「お、すまぬ」と、政宗は閉じていた目をあけた。

「私と得次は、これから勤めに戻らねばなりませぬ。くれぐれもややこしい事件に巻き込まれることのないよう、身のまわりにお気配り下さい」

「うん。心得ておるよ源さん。ここは京と違って将軍家お膝元の江戸であるからのう」

「それでは一両日の内に、また訪ねて参りましょう。あ、お見送りは結構でございまするゆえ」

「わかった」

常森同心と得次は、ハルが淹れてくれた茶に手を付けぬまま、客間から出て足早に表口へ向かった。

　本所伝次郎一家の表番である下っ端に丁重に見送られて、二人は外に出た。

「常森様……」

「お前の言わんとしていることは判っておるよ得次」

「若様はやはり……」

「間違いなく、深刻な何事かに、かかわりを持たれておる。なにしろ我我は、江戸入りしたばかりの政宗様が、若年寄堀田（ほった）備中守（びっちゅうのかみ）正俊（まさとし）様のお屋敷を出られたばかりの所で会（お）うているのだ。このこと自体、尋常ではない」

「数寄屋川岸の鍋屋で、我我は政宗様に、浪人集団による武家屋敷押し込み事件について詳しく打ち明け過ぎやしたかも……」

「なあに。あの程度のことで、軽はずみな動きを自分からとられるような政宗様じゃあない。しかし事件の方から政宗様に近付いてくる、という事はこの大江戸じゃあ充分にありうる」

「そうでござんすね」

「政宗様の身に万一の事があらば京・紅葉（もみじ）屋敷の母上様に申し訳が立たない。儂（わし）

も得次も二度と京入りは出来ぬぞ」

「へい」

「お前は時に政宗様に近付くなどして、それとなく見守って差し上げろ」

「承知致しやした。私（あっし）の一声で動いてくれる荒くれ者（もん）はこの江戸で三十人を下りやせん。遠くから見守り致しやす」

「本所深川界隈（かいわい）じゃあ、伝次郎一家の頭（かしら）仙太郎が気を利（き）かせて、そっと見守っているだろうから心配ねえだろう」

「私（あっし）もそう思いやす。ですから私（あっし）の動きはあくまで遠くから隠密に」

「うむ。それでいい。出過ぎるのはよくない」

「じゃあ早速」

「ひとつ頼むぞ」

得次の姿が、辻を折れたところで然（さ）り気（げ）なく路地に消えていった。

四

翌、丑三ツ時（午前二時頃）。

政宗は薄闇の中に体を横たえ、微睡んでいた。

猫の額ほどの庭との間を仕切っている穴だらけの障子から、ぼんやりとした月明りが射し込んでいる。薄闇にしろ漆黒の闇にしろ、奥鞍馬育ちの政宗に与える支障などは何一つない。

ときどき雨滴の音がすると月明りは消え、月明りが消えると雨滴の音が戻ったりしていた。

政宗は今、湯島五丁目の幽霊長屋にいた。舜扇とかいう医師に傷の治療をして貰った、あのおんぼろ部屋にである。

なるほど、あのときとは全く様相を一変させていた。人の気配が全く無いのだ。

（ふふふっ、やはり幽霊長屋であったか）

微睡みの中で、そう思う政宗であった。

（源さんは、大名旗本家を戦慄させている一団を浪人集団と見ているが……どうも違うな。一刀両断の斬り口が、どれも同じか酷似していると言うが、日頃の生活が荒れている浪人たちに、そのような業があろうとは思えぬわ）

うつらうつらする頭の中で、そう考えもする政宗であった。

（それにしても……いい気分だ）

政宗は幽霊長屋と言われているらしいこの長屋の静けさが、気に入り始めていた。向かい合っている二棟十八軒の部屋の内十七軒は、すでに見て回って誰一人いないこと、生活の匂いが全く感じられないことを確かめてある。

（私の傷を治療してくれた坊主頭の舜扇先生も、間違いなく長屋のかみさんに見えたフミという女性も、なかなかに善い人たちであったのだが……）

政宗は、もう一度出会うてみたい、と願うのであった。

しかし今、彼の胸の内で音立てはじめているのは、不気味な軋みの音であった。歓迎されざる不快な音であった。病におかされた蟾蜍の呻きのような。

また障子の穴からの月明りの射し込みが消えて、雨滴の音が訪れ出した。

心地良い眠りの中へ落ち込みかけた政宗が、このとき濃い闇の中で目を見開いた。

すぐ脇に横たえてある銘刀粟田口久国に、左手がそろりと伸びる。

突如……〝静〟そのものだった部屋の空気が、激動した。

反射的に体を起こしかけた政宗は、「ふうっ」と小さな溜息を吐いて胡座を組んだ。

再び弱弱しい月明りが部屋に差し込んだが、今度は雨滴の音は消えない。

政宗の目の前、すぐの所。そこに白黒シマ模様の痩せた大猫が、一匹の鼠を銜えて蹲り、金色に輝く爛爛たる眼で、政宗を睨みつけていた。

首すじにがっちりと嚙みつかれて、鼠は四肢を激しく痙攣させている。

「ほほう。忍びのように音もなく侵入し、矢のようにすばやい鼠を一気に捉えたとはな」

政宗は痩せた大猫を誉め称え、

「邪魔はせぬ。落ち着いてゆっくりと食するがよい」と、付け加えた。

鼠が息をとめたのか、痙攣を鎮めた。

「ニャオウッ」

凄みのある〝吼え〟を見せた大猫の口から、ぼとりと獲物が落ちた。

横取りするなよ、と凄んでいるかのようだった。

「心配するな。それにしても私に気付かれず、近くまで寄って瞬時に獲物を捉えるとは、さすが野良よのう」

呟くようにして苦笑する政宗に、大猫はまた「フウウッ」と牙をむいて威嚇した。

政宗は直ぐ後ろの柱まで、胡座を組んだままの姿勢で滑るように退がり、柱にもたれて大猫を見守った。両膝に渡すようにして横たえた粟田口久国は、柄を右にして。

大猫が獲物の咀嚼を始め、その様子を政宗に見せまいとでもするかのように、月明りが幕を下ろした。闇を苦手としない政宗には、無駄であるというのに。

政宗は、目を閉じた。

闇の中から、皮を引きちぎり、骨を噛み砕く音が聞こえてくる。

生きていくための、野良の必死さの音であった。

一枚の皮膚、一片の骨も残すまいぞ、そう呻き呻き咀嚼しているような。

と――。

その必死さの音が急に鎮まった。

闇の中で、政宗は微動もせず、闇と一心同体。

大猫は消えたのか、それとも其処(そこ)にいるのか。

刻(とき)が……過ぎてゆく……それこそ音も無く。

やがて……動いた。政宗の右手が動いた。これも音立てず……ゆっくりと……静かに。

そして、粟田口久国の柄に政宗の右手が触れ、左手親指の腹が鍔平に触れた。

それが合図であった。空気がヴアッと唸(うな)る。

ガツン、チンッと鋼(はがね)の激突する音。飛び散る無数の火花。その一瞬の明るさの中に、黒ずくめの顔と粟田口久国が浮き上がった。

鋼と鋼の激突音が闇の中、右へ跳んだ。左へ移動した。真上に変わった。チンッ、ジャリンと鳴る、また鳴る。さらに鳴る。

その火花の中へ、政宗の顔が現われ、直後に消えて、黒ずくめの顔に代わった。猛烈だった。休みがなかった。間(あいだ)がなかった。

鋼の折れる特有の鈍い音がして、「があっ」と断末魔の叫びが闇を大きく揺さぶる。

だが、まだ終らない。誰かが連続的に打撃する「むんっ」「むんっ」「むんっ」の腹気合。低い声なれども裂帛。

ひときわ大きな火花。

その刹那の明りを浴びて、政宗が舞った。粟田口久国が光った。光って躍って二本の刃が中程から断ち折られた。

闇の幕が下り、同時に二つの悲鳴があってドスンッと叩きつけられるように倒れる音。

あとは静寂だった。いや、一つだけあった。鞘へ戻った粟田口久国の鍔鳴りの微かな音。

やや経って「野良や」と、物静かな政宗の声がした。息の乱れが全く感じられない穏やかさであった。

「野良や」と、政宗がもう一度呼ぶ。

通じたのかどうか、土間で「にゃあっ」と怯えたような鳴き声があった。

「すまぬ、すまぬ。もう終ったから、さ、此処へ御出(おいで)」

「にゃあっ」

　相手が応(こた)えたところへ、月明りが戻った。

　小さな二間だけの空間が、凄絶(せいぜつ)な闘いがあった事を物語っていた。三様の悲鳴と刹那的に断ち折られた二本の刀――それが示すように、黒ずくめ五人の骸(むくろ)が床に転がっていた。

　大猫は土間で硬くなったまま動かない。

　政宗は一体一体、骸の顔を確かめていった。

　四人目で彼の秀麗な面(おもて)が僅かに歪んで、「やはりか……」と呟きが漏れた。

　その表情が五人目の顔を確かめた時、一層苦しそうになった。

　四人目は政宗の傷を治療した医師舜扇であった。五人目は長屋の貧乏女房としか見えなかった、粥(かゆ)をつくってくれたフミである。

「なんてことだ……」

　女忍(にょにん)くノ一としか言いようのない、目の前のフミであった。

　この時、政宗は「お……」と思った。フミが、か細い息をまだ保っているではないか。

政宗は、フミの上半身を静かに起こした。

「なぜだフミ。優しかった舜扇や、お前がなぜだ」

「やはり……政宗様は……お強い……ですね」

「私を殺るなら、昏睡している五日の間に、出来たであろうに」

「それは……卑怯者が……やること。我ら……誇り高き……忍びは堂堂と」

フミの息が、そこで切れた。

「なんて事だフミ……お前の優しさは本物だったぞ」

フミを横たえて溜息を吐く政宗だった。

フミが、つくってくれた粥の旨さも偽りなものではなかった。

「お前は一体誰に命じられて、この私に刃を向けたのだ」

フミに粟田口久国を打ち込んだ事を、政宗は悔やんだ。打ち込まねば自分が殺られるかも知れないほど、五人の忍びの剣は鋭いものではあったのだが……。

政宗は気を取り直して、骸五体の刀、着ているもの、懐の中などを調べてみたが、何処の何者であるかを示すものは何一つ無かった。

大猫が、そろりそろりと政宗のそばにやって来た。

が、せっかく捉えた鼠は見当たらない。どうやら骸の下になってしまったかのようだった。

大猫が、フミの骸のそばに立ったままの政宗の足元に、近寄ってきた。

「にゃあ」と頭を垂れて、物悲し気である。

「また新しい獲物を探すがよい。お前ならばいつでも捉えられるだろう」

政宗は、月明り射し込む穴だらけの障子を、開けてやった。

大猫は政宗を一度見上げてから、小さな庭へ飛び出した。

（この骸の処置、北町の源さんには頼めぬな。光国殿に急ぎ相談してみるか）

表口から外に出た政宗は、月を仰ぎ、小さな溜息を吐いた。

「あんた、私好みのいい顔……」

そう言ったフミの笑顔が脳裏に甦って、政宗はまた辛そうに溜息を漏らした。

雨は止んでいた。

五

まともな獣道さえない奥鞍馬で、幼い頃から厳しい修行に明け暮れた政宗にとって特に優れたものに、方向感覚つまり帰巣性とでも言うべきものがあった。江戸入りしてまだ日が浅いというのに、本所深川、浅草駒形、日本橋室町、そして湯島、神田界隈と歩き回っているうち、すでに彼の体は大江戸の東西南北を正確に捉えていた。

幽霊長屋を出た彼の足は、表通りを行くことを避け、暗い路地から路地へと、水戸藩上屋敷ではなく北東へと向けられた。

とは言っても路地から路地へが、真っ直ぐに北東へと伸びている訳がない。

ときには北へ、ときには西へ東へを繰り返しながら、政宗は次第に素晴らしい速さで、月下を走り出した。

しかし暫くして、その足が止まり、月明り射し込まぬ暗がりに体が沈んだ。

またしても暗殺者か?

雨で湿った路地に溶け込むようにしゃがみ込み、政宗は四方に注意を払いながら呼吸を止めた。

やがて、政宗が先ほど入って来た路地口に、人影が現われた。

残念なことに、その人影の面貌を明らかにしてくれるほど、月明りは上手く地上に降ってはいなかった。

人影が、路地にそろりと入ってきた。いやに用心している歩き方であった。次第に近付いてくる。

政宗が微かに「ふっ」と、小息を漏らして暗がりの中で笑った。

人影が尚も近付いてきた。

「得次……」と政宗が立ち上がり、同時に人影が身軽に跳び退がった。

「ああ驚いた。さすがお気付きでございましたか政宗様」と、小声の得次。

「うん。幽霊長屋を出た直後からな」と、政宗も声を抑えた。

「申し訳ございませぬ。お許し下さい」

「源さんに頼まれて私を見守っていたのか」

「へ、へい。常森様にとりましても、私にとりましても、政宗様は特別な御方でございます。この大江戸で大事な御体に万が一の事あらば、京に対し申し訳が立ちませぬゆえ」

「命を張ってでも私を守れ、と源さんに強く言われたのだな。そうであろう」

「こ、これはどうも……やはり政宗様にはかないませぬ」

「いや、得次の尾行は、なかなかのものぞ。何処ぞに隠れてやろうかとも思うたのだが出来なんだ」

「めっそうも。政宗様がどうも本気で走っておられない様子は、この得次、何となく摑めてございました」

「だからお前は凄いのじゃ」

「余りお誉めにならないで下さいまし。冷や汗が出て参ります」

「私の事は心配してくれるな。妻子あるお前を、私の騒動には巻き込みたくはないのだ。源さんも得次もな、私にとっては大事な友なのだ」

「と、友だなんて勿体ない。およしになって下さいまし」

「だからな、この場から引き返すがよい。私は得次が心配し過ぎるほど、軟弱な男ではない積もりなのでな」

「それは承知の上にも承知しております。あの狭い暗がりの中で、ほとんど一瞬と言っていい間に、忍び者らしい五人を倒されたのでございますから」

「すでにあの部屋の中を見たのか」

「へい。配下の者を直ぐに常森の旦那の所へ走らせましたから、骸の片付けについてはご心配いりやせん」

「北町奉行所にとっては、あの現場は事件であるからなあ。源さんといえども隠密に処理するという訳にはゆかぬであろうよ」

「実は……」

「ん?」

「ある御方様から、もし政宗様が江戸入りなさるような事があった場合、あらゆる事態に対し、決して表沙汰にならぬよう全力を投じるように、と命じられております」

「なに。誰が何時そのような余計なことを命じたのじゃ」

「そ、それは、申し上げられませぬ」

「ははーん。京都所司代であろう。そうじゃな」

「………」

「京都町奉行所へ出向していた源さんと得次が、江戸北町奉行所の勤めに戻る日にでも、京都所司代が命じたのだ。きっとそうに違いない」

「あ、あのう、それは……」

「そのような京都所司代の配慮、私にはいささか有り難迷惑じゃ。源さんと得次の苦労には感謝するが、これからは過ぎたる私への気遣いは止すがよい。公明にして正大でなければならぬお前たちの勤めに、傷が付くようになってはならぬ。わかったな」

「へい。ではそのように、常森様には伝えておきやす」

「頼む……」

「それから政宗様。妙な事をお訊き致しますが、京へお戻りになる御予定というのは、具体的にお立てになっておられますので？」

「確かに妙な事を訊くのう」

「いえね。江戸市中に於ける昨今の不良分子対策の一つと致しまして、東海道の各関所に厳戒態勢を敷く、という幕府の御達しが一両日中にも出そうな気配でございますもので」

「なるほど。となると、江戸から西へ旅する者、西から訪れる者にとってはいささか、わずらわしい事になるな」

「左様で」

「心に留めておこう。京へ帰る時は甲州道中（甲州街道のこと）を経て中山道に入るのも案外面白いやも知れぬ」

「東海道五十二の宿草津で合流致しますものの、かなり遠回りとはなりますが」

「甲州は人情に厚いというから、それもいいではないか。しかし、東海道の関所に厳戒態勢を敷き、甲州道中や中山道へは敷かぬのか？」

「さあ、その辺りのことは私には……」

「ま、江戸に出入りする旅人の数は東海道が圧倒的に多いであろうから厳戒態勢をそこへ集中させるのは、判らぬでもないが」

「それでは政宗様。私はこれより常森様の元へ戻ります。間もなく夜明けが近付きましょうが、この刻限、最も騒動が起きやすいので身の回り充分に御注意下されまして」

「承知した。ありがとう」

得次は頭を下げると、身を翻(ひるがえ)して政宗から離れていった。

第九章

一

「朝の早くに不意に訪れてすまぬな喜世(きよ)。夜遅くまで懸命に働いているそなたを、かように早く目覚めさせてしもうた」

「何を水臭い事を仰(おっしゃ)いますのさ。朝早くに起きるなんぞ女の務めと割り切ってござんすよ。宵待草(よいまちぐさ)（夜の社交界）で頑張っている女にとっては、辛(つら)くとも何ともありませぬ」

控え目な口調でそう言いながら、味噌汁、漬物、御飯をのせた小膳を政宗の前に置いた早苗姐(さなえねえ)さんこと桐岡(きりおか)喜世であった。

明るい笑みを見せ、政宗と話すことが嬉(うれ)しそうである。

襖(ふすま)で仕切られた隣の部屋では、美代(みよ)と六助(ろくすけ)がまだ眠っている。

政宗と喜世は向き合って、朝餉(あさげ)の箸(はし)を手にした。

障子は開け放たれ、穏やかな朝陽が二人の膝元(ひざもと)にまで差し込んでいた。

庭の柿の木で、雀が二羽さえずっている。

「うまいな、この味噌汁。どこの味噌かな」

「この木場を実質的に仕切っている本所伝次郎一家の〝並代貸〟の一人が、〝親分からです〟と昨日届けてくれたのですよ。甲州味噌だと言って」

「ほう、甲州の味噌か」

「本所伝次郎一家には七つの組がありましてね。その組を七人の〝並代貸〟がそれぞれ治めておりますのさ。誰も彼もみんな気っ風がよくて、下町の人たちから七人衆の兄さんとか慕われてねえ。その兄さんたちが、ときどき味噌だ魚だ野菜だと届けて下さいまして」

「そうか。優しい連中なんだ……これは味もよいが、香りもまたよい味噌だな」

「こんなに美味しい朝御飯は久し振りでございますよ。政さんが訪ねて来て下さったおかげ」

「米もなかなかに旨い。これも甲州米か？」

「はい」

「持って来てくれた並代貸の一人というのは、喜世と親しいのか」

「あら政さん、やきもちでござんすか」

「ははは っ、そうかも知れぬな。少し気になる」

「一家にその人あり、と下町の人たちから言われている居合の五郎造。博徒ながら居合剣法目録の腕前でございましてね。あ、政さん、おかわりを」

「うむ、朝から二膳は久し振りじゃ」

政宗は空になった碗を、喜世の白い手に預けた。

「山盛りに致しましょうか」

「いや、半分ほどでよい」

「意外に少食でありんすこと」

喜世は目を細めながら、さも楽しそうに碗に御飯をのせた。

「漬物は、そなたの手づくりか？」

「勿論でございますよ。味はいかが？」

「これも実に旨い。夜の勤めを止して、漬物屋を考えてみてはどうかな。これは商売になる」

「商売にねえ」

「京には漬物づくりの名人が大勢いる。京漬物を学んで江戸で商いをすれば、大当たりするかも知れぬぞ」

「そう言えば、京から戻ってこられた本所伝次郎一家の頭の御両親。日本橋室町で京風和菓子の店を出し、大当たりしているとか言いますねえ」

「呉服商駿河屋も、京で一旗揚げてから江戸入りし、京呉服を前面に押し出したのが当たったらしいではないか」

「あら、政さんは、もう駿河屋のことまで、御存知でござんしたか」

「まあな……」

「私……」

そこで言葉を切った喜世は、庭先へ視線をやって、ちょっと遠い目つきになった。

「政宗様とこうしてお膳を挟んでお箸を手に致しておりますと、亡くなった父上や兄上と向き合うて朝餉の膳についた、恵まれていた日のことを思い出しまする」

それまでの姐さん言葉とは、口調を変えた喜世であった。

「お父上の桐岡喜之介殿は三百石の直参旗本で、小十人組に属する一刀流の達者であられたな」

「あ……」と小さく驚いて、喜世は箸と碗を静かに膳に戻し、政宗を見つめた。

「私の父のことを御存知であられましたか」

「うむ。そなたの兄と共に、辻斬りに遭うて亡くなられたとか」

「一体誰からそのことを……」

「余り気に致すな。悪い筋から耳打ちされた訳ではないのでな」

「父と兄が亡くなりました直後、母は悲しみの余り自害いたしました」

「そうか……そうであったか」

辛かったであろう、と言いつつ、政宗も箸と碗を膳に戻した。

「私は、そう遠くないうちに、江戸を発ち京へ戻ろうと思うておる」

「失礼ながら、京のどちらでございまするか」

「本院御所そばに武者小路がある。その北、さほど遠くない所に近在の者たちが紅葉屋敷と呼ぶ、小さな古い屋敷がある」

「紅葉屋敷……」

「そう。そこが私の棲む屋敷じゃ。何か困った事があらば、いつでも美代と六助と共に訪ねて御出(おいで)。不意に訪ねて来ても、むろん構わぬ」

「本当にお訪ねしても宜(よろ)しゅうございますか」

「ああ、構わぬとも。遠慮はいらぬ」

「もしかすると、厚かましくお訪ねすることになるやも知れませぬ」

そう言う喜世の両の目に、涙が浮き上がっていた。

「父上や兄上の仇(かたき)を討つ積もりでいるのではあるまいな」

「…………」

「やはり討つ積もりであったか。剣の達者であった、お父上、兄上を斬る程の奴じゃ。女の腕では無理であろう。そなたに万が一の事があらば、亡くなられた肉親は悲しむぞ」

「では御座いましょうが……」

「仇は天地の神が討ち果たしてくれよう。そう信じて肉親の菩提(ぼだい)を弔(とむら)うことに心を砕いた方がよい」

「あのう……」

「ん？」

「政宗様は京のどちらの御武家様でいらっしゃいましょうか」

「何処の誰に属しているのか、という意味の問いか?」

「は、はい」

「何処の誰にも属してはおらぬ。天下の自由気儘浪人だ。つまり紅葉屋敷は貧乏浪人屋敷。誰が何時訪ねて来て幾日泊まろうが、気がねはいらぬ。たとえ私が不在であっても、母上が優しく迎えてくれよう」

「母上様が御健在であられましたのね」

「うむ。そなたとはおそらく気が合うだろう。そなたのように、心の美しい母ぞ。それを楽しみに訪ねて来るがよい」

「江戸を、いつお発ちになりまするか」

「判らぬ。判らぬが、そう遠くはないような気が致しておる」

「恐れ入りまするが、差し料(刀のこと)の名をお教え下さいませ」

「粟田口久国じゃが」

「粟田口……あ、亡き父から最高品格の銘刀である、と聞かされたことがございます。誰もが簡単には手にすることが出来ぬ程の銘刀であると」

「お父上は刀に詳しい方であられたのか」

「はい、大層に……ひょっとして政宗様は……もしや京(みやこ)の」

「さてと、そろそろ失礼すると致そうか。子供たちの寝顔も充分に見た事だしのう」

　美味しい朝餉であった、と口浄(くちきよ)めの茶を飲み終え、政宗は刀を手に腰を上げた。

　もう一度そっと襖をあけて美代と六助の寝顔を確かめた政宗は、「まこと可愛い……」と呟(つぶや)いて、静かに襖を閉めた。

　二人は、玄関へ向かった。

「江戸では、もう、これきりでございますか」

「判らぬ。来れるようなら訪れたいが、そうもならぬ場合がある。なんとも言えぬな」

「いま何か大きな難題を背負うておられるのでは、ありませぬか。徳川光国様が襲われなされた事にかかわりがある」

「いや、べつに……」

「なんだか、これで二度と会えなくなるような、嫌な暗い予感がしてなりませぬけれど」

「そのような事はない。私の姿がこの江戸から消えたなら、先程も申したように、京へ来ればよい。京、大坂もそれはそれは面白い所ぞ」

「本当に参りますよ。お宜しいのでございますね」

「うん。構わぬ」

そう言い残して、政宗は明るい戸外に出た。

雲一つない青天であった。

喜世は、外に出て見送らなかった。それをすれば後を追ってしまいそうな心の不安があった。

玄関の外格子戸を閉じ、内格子戸を引くと、「政宗様……」と喜世は上がり框に座り込んでしまった。

夜の勤めで色色な客と接して男馴れしてきた積もりであるのに、この心の激しい揺れは一体どうしたことか、と思った。

痛いほど胸深くが騒いだ。

二

両国橋を渡って北西の方角へ、町家をかき分けるようにして凡そ三町ばかり行った辻の角で、「ここか……」と政宗は立ちどまった。

通りに面している櫺子窓から、鋭い気合が聞こえてくる。

「神明一刀流駒形道場」の看板を下げた正面から、政宗は少し左へ移動して櫺子窓の向こうを見た。

「ほう……」と、政宗の目が優しくなった。道場の中央付近でいま、辻平内が五十前後かと見える人物と対峙していた。

手にしているのは、双方とも木剣である。手加減を損なうようなことがあらば、骨など砕けてしまう。当たり所が悪ければ、死もありうる。

が、眺める政宗の眼差しは優し気であった。

「なかなかの身構えだが、まだ先生には及ばぬな」

辻平内と対峙する人物を道場主多端道元であろうと見ての政宗の呟きだった。

政宗は正門へ戻って玄関式台手前まで入った。

「お頼み申す」

政宗がひと声掛けると、道場の方で「はい、ただいま」と若い声があって、十七、八歳の若侍が稽古着姿のまま現われ、式台まで下りてきちんと正座をした。

「どちら様でございましょうか」

「私はいま道場中央で稽古をつけて貰っておる辻平内の……」

「あっ」と、若侍が政宗の言葉を制するかのように立ち上がった。

「も、もしや、松平政宗先生ではございませぬか」

「確かに私は松平だが」

「大変だ。少しお待ち下されませ」

言うなり若侍は、飛ぶようにして道場の方へ引き返した。

(辻平内め、また私を先生扱いして吹聴しておるな。仕方のない奴だ)

だが、政宗の目は笑みを見せていた。辻平内が余程に可愛いのであろうか。

床板を乱暴に踏み鳴らして、辻平内が現われた。

「わ、先生。お見えになって下さいましたか」

「今お前に稽古をつけておられたのが、多端道元先生でいらっしゃるのか」

「そうです。政宗先生のことは、すでに多端先生にお話ししてあります。さ、お上がりになって下さい」

「では、挨拶させて戴こうかな」

政宗が雪駄を脱ぐのを待たずに、辻平内は「先生、多端先生」と道場の方へ騒がしく駈け出した。

「全く忙しい奴だ。あれで心頭を滅却して、真剣を構えられるのかのう」

政宗は苦笑し、玄関式台へ上がったまま、次の訪れを待った。

幾人かの足音が、こちらへやって来る。

今度は作法を心得た、落ち着いた歩き方と政宗には判った。

「やあ……」

道場で辻平内に稽古をつけていた多端道元と思しき人物が、満面に笑みを浮かべ政宗と向き合った。

辻平内ほか四、五人が、正座をして黙って頭を下げた。

「多端道元でござる。ようこそお訪ね下されました」

柔和で慇懃であった。人柄の善さが表に出ているかのようだった。

「松平政宗でございます。辻平内が大変お世話になっておりますようで、御礼申し上げます」

「いやいや。平内にはこちらも助けられております。この道場屋敷内の一隅に住み込んで、掃除、洗濯、使い走りと嫌な顔ひとつせずに引き受けてくれますのでな」

「それも大切な修行でございます。遠慮のう、こき使うてやって下さい」

「松平殿のことは、幾度となく平内から聞かされております。こうして向き合いましても初対面のような気が致しませぬ程に。さ、先ずは道場の方へ御出下され」

「ありがとうございます。それでは……」

政宗は多端道元の後に従い、辻平内は政宗の後ろに付いたが、他の者は頷き合って玄関から出て行った。

多端道元が前を向いたまま、政宗に訊ねた。

「松平殿は魚鍋は食されまするか」

「魚鍋……でございますか？」

「大きな土鍋に様様な魚のぶつ切りを入れましてな、そこへ大根、長葱、青菜などをたっぷりと入れ、味噌と醤油味で煮るのですよ」

「ほう、いかにも美味しそうですね。酒に合いそうです」

「では昼に塾生も交えて、魚鍋と参りましょうか。ははっ」

門弟のことを〝塾生〟と称して、多端道元は明るく笑った。

道場では櫺子窓の下に十数名の塾生が居並んで正座をし、政宗が入っていくと
「ようこそ御出なされませ」と一斉に頭を下げた。

それだけで多端道元の教えが判るというものだった。

政宗は、道元によって塾生たちに丁重に紹介された。

「ところで松平殿、お願いがございます」

「はい。何でございましょうか」

「私および塾生たち幾人かと、お手合わせ戴けませぬか。是非にも御願い致しまする」

「喜んで……」

「おお、ご承知戴けますか。これは有り難や」

辻平内が政宗のことを日頃、どのように多端道元に伝えていたのか、道元はまるで少年のように喜色を顔に表わした。

「それでは先ず、私から」

道元がにこにこと道場の中央へ歩むと、塾生の一人が木刀二本を持って先ず師・道元に手渡し、道元はそれを柄元から先端まで念入りに検てから、矢張りにこにこと政宗に歩み寄った。

「大丈夫でございまする。どちらになされますか」

「いや、どちらでも」

「では、どうぞ……」

道元は木刀の一本を政宗に手渡し、自分が立つべき位置まで戻った。

道場に緊張が広がった。

道元の顔から笑みが消えて、無言のまま木刀を正眼に構えた。

政宗は軽く一礼すると、半歩前に出て、木刀をやや右下段とした。

その姿の余りの美しさに、塾生たちは息を呑んだ。

政宗は、眼差しをやや細め、呼吸(いき)を止めていた。すらりと立っているようにも見えるし、ゆらりと立っているようにも見える。

対する多端道元の両の肩は、たちまちにして力(りき)み、頬(ほお)が紅潮し出した。

勝負は一合も交えることなく、呆気(あっけ)なくついた。

「参りました」

道元は身構えたまま一歩退(さ)がり、木刀を下げて謙虚に腰を折った。

肩の力みは消え、さばさばとした表情であった。

「いい経験となりました。学ばせて戴きました」

政宗は道元以上に深く腰を折った。

道元が微笑みながら言った。

「ご修行の地をお訊ねするような事は致しませぬが、厚い真冬の氷の向こうから一気に突き抜けてくるような、凄(すさ)まじい火矢の一撃を胸全体に浴びました。とうてい、私の及ぶところではありませぬ」

「過分のお言葉、恐れ入りまする」

「塾生たちにも、どうか学ばせてやって戴きたく思います」

「承知いたしました」

道元の名指しで、塾生たちが次次と政宗と立ち合った。
七、八人の塾生が終えてから、道元は辻平内を名指しした。
すると政宗は平内に向かって、

「真剣としなさい」

と、告げた。

「え、真剣でございますか」

「うむ。私はどうやら、長くは江戸に留(とど)まれそうにはないのでな……」

「そ、そんな、先生」

「ま、聞きなさい。ともかく真剣を手にし、私の前に立つがよい」

「はい。判りました」

塾生の一人が道場に備えの真刀を持って辻平内に歩み寄り、木刀を受け取って
かわりに真刀を手渡した。

「平内」

「はい」

「先ず大上段に構えてみよ」

「承知致しました」

「うむ、それでよい。それで呼吸(いき)を止め私の目の中へ、己れの全てを入れてみなさい」

「先生……」

「私の言わんとしていることが判るか」

「心頭を滅却せよ……と」

「その通りじゃ。その瞬間に私の眉間(みけん)めがけて真剣を打ち下ろすがよい」

「…………」

「そなたに只今(これより)、無刀取りを伝授してつかわす」

「はい、先生っ」

辻平内の目が、みるみる輝き出した。

「心頭滅却に達すれば、全てが見える。その一瞬に全てを会得(えとく)せよ。お前なら……出来る。よいな」

道場は水を打ったように静まり返った。多端道元も一段高い師範座に正座して両拳を膝に置き、緊張の面持ちである。

辻平内の大上段、不動の構えが静かに……音もなく続いた。

平内の呼吸が、次第に……次第に小さく、弱弱しくなっていく。

その段階まで平内が達してから、政宗の右足が僅かに退がり、腰が小さく沈んだ。

平内の呼吸が止まった。それに逆らうように眦が吊り上がった刹那、

「むんっ」

裂帛の〝無言気合〟を発して、閃光のように平内が打ち込んだ。

ヴァンッと空気が唸る。

塾生のある者は恐怖で目を閉じ、ある者はくわッと目を見開いた。

壮烈な絵が、彼らの眼前に描かれた。

決して小柄ではない辻平内が、真刀を軸として宙に大車輪を描き、床に叩きつけられたのである。

ズダーンと大音を発して道場が震えた。

あとは静寂。そして真刀の切っ先より四、五寸のあたりを両手で挟んだ政宗が、

役者絵を思わせる見事に決まった身構えのまま、静止していた。

同様、他の誰一人として動かない。

やがて平内の口から小さな呻きが漏れ、政宗がゆっくりと構えを解いた。

それでようやく、塾生たちの間からざわめきが生じ、二人が平内に走り寄った。

「大丈夫じゃ。頭は打っておらぬ」と、政宗は涼しく笑って、手にある真刀を、そっと床に横たえた。

辻平内が、二人の塾生によって支えられながら立ち上がった。

そして彼は体を揺さぶるようにして、「平気じゃ」と、塾生の支えを振り払った。

「先生……」

「どうじゃ、しかと見たか」

「は、はい。見えましてございます」

「どの一瞬に、どういった呼吸で私が白刃を捉えたか、繰り返し思い出すがよい」

「思い出して、修練を重ねまする」

「平内よ」

「はい」

「お前なら出来ると信じて、私が大恩ある師より授かりし夢双無刀取りを、披露(ひろう)したのだ。無駄にしてくれるなよ」

「け、決して……」

「うむ。そなたの剣は今に私を遥(はる)かに凌(しの)ぐであろう。どれほど強うなっても、謙虚さを忘れてはならぬ。弱い者の存在を無視してはならぬ。よいな」

「お約束いたします」

「よし……」と政宗は微笑んで、体の向きを変えた。

「多端道元先生。道場をお借り致しまして、辻平内に業(わざ)一つ伝えさせて戴きました。勝手なる振舞いなにとぞ御許し下さい」

道場に両手をついて深深と頭を下げた政宗であった。

このとき道元はまだ、目の前で見た業(わざ)への驚きから解き放たれていなかったが、やや慌て気味に一段高い師範座から下りて、「なんの……」と正座する政宗に歩み寄った。

「衝撃を受け申した。いやあ凄い。凄いと言う他ありませぬよ」

「恐れ入ります。これからも辻平内を宜しく御願い申し上げます」

「平内はすでに、私が教え導くと言うよりも、己れの力量を己れの努力で高めていく段階に達してござる。それを本人が忘れぬ限り、平内の精神と業は無限に伸びてゆくと見ておりまする」

「ご慈愛深きお言葉。平内の励みになりましょう。平内をこの江戸へ送り届けた者として感謝申し上げます」

「さ、松平殿。座を奥の居間へ移しましょうぞ。存分に京の話を聞かせて下され。それからと……皆、そろそろ時分時ぞ。買物に出かけた者も間もなく戻るじゃろ。台所で用意にかかっておくれ」

道元に声をかけられた塾生たちが平内も含め、「はいっ」と応えて勢いよく腰を上げ、足早に道場から出ていった。

道元と政宗も立ち上がって歩き出した。

「あの通り皆、元気で純粋でありましてな。特に魚鍋となると。はははっ」

「武家の子息が多いのでしょうか」

「武家の子息は凡そ半分でしょうかな。あとは商家とか百姓の倅(せがれ)たちです」

「秀でたる塾生が次次と巣立ってくれると、道元先生も嬉しゅうございましょう」

「これは、と思った塾生は次の段階に達して貰う目的で、九段坂(くだんざか)に在(あ)る大道場・本傳(ほんでん)一刀流九段坂道場へ送り込んでおります」

「優秀な塾生が巣立ってくれると、道元先生も教え甲斐(がい)がございましょうね」

「それが……」

と、歩みを止めた道元が少し苦笑しながら声を落とした。

「あまり大きな声では申せませぬが、これまでに九段坂道場へ送り込んだ八名が八名とも、実は商家や百姓の倅たちでありましてな」

「それはまた……」

「武家の子息は誇りは高いのですが、修練の量や気迫が、その誇りに付いていっておらぬのです」

「なるほど**空誇り**(からほこり)……ですか」

「ええ、まさしく**空誇り**……つまり人間としての成り立ちの未熟さが目立つばかりで、私も苦労致しております」

台所で昼の準備が始まったのか、明るい笑い声が廊下の向こうから伝わってきた。

「あの通り誰もが実に天真爛漫(らんまん)ではあるのですが」

道元はそう言うと、また苦笑した。

二人は、肩を並べゆったりと歩き出した。

三

日が沈み始める少し前。

政宗は、神明一刀流駒形道場での楽しかったひと時を思い浮かべながら、若年寄堀田備中守正俊(ほったびっちゅうのかみまさとし)（安中(あんなか)藩主）の上屋敷を訪ねた。

どっしりとした表御門（御成御門）は直ぐ目の先にあって、二層の瓦屋根も白塗りの土塀も固く平らな表道(おもてみち)も皆、赤みがかった蜜柑(みかん)色に染まっていた。

空一面に夕焼けが広がっている。

く。

安中藩上屋敷表御門の前で足を止めた政宗は、その夕焼けの空を仰いだ。何という鳥なのであろうか、無数の黒い粒が矢形を組んで、西の方へ飛んでゆく。

(辻平内は、誠よき師を得たな)

胸の中で呟く政宗であった。江戸へ行って修行せよ、と勧めた辻平内のことは、ずっと気になっていた。それだけに多端道元という腕も人柄も確かな師を得たと知った事は、大きな安心だった。

(平内が五本の手合わせのうち一本を私から取るようになるのは、そう遠いことではあるまい)

その日が楽しみだ、と政宗は口元に小さな笑みを浮かべた。

表御門の前から台所門、長屋小門を過ぎて一町ばかり歩みを進めた政宗は、白塗り土塀の角を左へ折れた。

土塀の角には小櫓があって、そこから先は再び白塗りの土塀と長屋(長屋塀ともいう)だった。藩士や足軽の住居でもあるこの長屋は、表通りや裏路地にいつ現われるか知れない外敵から屋敷を防禦することの意味を有している。

長屋沿いに、ほんの二十間ばかり行ったところの裏御門の前で、政宗は「さて……」と、ちょっと考え込んだ。著しい回復を見せ出した矢傷ある大腿部を、着物の上からそっと押さえている。

「もう大丈夫であろう……」と呟いた政宗は、裏御門の先へ少し進んでから、鼯鼠の如くふわりと白塗りの土塀を飛び越えた。

そして、ほとんど音立てずに庭内へ五体を丸く縮めて着地。

政宗は忍び業を心得ている訳ではない。険しい山・川・谷を修行の相手としてきたからこその〝野生〟であった。

目の前に池があって、池の向こう側は小さな竹林になっている。もちろん造園拵えだ。

視線を左に転じると、裏御門と向き合うかたちで、裏玄関の式台があった。どれもこれも、夕焼け色に染まっている。

政宗は視線を竹林のうんと右方へ転じ、「おられるかな……」と漏らした。細長くつくられた庭池の向こうの端、その辺りを眺めることが出来る座敷で、落馬した若年寄堀田備中守は静養している。

政宗は腰を沈めたまま池のこちら岸に沿うかたちで、移動した。日が沈み始めているとは言え、蜜柑色の夕焼け空で庭園はまだかなり明るい。

不法に侵入した政宗にとっては、気の置けない明るさではあった。

池の端まで来てみると、政宗が目指していた座敷の障子がゆっくりと開いて、
堀田備中守がやや左脚を引きずるような姿勢で縁に現われた。

まるで政宗の不法な訪れを予感していたかのように。

すうっとした感じで政宗が立ち上がる。

すぐに気付いた堀田備中守が、「おっ」という表情をつくった。

政宗は黙って丁重に腰を折った。

堀田備中守が「どうぞ……」という手振りを見せたので、政宗は辺りを見まわしてから池の端を回り込んだ。

「驚きました。兎も角も、さ、お上がり下さい」

「無作法なるお訪ね様を致しまして、申し訳ありませぬ。差し料のままを、お許し下され」

「なんの。さ、お上がりを……小姓は別間にいて、呼ばぬ限りは来ませぬゆえ」

二人は寝床が延べられている奥の小座敷――寝所――の手前、夕焼けが深く差し込んで幻想的に明るい十二畳の間で向き合った。

上座も下座もない、蜜柑色に染まった庭を共に片手方向に見て、自然と対等な座り様となった。

粟田口久国はむろんのこと、政宗の右脇に。

「お具合は如何でございまするか」

「随分と痛みは薄らぎました。明日から登城する積もりでおりまする」

「まだ、少し早いのではありませぬか。痛みが、きちんと消えてからでも」

「いや。老中会議も、若年寄会議も難問を抱えておりますゆえ、そうも参りませぬ。こうして体を休めておりますと、かえって不安に襲われましてな」

「若年寄会議は、若年寄だけの寄合(会議)でございまするか」

「日により時により、書院番頭、小姓組番頭、新番頭など有力頭を加えることもありますが」

「馬術達者の備中守様が、有り得ない状態で落馬なされたのです。江戸城中に於きましても、登下城に於きましても、身辺ご油断あってはなりませぬ」

「政宗様に御心配をおかけ致し、全く面目ございませぬ。仰せのように身辺には充分に気を付けておりまする」

「ですが、私はこれこの通り、簡単に侵入できました」

「あ、これはどうも。いやはや……」

と、堀田備中守は苦笑した。

「備中守様を不埒な手段で落馬させたるは、恐らく相当な手練の忍びでありましょうが、その忍びの背後に潜んでおる者について、今いかがお考えでございますか」

「政宗様御存知のように、いま主たる幕僚たちは、現将軍ご健在であるにもかかわらず有栖川宮家に積極的に接触し、宮将軍の実現を画策いたしております。私はこれに頑として反対する立場でありますから、その私に向かって忍びが放たれたとすれば、それは誰の意思と申すよりは、幕僚たちそのものの意思でありましょう」

「幕府権力の強大なる意思……」

「その通りでございます。むろん現将軍の意思は、間違いなくその外側に存在しておりますが」

「うむ」

「ただ政宗様……」

「はい」

「ふと疑問を覚えることがございます」

「忍びを放った者……についてでありますか？」

「左様です。最高権力者である大老・老中たちが、頑迷なる反対者であるこの堀田備中守を邪魔だと激しく思うのであらば、忍びの刃で私を一突きすれば宜しいではありませぬか」

「落馬させる、といったような小賢（こざか）しい手段をとらずに、と仰せになりたいのでございますな」

「その通り。私を暗殺すれば済むことではありませぬか。ところが、忍びはそれをしなかった」

「つまり暗殺する意思は、はじめから無かった。本気ではなかった、と仰（おっしゃ）りたいのですね」

「どうも、そのように感じられてならぬのです。要するに私を落馬させるため忍びを放った画策者は、大老・老中などの最高権力者たちとは全く関係ないのではと思えたり致すのですよ」

「実は、私もそう思い始めておりました。それで、密かに訪ねて参ったのです」

「では、私に対し忍びを放ったのは、何者だと思うておられますか」

「判りませぬ。判りませぬが、これはどうやら大きな集団による偽装芝居ではございますまいか。無差別に誰彼を襲って騒ぎを広め、多数の注目を、そちらへ向けさせるための」

「えっ」

「さらに宮将軍画策騒動という恰好の権力争いにも乗じて、大きな目的を持ったその大集団、それも一筋縄では行かぬ強力な大集団が、いよいよ本格的に動き出したような気が致します」

「で、大きな目的と申されますると……」

「それも判りませぬ」

「まさか徳川幕府転覆……」

「さあて、それは……」

「だとすれば、宮将軍問題で、幕府の中枢部が分裂している場合ではありませぬな」

「仰せの通りです。備中守様の誠実なるお人柄を信じてこそ申し上げるのでございますが、つい先頃実は常陸水戸藩主徳川光国様も、素姓判らぬ者たちに襲われて危ういところでございました」

「な、なんと……朝廷を強く敬うことで知られた、御三家の水戸様までが」

「詳しく申し上げることは省かせて戴きますが、小石川の水戸藩上屋敷のみならず、駒込、目白の中屋敷、本所小梅に在りまする下屋敷も、すでに密かに厳戒態勢を敷いております」

「わが屋敷も油断できませぬな」

「くれぐれも……」

「幼少年時の光国様は音に聞こえた不良侍で、家臣を心配させたらしいのでありますが、成長するにしたがい立ち直り、二十九歳にして大日本史の編纂に着手するなど、今や思想的にも成熟著しい御方。その御方が、何者とも知れぬ者に襲われるとは……」

「非常に真面目で純粋な御方です。藩では不作が続いて百姓たちの間にかなりの不満が溜まっていると聞きますが、光国様は何とかしなければと真正面から向き合うておられる御様子」

「ええ。私も、水戸藩内から藩公への襲撃者が出たとは、考えたくありませぬ。政宗様仰せのように光国様は、心身極めて清い御方です。関白近衛信尋様の御息女泰姫様を正室となされたのが二十七歳のとき。その美しい泰姫様を病気で亡くされたのは三十一歳で、それ以来現在まで、正室も側室も持たれてはおりませぬ。心静かに泰姫様を想い続けていらっしゃる」

「はい。私も、そう承知いたしております。ところで、今日は備中守様に御願いが一つございます」

「何なりと。政宗様の仰せならば、首を横に振ることはありませぬゆえ」

「恐れいります。御願いと申しますのは……」

そこで言葉を切った政宗の視野に、庭池の向こう先端辺りでチラリと蠢くものが入っていた。

「備中守様」と、政宗は真顔となり、声が沈んだ。

堀田備中守も（ん？）という感じで、真顔をつくった。

「当お屋敷では、何か動物を飼っておられますか」

「動物？……あ、猫が二匹。由紀（ゆき）が飼っております」

「由紀姫様が飼っておられます、その猫の毛並の特徴を、お教え下さりませぬか」

「一匹はトラ、もう一匹は三毛（みけ）でありますが」

聞いた次の刹那（せつな）、粟田口久国を手にした政宗は、ほとんど横っ飛びの状態で庭先へ下りるや、池の先端付近で跳躍した。

「おおっ」と、若年寄堀田備中守は唸（うな）った。

そのすらりとした姿形からはとても想像できぬ政宗の強烈な〝野生〟を、備中守ははじめて見た。

いや、それは壮絶の始まりに過ぎぬことを、直後、備中守は目撃する。

庭池の向こう先端に着地しかけた政宗に、地中から湧き上がったかのような刃が突きにかかった。

刃が蜜柑色の閃光を鋭く放ち、同時にチャリン、ガツッと鋼が打ち合って、夕焼けの下に大粒の青い火玉が散った。

備中守は生まれてはじめて見た。それは真剣と真剣が、激突する烈しい火花だった。

しかし備中守には、二本の刃の他には政宗だけしか見えていなかった。

政宗が相手の刃を、弾き返した。その返し業を備中守はしっかりと見た。

姿見えぬ相手の刃が政宗の面前で、稲妻のように光った。それも備中守には見えた。

余りの凄まじさに備中守は息を止めた。全身が鳥肌立った。頭の中が真っ白になっていった。

「出会えっ、曲者じゃ出会えっ」を忘れていた。完全に忘れていた。

政宗の粟田口久国が反撃に転じた。見えぬ相手に面、首、面、首と連打していると、備中守には想像がついた。目にも止まらぬ閃光のような早業であったから、想像するしかなかった。空気が虫の羽音のように唸っていた。

政宗の刃が、下から掬い上げるようにして、半円を描いた。

蜜柑色の光が、その刃から虹(にじ)のように飛び散って、その円弧の端から絶ち切られた腕が高高と舞い上がる。

「な、なんと……」

備中守はその余りの凄さに、茫然となった。

次に粟田口久国が天から地へと走り、ガツンと鈍い音がして、張り倒されたように黒装束が池に落下。水しぶきが上がった。

だが、何かが此方(こちら)へ途(とん)でも無(な)い速さで飛来すると直感した備中守は、正座していた体を素早く伏せた。

ドンッと地鳴りのような音がして、血しぶきが赤い花火のように座敷に広がる。

急に静寂が訪れ、備中守は体を起こし思わず「うっ」となった。

床の間の掛け軸が血を浴びて中ほどで破れ、その掛け軸の真下に、こちらを睨みつけているものがあった。

左首の根あたりから右腋(わき)にかけてを斜めに断ち割られ、鎖(くさり)かたびらの一部をダラリと垂らした黒装束の首から上であった。

カッと両目を見開いているが、目窓だけ開けた黒覆面で顔を隠しているので人相は判らない。

合戦の経験もなければ、個人としても真刀の闘いを知らぬ若年寄堀田備中守は、膝頭の震えを容易に鎮められなかった。歯の根も合わずカタカタと鳴った。われながら情ないと思いもした。

政宗は、刃を清めた大刀を鞘に戻し、座敷に戻って備中守と向き合った。

何事もなかったような表情であったが、額と左頬から糸のような血すじが伝い落ちていた。

「いかぬ政宗様、怪我をなされておられる」

政宗の身辺素姓を柳生宗重から聞かされている備中守は、少なからずうろたえた。

「大丈夫です。それよりも座敷を血で汚してしまいました。お許し下され」

「何を言われまする。家臣さえも気付かぬ恐ろしい侵入者を打ち果たして下さったのです。私の方こそ、礼を申さねばなりませぬ」

「たった一人で侵入するだけあって、恐ろしい手練でありました。剣の腕はほとんど私と同じか、あるいは上であったかも知れません」

「忍び……ですか、黒装束でありますが」

「鎖かたびらを着込んでいるところから見て、ええ、忍びに間違いありませぬ。どうせ素姓を明かすものは、何一つ身に付けてはおりますまい」

「怪我、やはり侍医(じい)の手当てを受けて下され政宗様。そのままでは余りに……」

「いや、侍医に会うのはまずい。私(わたくし)が立ち去ってから、骸(むくろ)を片付け、座敷を清めて下さいませぬか」

「は、はい……」

「床の間の大切な掛け軸を駄目にしてしまいましたね。申し訳ありませぬ」

「何を仰います。掛け軸など……」

「では家臣たちが騒ぎ出さぬ内に、この政宗、失礼させて戴きまする」

「判りました。その方が宜しいという事であれば」

「はい……」

「それにしても、あ奴……」

と、備中守はこちらを睨みつけている床の間の首を睨みつけた。

「この備中守を暗殺せんとして侵入したのでしょうかな」

「備中守様が狙いであったのか、あるいは私と備中守様の二人が狙いであったのか、今となってはもう判りませぬが、殺気は凄まじいものでした」

「小賢しい脅しではなく？」

「とてものこと、脅しの殺気などでは、ございませなんだ」

「私には、幕府の権力集団から殺られるかも知れぬ、という心当たりはありますが、政宗様にも何ぞございますのか」

「さあて私には心当たりなど無くとも……一方的に中傷され、罠にはめられ、命を狙われる立場かも知れませぬなあ」

「幕府閣僚の一人として、力の無さと努力不足を申し訳なく思いまする。なにとぞ御許し下され政宗様」

「幕府閣僚たる者は、世の平和を維持するため常に最善の思索、最善の決断、揺るぎ無き備えの実現に、命を賭して努力しなければなりませぬ。今以上に研鑽を積んで貰わねばなりますまい備中守様。幕府閣僚の一人として弛まぬ研鑽を積み上げて下され」

「この備中守、確かにお約束致しまする」

「それから備中守様。私を急ぎ家綱様に会わせて戴く手続きを取って下さいませぬか。明日より登城なさる、と先程うかがいましたが」

「上様に……ですか」

「それも密かに」

「ですが政宗様。上様に於かれましては先日朝より高熱を発して床に臥してお(ふ)られ、誰ともお目にかかる事が出来ない、と私の方へ連絡が届いておりまする」

「高熱……」

「はい。それで私も心配になり藩江戸家老を動かして、若年寄土井能登守(どいのとのかみ)殿にそれとなく接触させましたが、やはり高熱を発し床に臥しておられる事は間違いありませぬようで」

「ふむう」

「柳生兵衛宗重殿から、そのような報は届いておりませぬか」

「ええ、このところ私(わたくし)も何かと忙しく致しておりまして、会っておりませぬもので」

「余程にお急ぎで重要なることを、上様とお話しなさりたいので?」

「いや、止しましょう。高熱とあらば仕方がありませぬ」

「明日登城して奥医師に接するなど城内の様子を窺ってはみまするが、不測の事態でなければ、つまり何者かに何かを飲まされるなどして高熱を発したのでなければ、熱が下がるのを待つしかありませぬ」

「そうですね。やむを得ませぬ。さて、それでは家臣たちに座敷を清めさせて下され。余り騒がず物静かであるのが宜しいかと思いまする。私は申し訳ありませぬが、これで消えると致しましょう」

「政宗様。一度ゆっくりと由紀に会うてやっては下さいませぬか。男まさりであったあれもどうやら、自分が女であることに気付き始めたようでありましてな」

「由紀姫様にお伝え下さい。江戸にばかり閉じ込もっていないで、京へでも旅して下されと。大老・老中権力と対峙する備中守様の御妹であられても、伊勢詣でなど、やわらかな目的で申請なされば、執政者（大老・老中たち）に怪しまれることは先ずありますまい」

「あれを京へ旅立たせても宜しゅうございましょうや」

「京に滞在なされる間は、責任を持って我が紅葉屋敷でお預かり致しまする。母も、よき話し相手と、きっと喜びましょう」

「左様ですか。ではあれにそのように伝えてみまする。小躍りするやも知れませぬなあ」

「本院御所そばの武者小路の北、二町ばかりの所に我が紅葉屋敷はあります。さして広くもない質素な古い屋敷ではありますが、その界隈の商人百姓に訊ねて貰ってもすぐに判りましょう」

「三年でも四年でも存分に京に滞在するがよい、とあれに告げても宜しゅうございましょうや」

「なんの遠慮することなどありましょう。そうなれば母がどれほど喜びますことか」

「おお、嬉しい御返答を頂戴致しました。有り難や」

若年寄堀田備中守正俊三十六歳と交わしたこの話が、その後の京に於いて大騒動のもととなる事に、まだ気付かぬ心優しい政宗であった。

「それではこれで引き揚げます備中守様。身辺くれぐれも御油断なきよう、お心がけ下され」

「政宗様も……」

政宗は血で汚れた座敷を後にし、また土塀を飛び越えて屋敷の外に出た。

頭上はもう夜であったが、西の空のひと隅にまだ夕焼け色が残っていた。

（家綱様の高熱が、単なる風邪であってくれればよいのだが……）

政宗は胸の中で、そう念じた。

堀田備中守の身も、やはり心配であった。

（たった一人で堀田邸（安中藩上屋敷）へ侵入した、あの凄まじい手練忍び。あ奴の侵入も、目的を持った集団の偽装芝居の一つと見るべきかどうか）

それとも幕府権力が備中守を狙って放った暗殺者であろうか、と判断に迷う政宗だった。

政宗は、立ち止まって夜空を仰いだ。

溜息が一つ出た。

「夜はいい。夜は人の世の汚れを、見分けつかぬように塗り潰してくれる」

呟いて、政宗はまた歩き出した。明日塾の子供たちの顔が、脳裏に浮かんで消えた。

「テルは元気に学んでいるかなあ」

子供たちを残して一人江戸へ出てきた事を、「すまぬ……」と思う政宗であった。

西の空のひと隅から、夕焼け色が消えてゆく。まるで水で洗い流すような、異(い)様(よう)に早い消え方だった。

何処へ行こうとしているのか、着流し懐手(ふところで)で政宗はゆっくりと歩き続けた。

目の前に暗殺者の現われるのを待ち構えているかの如く、ゆっくりと。

あるいは何者かが尾行してくれるのを望んででもいるかのように、飄然(ひょうぜん)と。

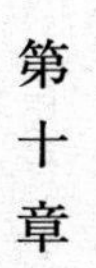

第十章

一

夜空に無数の針穴があいたような、満天の星であった。

しかし、その星明りが地上にまで届く筈もなく、また頼りの月もひと摑みほどの流れぬ雲に隠されて、墓地は濃い闇に溶け込んでいた。

「いま何を致しておるのだ」

政宗は腰を下ろし墓石に語りかけた。高柳家の墓であった。早苗の霊が眠っている。

「場合によっては、明日にも京へ戻ることになるやも知れぬ。いや、奈良大和に向けて馬を走らせるやもな」

「なあに、また江戸へ戻って参る。このように話し相手になってやるぞ」

「淋しいだろうが、暫く我慢してくれ」

「早苗よ……そなたは本当に素晴らしい女子であったなあ」

ひとり語り終えて、政宗はゆっくりと立ち上がった。

「では……な」

政宗は闇の中で頷き、体の向きを変え歩き出そうと一歩踏み出した足を、そのまま止めた。

左手が、鯉口に触れていた。視線は闇の一点に向けられたまま動かない。

（一人……三人……五人……七人……総勢七名……か）

胸の中で一人呟いた政宗の右手が粟田口久国の柄に触れて、静かに抜き放った。刃と鞘がこすれ合って微かにサラサラと鳴る。

政宗は身構えることなく、刃の先を地に向けて下げ、そのまま動かなかった。

幾つもの墓石の向こうから、次第に近付いてくる人の気配を、逃す筈もない政宗だった。

尤も真っ暗な墓地のことゆえ、当たり前の者なら、墓石と人影とを見分けることなど無理というものだった。その無理を、政宗の〝野生〟は可能にしていた。

（止まった……）

扇状に広がって迫ってくる気配が、六、七間先でその気配を消したこと、つまり完全に静止したことを彼は捉えた。

この特徴ある動き様はまぎれもなく忍び、と政宗は思った。

相手の〝静〟に対し、政宗も〝静〟を選んだ。闇の中にはあったが目を閉じ、心を閉じて呼吸を穏やかに減らしてゆく。

そして政宗は、呼吸(いき)を止めた。無想の域に達していた。刻(とき)の外側にも達していた。が、現実をはっきりと捉えていた。

対峙(たいじ)する相手も、一歩もひけを取らない。

一陣の夜風が墓地を吹き抜けてゆき、木立が葉をうるさく鳴らした。

(来る……)

そう捉えて、粟田口久国がようやく刃を相手に向け、逆下段構えとなった。

ジリッと迫り来る重苦しい気配。凄(すさ)まじい威圧感。

ところが、それが一瞬の間に消滅して、政宗は体に軽さを感じた。

(消えた……何があったか)

政宗は目を閉じた状態のままフウッと溜息(ためいき)を一つ吐(つ)き、気をゆっくりと鎮めてから粟田口久国を鞘に戻した。

閉じていた目を見開いたのは、粟田口久国の小さな鍔鳴(つばな)りがあってからだった。

政宗は濃い暗がりの中に在る高柳家の墓石へ向き直った。

「早苗。どうやらこの墓地を血で汚さずに済んだぞ」

そう言い残して、政宗は高柳家の墓石から離れた。

次に目指す所は、もう決まっていた。

暗い墓地を出て寺の境内に入り、昼間見ればよく手入れされていると判る竹林を抜けて神宮川に面した裏山門から出るまで、政宗は異常を何一つ感じなかった。

一体、あの凄まじい威圧感は何処へ消えてしまったのか？

政宗がそう思った時、神宮川の川面にすうっと月が出た。辺りがほんのりと青白く染まり「神宮川」と刻まれた石柱――等身大の――が政宗の目に留まった。

まるで春の宵を思わせるような薄霞が地を這い始めている。

「さあて……今宵はこのまま穏やかであってくれればよいが」

呟いて政宗は、墓地の方角を一度振り返り見てから、「さらばじゃ早苗……」と歩き出した。見送るは、裏山門の両脇でやわらかな月明りを浴び大枝を張る二本の松の影のみ。

青白い月明りの下、長く続く土塀の向こうに聳え建つ大本堂の堂堂たる大屋根が、さながら城郭を思わせる。

土塀の中程まで来て、政宗の歩みが止まった。

幾つもの視線が、自分に向けられているのを、政宗は捉えた。だが、襲い掛かってくる気配は無い。

歩き始めてみると、明らかに視線の気配もそれに従って移動した。しかし、その視線がどの辺りで蠢いているのかまでは正確に掴めない。

ただ、間違いなく、移動しつつねっとりと絡み付いてくる。

(ご苦労なことよ……)と、政宗は苦笑して、ゆったりと歩き続けた。

〽……ゆうべ静なる淵にして　花散る夢をみたり
憐れなり　春遅くして女未だ家に帰らず
神宮の流れ　春消し去って今尽きんと欲す
川面の落月　ふたたび西に斜めなり
女よ月夜わたりて　いつ我の手に戻るや……

なき早苗を想って口から素直自然に出るに任せ、澄んだ音吐朗朗たる声で謡い出す政宗であった。どこか悲しい響きがあった。

すると……何者かの強い指示でもあったかの如く、政宗に絡み付き移動していた幾つもの視線が……ふっと動きを止めた。

まぎれもなく、政宗にはそう感じられた。

政宗は、歩むことをやめなかった。そして朗朗と謡い続けた。

動きをとめた幾つもの視線は一つまた一つと取り残され、満天の星と月は政宗にひっそりと絡んだ。

政宗の謡いも鎮まった。

やがて政宗は、背に触れていた気配が、完全に消え去るのを感じた。

「一糸乱れぬ動き……余程の者の差配下にある……」

政宗はそう思った。

神宮川が二手に分かれている所に出た。川沿いに建ち並ぶのは土塀のその規模から見て中堅の旗本屋敷のようであった。

政宗は橋を向こうへ渡り、屋敷路地へと入っていった。

どこ迄(まで)もほぼ真っ直ぐに伸びている屋敷路地であった。尾行している者があれば、すぐにそれと判るほどに。

政宗は月明りに流されるが如く、静かに歩き続けた。

〽ささ波や　志賀の辛崎(からさき)や　御稲搗(みしねつ)く　女(おみな)のよさ　さや
それもがな　かれもがな　愛子夫(いとこせ)に　ま愛子夫(いとこせ)にせむや

再び謡い出した政宗であった。先程の思うがままとは違った古謡(うた)であった。四百年に亘(わた)って平安貴族が好んでやまなかった催馬楽(さいばら)の一つである。月夜に津津(しんしん)たるその声、早苗を想うがごとく悲しむがごとく溶(と)け広がっていった。

屋敷路地が切れる手前まで来たとき、政宗の歩みが止まった。

数間(けん)先の広い通りに、身形(みなり)正しい侍が一人立っていた。殺気はなく力(りき)みも傲慢(ごうまん)さもない。年齢(とし)は四十前後か。

侍が黙って深く腰を折ったので、政宗は通りに出て相手との間を詰めた。

「何か?」と、政宗は物静かに問うた。

「おそれながら、只今の謡いは御貴殿でございまするか」

「いかにも……」

「拙者は当屋敷……」

侍はそう言いつつ政宗が出て来たばかりの路地右手に向け、手を小さく動かし示して見せた。

政宗は「ん？」と振り返り、その屋敷が中堅の旗本屋敷どころではない、かなりの大きさであることにはじめて気付いた。

侍は言葉を続けた。

「……当屋敷の主、杉野河内守定盛様の家臣、山田市之助と申しまする。かように月夜の道を塞ぎましたる無作法無粋、なにとぞ御許し下され」

「いやなに……」

杉野河内守定盛と聞いて政宗の表情は僅かに動いていたが、相手――山田市之助――は気付いていない様子であった。

彼が、もう一度丁寧に腰を折ったので、政宗の方から先に切り出した。

「して、杉野家の御家臣である山田殿が、この素浪人に何ぞ御用がおありですか」

「わたくし、直参旗本で大番頭にあります杉野家九千石の、用人を務めまするが、御貴殿の謡いの素晴らしさを耳に致しましたる我が殿が、是非とも当屋敷、月明りの広縁にてお目にかかりたいと……」

「ほう」

「実は我が殿が御酒を召しあがりますと、それは見事にお謡いになられます。特に、ささ波や志賀の辛崎や御稲搗く、は殊の外お好きであられまして」

「なんと、武闘派まぎれもなし大番の職に就かれている御方が、催馬楽を嗜まれますのか」

「はい。と、申しますのも奥方、信子様が京の花山院家・飛鳥井清盛様の姫君であられましたることから……」

「なあるほど、それで」

政宗は納得したように頷いてみせた。藤原家忠（北家藤原氏・一〇六二年～一一三六年）を祖とする家格・清華の名流貴族である花山院家には、祖系・花山院家の他に、中山家（明治天皇生母慶子姫へとつながる）、大炊御門家、難波家、飛鳥井家などがあって、この五家を合わせて「花山院家」あるいは「花山院流」と称した。

飛鳥井家だけでも、祖家（飛鳥井雅経）を含め凡そ三十家の広がりを見せている。

「ご承知願えまするでしょうか」

「判り申した。お付き合い致しましょう」

「おお、ご承知下されますか。これは有り難や……」

と、ここで杉野家用人山田市之助は破顔した。策の無い善人の顔、と政宗は見た。

大身旗本ともなると、家老、用人、御側、取付、近習、馬廻り、徒目付、徒士、などの役職を置いているところが少なくない。

ましてや杉野家は、大名下限禄高一万石に迫る九千石の大身旗本家であり、しかも老中支配下の大番頭という非常に重い立場にある。

ただ、大身旗本家の家老・用人・御側……といった役職は、あくまで旗本家の〝私職〟に過ぎず、幕府のたとえば寺社奉行とか火付盗賊改、大目付といった〝公職〟とは、直接的にも間接的にも関係はない。

「それでは案内申し上げまする」

「参りましょう」

政宗は先に立つ山田市之助のあとにゆったりと従った。このいかにも謹厳実直そうな中年の侍を、政宗は気に入り始めていた。

しかし、柳生兵衛宗重と共に、江戸城・内追手橋を渡り終えた所で出会った杉野河内守定盛の昂然(こうぜん)たる態度と不遜(ふそん)なる口ぶりを、決して忘れてはいない政宗であった。

前を行く山田市之助は恐らく、そういった一幕がすでにあった事を知らないのであろう。

「あのう、こちらから一方的に突然の無理を御願い致しておきながら、お訊(き)きするのは誠(まこと)にそのう……」

山田市之助は前を向いたまま、口を濁した。

「私の姓名なら、日本橋呉服屋長兵衛(ちょうべえ)、でご承知願いたい」

「え？……とても商人とは思えませぬが」

「ご承知願いたい」

「は、はあ」

姓名の儀についての問答は、それで終った。諦めの早い山田市之助だった。政宗がはじめに〝この素浪人〟と言っているにもかかわらず、その点をしつこく問う事はしなかった。

今度は政宗が山田市之助の背に向かって訊ねた。

「この辺りは番町、と心得て宜しいのですかな」

「おや、江戸の御方ではなかったので？」

「はい、旅の者です」

「それはまた……ですが先程、日本橋呉服屋長兵衛と申されましたが」

と、山田市之助の口調の丁寧さは変わらない。

「ええ、それはそのままで宜しい、ということに」

「ははは、左様ですか。確かに旗本屋敷と申せば番町、番町と申せば旗本屋敷でありました。江戸城の西北部にあたる台地が番町でありまして、城の守りに適した地勢でありますことから、将軍直属の武闘派である旗本が配置されたのです。特に大番組の屋敷が多かったこともあって番町と名付けられたのですが」

「なるほど」

そのへんの事は知っている政宗であったが、相槌を打った。

「ですが大変な火災でありました明暦の大火で江戸がほぼ焼野原となりましてからは、旗本屋敷の配置も少なからず変わりましてな」

話すうち表御門の前に着いた二人であった。優に三千坪以上はあろうか、と思える土塀の広がりであって、表御門も長屋御門ではなく、四脚二層という威圧感ある独立御門であった。

「ふむう。九千石御旗本ともなると、立派な御門ですな」

「さ、さ、お入り下さい」

表御門を入った政宗は玄関式台の方へは通されず、山田市之助の後に従って風雅な石畳の小道沿いに、庭の奥へと向かった。

さすが一万石大名と肩を並べる九千石の大身旗本だけあって、敷地が土塀や長屋塀で囲まれているというのに、内屋敷（御殿）はさらに高い板張の塀で囲まれていた。

従者長屋、厩、武器蔵、作業小屋、土蔵、といったものはその板張塀の外側にあったから、これはもう小さな城郭だった。

「御殿はどれくらいの広さがあるのですか」

「八百坪弱の建坪でございましょうかな」

「なんとまた……」

聞いて政宗は、思わず小さく苦笑した。古くてみすぼらしい京の我が紅葉屋敷を思い出したからだ。

だが我が屋敷の紅葉の秋の美しさは、恐らくどの旗本屋敷にも劣るまい、とも思った。

前を行く山田市之助の足が止まって、すぐ脇の石灯籠の明りが、その人の善さそうな笑顔を少し揺らせた。

「私の案内は此処までとさせて戴きまする。この石畳は殿のおられます月見台の前に続いていますするゆえ、どうぞこのままお進み下され」

「宜しいのか。一面識も無い私が、案内なしで大身御旗本杉野河内守様の御前に進み出ても」

「そのように、との我が殿の仰せでございましてな。恐らくこの月明りの中、どのような謡い上手が現われるのかと、楽しみになされているのでしょう。殿にとって私の案内などは、無粋というものでありまして」

「左様か。では……」

政宗は山田市之助と狭い石畳の上で、するりと位置を入れ替わり、目の前の小さな竹林に入っていった。

十間あるかないかのそれを抜けると、石畳の小道は左へ大きく曲がって、そのまま御殿の広縁に向かっていた。なるほど、月明りの下にかなり広い造りの月見台が、広縁と接したかたちである。

「おお、来て下されたか」

月見台に座って盃を手にしていた人物――杉野河内守――が、口へ運びかけた盃を膳に戻して、ゆったりと腰を上げた。にこやかである。言葉にも不遜な響きはない。

「このまま、おそばに近付いても宜しゅうございまするか」

「私が御出願ったのだ。何を遠慮など要りますものか。さ、御出下され」

「失礼いたしまする」

政宗が月見台に近付いてゆくと、迎える杉野河内守の表情が「ん?」となり、そして「そなたは……」と驚きの小声を漏らした。

「お目にかかるのは、これで二度目でございまする」

政宗は月見台の直前で立ち止まり、丁重に頭を下げた。

杉野河内守は再び座って上体をやや前に傾け、政宗の顔をしげしげと眺めた。

「間違いない。そなたとは江戸城・内追手橋の辺りで出会うておるぞ。確か、柳生兵衛宗重と一緒じゃった」

「はい」

「日本橋呉服屋長兵衛……とか名乗っていたのではなかったか」

「その通りでございまする」

「これは驚いた。いやはや驚いたぞ」

杉野河内守は夜空を仰ぐようにして、カラカラッと大笑した。

これは大物、しかも明るい、と政宗は思った。

「日本橋呉服屋長兵衛とか、ま、月見台へ上がられよ。名も長兵衛のままで宜しかろう。それにしても何という謡い上手なことよ。敬い申し上げたい程じゃ」

政宗は勧められるまま月見台に上がって腰の刀を脇に置き、杉野河内守と向き合って座った。

目を細めて上機嫌な杉野河内守は、「うむ」と満足気に頷いて見せてから手を三度打ち鳴らして「奥や……」と大声で告げた。

長い広縁の彼方で女の小さな返事があった。

「酒の追加じゃ。それと盃を一つ頼む」

女の小さな返事がまたあった。

これは相当に印象が違う、と政宗は思った。江戸城・内追手橋を渡った所で出会った時の印象は、傲慢無礼な権力者、であったが今はまるで違った。こまかい事にはこだわらない豪放磊落な人物、に見えた。

「それにしても、むつかしい催馬楽を実に美しく謡い上げるものよのう。日本橋呉服屋長兵衛なる二刀を腰にした商人が、平安貴族が四百年の長きに亘り愛唱した歌を、一体全体どこの誰から教わったのであろうか」

杉野河内守は、そう言って微笑んだ。

政宗は即座に答えた。

「しかしながら、おおよそ催馬楽には縁が無い筈の武闘派大番頭杉野河内守様も、ことのほか催馬楽がお好きと、山田市之助殿からうかがっておりまする」

「これは参った。一本取られたか。ま、何事も習い覚える気があらば、垣根は無いということじゃな」

「誠その通りでありますな」

「月夜の酒に、心地よく酔われたなら、ひと歌きかせて下さらぬか」

「喜んで……」

「おお、それは有り難い。楽しみが出来たわ」

このとき広縁の向こうに、皓皓たる月明りを体の右側に浴びて、二人の女が姿を見せた。後ろの奥女中らしい若い女は酒や肴をのせた膳をうやうやしく持っている。

前の女は、髪を片外しに結い、辻ヶ花を着ていることから、明らかに奥方と思われた。

二

「夜分にお邪魔いたしておりまする」

政宗は近付いてくる相手に向かって、丁寧に頭を下げた。

「ようこそ御訪ね下されました。殿様の無理な御願い、さぞ困惑なされたことでございましょう」

「いいえ、そのようなことは……」

政宗は顔を上げ、目の前にふわりとした感じで正座をした奥方に違いない女性と、はじめて目を合わせた。

奥方らしい女性の顔から、それまでの笑みが、ふっと消えた。

「日本橋呉服屋長兵衛と申しまする。宜しく御見知りおき下さい」

政宗はそう言って、もう一度軽く頭を下げた。

「長兵衛……」と漏らした女性を、杉野河内守が「奥の信子じゃ。京の花山院家・飛鳥井清盛様の元から、この無骨なる河内守に嫁いでくれてな」と、笑顔で紹介した。

女中が、政宗の前に膳を置き、退がって矢張り正座をした。

奥方信子の視線は、政宗の面に釘付けだった。

その普通でない様子に気付いた杉野河内守が「どうしたのじゃ?」と訊ねても、奥方信子は答えない。

が、答える代わりに、奥方信子は正座の位置を下げて床に両手をついた。

視線は、まだ政宗の面に釘付けだった。

「おお……まぎれもなく松平政宗様……見間違いなどではありませぬ。まぎれもなく正三位大納言左近衛大将、松平政宗様」

「な、なんと……」

驚いたのは杉野河内守であった。女中はすでに、奥方が正座の位置を下げた時に、さらにその後ろへ退がっている。

杉野河内守は茫然として、政宗を見つめた。

「私は過去に奥方様を存じ上げませぬが、この私めを何処ぞで見かけられましたか」

政宗はやわらかな口調で訊ねた。

奥方信子が驚きでか、感動の余りでか、声を小さく震わせて答えた。

「政宗様のお美しい母上様とは、私が京の飛鳥井の屋敷におりましたる頃、近衛家で行なわれる和歌の会でいつも御一緒させて戴きました」

「おお、そのような事が……」

「それだけではございませぬ、母上様からは和歌の道について色色と御指導を賜り、紅葉屋敷へも三度ばかり御訪ね致したことがございまする。その折、政宗様のお姿を、母上様の御部屋の花明窓の向こうに、しかと拝見させて戴いております る」

「左様でありましたか。では、日本橋呉服屋長兵衛を押し通す訳にも参りませぬな」と、政宗は苦笑した。

「日本橋呉服屋長兵衛などと……御所様のお血筋でありながら、そのような商人の名を御口になさるなど、京の母上様のお耳に入らば悲しまれましょう」

「いや、なに、母は私の自由気ままを理解しておりまするよ。ご案じめさるな」

「それに致しましても、京の和子様が何故に、治安よろしくありませぬこの江戸に御出あそばされたので御座いますか」

「まあ、それについては、お訊ね下さいまするな」

「なれど……」

「これ、奥や……」と、ようやく奥方信子に声をかけた河内守は、この時はもう武闘派大番頭らしく綺麗に平身の姿勢であった。

「政宗様に対し出過ぎたお言葉は慎むがよい。あとはこの主人に任せて退がりなさい」

「はい、申し訳ありませぬ」

奥方信子は女中と共に退がっていった。

「政宗様、誠にもって御無礼仕りました。政宗様につきましては信子よりこの河内守、幾度となく聞かされておりましたにもかかわらず、不遜にも……」

「河内守様……」

「は……」と、杉野河内守は床についていた両手をゆるりと膝に戻しつつ、顔を上げて政宗と目を合わせた。

「私を素浪人として扱うて下され河内守様。あるいは二刀を腰にした日本橋呉服屋長兵衛として接しては下さいませぬか」

「ですが……」

「何処へ参っても、御所のお血筋、が罷り通っては自分の意思で右を向くことも左を向くことも、ままなりませぬ。お察し下され」

「は、はあ……」

「聞けば幕府に於ける、大老酒井忠清様の権勢ことのほか凄まじく、将軍家綱様ご健在である中で、有栖川宮家より宮将軍を次に迎えんと謀っておられるとか。しかも老中たちもこぞって、大老酒井様に右へ倣えらしいと」

「なんと。政宗様のお耳へ、すでに入っておりましたか」

「そのような状況下にある江戸に於いて、御所の血筋である私の存在が目立ち過ぎれば、新たにどのような一波乱が生じるやも知れませぬ。それゆえこの政宗は一介の素浪人あるいは呉服屋長兵衛でありたいのでございます」

「よく判りましてございまする。河内守しかと承知仕りました」

「おお、判って下されましたか有り難や。それにしても幕府将軍は軍の最高の地位。全国の武者を統括する責任重い立場でございまする。そのような険しい地位へ善良で心優しき宮家を据えようとなさる大老酒井忠清様の真意が、よく読めませぬ」

「宮将軍擁立については色色と取り沙汰されておりまする。しかしながら頷ける部分、頷けない部分いろいろあり過ぎ、結局、御大老の真意はよく見えておりませぬ。私大番頭は日常的には御老中の差配下にあり江戸城西の丸・二の丸の警護に当たっておりまするが、いざ合戦となりますると将軍の御先手たる側近部隊長の立場」

「うむ。大老・老中と将軍の間に在って、辛い立場でありまするな河内守様。けれども武者として家綱将軍を守ってあげて下され。武者の長たる将軍家綱様を」

「はい、もとより……」

「尾張、紀伊などの徳川御三家は、大老酒井様の謀り事に対し、真っ向から反対の意見を述べられませぬのか」

「今のところ徳川御三家で厳しい意見を御大老の面前で口になされまするのは、常陸水戸藩の藩公水戸光国様お一人でございまする」

「水戸光国様は後陽成天皇の第四皇子であられる関白近衛信尋家より泰姫様を正室に迎えられたことで、穏やかで優しい京の公卿有栖川宮家を、征夷大将軍とすることの難しさ危うさを、よく御存知なのでありましょう」

「政宗様、誠にその通りかと存じまする。その泰姫様が病没なされて以来、光国様は誰が勧めようが頑として、正室も側室もお持ちにならず独り身を貫いておられまするようで……その身軽さが、水戸様の正義を強めていることは確かでございまする」

「光国様にとっては、泰姫様が全てであったのではありますまいか。それにしても光国様と大老・老中たちとの対決、充分に気を付けてあげて下され河内守様。思わぬ危害が光国様に及ぶことのないよう」

「この河内守、大番頭として、しかと承りました」

そう言いつつ河内守は正座のまま政宗との間を詰め、徳利を手に取った。

「ま、おひとつ……」

「はい」

政宗は笑顔で盃を手にした。河内守が静かに酒を注ぐ。

「いい香りです」

「灘でございます」

「道理で」

政宗も河内守の盃へ注ぎ返し、二つの盃は軽く触れ合って、おのおのの口元へと運ばれた。

（実に旨い酒だ……）と政宗は思った。河内守の人柄が酒を旨くしている、とも思った。それにしても、思いがけない河内守の素晴らしい人柄であった。一見の印象だけで相手を短絡に悪しき人物と評してはならぬ、一面識もなく一言も交わしたことの無い相手を短絡に誹謗してはならぬ、と改めて教えられた政宗だった。

「ところで……」

と、政宗は呑み干した盃を膳に戻した。

「夜の巷に於いては素姓の判らぬ集団によって、小大名旗本の屋敷が襲われるなど、深刻な被害が出ている様子でありますが」

「はい。町方をはじめ、**幕府の武闘派五番**（大番、書院番、小姓組番、新番、小十人組のこと）も力を合わせ非番の者が江戸市中を巡回するなど致しておりますが、未だ下手人の片鱗（へんりん）すらも……」

「江戸入りした私は、素姓知れぬ集団の被害に遭（お）うたある旗本家の息女と、ふとした縁で知り合うことになったのですが、河内守様は御大身の立場であられるだけに、多くの旗本家を御存知と思いますが……」

「大番たる組織は幕府の武闘派五番の筆頭に在（あ）りますから、それはもう……して、政宗様が縁を持たれました、その旗本家の息女と申しますのは？」

「神田川に架かる和泉（いずみ）橋そばの大和町だったかに屋敷を構えていた、旗本三百石・小十人組の桐岡喜之介殿の息女喜世殿でありますが」

「なんと、すでに喜世を知っておられましたか」

「そのお口振りでは河内守様も？」

「桐岡喜之介は一刀流剣術の同門であり、地位・立場を超えて私の欠くべからざる酒の友でありました。もう一人、木場預かり奉行（材木奉行）・成澤精之助高行（なりさわせいのすけたかゆき）も同門の皆伝者であり、この三人はお互いに一年三百六十五日酒門を開いていた一刀流剣術の同門……と言うよりは同志的な間柄でありまして」

「そうでありましたか」

「いやあ、政宗様が当屋敷に来て下されたのは、喜之介の魂の導きでありましょうか。驚きました。それにしても喜世を知ることになりましたる切っ掛け、差し支えなければこの河内守にお聞かせ下さいませぬか」

「はい」

政宗は淡淡とした口調で、その経緯（いきさつ）について判り易く順を追うようにして打ち明けた。

「左様でありましたか。恐らく喜世は政宗様を知る機会を得たことで、さぞ心丈夫に思っていることでありましょう。喜之介の剣の友として、私もホッと致しました」

「それに致しましても河内守様。一刀流の練達者である小十人組の桐岡喜之介殿が、剣の心得のあるご子息ともども斬殺（ざんさつ）されたのは、どうにも納得できかねますが」

「実は私は将軍家綱様の密（ひそ）かなるお許しを得た上で、成澤精之助高行および桐岡喜之介にある調べを依頼してありました。将軍家の秘命として」

「ある調べ、と言いますと？」

「誠に恐れ入った事を申し上げまするが、絶対に口外せぬと、固くお約束戴けますでしょうか。一人残されたる喜世および成澤精之助の身の安全のためにも」

「誓って……」

「では申し上げまする。成澤精之助と桐岡喜之介には、柳生兵衛宗重及び豪商駿河屋の動静を調べさせており申した」

「やはり……左様でしたか」

「と、申されますると、政宗様も何ぞ?」

「はい、ごく最近になって、柳生兵衛宗重殿と豪商駿河屋の周辺に、何やら不快なコツンとするものが一つ二つ触れまして……」

「なんと、そのような事が」

「ですが駿河屋は将軍家、諸大名御用達でありながら、その商売の仕方は決して評判悪くなく、宗重殿にしても若年寄たちの評価はかなり高い様子」

「いかにもその通りでございます。話を前へ進めるために、敢えてお訊ね致しますが、政宗様は柳生兵衛宗重とは昵懇の間柄と見させて戴いて宜しいのでございましょうか」

「いや、昵懇という形容は決して当て嵌まりますまい。先方も心の中ではそのように私を眺めておりましょう。詳しい事情はご勘弁願いたいのでありますが、私と宗重殿が河内守様と城中で出会いました時に、宗重殿が口にした言葉。あれは詭弁であると思うて下され」

「判りました。政宗様の今のお言葉で、全て判りました。そこでお訊ね致しますが、政宗様は大和山中深くにその源を発しまする優れた古流忍法集団、『打滝一族』というのを耳にしたことが、ございましょうか」

「大和柳生の里より更に山深い地に、柳生忍びとは全く無縁の、打滝という忍び集落があると水戸様から教えられましたが……」

「水戸様から？」

「ええ、水戸様は尾張藩上屋敷へ招かれた折、尾張様の兵法師範柳生連也斎殿から聞かされたようで」

「水戸様に、左様なことがございましたか。私は、将軍家師範柳生宗冬様から聞かされました」

「なんと、柳生様からですか……私実は今宵、無理にも御都合お訊きしないまま柳生宗冬様を訪ね、色色とお聞かせ戴こうと思うておりました」

「今は、それはお止しになられた方が、宜しいやも知れませぬ。柳生宗冬様はなかなかの人格者であられますが、その御屋敷への道道や周辺には何やら得体の知れない者の蠢(うごめ)きが感じられまする。幾度か柳生邸を訪ねるうち、この河内守、そう感じるようになりました」

「ほう……河内守様は柳生宗冬様とは、ご昵懇であられましたか」

「はい。わが一刀流に御止(おと)め流(りゅう)（柳生新陰流のこと）の業を取り入れ、この河内守独自の流儀を編み出したいと日頃より考えておりましたので、柳生宗冬様に御相談申し上げましたるところ快く承知して下され、以来教えを受けておりまする」

「左様でありましたか……で、柳生宗冬様よりお聞きになられました打滝一族と申しますのは？」

「打滝一族は大和山系の懐深くに集落を構えていた古流忍法集団で、その歴史は平城京を都としておりました奈良時代にまで溯(さかのぼ)り、平城京左京三条二坊(さきょうさんじょうにぼう)の約二万坪に豪邸を置いておられた、当時の大権力者で皇族政治家の長屋王(ながやおう)様（六八四年～七二九年）を密(ひそ)かに警護していたらしいのです」

「それはまた……」と、さすがの政宗も驚きを隠せなかった。

「政宗様は恐らく御存知かも知れませぬが、長屋王様の広大な邸宅は、政務区画、居住区画、文化的宗教的区画、そして家政を支える家政機関、さらには職人、雇人らの職場とも申すべき雑舎・倉庫区画などに整然と分かれていたようでありまして、これらの内の主に政務・居住区画を大和山系奥深くから出てきた忍び集団打滝一族が陰ながら警護していたとか……」

「うむ」

「今日では長屋王様は、天武天皇を祖父とする大政治家であられたことの他に、優れた文化人、信心深い仏教人としても知られております。これらのことから、文化的宗教的区画には身分の高い僧侶や尼僧、書法模人（写経にかかわる人）、帙師（書類や書物などの管理・補修などをする人）、絵師、書家などをも多数住まわせていたようでございまして」

「長屋王は、皇家へ入り込みたい入り込みたい、とする激しい野心家の藤原一族を大層嫌うておりましたな」

「はい。ですが律令国家の建設に早くから手腕を発揮してきました藤原一族は、この頃すでに官僚貴族の地位を不動のものとしておりましたことから、長屋王様は結局、藤原一族との対決に敗れ、御正室様（吉備内親王。平城京を開いた元明天皇の子）とその和子様までが命を奪われるという悲劇となってしまいました」

「世に言う〝長屋王の変〟でありますな。その〝変〟で忍び集団打滝一族は如何なりましたか？」

「柳生宗冬様のお話では、ほとんど潰滅的打撃を受けたようでありまして、生き残ったごく少数の者が大和山系深くに戻り、後難を恐れて集落の位置を転転と替えたそうにございまする」

「哀れな……権力者の争いのためにのう」

「まことに。ですが打滝一族にとって、難は避けられぬものでありました」

「と、申されますると？」

「余り声高には話せぬことでございますが」

「私一人の胸に秘めておきまする」

「天正十年（一五八二年）六月、天下統一を目前とした織田信長様が近江国坂本城主明智光秀の裏切りにより京の本能寺にて横死なされましたる時、徳川家康様は僅かな供廻りを従えて堺を見物しておられたということでありますが……」

「ん？……そうではなかったのですか？」

「いや、家康様が堺を見物しておられた、という点までは、いま我我が承知しております通りなのでありますが、問題となるのは堺から先の動き、つまり逃避行がどうであったか、ということでありまして」

「明智光秀の追手から危うく逃れ、伊賀の忍びの手を借りて這這の態で伊賀越えに成功し難を避けることが出来た……私は、今日までそのように承知して参ったのですが」

「ところが柳生宗冬様はこう申されました。明智光秀の追手多数が自分に向けて動き出したと察知なされた家康様は……」

大番頭杉野河内守定盛が明かした東照大権現家康公の堺からの脱出行の真実は、政宗に大きな衝撃を与えるものであった。

家康一行は堺から必死で河内の金剛山系を抜けて大和山系深くに入り込み、途中で出会った打滝一族に守られながら険しい台高山脈を越え伊勢松坂へ入ったと言うのだ。

「なんと、それが事実ならば、徳川将軍史は書き替えられなければなりませぬな河内守様」

「いかにも、その通りでございまする」

「で、家康様御一行を、伊勢松坂まで無事に送り届けた、打滝一族警護班のその後は？」

「消え申した」

「え？」

「家康様御一行が伊勢松坂へ入ったあたりから、警護班から打滝集落への音信がぷっつり杜絶えたようで……」

「伊勢松坂で？……もしや、河内守様」

「はい。明智光秀の大きな裏切りが成功した直後のことでもありますから、家康様御一行も……」

「警護してくれた打滝一族の裏切り、つまり明智光秀への密告を恐れる余りに……」

「何らかの手段で警護班を消した、と柳生宗冬様は申されておりました」

「事実ならば、これは大変なること」

「はい」

「大番頭である河内守様は、剣友であり酒友でもある桐岡喜之介、成澤精之助ご両名を使うて、柳生兵衛宗重殿および豪商駿河屋の動静を密かに警戒しておられた訳ですが、何をどの程度まで把握なされたのか聞かせて下さいませぬか」

「改めて失礼なることを、率直にお訊ねさせて下さりませ。正三位大納言左近衛大将松平政宗様は誓って口の堅い御方でいらっしゃいまするな」

「はい、他言いたさぬこと。武士に二言はありませぬ。口の軽い人物はたとえ将軍であっても大老・老中であっても、決して信用いたしませぬ」

「私も口の軽い御重役方には、なるべく近付かぬように致しております。表と裏の違うことが多すぎますもので……判り申した。柳生宗重と豪商駿河屋について、柳生宗冬様のお話をも交えつつ簡潔にお話し申し上げましょう」

「有り難うございます」

　さすが武闘派大番頭、すっきりとして気持のよい気性だ、と思う政宗であった。

「結論から申し上げます。豪商駿河屋は京の出と言われて参りましたが、主人夫婦および番頭、手代ともに、奈良柳生の庄を南北に流れます打滝川上流奥深くの何処かの出と、ほぼ見当つけましてございます」

（やはり……）と、政宗は黙って静かに頷いた。河内守が言葉を続けた。

「但し、豪商駿河屋の主人夫婦および番頭、手代が、打滝一族であるのかどうかにつきましては、把握できておりませぬ。柳生宗重は、前の大老で高潔なる人格者と言われた、今は亡き若狭国小浜藩主酒井讃岐守忠勝様を父とする血筋。その酒井忠勝様の外側室（藩から離れた立場の側室）であった宗重の母は駿河屋の実の娘。こうしたことから調べは当然、慎重にならざるを得ませんでした。なにしろ譜代の名門小浜藩は将軍家の信頼ことのほか厚うございまするから」

「うむ。そうでありましょうな」と、政宗はそう答えるに止めた。

「ただ、柳生宗重が酒井讃岐守忠勝様の血を受けた実子、という点につきましては、疑念を抱いておりまする」

「えっ、それはまた、何ゆえに？」

「柳生宗重の容姿でございます。顔つき体つき話し方などが現大老酒井雅楽頭忠清様と余りにも似ているところあり……」

聞いて政宗は思わず息をとめた。

河内守は物静かな口調で、しかし険しい表情で言葉を続けた。

「目下、飛ぶ鳥を落とす勢いで下馬将軍とまで言われておりまする酒井忠清様は四十六歳。お父君の酒井忠行(ただゆき)様は三十四年前の寛永(かんえい)十三年に厩橋(まやばし)（前橋）藩十五万二千五百石の藩主となられたものの、十一月になって三十七歳の若さで亡くなられております」

「三十四年前にお亡くなり……でありまするな」

「はい。政宗様……何ぞお感じになられませぬか？」

「いや、今は大人しくお聞き致しましょう。どうか先をお続け下され」

「酒井忠行様が三十七歳の若さで亡くなられる直前、藩主の身そばに仕(つか)えていた一人の美しい奥女中がひっそりと藩邸を出て生家へ戻ったと伝えられておりまする。このとき、その奥女中の腹には、ややが出来ており申した」

「藩邸を出たその奥女中の戻り先は、まさか駿河屋ではありますまいな」

「いいえ、その駿河屋でございまする。まぎれもなく」

「う、うむ……何ということだ……それでは柳生宗重殿の母というのは」

「厩橋藩の藩邸を後にした、その美しい奥女中。つまり駿河屋の一人娘でござりまする」

「では、柳生宗重殿は、大老酒井雅楽頭忠清殿の母違いの弟なのですな」

「左様であります。九分九厘以上の確かさで」

「前の大老で今は亡き酒井讃岐守忠勝様は、それを承知の上で駿河屋の娘を外側室にしたと申されますのか」

「その点については想像の域を出ませぬが、豪商駿河屋の商いの見事さから察しまして、藩主の後ろ盾が間もなく無くなると読んだ駿河屋は、一人娘を呼び戻す策を練り上げたのではありますまいか。そして、まだ腹の膨らみの目立たぬ美しい一人娘を、巧みに酒井讃岐守忠勝様に近付けた……」

「そこまでしますか、駿河屋というのは」

「しかし酒井忠勝様は聡明なることで知られた御方。駿河屋の娘は懐妊している、と恐らく承知した上で、外側室に迎え入れたのではありますまいか。ともかく駿河屋の一人娘と申しますのは美しいだけではなく、教養品性豊かにして心優しい人柄で江戸の男たちに知られていたようでありますから、酒井忠勝様もこの女性は捨ててはおけぬ、とお思いになられたのやも知れませぬ」

「なるほど……それにしても駿河屋が、忍び集団打滝一族とつながりがあるとすれば、火の無い所に大きな煙が立つやも知れませぬな」

「いや、すでに立っているかも知れませぬぞ。いま江戸の小大名旗本を次次と襲っているのが、その打滝一族だとすれば、〝由比正雪の乱〟とは比較にならぬ大乱となる危険がありまする」

「いかにも」

政宗は小さく頷いて見せた。

河内守が口にした由比（井とも）正雪の乱とは、一体何なのであろうか。

慶安四年（一六五一年）四月二十日、申ノ刻頃（午後四時頃）、病の床についていた三代将軍徳川家光の容態が一気に悪化し、息を引き取った。享年四十七。このとき次期将軍徳川家綱は政宗と同年の十歳と、まだ幼かった。

三

四月二十日に徳川家光が病没した直後の夜、六人衆（後の若年寄）及び老中を歴任した武蔵岩槻藩主阿部重次五十三歳、同じく六人衆老中を務めた下総佐倉藩主堀田正盛四十二歳、そして小姓組番頭内田正信らが将軍家光の後を追って自刃。幕府重臣の間に激震が走った。

さらに翌二十一日、小十人頭奥山安重、書院番頭三枝守恵らが家光の後を追って切腹殉死。幕府中枢部は揺れに揺れた。

名相大老・酒井忠勝は二十二日、江戸城黒書院の家光の遺骸の前に於いて、徳川御三家の光友（尾張）、頼宣（紀伊）、頼房（水戸）に幼君家綱への全面協力を言葉強く求め、また家光の葬儀について、その遺言を伝えた。

この遺言に従って、黒書院の家光の遺骸は二十三日亥ノ刻（午後十時頃）に**東叡山寛永寺**（上野）に移されて安置。

この頃、浪人軍学者由比正雪を首謀とする幕政批判浪人集団の「徳川幕府転覆計画」は、既にくすぶり出していた。

遺骸の下に黄金を敷いて水銀を詰めた大臣装束の家光の柩は、二十六日卯ノ刻（午前六時頃）寛永寺を出て遺言通り日光東照宮の大師堂（慈眼堂）へと向かい、五月六日に埋葬された。

このとき軍学者由比正雪と幕政批判浪人集団の反幕計画のくすぶりは、いよいよチロチロと赤い小さな炎に変わりつつあったのである。三代将軍家光が死に、四代将軍の正式な宣下がまだなされていない、幕府の空洞状態を狙い撃つようにして。

こういった状況下にあって、更なる厄介な事が勃発した。

東照大権現家康公の甥に当たる、松平能登守定政事件である。

三河国刈谷藩二万石の藩主である松平定政四十一歳は、五月六日家光埋葬後の法会の奉行を務めたが、七月九日の夜になって突如、東叡山最教院に入って遁世し、「領地、屋敷、武器など藩財産の全てを幕府に返上する」と申し出た。目的は「これによって生活に困窮する旗本、浪人たちを少しでも救って貰いたい」であった。

続いて七月十一日には、譜代大名筆頭の元老的立場にあった彦根藩三十万石の藩主井伊直孝六十一歳に対し、〝直諫の書〟を提出した。つまり「幼君家綱様を私して幕政の実権を握ろうとする諸重役」に対する批判の書である。

この頃の幕閣には、由比正雪らによる幕府転覆計画の情報が入りつつあったから、諸重役は慌てた。とりわけ松平定政の妹が、家光の後を追って自刃した老中阿部重次の後室に入っていただけに、余計であった。

また松平定政は能登入道と称して墨染の衣をまとい、江戸市中を托鉢して歩きつつ幕政批判を展開した。

対応に苦慮していた幕府も、こうなっては無視できなかった。一方では「由比正雪ら倒幕浪人軍が間もなく決起」の情報が飛び込んできていた。

七月十八日、ついに幕府は「松平定政狂乱」は由比正雪らを力づけるだけと断定して刈谷二万石の所領を没収し、伊予国松山への蟄居を命じた。

由比正雪決起の、実に五日前であった。

「慶安の変と呼ばれておりまする由比正雪の乱を不発に終らせたのは、幼君家綱様を何としても守らんとする御大老酒井忠勝様を中心とした御重役方の、強固な意思統一の賜物だと思うておりまする」

大番頭杉野河内守は、そう言って小さな溜息を吐いたあと、やや声を低めて言葉を続けた。

「徳川将軍家を大事にせんとしたその強固な意思の統一は、次第に集団指導体制の礎となっていったのでありますが、酒井忠勝様、松平信綱様（老中）、阿部忠秋様（老中）たちが次次と幕僚の地位から去っていった現在、下馬将軍（酒井忠清）の嵐が吹き荒れて、健全なる集団指導体制の面影は最早ありませぬ」

「うむ」

政宗は頷きながら河内守の盃に酒を注ぎ、次いで自分の盃をも満たした。

「それにしても河内守様。将軍家兵法師範である柳生宗冬様は何故、打滝一族とかかわりがあるかも知れぬ、恐るべき剣客であり書院番士である宗重殿を、柳生分家としたのでありますか。しかも宗重殿は宮将軍を擁立せんとしている大老酒井忠清様とどうやら血のつながりがありそう、と思われますのに」

「その点につきましては、将軍家綱様と柳生宗冬様との意思の疎通は、どうやら出来ているようでございまする」

「と、申されますと？」

「将軍家綱様と柳生宗冬様は、剣客であり書院番士である宗重を打滝一族と見なして、いつ執るやも知れぬ過激な動きを牽制するため、敢えて柳生分家へ引きずり込んだと思われます。大番頭として、この判断は正しいと、自信を抱いておりますが」

「なるほど……」

「が、もし打滝一族が忍び集団として、統制のとれた組織的倒幕行動を起こしますと、徳川幕府に対するその打撃力は、由比正雪の乱の比ではありませぬ」

「しかも豊臣恩顧の諸大名が、資金、武器、要員などの面で密かに打滝一族を支援することも考えられますね。由比正雪の乱が、徳川御三家の紀伊大納言頼宣様の支援を受けていたらしい、という不確かな噂が流れ出た程でありますから」

「政宗様は、その噂、御存知でございましたか」

「いや、なに耳学問で知っておるだけです。なにしろ慶安の変の頃と申せば、私は将軍家綱様と同じく十歳でありましたから」

「紀伊大納言頼宣公が裏で糸を引いていたというのは、かなり確かなようです」

「事の重大さを恐れた幕府が、結局のところ、自らの手でそれを揉み消した？」

「その通りでございましょう、たぶん」

「うむ……」

「慶安の変に加わることを決意していた浪人どもは、当時恐らく相当数いたことでしょう。打滝一族がもし今決起すれば、それらの浪人たちも好機とばかり同調するやも知れませぬ。なにしろ幕府の司直によって追い詰められた由比正雪が自刃したのは、慶安四年の七月二十六日、僅か十八、九年前のことに過ぎませぬから」

「確かに、当時の浪人たちの幕政に対する不満は、未だ生きていると考えて宜しいでしょう。これに不作や重い年貢に苦しむ地方の百姓が大挙して加われば、豊臣恩顧の諸大名も表立って兵をあげるやも知れませぬな」

「政宗様、血で血を洗う合戦の世が終って、まだ五十年ほどにしかなりませぬ。家康様、秀忠様、家光様と次次他界なされた今、再び大乱の時代が訪れますと、老人、女子、子供ら弱い者たちは生きてゆく術を見失い、国の隅隅は息を止めましょう。二度とそのような陰惨な世にしてはなりませぬ」

「なれど河内守様。合戦の時代終焉に際してとられた徳川家康様の御決断は、豊臣恩顧の諸大名九十家を取り潰して領地を没収するという苛酷なるもの。辛うじて領地召上を逃れたる百二十万石大名の毛利（輝元）、上杉（景勝）の両家でさえ、三十七万石と三十万石に減封（領地削減）されております」

「はい。さすが政宗様、よく御存知でいらっしゃいます。豊臣恩顧の諸大名取り潰しの結果、どれほどの数の浪人とその家族が路頭に迷ったことでございましょうか。武士としてのその無念さに、幕政は今もなお援助の手を差し伸べたりは致しておりませぬ。それゆえ不満は今も、くすぶり続けておりましょう」

「援助の手を差し伸べるどころか、合戦なき元和偃武の世が訪れても、幕府による諸大名の取り潰しは続いております。今もなお……違いますか河内守様」

「は、はい。元和偃武の世となってからも、家康様、秀忠様、家光様の三代で、確か百二十家以上が取り潰され、没収されたる領地は千二百万石以上にのぼった筈ではないかと」

「そのような政治を続けている限り、路頭に放り出された侍の無念は広まることはあっても、鎮まることはありますまい」

「その通りです。上様の身そばに仕えます幕臣の一人として、一言もありませぬ」

政宗は黙って頷き、盃をゆっくりと口に運んだ。

「実に旨い酒です。この酒の味が変わらぬ静かな世であり続けてほしいと心から願いますよ」

「政宗様……」

「はい」と、政宗は空になった盃を膳に戻して、河内守を見た。

月がさらに光を強めたのか、二人のまわりは真昼かと思わせるような明るさになっていた。

「お願いでございます政宗様。どうか、お力をお貸し下され。大番頭杉野河内守、この通りでございまする」

杉野河内守はそう言うと、座っていた位置を少し後ろへ退げてうやうやしく両手をつき、月見台の床に額が触れんばかりに頭を下げた。

「河内守様、この政宗に出来る事あらば、いつでも力になります。さ、どうか頭を上げて下され。さ、頭を……」

顔を上げた河内守の目を見た政宗は、（これは相当に決意したことを口にする……）と、予感した。

「政宗様、言葉を飾らず率直に御願い申し上げます。いま江戸市中に広がりつつあります不穏なる事態を、政宗様のお力で江戸より遠く西方へ遠ざけて下さいませぬか」

「西方へ？」

「不穏なる事態の源は西方にあり、と考えた上でのお頼みでござります」

「つまり奈良柳生の里の更に山深くへと？」

「左様でございます」

「しかし私一人の力など、高が知れておりますよ河内守様」

「滅相も……」

「私に対し、朝廷の力を借りよ、とでも申されますのか」

「そのような恐れ多いことを口に出す積もりは毛頭ございませぬ。この河内守、政宗様の底知れぬ力を知った上で御願い致しております」

「底知れぬ力？」

「はい。実を申しますと政宗様。さきほど信子は、京の飛鳥井家で独り身の頃紅葉屋敷の母上様を三度ばかり御訪ねした事があると打ち明けましたが……正しくは四度でございまする」

「ほう」

「つい先月半ばの事。信子は父飛鳥井清盛の病気見舞で京を訪れ、その折紅葉屋敷をお訪ね致し美しくも気高い母上様に御挨拶申し上げておりまする」

「そのような事がございましたか」

「はい。その日は偶然にも五摂家、公卿近衛高照様も和歌のことで紅葉屋敷の母上様をお訪ねになっておられ、信子を加え御三人で大層話が弾んだそうでございます」

「確かに近衛卿は、紅葉屋敷をよく訪ねて参りますが……」

「話が弾む中で近衛様が然り気ない穏やかな口調で、ごく最近政宗様が京に於ける大きな難題を解決なされた事、政宗様には奥鞍馬に京を力で支配できる程の強力な後ろ盾が存在する事、政宗様ご自身大変に文武に秀れた御人である事、などを信子に打ち明けなされたそうです」

「それはまた……」と、政宗は苦笑いした。

「政宗様が法皇様より正三位大納言左近衛大将の高い位を賜られた、と信子が知ったのも、その席での事でございまする」

「その事が幕府内に広まり過ぎますと、幕府の事前の許可もなく御所様が勝手に官位に手をつけたと、幕府は神経をとがらせ、朝・幕対立を招きましょう。城中にてその話が持ち上がることについては何卒、ご慎重であって下され」

「さほど気に掛けることも、ありますまいと存じまする。御所様が位を与えられたのが事実上の親王様であられる政宗様でございますから、幕府としても見て見ぬ振りを致しましょう。それでなくとも御大老酒井忠清様は、宮将軍を擁立なさろうとしておられる訳ですから」

「なるほど……河内守様は、そういう見方をなされますのか」

少し甘い見方だ、と思う政宗であったが、それ以上のことは口にしなかった。

「で、改めての御願いでございまする。将軍家綱様をお守りするという意味におきましても、政宗様のお力で、江戸市中に漂う不穏な気配を遠く西の彼方へ遠ざけては下さいませぬか」

「さあて……幕府が直接、正面切って強力に動き出すのは宜しくない、と河内守様は判断なさっておられるのですな」

「その通りでございます。慶安の変と違うて今度ばかりは、幕府は正面切って動き難うございます。東照大権現家康公を明智光秀の追手から救った筈の忍び集団打滝一族が、その直後に何らかの手段で悉く抹殺されたなどと諸大名の間に知れ渡れば、それこそ将軍家は信用にも権威にも深い傷を受け、そのこと自体が地滑り的に大乱を招く危険がございまする」

「それは……言えるかも知れませぬな」

「この河内守、大番という言わば戦闘組織の長でありまするだけに、その危険が判るのでございます。肌に鋭く感じるのでございまする」

「判りました。松平政宗、やれるだけの事はやってみましょう」

「おう。お引き受け下さいますか。有り難うございます。このご恩は河内守、生涯忘れは致しませぬ」

「今後の政治に於いて、まかり間違うても朝・幕対立などが起きぬよう、河内守様もひとつ腐心して下され」

「固くお約束いたします政宗様。幕府五番の長たちが結束し、朝廷に対し幕府権力が暴走せぬよう、可能な限り目を光らせまする」

「それは心強い。将軍の身そばに仕える、大番、書院番、小姓組番、新番、小十人組の幕府五番の長たちが結束して、朝廷に優しい眼差し（まなざし）を注いでくれる事ほど心強いことはありませぬ。くれぐれも宜しくお頼み申す」

「はい。この河内守なお一層のこと将軍家綱様との絆（きずな）を強め、今のお約束が確実に成せるよう努めまする」

「河内守様は長距離走に優れた馬をお持ちではありませぬか」

「持っておりまするとも。遠慮のう、お使い下され。たとえ京（みやこ）で解き放っても、この屋敷へ間違いなく戻ってくるであろう程の馬が、三頭ばかりおります」

「では一頭お貸し下され。それから、柳生兵衛宗重殿と駿河屋に対し、松平政宗が重大なる目的を抱き柳生の庄の山深くに向け馬を走らせたようだ、と何気ない様子で伝えて下され」

「なるほど。お引き受け致しました。ともかく今宵は当屋敷にお泊まり下さい。明朝にも馬を選んで戴きまする。路銀、着替え、編み笠、道中雪駄などは小物籠（かご）

に調(ととの)えて用意いたします」

「あ、路銀は不要です。途中、寺などに厄介になったり野宿したりと、そういう事には馴れておりまするから」

「信子の話では、政宗様は奥鞍馬の原生林の中で、熊、猪、鹿、猿などと自在に話を交わされつつ、お育ちになられたとか」

「はははっ、如何(いか)になんでも、それは少し大袈裟(おおげさ)です」

と、思わず目を細めた政宗であった。

「いずれに致しましても政宗様。これは大番の長(おさ)としての御願いと申すよりは、将軍家綱様に代わっての御願いでございます。したがいまして、路銀に不足などが生じるなどは、とんでもない事。充分以上に、お持ち戴きます。それから往来手形は大丈夫でございますか」

「はい。持っております」

「東海道を支障なく早駈け出来ますよう、特別な手形を明朝早い内に調えますから、念の為それもお持ちになって下さい」

「心得ました」

「それから誰とも会うことなく、当屋敷から、そのまま西へ向かって旅立って下さいませぬか」

「誰とも会わずに江戸を離れる方が、確かに宜しいでしょう。承知いたしました」

雲が月を隠して、闇が訪れた。

夜目が利く政宗は、徳利を持ち上げて河内守の盃に酒を注いだ。

徳利が微かに、舌を鳴らすような丸い音を立てた。

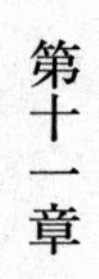

第十一章

一

早苗の墓に再度の別れを告げたかった。桐岡喜世と幼子二人のことが気になった。うまく世渡りしてくれるであろうかと辻平内のことも気になった。甲州勝沼の石和一家から助けを求められて出向くであろう本所伝次郎一家のことは、血の雨が降りかねないだけに余計気がかりだった。同心常森源治郎と鉤縄の得次の顔も見たかった。

そういった心残りを振り切って、政宗は杉野河内守の愛馬飛竜を走らせた。素晴らしい俊足馬だった。力強く、全く息切れをしない走りを見せた。

鉤縄の得次の話では、東海道の各関所に対し、不穏分子の往き来を防ぐ目的で既に厳戒態勢の指示が出ているという。

はじめ政宗は甲州街道を経て中山道に入ることを考えたが、やはり最短距離の東海道を選んだ。

順調であった。何らの支障に出合うこともなく、飛竜は川崎宿、神奈川宿、保土ケ谷宿とほとんど休むことなく、走り抜けた。

（これは凄い馬ぞ。さすが大番頭の愛馬じゃ）

と、政宗は驚かされた。

しかし奈良柳生の庄は、余りにも遠い。最終目的地は、まだその奥地だ。

馬が脚を傷めぬよう気遣ってやる必要があったが、紅葉屋敷に愛馬二頭を置く政宗にとって、その点はぬかりなかった。

戸塚宿でたっぷりと飛竜に休息と飼葉、水などを与えてから、次の藤沢宿を小駈けでゆったりと目指した。しかし途中の山の中で雨が降り出した。雨雲が空を広く覆い、地上が暗くもなった。

幸いなことに、街道から逸れて少し奥にある小寺が目に留まったので、馬上から下りた政宗は手綱を引いて、境内に入っていった。

「はて？」

と、政宗は首をひねった。境内は一面、膝近くまで伸びた雑草に覆われていた。

人の気配も無い。

「無住寺か……」

と呟いた政宗であったが、建物にはそれほど傷みは見られず、したがって荒れ寺の印象はなかった。

「ま、ここで雨を避けるとしようか飛竜よ」

政宗は表口の虹梁が高くて太い庫裏と判る建物に近付いてゆき、丈の高い重重しい印象の舞良戸に手をかけて引いた。

拍子抜けするほど滑りのよい、引き戸だった。

雨が急に激しさを増したので、政宗は「お前も入りなさい」と、間口が広くて高い庫裏へ飛竜を引き入れた。柳生の庄まで乗っていかねばならぬ、杉野河内守から預かった大切な愛馬である。

政宗は旅の小物入れ——小物籠——から晒を取り出し、雨に濡れた飛竜の体を丹念に丹念に優しく拭いてやった。

北国で知られたある『荷馬車競走』の類では、その荷の重さに疲れ切った馬が途中で苦し気に蹲ってしまう場合があるとか。そのようなとき馭者が馬の顔を足で蹴り飛ばすことがあるらしい。これは許されぬ虐待である。そのような『虐待競走』には存在する何の社会的意味もない。

馬は人の優しい扱いは判るものである。飛竜は右前足で軽く土間を打ちながら、「ありがとう」とでも言うかのように、首を小さく縦に振った。

雨は一層のこと激しくなって、庫裏の板葺屋根がうるさく鳴った。

「この調子だと飛竜よ、今宵はこの寺が宿だなあ」

政宗は飛竜の顔を綺麗に拭いてやってから、土間から板の間へ上がった。

薄暗い板の間であった。明りと言えば虹梁の下の明り取り窓から入ってくる、外のか弱い光だけである。

政宗が腰から刀をとり手枕で板の間へ仰向けに寝転ぶと、白い埃が舞い上がった。

薄暗い土間であり板の間であったが、それはまるで繽紛の如く目立った。

が、政宗は全く気にしない。目を閉じ、体を休めた。

次の藤沢宿は、時宗総本山・清浄光寺の門前町として、室町時代の頃より旅人が往き来して栄えた宿場町である。

阿弥陀如来を本尊とする清浄光寺の開創は、正中二年（一三二五年）と古く、開創前は極楽寺という廃寺であった。俣野の庄の地頭俣野五郎景平が、弟の僧呑海に援助の手を差しのべて廃寺極楽寺を再興し、のち藤沢門前町を形成する清浄光寺へとなっていったものである。

大山詣での大山道と、江ノ島弁財天詣での江ノ島道は、この藤沢宿で分かれていた。

（もしかすると早苗よ……もう二度とお前を訪ねてやれぬやも知れぬ）

政宗は墓の下で眠っている高柳早苗に、胸の内で呟きかけた。

これから目の前に出現するであろう相手は、知・業ともに優れた忍び集団打滝一族である。しかも、その背後には柳生分家が存在するかも知れず、あり余る資金という面でも豪商駿河屋が控えている。

敵にまわせば、恐るべき相手だ。

飛竜が、ブルルッと低く鼻を鳴らした。

政宗は、眠りの世界へ落ちていった。

いつ、何処であっても眠れる政宗であった。床を選ばず、枕を選ばなかった。

奥鞍馬の原生林が、そのように鍛え上げてくれた。

どれほど眠ったであろうか、政宗は飛竜の鼻鳴りを捉えて覚醒した。

彼は上体を起こした。

虹梁の下の明り取り窓からは、既に一条の光も入ってこなくなっていた。板の間は真っ暗であった。尋常の者なら、一寸先も見えぬ闇(やみ)である。が、奥鞍馬で激しく鍛えられた政宗には、闇は闇ではなかった。

政宗は刀を腰帯に通して、土間に下りた。

「眠れぬのか飛竜。いま眠っておかぬと明日、息が続かぬぞ」

政宗は素手で飛竜の背中、腹、首などを幾度も幾度も撫(な)でてやった。

その手の動きが、ふっと止まった。

飛竜も耳を、しきりに動かしている。

「よしよし、心配ないぞ」

政宗は囁(ささや)いて飛竜の鼻先をひと撫でし、閉じてある表口の舞良戸にそろりと近付いた。

(おかしい……何も感じぬ……が、何かが近付いて……くる)

そう思って政宗は飛竜の方を振り向いた。

飛竜はやはり、しきりに耳を動かしている。何かの音あるいは気配を捉えているかのように。

（私の五感は……衰えたのか）

政宗はそう思いつつ、全神経を舞良戸の向こうへ集中した。

飛竜が右前足の蹄で、土間の硬い地面を軽く叩く。

「捉えた……いる」

政宗が、ようやく呟きを漏らした。

政宗は広い土間の奥へ飛竜を促し、自由にしてあった手綱を柱に結び付けた。

舞良戸の手前四、五尺の位置へ戻った政宗は、右脚を引いて軽く腰を落とした。

降っていた雨は、すでに止んでいるらしい。豆を煎るようにうるさく鳴っていた板葺屋根は、鳴りをひそめている。

政宗は目を閉じて、舞良戸の向こうから次第に扇状に距離を縮めつつある気配を捉えた。

（……三人か……いや、四人……六人……）

胸の内で呟く政宗であったが、まだ右手は刀の柄に触れない。

（動きが……止まった……くる）

そう捉えた政宗は、二、三尺さらに退がって腰を深く下げた。これまでの闘いの中で余り見せたことのない、無防備とも言えそうな構えだった。

右手はやはり刀の柄に触れない。

丈夫な拵えに見えていた舞良戸が突如蹴破られて、〝闇に同化した気配〟が激しく突入してきた。

その〝気配〟の数、二つ。

なんと腰を低く下げて待ち構えていた政宗が、自らその〝気配〟へ突っ込んだ。一つの〝気配〟が、あッと言う間もなく政宗の面前で、闇の大車輪を描き硬い土間へ叩きつけられた。ドンッと鳴った肉体の鈍い音。

悲鳴はない。

だが、その直後、もう一方の〝気配〟が「うッ」と呻きを漏らし戸外へ吹き飛んだ。二つの〝気配〟に加えられた政宗の、まさに一瞬の反撃。

と、辺りにぼんやりと明りが広がり出した。雲間から月でも顔を覗かせたのであろうか。

そのぼんやりとした明りの中に、政宗反撃の結果二つが、無残に転がっていた。

土間には首をくの字にへし折られた黒装束が、そして蹴破られた舞良戸の向こうには刃を左胸に突き立てられた黒装束が、共に仰向けに倒れていた。白目をむき、呼吸(いき)は無い。

だが政宗の腰には、二刀があった。

それを用いた様子はない。

月明りが少し強まった庫裏の外では、四名の黒装束が身構えたまま茫然(ぼうぜん)の体(てい)で息を止めている。

彼らには見えていたのだ。最初の仲間が突入した瞬間、その刃が政宗の両掌に挟まれ、仲間の肉体が刃を軸として大きく一回転したのを。

はじめて見せつけられた、政宗の凄まじい無刀取りだった。余りにも激烈。

しかし、政宗の無刀取りで奪われた刃が仲間の胸板を貫いたのは、四名の誰にも見えていなかった。

段違い……まざまざとそれを見せつけられた、彼ら黒装束だった。

政宗が一言も発することなく、ゆっくりと庫裏から出る。

四人が申し合わせたように退(さ)がり、雨を吸った地面がヌルッと音を立てた。

政宗は月を見上げ、そして黒装束の一人一人と目を合わせた。

上から下まで黒ずくめ。見せているのは顔を隠した覆面の目窓の奥の二つの目だけだった。

ここで政宗の右手が、まるで迷っているかのように、そっと粟田口久国の柄に触れた。

刃と鞘(さや)がこすれ合って、特有の衣擦(きぬず)れのような音を、微(かす)かに立てる。

その音で怯(おび)えた訳でもあるまいに、四人が再び一斉(いっせい)に退がった。

銘刀粟田口久国が、政宗の右の肩に、刃を上にして乗った。

四人の黒装束を、やや斜めに眺めるようにして、すらりと綺麗(きれい)に伸び切った体。

次第に強くなり出した月明りのもと、それはこの江戸で一番と評される名浮世絵師の描いた、美しく妖(あや)しい一枚の役者絵の如しであった。

〽塞虜(さいりょ)　秋に乗じて下(くだ)り
　天兵(てんぺい)　漢家(かんか)を出(い)ず
　将軍は虎竹(こちく)を分(わか)ち

戦士は竜沙に臥す
辺月 弓影に随い
胡霜 剣花を払う
玉関 殊に未だ入らず
少婦 長嗟すること莫かれ

音吐朗朗と謡い出した政宗だった。

その謡いの中に何か謀り事ありとでも思ったのか、四人の黒装束がまた少し退がる。

けれども四本の剣先は我を取り戻したかのように、鋭く力んで大上段だった。

政宗が、ふわりと舞い出した。相手に背を向けて誘い込むように間を詰めたかと思うと、蝶のように優しく身を翻し、粟田口久国の切っ先を相手の鼻先にグイと近付ける。

まるで相手が眼中にないような、流麗なる剣舞であった。

四人の黒装束は、動けないでいた。大上段、下段、正眼、右八相とヒラリヒラり変わる粟田口久国の切っ先が、月明りを受けて鋭く光る、また光る。

「おうっ」

黒装束四人が同時に吼えたのは、政宗の剣舞が静止して、粟田口久国が見事に美しい正眼の構えとなった、その時だった。

月を背景とする程に、四つの影は高高と四方に舞い上がっていた。

ひと呼吸遅れて、政宗も湿った地を蹴った。ヒヨッと空気が切れて短く鳴る。胡蝶であった。そして蜂であった。政宗の方が宙のその位置、体半分高かった。

二つと一つの影が宙で激突して、月が揺れる。

二本の凶刃が政宗の胴を打ち脚を払った。

それを迎え撃って、粟田口久国が躍り、政宗の全身が丸く縮む。

刃と刃の打ち合う音は無かった。音無しの突きが、黒装束ひとりの喉元を貫き、残るひとりの右手首を断ち切っていた。

政宗の体が、ふわりと地に立ち、続いて二つの肉体が落下。

このとき既に政宗は、残る二人の間へ疾風のように割り込んでいた。

凶刃二本が、政宗の眉間と肩を狙って襲い掛かる。

　またしても粟田口久国は、打ち合わなかった。政宗の上体が右へ揺れ左へ傾いたとき、粟田口久国の切っ先三寸は訳もなくひとりの下顎を断ち割り、残るひとりの右腕を肩口から斬り落としていた。

如何にも優しくやわらかく見えた粟田口久国の切っ先の走り。

が、その衝撃は凄まじく、黒装束ふたりは湿った地をブンッと鳴らす程に激しく叩きつけられていた。

しかも、そのまま止まらずに数回転。

創傷部から鮮血を噴き上げて、ようやく骸二つとなった。

政宗は、最後に右腕を斬り落とした姿勢そのままであった。

身じろぎもせず、目を細めていた。

（まだ……いる……あと一人）

が、かなり距離を置いている、と捉えた政宗だった。

その一人が、気配を絶った。

逃げたのではなく、結果を見届けて何処その何者かへ通報に走った、と読んだ政宗は、ようやく粟田口久国の刃を懐紙で清め、鞘に戻した。カチリと小さな鍔鳴り。

政宗は倒した一人一人の覆面を剝いでいった。むろんどれも見知らぬ顔だった。

「それにしても……」

と呟き、政宗が小さく首をひねる。

駿河屋や柳生兵衛宗重、つまり江戸に潜む打滝一族が追跡を開始したにしては、少し早過ぎるような気がしたのだ。

しかし知・業ともに優れる打滝一族が本気で動いたとすれば、〝早過ぎる〟というような判断は甘いかも知れない。

そう自戒する政宗だった。

政宗は庫裏に引き返し、飛竜に歩み寄った。

飛竜が低く鼻を鳴らす。

「よしよし、驚かせたな。すまぬが飛竜よ。もう少し頑張って走ってくれぬか。どうやら此処では、私もお前も眠れそうにないのでな」

飛竜がまた鼻を鳴らし、政宗の言葉が判ったかのように首を縦に振った。「はい」と応えているかのような、力強い振りだった。

政宗は手綱を引いて飛竜を庫裏から出し、馬上の人となった。

二

飛竜の疲れや馬蹄の具合に気を配ってやりながら、小田原、吉原、府中（現・静岡市）、掛川の四宿で宿をとりつつ東海道を上った政宗の表情が、五つ目のよく知った吉田宿に入って、それまでの緊張がとけたのか少しホッとしたように緩んだ。日はまだ高いところにあって豊川河口に位置する宿場は明るく、往来は旅人で賑わっていた。

「飛竜よ。今日はたっぷりと飼葉を食し、静かにゆったりと休めるぞ。お前は、ほんにいい子じゃな」

政宗は馬上のまま幾度も飛竜の首すじを撫でてやり、吉田宿の中程で手綱を軽く右へ引き街道から山へ向けてはずれた。

吉田宿は、鎌倉時代には今橋と呼ばれていた、古い宿場町だ。

小さいが永正二年（一五〇五年）には城が築かれており、したがって宿場町であり城下町であり豊川河口の湊町(みなとまち)として栄えていた。

旅人だけでなく、出入りする船の数も多く活気に満ちている。

それだけに、飯盛女(めしもりおんな)が多いことでも知られた、宿場だった。

そういった賑わいに背を向けて、政宗と飛竜は次第に民家が少なくなっていく原野へと入っていった。

一体どこへ行こうというのか？

「飛竜や。江戸へ向かうときは急ぐ余り通り過ぎたのだが、この界隈(かいわい)は私にとって忘れられない所でのう」

馬上の政宗は、飛竜に語りかけた。

吉田宿は、かつて高柳早苗と共に入った、忘れられない宿場町だった。運悪く旅人で埋まって空き旅籠(はたご)が一軒もない日であったので、早苗が馬を二頭都合してきた。

その馬に乗り早苗に案内されて行った所が、いま向かっている、これも忘れられない所であった。

飛竜は原野から昼なお暗い原生林の中へと入っていった。

野鳥が鳴いたり、飛び立ったりする気配の他は、一棟の樵小屋(きこりごや)さえも見当たらない。

道があって無いような原生林を一刻(とき)半ばかりかかって抜けると、綺麗に整然と耕(たがや)された畑地に出、日はかなり西へ落ちていた。

よく育った青菜で畑一面が覆われていたが、百姓の姿は何処にも見当たらない。

原生林を伐採して開墾された畑地であることは、周囲(まわり)の光景から明らかだった。

「なつかしい……」

政宗はポツリと呟いたが、明るい表情ではなかった。

飛竜は畑地の中の道を、彼方(かなた)の竹林へと向かった。

「なぜ死んだのだ早苗よ……」

政宗が、また呟く。この道を馬上の人となって、政宗を〝その場所〟へ案内した高柳早苗だった。

飛竜は竹林に入ってゆき、半刻と進まぬ内に通り抜けて、険しい谷間に出た。

刹那(せつな)、一本の矢が唸(うな)りを発して政宗の面前を飛び過ぎた。

そうと判っていたような表情で、政宗は飛竜の手綱を引き歩みを止めた。

「何者じゃあ」

原生林が右手急傾斜を這い上がってゆく何処かで、怒鳴りつけるような大声が起こった。

続いてパアーンと一発の発砲音。「異変あり」と、何処ぞへ報らせるための発砲なのであろうか。

「怪しい者ではない」と、政宗の声が凛とした響きで応じた。

「名を名乗れ」

「松平政宗じゃあ」

その名に反応したことを意味するのであろうか、彼方が静まり返った。

政宗は、そばの山桜と思われる木に突き刺さった矢を眺めた。

それは彼にとって、見誤ることのない特徴ある矢であった。矢羽が妻白で簳(矢柄とも)は朱塗りであった。矢羽は、羽三枚を割り矧ぎとし、羽表三枚と羽裏三枚で三立羽としている。

これは矢を旋回させて飛翔させ、標的に命中した際皮下筋肉に深深と捻じ込ませるための工夫だった。旋回することで、命中精度も格段に上がる。

政宗は飛竜の背で、相手の次の出方を待ちつつ、一つの気配が山の急斜面をこちらに向け、近付きつつあることを捉えた。

が、その気配はあるところで急に消え、代わって二発の発砲音が谷に響きわたった。最初の発砲音よりは、うんと近かったが、それでも政宗は動かなかった。たいしたもので飛竜も耳を探るように動かしはするが、全く動じない。

やがて、馬蹄の轟きが、政宗の背後——いま通り過ぎて来た竹林——から聞こえてきた。一頭や二頭の轟きではなかった。

政宗は手綱を引いて、飛竜の向きを後方へと変えた。

すると今度は、背後となった谷間で、岩石砂利の滑り落ちる音と共に蹄の音が生じた。

政宗はたちまち前と後ろを、数十騎の野武士風に取り囲まれた。

「久し振りじゃのう日本右衛門殿」

「おお、これはまさしく政宗殿じゃ」

群れの中から、ひときわ大きな馬に跨がった偉丈夫が、馬腹を蹴って飛竜に近付き馬の背からヒラリと下り立った。

「間違いない。皆の者、政宗殿ぞ」

「おうっ」

数十の野武士風が馬上から下りて、一斉に頭を下げた。

政宗も飛竜の背から身軽に下りて、「元気そうじゃの右衛門殿」「政宗殿も」と、
二人は顔の前で右掌(てのひら)を音立て組み合わせた。

「ところで……此度(こたび)は早苗殿と一緒ではございませぬのか政宗殿」

「うむ」

「ん？……何ぞありましたな早苗殿に……重い病(やまい)にでも？」

「いや。そうではないのだ右衛門殿」

「まさか……政宗殿……いやでございますぞ」

「すまぬ。早苗は亡くなった」

「な、なんと……」

「なれど立ち話で打ち明けるような内容ではござらぬ。すまぬが右衛門殿、一日二日、右衛門殿の村に厄介(やっかい)になりたいのだが」

「一日二日などと水臭いことを……それにしても何ということじゃ……あの早苗

殿が亡くなったとは」

右衛門は肩を落として暫く黙っていたが、やがて力なく馬上の人となった。

他の数十騎も、悄然の体で次次と馬に跨がった。

日本右衛門——東海道に沿った広大な地域で、泣く子も黙る**大盗賊集団の頭領**として恐れられている男だった。

かつて幕府の秘密機関の長として江戸と京・大坂を足繁く往き来し暗殺任務に就いていた高柳早苗が、あるとき右衛門の妻女たちを偶然暴漢の手から救ったことで、早苗と右衛門の間に不思議な信頼関係が育まれた。

右衛門と政宗を先頭にした騎馬集団は、竹林と原生林を走り抜けたあと、小高い丘を二つ越え彼方の森が地平線すれすれに見える広大な畑作地帯へと入っていった。騎馬集団が申し合わせたように、歩みを緩める。

「ほほう……」と、政宗の口から漏れた。

政宗にとっては久し振りに眺める盗賊村であったが、明らかに住居の数が増え、畑地の広がりも遥かに遠くなっていた。

すでに西日が、その地平線に触れている。

「畑が広がったなあ。それに住居も随分と増えているではないか右衛門殿」

「うん。手下や女の数が一気に増えたんでなあ」

「一気に？」

「そうじゃ。この右衛門に反目していた高井田平市を頭とする〝野臥せり集団〟のことを、政宗殿は覚えとるじゃろ」

「私がこの村に初めて厄介になった日の夜、不意に村を襲ってきた連中だな。合戦絶えぬ頃に、徳川家康公が使うていた密偵集団の子孫が野盗になったとかいう……」

「うん。あのとき政宗殿が我が女房サヤを守って、高井田平市ほか主だった者に深手を与えてくれたことで、奴らの勢いが急に弱まってのう。わしらの軍門に降ったという訳じゃ」

「すると手下や女の数が一気に増えたというのは、その連中のことなのだな」

「今ではこうして助け合って、生活しているんじゃ。奴らが薬草の知識に詳しいと判ったんで、畑地を倍近くに広げては、その広げた半分ほどの所で、露草（解熱、下痢）、シブキ（化膿創、腫れもの、高血圧、むくみ）、藜（喘息、高血圧、歯痛）、薄葉細辛（かぜ、気管支炎、頭痛）などを栽培させとるんじゃ」

「ほう、いい薬草を栽培しておるなあ。きちんと加工して宿場町へ持ってゆけば、いい値で売れそうではないか。盗賊などしなくてもよいかも知れぬぞ」

「そのような厭味を言うて下さるな政宗殿」

「いや、本気で申しておる」

「幕府の自分勝手な政治を見てみなせえ。活気に満ちているのは、江戸、大坂、京くらいのもんじゃ。地方は不作、容赦ない重い年貢、それに洪水や嵐が加わって誰もが飲まず食わずだ。こんな政治って、あるもんかい。弱い者いじめの政治じゃねえかよ」

「だからと言うて、盗賊稼業はよくないぞ」

「この日本右衛門は、弱い者を襲うような卑怯はせんよ」

「その辺のところは、なるほど右衛門殿の男ぶりじゃが」

「それにしても早苗殿が他界したとは……淋しいのう」

右衛門はそう言いつつ手綱を絞った。

一団は茅葺屋根の、どっしりとした百姓家の前に来ていた。いや、百姓家と呼ぶには、いささか造り構えと大きさに、何となく威圧感のようなものがあった。

そのどっしりとした館の前から、道は四方向へ扇状に広がっている。

この館が、日本右衛門の住居だった。

が、政宗は初めて見る。

「政宗殿は、確かこのボロ家は初めてじゃなあ」

「ボロ家にはとても見えぬが、早苗とこの村を訪れた時は、小造りな綺麗な宿舎を宛てがわれたのう」

「これは儂と家族の住居じゃ。今宵は此処に泊まりなされ」

右衛門はそう言うと馬首を振って、後ろに従ってきた配下の者たちを見まわした。

「小頭たちは一刻ほどしたら、儂の元へ集まってくれ。今宵はこの館で政宗殿を歓迎し、早苗殿の死を悼む宴じゃ。飲んで貰うぞ」

「おうっ」

配下のうち小頭たちは、そう応じるや馬首を変え、手下を従えて四方へ散っていった。

日本右衛門の館の前から四方へ延びる道の両側は、畑地であったり一軒家であったり、長屋であったりだった。

「さ、政宗殿……」

右衛門に促されて、政宗は馬上から下りた。

外が騒がしくなったのに気付いて、館の中から女たちや年寄りたちが次次と姿を見せた。それが帰宅した右衛門を迎えるときの慣例なのか、沈みつつある西日に染まった誰の顔にも明るい笑みがあふれていた。

と、その中から幼い男の子を抱いた島田髷の女が、「これはまあ、政宗様……」と驚いた様子で進み出た。身繕い整うた、盗賊村に似つかわしくない、ものやわらかな印象の女であった。

「これはサヤ殿、お久しゅうござる」

盗賊集団の頭、日本右衛門の女房サヤであった。抱いている幼子は昨年にサヤが産んだ右衛門の子、左衛門である。政宗もそうと知る子だ。

このとき右衛門もサヤも、左衛門がやがて盗賊史に名を残す組織的大盗賊「軍団」の総帥として、駿河国から遠江・三河・美濃・尾張・伊勢・近江国にかけての広大な地域に君臨し、大名領主さえ手を出せない圧倒的な存在になるなど予想だにしていなかった。

その左衛門がサヤの胸の中で笑い、なんと政宗に小さな両の拳(こぶし)を差し出した。

「おうおう左衛門、大きゅうなったのう。よしよし」

政宗は飛竜の手綱を、目を細めて我が子を見ている父親右衛門の手に預けて、左衛門を抱き上げた。

「これは重い子じゃなあ。将来きっと大物になるぞ。日本左衛門様じゃあ」

政宗の胸に抱かれて、左衛門がキャッキャッと拳を振って嬉しそうに笑う。

「幸せな子でございまする。京(みやこ)の政宗様に抱かれるなど」

と、サヤも嬉しそうであった。京(みやこ)の、と言ったあたりに意味がありそうだった。

「さ、政宗殿、ともかく座敷で落ち着きましょうぞ。サヤ、政宗殿を早う客間へ案内(あない)せい」

「あ、はい……それでは政宗様」

「お世話になる」

政宗は近寄ってきた小間使いらしい若い娘に左衛門を預け、右衛門は二頭の馬を引いて厩(うまや)へ足を向けた。

三

「右衛門と共に直ぐに参りますゆえ」

政宗の前に茶と菓子を置いて、サヤは客間から出ていった。

政宗は彼方の森の上に、ほんの僅(わず)か頭を出している西日の美しい輝きに眩(まぶ)しく目を向けながら、亡き早苗を想った。

空一面に夕焼けが広がっている。

「早苗は夕陽(ゆうひ)が好きだったのう……」

政宗は呟き、余りにも早く死なせてしまったその責任は、全て自分にあると思った。

「本当にすまぬ。が、今度ばかりは私も、お前のそばに行けるやも知れぬぞ」

早苗に会いたい、あの類(たぐい)まれな美しさを、もう一度だけでも目の前にしたい、といつにないほど気持を沈ませる政宗だった。

広縁に小さな足音がした。

「火を点しに参りました」

幼い声がして、十一、二の娘が種火を手にして座敷に入ってきた。

行灯と、鴨居二か所の掛け行灯に種火を移した娘の動きは、手馴れてどこか大人びたものだった。

「行灯に火を点すのは、いつもそなたがしておるのか」

「はい、私の仕事です」

「そなたの親はこの村の者なんだな」

「はい、この村の者です。私は、お頭様の奥様から行儀作法や文字を教えて戴くために、この館に泊まっています」

「ほう、行儀作法や文字をのう。それは大変よいことだ」

「他にも通いで教えて貰っている子供が、大勢います。館に泊まり込みで習っているのは五人だけで、月の末になると次の五人と交替して、私は通いの組になります」

「なかなか判りやすく、はきはきと話すのう。感心じゃ。頑張りなさい」

「はい、頑張ります。座敷に風が入ると掛け行灯の火が揺れて危ないので、雨戸を閉めても宜しいですか」

「では私も手伝おう」

「いえ、私の仕事ですから、私がします。閉め難い雨戸があった時だけ助けて下さい」

「おう、そうか。うん、判った」

素晴らしい子だ、と政宗は思った。幼少児期の教育の大切さを改めて嚙みしめながら政宗は、京の明日塾に残してきたテルやその他大勢の子らを懐かしんだ。

「名は何というのかな」

「トキと申します」

きびきびとした動きで雨戸を閉めていたトキが、振り向いて笑った。

「いい名だ」

「亡くなった爺ちゃんが付けてくれた名です」

「爺ちゃんは優しい人だったか」

「優しかったけど、お頭様や奥様の方が倍、優しいです」

「ははは っ、不精髭の怖い顔をした、お頭様の方が優しいか。いいことじゃなあ」

政宗がそう言ったとき、トキが顔を左手の方に向けて、丁寧に御辞儀をしてから、広縁に正座をした。

足音が次第に近付いてきた。広縁の床が軋む大人の重い足音だった。

政宗には、右衛門とサヤであろうと判った。

そのどちらかが、神妙に正座をしているトキに、身振りで何か伝えでもしたのか、トキが頷いて腰を上げ、政宗に軽く会釈をしてから立ち去った。

入れ替わるようにして、右衛門とサヤが客間の前に正座をし、政宗の表情が思わず「お……」と改まった。

右衛門の身形は、買い揃えたばかりに見える真新しい肩衣半袴であった。腰に小刀を差し通し、つい先程までの不精髭は綺麗に剃り落としている。表情は固く引きしめて、なかなかの武者風格であった。

サヤと言えば、地味な総模様の小袖に打掛と、これも政宗と出会った先程とは改まっている。

二人は政宗に向かって、うやうやしく頭を下げたあと、そのままの姿勢で右衛門が口を開いた。

「正三位大納言左近衛大将、松平政宗様、そうとは気付かぬ我我のこれ迄の無作法、なにとぞ御許し下されませ」

「これは参った。私のつまらぬ官位について、一体誰から聞かれたのだ右衛門殿。その前に、さ、顔を上げて、も少し傍に寄って下され。窮屈は嫌いだ」

「はい」

右衛門とサヤは顔を上げ客間に入ったが、表情の硬さは変えないままであった。

「実は、政宗様と早苗殿が昨年この村にお立ち寄りになられて京へ戻られましたる後、早苗殿から驚くような文を頂戴いたし、私とサヤは衝撃を受けたのでございまする」

「ほう、早苗が文を？……司直さえ手が出せぬ恐ろしいこの村へ、町飛脚は来てくれるのか」

「我我は凶賊阿野賀吾郎平や山賊高井田平市のように、弱い者へは手は出しておりませぬ。それにきちんと謝礼をして当然の相手には、この村の慣例に従うことを大事と致しておりますから」

「なるほど……ところで右衛門殿」

「はい」

「そなた元は侍だな。言葉遣いが町人百姓ではないなあ」

「は、はあ。父は幕府を激しく恨みながら生涯を終えた、浪人でございまする。元は、家康に取り潰されましたる西国小藩の徒目付でありました。尤も私は、浪人の父しか知りませぬが」

「そうでありましたか。右衛門殿は幼い頃から、苦労をしましたな」

「それはもう。食うための一粒の米を探すことが、日課でござりましたから」

「うむ」

「目に余るボロを着て目をギラギラさせ、腹をすかし泣きながら一粒の米を探しました。ですから銭権（口先だけ綺麗事を言う銭の権力者）への憎悪は煮えくりかえって……」

「銭権なあ。金のためには平気で国を売り、将軍の座を売ろうとする銭権が、確かに江戸には大勢いましたなあ」

「政宗様は江戸からの帰りに、この村へわざわざお立ち寄り下されましたのか」

「左様。早苗の遺骨を江戸の菩提寺に届けましてな」

「その早苗殿から届いた文が、これでござります。文の内容につきましては私とサヤが知るのみで、配下の者たちへは伏せてございます」

そう言いながら懐から取り出した文を、右衛門は政宗に差し出した。

政宗は、折り畳まれた文を開いた。

早苗の知性教養が伝わってくる、美しい書体であった。

政宗は胸が熱くなった。万感を込めて流れるようなその文章を読んでいった。

突然訪ねた自分と政宗を歓待してくれた事への礼、右衛門の一子左衛門への期待、そして、政宗が京の御所と絆ふかい血筋であるらしい事、正三位大納言左近衛大将の位にある事、今後に於いてもし政宗が村を訪ねるようなことあらば万全の気配りで身辺警護を御願いしたい事、政宗の高貴な身分血すじ等は右衛門夫婦だけが知っておくに止めてほしい事、などについて書き綴られていた。

読み終えて政宗は、丁寧に文を畳んで右衛門に返した。

その拍子に、政宗の両の目から、小さな涙の粒がこぼれた。

暫く三人は、無言であった。

と、近くの山か原野に狼でもいるのであろうか、犬らしくない遠吠えが聞こえてきた。

それが合図でもあったかのように、右衛門が声低く口を開いた。

「これは恐らく……早苗殿の遺言(ゆいごん)でございまする。この右衛門、命を賭(と)して政宗様にお従い申し上げまする」

「かたじけない……有り難う右衛門殿」

「これより我ら夫婦を、右衛門、サヤと呼び捨てにして下されませ。殿(どの)、が付きますると呼吸(いき)が出来ませぬゆえ」

「是非とも、そうなされて下さりませ」

サヤも夫に付け加えて言い、二人揃って再び平身した。

政宗は三呼吸ばかり黙っていたが、「うん」と控え目に弱弱しく応じた。

右衛門とサヤは、ホッとしたように面(おもて)を上げ、それ迄の肩の力みを緩めた。

「それに致しましても、早苗殿は何ゆえに命を縮められたのでございまするか。若く美しいだけではなく、剣を取っては並並ならぬ腕前と見ておりましたが……」

「早苗の文を読み終えた直後に、それについて語るのは余りにも心苦しい。いつ打ち明けるかについては、私に任せてはくれぬか」

「これは申し訳ありませぬ。気配りが足りませず、お許し下されませ」

「サヤは京から凶賊阿野賀吾郎平に拉致された身を右衛門に救われ、今は幸せそうじゃが、左衛門を連れて一度京の生家を訪ねてみてはどうなのだ」

「実は政宗様、次の月の末に子連れで京を訪ねることになっております」

「おう、それはよい。よくぞ決心なされた」

「はい。右衛門が思い切って生家に顔を出すように、と勧めてくれ、供の女二人と腕達者の警護を三、四人付けてくれると申しますので、それではと決心いたしました」

「右衛門は女房へいい贈物をしたのう。サヤは生涯忘れぬだろう。いい夫じゃ、いい夫じゃ」

「あ、いや、どうも……」と、右衛門は照れて破顔した。

「京へ着いたなら、先ず私の住居を訪ねて来なさい。何か力になれることもあるだろうから」

「本当に訪ねても宜しゅうございまするか政宗様。今の私は近隣で恐れられている大盗賊の頭(かしら)の妻でありまするけれど」

「これこれ、そのような言い方をするものではない。遠慮は無用ぞ。遠慮のう訪ねて来なされ」

「有り難うございまする。これほど心強く嬉しいことはありませぬ」

政宗は紅葉屋敷の位置を、詳しくサヤに教えてやった。

福井矢形(やがた)藩一万二千石が、京・仏光寺(ぶっこうじ)通に構えている質素な京屋敷。その京屋敷の預かり役二百石の諸島順之助(もろしまじゅんのすけ)が、サヤの実父であった。しかし諸島家の三女であったサヤは十二歳のとき、茶華道を習うために通っていた従三位式部権大輔の位にあった公家、真出野小路(までのこうじ)家に求められて養女となった。養女になっていなければ、凶賊阿野賀吾郎平に出会う事も拉致される事も無かったかも知れぬサヤであった。

このサヤという名。彼女を凶賊阿野賀の手から救った日本右衛門が、盗賊の頭(かしら)の妻として名付けたもので、父諸島順之助による実の名は**真沙乃**(まさの)である。

「サヤが京へ来る頃には、いま何かと慌ただしい私の身辺も落ち着いていよう。真出野小路家の近況、諸島順之助殿の様子などについては、それ迄に然(さ)り気なく私が摑んでおくとしよう。だから必ず、京へ着いたなら先ず紅葉屋敷を訪ねて来なされ。宜しいな」

「はい。必ずそう致しまする」

と、明るい笑みを見せるサヤであった。

「もしも私が不在であったとしても、母が応じてくれましょうから心配はない」

「母上様は、どのような御方でございましょうか。少し不安でございます」

「心の寛(ひろ)い聡明で美しい御人だ。和歌や茶華道を通じての知り人(しりびと)も広く豊かで私の比ではない。サヤのよき理解者になってくれましょうぞ」

「それを聞いて心が安まりました。私はもう長いこと荒くれ集団の中に身を置いておりまするから、自分に自信がございませぬ」

「その気持は判らぬでもないが、右衛門に大事にされてきたサヤの表情容姿は優しく清楚(せいそ)で穏やかじゃ。何の心配もないと思いなされ」

「はい」と頷くサヤの目に涙が浮きあがった。

四

　大広間に於ける質素で楽しい宴を終えて政宗が客間に戻ってみると、すでに寝床がのべられ、次の間には二人の荒くれが正座をしていて丁重に頭を下げた。両刀を膝の前に横たえている。政宗に対し〝無害の者〟であることを示している積もりなのであろうか。

「そなたたちは？」

「頭（かしら）よりこの客間の警護を命じられている者です」

　年長――三十前後か――の不精髭が平伏したままの姿勢で答えた。

「それでは宴に出ていなかったのか」

「はい」

「それは済まなかったのう、私に警護は要（い）らぬ。引き揚げてよいぞ」

「ですが頭の命令に背（そむ）く訳には……」

「私は自分の身は自分で守れる。それに寝ずの番の者が傍（そば）に居ると、窮屈で眠れぬ。頭に、そう伝えてきなされ」

「それでは広縁に出て控えると致します」

「その必要もない。そなた、名を教えておくれ」

「二十名の配下を束ねております小頭の、清水の文蔵二十九歳、この若いのは弟の又蔵二十五歳です」

「文蔵は清水の出か」

「はい。私は網元の五男坊、弟は六男坊でして、二人揃って幼い年で江戸日本橋の大店へ出され、その余りにひど過ぎる稼ぎ様にうんざり致しまして」と、兄弟とも、まだ顔を上げようとはしない。

「それで右衛門の元へ走ってしまったと言うのだな。兄弟手に手を取って」

「はい。当時はまだ、今ほど大きな盗賊集団ではありませんでしたが」

「さ、もう顔を上げてよい。私は今宵ゆったりと眠りたいのでな。警護は勘弁して貰いたい。これは強い望みじゃ」

「それでは頭に伺って参ります」

「うむ、そうしておくれ。そして、もう戻って来なくてよいぞ」

「判りました」

文蔵、又蔵の兄弟は、二刀を帯に通すと、姿勢低く客間を出て広縁に正座をし、再度丁寧に頭を下げてから立ち去った。

政宗はようやく、のんびりとした気分に浸ることが出来た。

床の間の刀掛けから粟田口久国を取り上げ、刃、柄、鞘などを丹念に検てから、腰の小刀と共に刀掛けに戻した。

彼は畳の上に、手枕で横になった。宴の賑わいが、まだ耳の奥に残っていた。

宴会の酒は、何処から手に入れた何という銘柄なのか、なかなかの美酒であった。

料理は盗賊村でとれる大根（江戸時代すでに多品種あり）と味噌と猪肉の大鍋煮、岩魚や鮒、泥鰌など塩味の串焼、鹿肉の塩干もの、鯖や鰯の煮つけ、それに漬物などであった。

京の紅葉屋敷では獣肉は厳しく御法度であったが、今宵ばかりは、そうも言っておれない政宗だった。

それどころか、大根と味噌と猪肉の大鍋煮の味には、政宗は思わず唸ってしまった。大変な美味しさだった。

今より三十年ほど前の寛永・正保年間（一六四〇年代）には、かなりの数の料理書が既に刊行されていたことから、真出野小路家で教養を積んだサヤがそれらの料理書を入手して盗賊村の女たちに料理をも教えている可能性はある。

ともかく、出されたどの料理の味にも、政宗は感心したのだった。

（大根の漬物の味も実に見事なものであったな。明日の朝餉にも所望してみたいものだ）

胸の内で呟き、ひとり苦笑を漏らす政宗だった。

大根は〝於朋泥〟の名で『日本書紀』にも出てくる古くからある野菜だ。於朋泥とは大根を意味し、やがて大根と呼ばれるようになったのであろう。

京の紅葉屋敷では漬物として、尾張の宮重大根が漬けられていることを知っている政宗であったが、今宵の大根の漬物は微妙に味が違うことから、練馬大根（初産地・江戸）であろうか、と想像を巡らす政宗だった。

尾張生れの宮重大根と、江戸生れの練馬大根は、この頃に於ける代表的な漬物用大根として広く知られていた。

また江戸市中の蕎麦屋では、つゆに入れたり、蕎麦にチョンと塗ったりする辛味大根として「信州の景山大根」が大層喜ばれており、その人気は近頃になって京、大坂にまで、じりじり広がり出していた。

ともかくこの頃すでに、全国各地に於ける大根の名称・品種は軽く百を超え、庶民の食生活を支える中心的な存在になっていた。

心地よい眠りが訪れた。

政宗は目を閉じた。久し振りに感じる、足元から温かな地の底へゆっくりと引き込まれてゆくような心地よさだった。

どれほど眠ったであろうか。

短い夢ひとつ見ることもなかった深い眠りから、政宗はフッと目を醒ました。

これが奥鞍馬の原生林で鍛えあげられた、政宗である。

五感の鋭さは、野生の生き物そのまま、と形容しても言い過ぎではなかった。

ひたひたと近付きつつある気配。

政宗はそれを捉えつつ、自分の体に布団が掛けられていることに気付いた。

右衛門か、あるいはサヤが様子を見に来て、そっと掛けてくれたのであろうか。

"無害の者"のその優しい気遣いを、深い眠りの中にあった政宗は捉えられないでいた。が、そのことをべつに修行不足だとは思っていない。

それでよいのだ、と思っている。

政宗は上体を起こした。

鴨居二か所の掛け行灯と、枕元の置き行灯が前後してジジッと小さな音を立て、炎を揺らし小さくなっていく。

どうやら油が無くなったようだった。

政宗が立ち上がって床の間の刀掛けの二刀を帯に通すと、それを待っていたかのように行灯は明りを失った。

政宗は次の間の襖を開けて入り、大刀の柄を左手で押さえ気味に、闇の中で胡座を組んだ。大刀の柄を左手で押さえたのは、居合への備えであり、鞘の尾先が畳に当たって座の姿勢が安定を欠かないための用心だった。次の間に下がったのは、雪崩れ込んで来るかも知れぬ相手との距離を開くためだ。

「一人……二人……三人……殺気まるで無し……か」

政宗は呟いた。が、殺気なし、は剣法にも忍法にも業の一つとしてあるから、油断は出来ない。

やがて気配は、広縁の雨戸の向こうで動きを止めた。

奥鞍馬の原生林が昼夜の別ない修行の場であった政宗は、夜目が利く。

と、何を思ったか政宗は立ち上がって寝間に戻り、障子を静かに左右に開いた。

政宗はこのとき、雨戸の直ぐ向こうに「静」に同化する微かな気配五つを捉えていた。

「誰じゃ」と、政宗は低い声を掛けた。

すぐさま囁きが返ってきた。

「おう、そのお声はまさしく政宗様。亡き高柳早苗様の配下でありました藤堂貴行でございまする」

「な、なんと……」

驚いた政宗は思わず前に進んで、雨戸に手をかけようとした。

が、さすが藤堂貴行。そうと読んでか「まこと恐縮ながらこのままで御許し下さりませ」と、小声で政宗の動きを制した。

「判った」と、政宗は雨戸にのばしかけた手を引いた。

「塚田孫三郎および〝胡蝶〟の板場におりましたる陣場仁助、東野予次郎、比木多市の四名もそばに控えておりまする」

いずれも一騎当千の早苗の配下たちであった。忍び侍である。

「皆、かわりなく元気であったか」

「はい。早苗様の死を知りましたる我我は、胡蝶に公儀暗殺団の手が本格的に伸びてくると判断し、身を隠しつつ政宗様の身辺を警護して参りました」

「そうであったのか。そう言えば殺意なき忍びの気配を、幾度となく身辺に感じたことがあった。感謝するぞ」

「政宗様。一昨日、数十を数える騎馬が江戸を発ち西へ向かいましたる事、御存知でございまするか」

「いや、知らぬ」

「いずれも鉄砲、弓矢、槍などによる重武装の手練集団でございまする。公儀の秘命を受けた忍び侍たちに間違いありませぬ。くれぐれも身辺ご用心なさって下さりませ」

「判った。しかし藤堂がいま申した〝公儀〟の意味の捉え方は難しい。幕府内でこのところ様様なかたちの権力が沈黙の衝突を繰り返しており、その重武装の一団に対し誰が秘命を放ったか正確に把握することは極めて困難だ」

「仰せの通りかと存じまする。我我は、政宗様が大和柳生の里の奥深く、打滝一族の隠れ集落へ向かわれる、と判断致しておりまするが、それで宜しゅうございましょうか」

「やはり藤堂だのう。そこまで私の動きについて摑んでおったか」

「こうでなければ、政宗様の身辺警護は勤まりませぬゆえ」

「藤堂の言うように、私が向かわんとしている地は、打滝集落じゃ。どの道を選んで打滝へ入るかは、なかなかに難しい判断となろうが、尾張の先までは東海道をひたすら馬で走り続けることになろう」

「いずれに致しましても、我我は東海道を先行し、道中の何処其処(どこそこ)に大きな危険ありと判りましたる時は、塚田孫三郎を政宗様の元へ走らせまする」

「承知した。そなたの事だ。私が用いている馬は既に存じておろうな」

「大番頭(がしら)九千石杉野河内守定盛様の愛馬飛竜、と承知致しておりますが」

「そこまで知っていたとは、さすが早苗が右腕としていただけのことはあるのう。

このあと何処の宿場に泊まるかについては、飛竜の疲れ具合によるのでな。面倒をかけるが、飛竜を見かけた宿場に、私の宿があると思うてくれ」

「はい。承りました。それでは我我はこれにて……」

「うむ。苦労をかけて、すまぬ」

「これが我我の勤めでありまする」

雨戸の向こうが、ふっと軽くなったのを政宗は感じた。

あざやかな消え方であった。

政宗は暫くの間、もの言わぬ雨戸を前にして立っていた。何事かを考えている表情であったが、やがて寝間へ引き返し、二刀を床の間の刀掛けに戻した。

布団の上に正座をし、腕組みをして、政宗は再び考え込む表情を見せた。

西へ向かったという重武装の数十騎について、思いを巡らせているのであろうか。それとも、突然出現した藤堂貴行らについて何か気になっているのか。

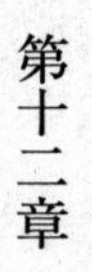

第十二章

一

翌朝卯ノ刻(午前六時頃)。

盗賊村の幾つかある出入口の中で、最も西のはずれに位置する通称〝物見松〟と呼ばれている松の巨木の下に、右衛門と小頭たち数十騎が出揃った。

馬上の政宗を見送るためだった。飛竜も疲れが取れたのか、元気がよい。

「世話になったな右衛門。左衛門を立派に育ててくれよ。縄付き、などには決してしてはならぬ」

「有り難いお言葉。肝に銘じまする」

「いい教育をしてやってくれ。母親による教育も大事だが、父親による教えもそれ以上に大切ぞ」

「読み、書き、算盤に優れる小頭の庄兵衛を、子守役に付けようと考えております」

「小頭の庄兵衛とな?」

「俺です」と、騎馬集団の後方から一騎が進み出た。

まだ若い男であった。二十前後といったところか。

昨夜の賑やかな宴では、小頭や小頭を引退した〝年寄格〟が大勢いたため、政宗の目には留まっていない。

「ほう。そなた、その若さで小頭か」

「はい、俺は二代目庄兵衛です。小頭だった親爺庄兵衛の後を継がせて貰いました」

「なるほど、そういう事か」

「親爺庄兵衛は、ある小藩の七里飛脚や文書蔵を管理する貧乏小役人でしたが、縁あって右衛門頭領の影武者として仲間入りしました」

「ふうん、影武者なあ」

「俺も嫁を貰うて男の子が出来たら、左衛門坊の影武者として育て上げるつもりです。親爺からも、そう言われております。代代、影武者になれ、と」

「ははは、元気がいいのう。だが、左衛門には読み、書き、算盤をきちんと教えてやってくれよ」

「はい、それはもう必ず。俺も親爺から、うるさく教えられましたから」

「そうか。それを聞いて安心したぞ。では右衛門、さらばじゃ」

「お気を付けなさいまし。それから宮宿から次の桑名宿へは、海上七里を大きくもない船で渡ることになりましょうから、飛竜が手に余るようなら、宮宿の馬喰に私の名を告げて預けて下され。誰に預けようとも、必ず私の元へ届きましょうから、大事に面倒見させて戴きます」

「うん、それは助かる。だが陸路は佐屋路、美濃路ほか幾つもある。心配ない。サヤに世話になった、と宜しく伝えてくれ」

「はい」

「サヤの握り飯を頰張るのが楽しみじゃ」

政宗はそう言い残し、手綱を右へ引いて馬首を西へ向け、馬腹を軽く蹴った。

飛竜が走り出した。

そして、たちまち全力疾走に入っていく。これが飛竜という馬の大きな特徴であった。小走りを命じると不機嫌だが、好きなだけ全力疾走を任せると馬体全体が喜びを見せる。まさしく気性のはげしい名馬であった。

飛竜は走りに走った。

盗賊村を出て、御油、赤坂、藤川の三宿およそ四里半をほとんど休まず走り抜け、「ここらで少し休むか」と言わんばかりに荒荒しく鼻を鳴らし自分から歩みとなったのは、岡崎宿に入ってからだった。

信じられない程の強脚である。

岡崎宿には岡崎城があって、東照大権現徳川家康公の誕生の地だった。

政宗は身軽に馬上から下り、飛竜の鼻面を「よしよし……」と撫でてやった。

飛竜が目を細め、首を縦に振る。政宗の自分に対するやさしい気持を、ちゃんと読んでいるようだった。

日はまだ、朝陽と言っても差し支えない高さであったが、岡崎宿はすでに活気に満ちていた。曲がり角が絶えない城下の道を、大勢の旅人が往き来している。

一体何の用で何処へ行くのであろうか、と首を傾げたくなるほど、西往きの旅人も、東往きの旅人も、絶えることがない。

「お前は、ほんにいい子だ。もう江戸へ戻らなくともよい。紅葉屋敷に棲み続けるがよい。なあに、河内守殿へは私が了解を取り付けてやるぞ」

首すじを撫でてやりながら、飛竜に語りかける政宗だった。

飛竜がヴフフッと鼻を鳴らした。

「それにしても、この城下は、くねくねとした道が多すぎるのう」

政宗は苦笑した。〝岡崎二十七曲り〟は、旅人たちの間でよく知られていた。

岡崎宿の東側から入った東海道は、城の周囲を嘗めまわすようにして北へ上がり、そして西に向かって下りるかたちとなる。

街道を城下町深くに取り入れて宿場町として発展させる狙いの他に、防衛戦略上わざと曲がり角を多くしているのだった。

政宗は、飛竜の脚を休めるため、のんびりと歩き続けた。

「矢作川」の支流乙川北岸のやや高い所に位置して、東、北、西側の三方に塁と堀を幾重にも張り重ねている竜ヶ城（岡崎城のこと）が、政宗と飛竜の後に何処までもついてくる。

時の藩主は譜代大名水野忠善五万石であった。

この岡崎の地は、政宗にとって早苗の思い出が余りにも深い地であった。

「お……」

政宗の歩みが緩くなって、顔に笑みが広がった。

街道少し先の右手に茶店があって、「あつい味噌汁」の幟が立っている。ときおり風に揺れる、その揺れ方が不自然だから、どうやら紙幟のようであった。

まだ朝飯の刻と言ってもおかしくはないこともあって、店の前の長い床几は、味噌汁を啜ったり握り飯を頰張ったりの旅人で埋まっていた。

朝餉をとらずに盗賊村を出た政宗は茶店の前まで行き、裏手に黄色い小さな花をいっぱい咲かせている木を見つけて近付いていった。

三人の若くはない百姓風が雑草の上に腰を下ろし、何だか元気なく味噌汁を啜っている。

政宗が黄色い花を咲かせている木に飛竜の手綱をくり付けると、百姓たちは会釈を送ってきた。

政宗も会釈を返したが、彼らの表情の余りの暗さが気になって、「何かありましたか。元気がないなあ」と声をかけた。

百姓たちは顔を見合わせて、押し黙ったままだった。

政宗は茶店の裏手から入って味噌汁を頼むと、竹の皮でしっかりと包まれたずしりと重い二包みの握り飯を、飛竜の背から下ろした。下ろした、という言い方がおかしくない程のその重さに、政宗はサヤの温かな気配りを感じた。

「沢山ある。一緒に食べましょう」

政宗は百姓たちと向き合う位置に腰を下ろすと、幅の広い竹の皮を開いた。

一つの包みには大きな握り飯が二列十二個もあって、もう一方の包みには玉子焼き、猪肉と筍の煮つけ、鯖の干物と鰯の干物の焼物、熨斗鮑（あわびの干物）、梅干し、とまるで宴会用の惣菜がびっしりだった。

それを見て、百姓たちは目を見張った。（腹が空いているな……）と政宗には判る彼らの目つきだった。

「お待たせしました」

若い娘が明るい笑顔で茶店の裏手から現われ、盆代わりの平板の上にのせた味噌汁の椀を政宗に差し出した。早苗に似ていた訳ではなかったが、政宗は一瞬、彼女の笑顔を思い出した。

「ありがとう」と、政宗が椀だけを受け取ると、娘は「元気出して、与助おじさん」と言い残し店へ戻っていった。

与助おじさん、と言われた百姓が、空を仰いで溜息を吐いた。

「さ、皆で食べましょう。私一人では、とても食べ切れない。手伝ってくれぬか」

「本当に……いいのですかのう」と、与助おじさん。

「いいとも。手伝ってくれた方が助かるのだ」

「それでは、遠慮のう頂戴いたしますで」

「うん、誠に助かる」

頷いて政宗は握り飯に手を伸ばした。

百姓たちは真顔で両手を合わせてから、それでも半ば恐る恐る握り飯に手を付けた。

「この味噌汁は美味しいのう、与助おじさん」

「は、はい。名産でございますから」

「八丁味噌とか言ったのう、岡崎の味噌は」

「へ、へえ。さようでございます。気候に恵まれますとこの界隈は、それはそれはいい大豆が出来、水も上質ですから」

与助おじさんはそう言うと、握り飯を持つ手を休め、また溜息を吐いた。

「どうしたのだ。今年は大豆が不作なのか」

「大豆も米も野菜も不作で……それに領主様の年貢(ねんぐ)がひど過ぎますのじゃ」

「これ、与助さん」

隣の白髪(しらが)混じりが、慌て気味に与助おじさんを窘(たしな)めた。

「いいのだ。私は幕府の役人でも藩の役人でもない。安心しなさい」

穏やかに言って、味噌汁を飲む政宗だった。

「岡崎藩の藩主と申せば、確か譜代の名家筋に当たる水野忠善様であったと思うが、農作物の不作に追撃ちを掛けるほど年貢はひどいのか」

「それはもう……なにしろ譜代意識が余りにも強くて、そのため、江戸を守るため最強の藩にする、とかで鉄砲弾薬武器の備蓄に異常なほど熱心な余り」

「合戦がなくなって平和が続いているというのに、武器備蓄のため年貢を容赦(ようしゃ)なく掛ける、と言うのか」

「へ、へえ。わしら百姓は、その日の食べ物にも困っていますのに」

「いかんなあ。しかし将軍家の許しなく、過剰な武器備蓄に励むことは御法度の筈だが」

「江戸を守るため、という耳ざわりのよい口実が将軍家を黙らせているんじゃ。そうに違いねえと、わしらは思てます」

「〝儂は偉い〟と勘違いして天狗になっている藩主水野忠善様を諫める者は、藩内におらぬのか」

「ご嫡男水野忠春様は、わしら百姓の苦しみをよく判って下され、領主様にしばしば苦言を呈されたと伝えられてはおりますのじゃけんど……」

「で、そのご嫡男忠春様は今は？」

「領主様の激しい怒りに触れ、つい先頃、廃嫡の目に遭い城から追い出されたとか噂が広がっておりますようで」

「なんとまあ嫡男に対しそこまでしたか。儂は偉い賢いと勘違いして自惚れている奴は馬鹿と紙一重と昔から言われておるが、つくづく扱いを厳しくせねばならぬのう。そういう奴は、直ぐにも今の恵まれた地位から追い払わねばならぬ」

「あ、あの、お侍様は一体どちらの……」

「私は何の力もない一介の素浪人だが」

「素浪人……」

呟いて与助は、がっくりと肩を落とした。藩主水野忠善の評判宜しくない事を知って、幕府が大目付配下のいわゆる公儀隠密でも差し向けてくれたのでは、と思いでもしたのであろうか。

「廃嫡されたとは言え、忠春様は御健在なのだな」

「へえ、殺されたとかの噂はないようですから。それに忠春様は剣術が大層お強いとか……そうむざむざ殺されるようなことは」

「廃嫡後の忠春様の住居(すまい)は？」

「さ、さあ、そこまでは知らねえです」

「左様か……剣術の出来る人であったのか」

政宗は握り飯一つを食べ終え、味噌汁の椀を空にすると、「すまぬが椀は戻しておいてくれぬか」と、ゆっくり腰を上げた。

「あの、握り飯がまだ五つも残っていますだが……」

与助が座ったまま、政宗を見上げた。

「皆で平らげてくれてよい。面倒かけるが支払いも頼みたい」

政宗は与助に一朱金一枚（一両の十六分の一）を手渡した。

「こ、こんなには……」

「面倒かけ賃だと思うてくれ」

「だども……」

「また会うこともあろう。不作に重い年貢、と辛いだろうが頑張ってくれ。頑張ってくれとしか言い様がないのだ。私のような素浪人には」

政宗は、そう言い残し、飛竜の手綱を引いて茶店の表側、街道へ戻った。

飛竜に跨がらずに、政宗は歩いた。

「政宗様、この宿場には腕のよい刀鍛冶がおりまする。修栄山へは明日の昼過ぎてから向かうと致しまして、刀を研ぎに出されたら如何ですか」

「この岡崎に腕の良い刀鍛冶がいることは、存じておる。三州薬王寺助次の業を継ぐ刀匠たちであろう」

「その通りでございます。頼み込めば、明日の昼までには丁寧に手を入れて下さいましょう」

「いや。柳生殿の強烈な打撃の多くは峰で受けたゆえ、刃は心配するほど傷んではおらぬ。このままでよい」

早苗との会話が懐かしく思い出される、岡崎宿の街道であった。

小富士と称してもいいような、富士に似た山が右手彼方に見えていた。

修栄山である。

その五合目にある本戒寺の、広大な寺領の北のはずれに広がる薄が原。

その原野こそ、早苗絶命の地であった。

政宗は、その地を訪れる積もりはなかった。早苗の遺骨はすでに江戸の菩提寺に預けたのだ。

向こうから馬喰風が、裸馬の手綱を引いてやって来た。

何やら鼻歌まじりで、機嫌が良さそうであった。顔が少し赤いことから、まだ時分時にもならぬというのに、軽く一杯ひっかけでもしたのであろうか。

政宗は自分の方から近付いていった。

「もし……」

「ん、俺のことか」

「この岡崎に詳しい御人と見て、声を掛けたのだが」

「おうよ。知らない所はありませんぜ、お侍さん」

「余り大きな声では訊けぬが、藩主水野忠善様のご嫡男であられた忠春様の住居を知らぬか」

「忠春様なら岡崎宿の西のはずれ、馬でひと走りの所にある湖山寺じゃ」

「湖山寺か。判った、有り難う」

「ひどく崩れた土塀が目印じゃ」

「承知した」

政宗が身軽に馬上の人となった途端、馬腹を蹴られるまでもなく飛竜は走り出していた。

政宗は、湖山寺に水野忠春を訪ねる積もりなのであろうか。

二

「あれか」と、政宗は手綱を引いた。なるほど、さして走らぬうちに街道右手、茶色く枯れた野菜畑の向こうに、崩れた土塀に囲まれた廃寺同然の寺が見える。

畑の脇に、破れた野良衣を着た夫婦者らしい年寄りが、恨めしそうに空を見上げている。

快晴の空には小さな綿雲一つなく、吸い込まれそうに青い。

政宗は飛竜の背から下りて、年寄りに声をかけた。

「ひどい状態じゃのう」

「へえ……」と、上下の前歯を失った老爺が、今にも泣き出しそうな顔で政宗を見た。

「去年もこんな状態でしてなあ。稲枯れはもっと深刻で……」

と、老爺は政宗の後ろ遠くを、指差して見せた。

政宗が振り返ってみると、大きな沼の向こうで茶色くなった稲が全て倒されている。

沼はたっぷりと水を満たしていた。

「岡崎は水が豊かな所と聞いているから、水不足が原因とは思われぬなあ」

「へい。水不足でも病害虫でもないです。冷害です」

「冷害?……私の肌は特に気温の低さを感じないが……そうか、ほんの僅かな気温の狂いでも長く続くと、農作物は打撃を受けるんだなあ」

「へえ、その通りで……農作物の出来、不出来は本当に神のみぞ知るですわ……不作でも儂ら百姓は領主様を食わせるため、年貢は厳しくとも払わねばならんし、岡崎は今年の秋あたり百姓の餓死者が出るかも知れんです」

「餓死者……か」

政宗は小さな呟きを残して歩き出した。端整な顔は辛そうに歪んでいた。

枯れた野菜畑の畦道を、街道からはずれて北へ二町ばかり進むと、崩れて傷みのひどい土塀に囲まれた寺の小さな山門に着いた。

小さな山門とは言っても名ばかりの二本柱でしかなく、それも白アリにやられて片方は傾き今にも倒壊しそうな危うさだった。山門の内外には、瓦や崩れ落ちた屋根材などが散乱している。

「ひどいのう。まさにこれは廃寺じゃ」

馬体の大きな飛竜の手綱を引いてこの山門を潜るのは危ない、と判断した政宗は土塀に沿って歩き出した。

山門の反対側に回ってみると、土塀は殆ど崩れ落ちており、「どなた様もどうぞご自由に中へ……」という酷い状態だった。

（これは湖山寺ではないのかも知れん。間違えたか……）

余りの酷さに、政宗はそう思ったが、兎も角も雑草生い茂る境内へ、飛竜の手綱を引いて入っていった。

いくら廃嫡された身であるとは言え、藩主の嫡男が蟄居させられている場所にしては、酷すぎる環境だった。

間伐、剪定などの手入れがされていない境内の林は隙間なく繁り放題で、辛うじて本堂か庫裏らしいのが枝枝の重なりの向こうに認められた。

政宗は雑草の中を進んだ。人の気配は全く感じられない。

（やはり廃寺……無人か）

と思いつつ林を迂回するかたちで回り込むと、ちらちら見えていた建物が全容を現わした。

本堂と判る、なかなか立派な造り構えの建造物であった。かなり古く傷みも酷そうであったが、どっしりとして重厚な印象である。

無残なのは、その本堂の向こうで、庫裏らしい建物が屋根を傾けて何とか建っていることだった。住めるかどうか、ぎりぎりの状態に見える。

政宗は木の枝に手綱を軽く巻き付け、飛竜の首すじを優しくさすってから、重厚な拵えの本堂に足を向けた。

足音を立てぬよう石段を三段上がって、濡れ縁にそっと右足をのせた政宗であったが、こいつは軋むな、と覚悟するしかない床板の傷み様だった。

「大丈夫じゃ。厚い板で出来ておるから、床は抜け落ちたりはせぬ」

不意に、どの扉も閉ざされている本堂の中で、声がした。

政宗は苦笑を漏らして、濡れ縁に上がり、「入って、お宜しいか」と声を掛けた。

「遠慮は無用じゃ」と返ってきた声を政宗は、自分と同じ年頃か、と捉えた。

政宗は静かに扉を開けて、本堂へ日の光を差し入れて踏み入った。

本堂の床にサアッと広がった光の中に寝床が敷かれてあって、その寝床の上で顔中不精髭だらけと言った侍が横になって目を閉じていた。

左手を伸ばせば直ぐ届く位置に、一目で拵え宜しいと判る大小刀があり、枕元には、煎じ薬でも入っているのであろうか小振りな土瓶と湯呑みが置かれている。

「ご体調がすぐれませぬのか」

寝床の脇に座して大刀を右に横たえ、政宗は、挨拶を抜きにした抑え気味な声で訊ねた。

「なあに、油断をして風邪を引いてしもうてな。なにしろ、随円と二人して大酒を浴び、薄着のままだらしなく寝込んでしもうたから」

「随円？……」

「おう、随円じゃ。見ての通りの荒れ寺じゃが湖山寺という歴とした名もあってな、随円という住職も、ちゃんと居るんじゃ」

「ほう、この荒れ寺に、ご住職が……」と、政宗は少し驚いた。

「さあて、もう起きるとするか」と、そこで顔中不精髭は目を見開いた。

「大丈夫ですか。ご無理をなさらぬ方が宜しいが」

「平気じゃ。二日もたっぷりと眠らせて貰うたからのう」

「今日一日は、薬を飲まれた方が……」

「薬？」

「はい。枕元の煎じ薬……」

「あははは、これは薬ではない。酒じゃ」

「なんとまあ……酒でありますか」

「酒じゃ。随円差し入れのな。飲んでみい、いい酒じゃぞ」

「京の伏見(ふしみ)でございまするか」

「いや、灘(なだ)じゃ。江戸では手に入っても、この岡崎ではなかなか手に入らぬぞ。さ、ぼうっと座していないで飲んでみよ」

「まあ、その内にお言葉に甘えましょう」

「お主(ぬし)……」と、ここで相手の目つきが普通でなくなった。表情が硬くなっている。

「はい？」と政宗は短かく応じた。

「全くスキが無いが、お前、一体何者じゃ」

「は、はあ。西へ旅をしております、天下の素浪人でございますが」

　そう答えながら、政宗は湯呑みにほんの少し注ぎ入れたものを、先(ま)ず嗅(か)ぎ、そして酒に違いがないことを確認した。呑みはしなかった。

「おい、お前。父が差し向けた刺客ではないのか。刺客なら立ち合うてやるぞ。返答せい」

「ご領主水野忠善様の怒りに触れ、先(さき)ごろ廃嫡に処された、水野忠春様でいらっしゃいますな」

「私にその返答を求めるなら、その方が先に名乗るのが筋であろう。刺客、何野何兵衛とな」

「これは失礼しました。私(わたくし)は正真正銘なる浪人、松平政宗。但し徳川一門の松平とは、縁もゆかりも有りませぬ」

「聞かぬ」

「聞かぬ、と仰せられまするとと？」

「浪人か浪人でないか、私が見抜けぬとでも思うているのか」

「なれど、浪人としか言い様がございませぬゆえ」

「しからば……」と相手——水野忠春——は自分の刀を手に取り、政宗に差し出した。

「刀を見れば、その侍の為人(ひととなり)が判るという。私の志津三郎兼氏(しづさぶろうかねうじ)を手渡すゆえ、そなたの刀を見せてみい」

と、このあたりの引かぬ強引さは、やはり若様育ちであった。

政宗は、少し困った。銘刀粟田口久国は旅の浪人が腰にするような刀ではないからである。しかも鎺元には御所との絆を証する菊花紋が毛彫り（細く繊細な線で模様を緻密に細かく彫ること）されている。

政宗が所持する銘刀の場合の菊花紋は、十八葉と決まっていた。因みに、五摂家・九条家の家宝銘刀は二十一葉の菊花紋である。

「ほれ、どうした。刀を見せてみい。渋るところを見ると……」

「いや、渋ってはおりませぬが……はてさて……」

と、そこへ、のっそりと入って来た者があった。日を背に浴びた黒い影が寝床にまで届くかと思われる程の偉丈夫だった。

だが「おや、客人ですかな若……」と、寝床に近寄ってくる足元が、どこか心許無い。

逆光が薄れて相手の顔がはっきりと認められ、「随円だな」と政宗には想像がついた。立派な体格であったが、歳は六十を半ば過ぎていると思われた。着ている僧衣は、まるでボロ布裂である。

「お邪魔しております」と、政宗は丁重に頭を下げた。

「御名は？」と相手に訊かれて、「旅の浪人、松平政宗です」と政宗は答えた。

「随円じゃ、この湖山寺の住職でな」

と、随円は政宗の姓や訪ねてきた訳など、まるで気に留める様子がない。

「若、腹が減りましたな。この二、三日、民百姓の誰も何も持って来てくれませぬな。年寄りゆえ、うまく歩けませぬわ」

「この辺りは見渡す限りの枯れ野なんじゃ。民百姓の善意を、そのまま受ける訳にはいかぬわ」

「左様左様。どれ、また自然薯でも探してきましょうかの」

偉丈夫の老僧は、政宗に殆ど関心を示さぬまま、足元をふらつかせ本堂から出ていった。

その足音、気配が遠のくのを待って、水野忠春が口を開いた。

「そなた、この忠春が廃嫡されたと、誰から聞いたのだ」

と、その口調は先程までに比べ、すっかり落ち着いている。

「誰から聞くまでも御座いませぬ。廃嫡の噂は、既に岡崎の民百姓の間にすっかり広まっておりますようで」

「真実か……」

「はい。特に強引過ぎる年貢に苦しむ百姓たちは、忠春様の廃嫡を心から悲しんでおりまするな」

「そなた、ここへ何の目的で参ったのじゃ。刺客でないことは、どうやら判った。廃嫡の噂を耳にして、浪人として何ぞ感じるところでもあって参ったのか」

「恐れながら、忠春様はこの松平政宗と歳がお近いのではと見ましたが」

「私は寛永十八年（一六四一年）生れじゃが」

「なんと……私と同年でありますな」

「ほほう、そうか……」と、水野忠春の表情が緩んだ。

「しかも……将軍家綱様も寛永十八年生れでございまする」

政宗が将軍の名を出すと、緩んでいた忠春の表情が再び厳しくなった。

「わが父水野忠善は譜代の誇りが高過ぎて、何かと言えば将軍家の忠臣たらんとする。将軍家を守るのじゃ、江戸城を守るのじゃ、が口癖でな。その余りに過剰な武器弾薬、弓矢、長槍の備蓄に走って、民百姓に重い年貢を課し苦しめて止まぬ」

「それで忠春様は苦言を呈され、廃嫡の目に遭われたのですな」

「私は城を追い出される事など何とも思わぬよ。だが、刀の鞘で私の眉間を打ったことは、実の父であっても許すことは出来ぬわ」

「そのようなことが……」

「この湖山寺の住職随円は、かつて私の教育者として城へ出入りし、宋学（朱子学のこと）、仏教学、軍学、武士道などについて教えてくれていた」

「ほう……」

「だが、あるとき城への出入りを、わが父より厳しく禁じられてな。それまで厚かった湖山寺への保護は一切打ち切られ、寺領もこの境内敷地を除いては、悉く没収されたのじゃ」

「随円和尚は、藩主水野忠善様に対し、何事か御注意申し上げたのですな」

「原因は、それじゃ。とにかく我が父は、己れの〝藩主としての器量〟に対し自惚れが強く反省を知らぬ。このままでは今に藩内に謀叛が生じるのではないかと、心配でならぬのじゃ」

「反省の無い〝藩主の器量〟などは大成いたしませぬよ。忠春様を慕う侍たちは、藩内には一人もおりませぬのか」

「いや、いるぞ。重役たちは独善的な藩主に尾を振る自主性なき飼い犬だが、中堅(ちゅうけん)、若手の侍たちの中には極めて能力人柄優れたる者がいて、時に此処へ生活のための金子(きんす)を届けたりしてくれている。自腹(じばら)を切ってまでしてな」

「父君は生活の糧(かて)さえくれませぬので？」

「くれぬ。だから、この有様じゃ」

水野忠春は本堂内を見回し、汚れた薄布団を軽く手で叩いて苦笑した。

「忠春様……」

「ん」

「時として此処へ金子を届けてくれる侍たちは、幾人(いくにん)ほどいるのです？」

「五……いや、六人が入れ替(か)わり訪ねてくれるかのう。だが、中堅、若手の彼らとて生活が豊かな筈(はず)がない。だから訪ねて来るのは、月に一度あるか無しか、といったところじゃ」

「その者たちと志を同じくしなされ。同志として眺めなされ」

「何を言いたいのじゃ」

「必ず城へ戻って藩主となり民百姓の苦しみを軽くしてみせる、という強い意志を彼らに対し、はっきりと見せるのです」

「無理じゃ。私は廃嫡された身ぞ」

「無理ではありませぬ。忠春様が強い意志を持ち、そしてその強い意志が藩の政治に真に有益なものである限り、岡崎城内に必ず同志の輪が広がりましょう」

「うむ……」

「時として此処を訪れる中堅、若手の五、六人は、今か今かと忠春様がその意志を口になさるのを、待っているのやも知れませぬぞ」

そう言う政宗の口調は、淡淡として物静かであった。

「但し、武力でもって強引に父君を追い払うことは、決してなさってはなりませぬ。過激な手段は直ぐに江戸へ伝わり、将軍家の怒りと不信を買ってその結果、岡崎藩取り潰しという事態になりかねませぬから」

「うん、強引は確かにいかんな」

「藩主交替の機会は、必ずやって参りましょう。それまで忠春様は此処にて己れの藩主としての能力人格を熟成なされつつ、同志の輪を広げていかれることです。案外に、その機会は早く訪れるやも知れませぬぞ」

「松平政宗……とか言ったな」

「はい」

「そなた、私が藩主として城に戻れる日まで、此処に居てはくれぬか」

「それは出来ませぬ。私には私の生活がありますゆえ」

「そなた……」

「はい」

「やはり、ただの浪人ではないな」

「浪人でございまする。どうしても、お気に召しませぬか、浪人では」

「いや、構わぬよ……構わぬ」

水野忠春は、穏やかな表情になっていた。

政宗が口にした「……案外に、その機会は早く訪れるやも知れませぬぞ」の何気ない言葉。

それが全くその通りになろうとは、このとき政宗も忠春も、予想だにしていなかった。

それほど、この廃嫡事件は、藩史にその名を残す、大きな問題だったのだ。

「ところで忠春様は、剣術をかなり心得ておられると聞きましたが」

「藩の剣術師範より念流を教わった。皆伝を許されておるが、藩主の嫡男であったから、はてさて誠の評価を貰えたものやら……」

「評価に手心を加えて貰っての皆伝、と申されますのか」

「厳しい師匠ではあったのだが、我が父の気性を恐れて萎縮しておる重役たちを見ていると、城内のどこにも真実がないように思えてのう」

「そのような見方に傾き過ぎることも、よくはありませぬぞ。藩主とならば、心を鎮めて物事を公正に眺めるように致さねばなりませぬ」

「そうよのう。うん、そう心がけよう」

「素直でありまするな」

と、政宗は微笑んだ。

「そなた、それを私に言いたくて、訪ねてきたのであろう。民百姓の苦しい心内を耳にして、これは見て見ぬ振りは出来ぬとばかり」

「そうかも知れませぬな。さてと、では私はこれで失礼させて戴きましょうか」

と、政宗が立ち上がろうとすると、忠春は軽く手を前に出した。

「まあ、そう急ぐな。何の馳走も出来ぬが、一日二日岡崎でゆるりとしていけ。酒はある。そのうち随円が自然薯を持ち帰るじゃろうから」

「自然薯に酒は合いますな」

「合うともよ。うまいぞ」

「では明朝まで、お世話になりましょうか」

「そうしてゆけ、そうしてゆけ」と、忠春は破顔した。嬉しそうであった。

が、忠春は、まだ気付いていなかった。正三位大納言左近衛大将松平政宗という強力な知己を得たということを。

　そしてそのことが、かつて経験したことのない恐怖の出来事から、自分を守ってくれるということを。

三

忠春は、わが身の不運を振り払うかのように痛飲した。

ボロ衣の老僧随円も、呆れ果てるほど、よく飲んだ。

二人とも、本堂の床に仰向けに大の字になって、高鼾だった。

二人の枕元に、肴がのっていた小皿や、数本の貧乏徳利が空になって転がっている。

政宗は本堂奥の柱にもたれ、胡座を組んで目を閉じてはいたが、眠ってはいなかった。粟田口久国は柄を右に向け、膝の上に横たえている。

随円が何やら呻いてドスンと寝返りを打ち、また元の仰向けに戻った。が、忠春の高鼾は変わらない。

〽験なき　物を思はずは　一坏の　濁れる酒を　飲むべくあるらし

目を閉じたまま小さく口ずさむ政宗の顔に、笑みがあった。万葉集巻第三にある大伴旅人の一首であった。無類の酒好きとして名高い歌人である。

何をくよくよと気遣うておるのじゃ、それよりも一坏の美味い濁り酒でも飲んだ方がましではないか、という意味は、まさしく現在の水野忠春に当て嵌まるものだった。

点したままの鴨居の掛け行灯二つが、ぷちぷちと油の音を立てている。安物の魚油を使っているから、生臭い匂いが本堂に満ちていた。

不意に本堂の外で、猫が鳴いた。野良であろうか、ひと鳴きだけだった。と、政宗が薄目を開けた。耳を研ぎ澄ましているかのような様子であった。

そして、政宗の右手が、粟田口久国にのびた。

気配なき気配、としか言いようのないものが、ひたひたと近付きつつあった。

（一つ……三つ……五つ……か）と読んで、政宗はそっと立ち上がり帯に粟田口久国を通した。

忠春の愛刀志津三郎兼氏は、主のいない寝床の向こうに、まるで投げ出されているかのようだった。

政宗は足音を立てることなく志津三郎兼氏に近付き、それを手にとって忠春の身そば左側に横たえた。ようやく床板が微かに、鼠の鳴き声のような音を発したが、忠春も随円も深い眠りに落ち込んで気付かない。

政宗は本堂にある五つの扉のうち、随円、忠春らが出入口としている中央の扉の直ぐ内側に立った。

再び床板が、先程よりも大きな音を立てて軋んだ。

忠春も随円も、微動だにせず大の字の仰向けだった。

気配なき気配が、すうっと石段を上がってくるのを政宗は逃さずはっきりと捉えた。だが、殺気は皆無だった。むしろ大胆なほど無警戒かつ急速に近付いてくる。気配を巧みに消しつつであったから、驚くべき業と言えた。それを、政宗は捉えていた。見事に捉えていた。

と、扉の向こうで、低い声がした。

「そこに在すは政宗様でございまするか」

「塚田孫三郎か」

「はい」

「政宗じゃ」

「急ぎお伝え致したき事あり参上致しました」

「街道から外れたこの荒れ寺に私が居ると、よくぞ判ったのう」

「それが我らの勤めでありますれば……」

「うむ、そうであったな」

「入って差し支えございませぬか」

「よい。入りなさい」

扉の向こうに小声でつげ、政宗は爪先だけで、スッと後方へ退がった。

今度は、床板は鳴りを鎮めていた。

扉が、軋むことを恐れたかの如く、ゆっくりと、慎重なほどゆっくりと開いてゆく。

夜気が本堂に入ってきたが、鴨居の掛け行灯の炎を揺らす程のことはなかった。

本堂内にこもっていた行灯の魚臭が、薄まっていった。

扉が左右に、ほぼ完全に開いた。

月明り無き漆黒の闇に向かって、掛け行灯の弱弱しい明りがこぼれる。

濡れ縁に、抜刀した黒ずくめが、前に二人、後ろに三人。覆面から覗いている
のは十を数える眼のみ。

口元にフッと笑みを見せた政宗が、粟田口久国を鞘から滑らせた。

黒装束五人は本堂に入り、一人が扉を閉じた。そして政宗の面前に、扇状に広
がる。

申し合わせたように、等間隔。高軒の忠春、随円へは見向きもしない。

「お命頂戴」と、中央の小柄な黒装束が穏やかに告げた。五人の中で、〝束ね〟

の地位にあるのだろうか。

政宗が呟くようにして返した。

「塚田孫三郎と声は似れども、体つきは貧相で似ておらぬのう」

「ふん。塚田も藤堂も、すでにこの世にはおらぬわ」

「なに……」

「幕命に背を向けたる者の末路は哀れと、決まっておる」

「そなたの言う幕命とは何じゃ、大老の個人的野心から発せられたる幕命か、そ
れとも徳川を転覆せんとする勢力の頭から発せられたる秘命か」

「問答無用」

「よかろう」

と応じた政宗であったが、粟田口久国の切っ先は、鞘から滑り出て床に下ろされたままだった。

黒装束五人は、〝束ね〟らしい小柄な男だけが上段、その左右に位置する各二人は右足を引いて体を斜めにし、刀を胸の高さで水平とした突き構えだった。右の肘(ひじ)を深く後ろへ引いていることから、凄(すさ)まじい突きを一気同時に放とうと言うのであろうか。

忠春と随円の高鼾に変わりはなかった。

五人の黒装束が、爪先で床板を噛(か)むようにして、ジリッと前に出た。床板が少し軋んだ。

政宗は、背が祭壇に触れそうな所まで退がった。祭壇の奥には木彫りの仏像が座して在(あ)る。左掌(てのひら)を肩の高さで広げ、右手人差し指は空(くう)を指(さ)している不思議な姿勢だった。

それは恰(あた)かも、政宗の肩ごしに、「これこれ……」と五人の黒装束を指差し諫(いさ)

めているかのようであった。

「いえいっ」

裂帛の気合が小柄な黒装束から迸った。ほとんど間を置かずに、配下四人の口から「おうっ」と雷鳴のような気合が発せられ、五人の爪先が更に前へ進む。

さすがの忠春、随円も飛び起きた。

目の前の異様な光景に二人とも一瞬茫然となり、そのあと掛け行灯の薄明りの中でもはっきりと判るほど蒼白となった。

だらりと粟田口久国の切っ先を下げ無構えのまま、政宗が口を開いた。

「忠春様……」

「な、何じゃ」

「実戦の経験はありませぬな」

「お、おう。な、ない……」

「今、お見せ致す。ようく見ておきなされ。その残酷さを……」

「お、おう……」

震え声で答えた念流皆伝の水野忠春は、随円に手首を摑まれ這うような態で、本堂の片隅まで退いた。

「正三位大納言左近衛大将松平政宗様、ご最期でござる」

小柄な黒装束の構えが大上段から右八相へと移り、政宗の素姓を耳にした忠春と随円が、「えっ」と衝撃を受け目を大きく見開いた。

小柄な黒装束が、突っ込んだ。突っ込むのと、政宗の横面に唸りを発して刃が襲いかかるのとが、殆ど同時であった。忠春と随円にとってそれは、はじめて目にする身の毛がよだつ、速さであった。政宗が横面を無残に割られた、と思った。が、政宗は相手の刃を躱すことなく、粟田口久国の峰でまともに受けた。

鋼が打ち鳴り、青い火花が飛び散った。

忠春は全身を硬直させ、生唾を飲み込んだ。

随円は震えあがった。

小柄な黒装束が、政宗の横面を打つ、打つ、打つ。鋼と鋼がぶつかり合い、火花また火花。相手の激烈な勢いは政宗に反撃を許さなかった。

三撃を終えて、小柄な黒装束が、ふわりと飛び退がる。

その後を埋めるようにして、配下四人が左右両方向から政宗に斬りかかった。

計算し尽くされたかのような、緻密(ちみつ)さだった。

が、その緻密さを読み切っていたのか、政宗の体が右へ矢のように舞い上がって黒装束二人の背後に、ふわりと下り立つ。

忠春は、わが目を疑った。政宗に背後に立たれた黒装束二人が、肘から先を宙に飛ばされ、ドンッと大きな音を立て床に叩きつけられたのだ。まさに一瞬……いや閃光だった。

黒装束二人が悲鳴をあげて、のたうちまわる。

忠春には、二人の黒装束が肘から先を斬られたのが全く見えていなかった。

「おのれ」と、小柄な黒装束が、再び政宗を襲った。

念流皆伝の忠春は、背に汗を噴き出して食い入るように眺めた。

小柄な黒装束が激しく突いた、また突いた。

政宗の粟田口久国が相手の刃を右へ払い、左へ払って、政宗の上体は柳の枝のように揺れるが、足元は不動であった。

忠春は、手に汗を握った。随円は目を閉じ、両掌を合わせ、唇を震わせている。

忠春の口から、「あっ」と低い叫びが生じた。

連続して猛烈に突いてくる相手の刃を打ち払っていた粟田口久国が、小柄な黒装束の西洋流剣術(フェンシング)のような業(わざ)に巻き込まれて、政宗の手から離れた。

「最期じゃ」と、小柄な黒装束が全身を政宗にぶっつけるようにして、突く。

だが、激闘する双方の動きが、そこで静止した。

忠春は、「おう……」と思わず中腰となった。

小柄な黒装束の切っ先三寸が、地に右膝を付けた政宗の両手にがっちりと挟み取られていた。

「うぬぬっ……」

刃を挟み取られ、小柄な黒装束は、押し、引き、を試みるが政宗は微動もしない。

その様子に、小柄な黒装束の配下二人が、大上段に身構え政宗へ突進。

次の瞬間、小柄な黒装束の体が、政宗の両掌に挟み取られた刀身を軸として、大車輪を描いた。

受身業などとうてい利かない、凄まじい一回転だった。

小柄な黒装束が肩口から床に叩きつけられ、首が不気味な音を立てる。

寸陰を空けず政宗が、敵から挟み取った刃を、左下から右斜め上に向け鋭く振った。

今まさに一撃を政宗に加えようとして肉迫していた二人の内の一人が、喉元にその刃を突き立てられ、張り飛ばされたように仲間の腰にしがみついて、二人とも横転した。

闘いは、それで終りだった。

忠春には、とてつもなく長く感じられた時間であったが、実際にはアッと言う間に生じ終っていた。

たった一人生きのびた黒装束が、まだしがみ付いた状態の仲間を蹴り離して跳ね起き、本堂から飛び出した。敏捷であった。

逃げる、と言うよりは、然るべき相手に報告するためであろう。

政宗は刃を懐紙で清めた粟田口久国を鞘に収めると、倒した黒装束四人の覆面を剝いでいった。

いずれも見知らぬ顔であった。

「そこな黒装束、な、なに者じゃ……あ、いや、一体何者でありまするか政宗様」

姿勢を正した忠春が、それ迄（まで）とは口調を変えた。

「さあて、判りませぬ。心当たりはありませぬ」

「それに致しましても……」と、忠春は両手を床について頭を低くした。

「高貴なるご素姓、大凡（おおよそ）の見当がつき衝撃を受けましてございまする。知らぬ事とは申せ、失礼なる態度の数数、何卒（なにとぞ）お許し下され」

そう言う忠春の横で、随円も平身低頭であった。

「素姓云云（うんぬん）については、もう口に出して下さいますな忠春様」

「恐れながら、忠春と呼び捨てにして戴きたく……」

「厄介でありますなあ。では、忠春殿、随円和尚と呼ばせて下され」

「は、はあ……」

「剣術の恐ろしさ、いや、真剣の怖さ、とくと御覧になられましたか忠春殿」

「目に焼き付いてございまする。五人とも忍びと見ましたが、政宗様には本当にお心当たりがありませぬので？」

「ま、その話は、いずれまたの機会に、とさせて下され。ご承知願えますか」

「は、はい。政宗様の御身が心配ではありますが」

「それよりも忠春殿。私がこれから認めます文を、公文書扱いで藩飛脚に託し、江戸へ届けることは出来ませせぬか」

「廃嫡されたる身とは申せ、その程度のことならば未だ影響力を充分に発揮できまする。なれど、江戸のどなた様宛に？」

「筆頭大番頭直参旗本九千石杉野河内守定盛殿でござる」

「な、なんと。上様おそば役とも申すべき……」

「安心なされよ。岡崎藩や忠春殿に傷がつくような文ではありませぬゆえ」

「判りました」

忠春は隣の随円と顔を合わせると、頷き合った。

政宗は、水野忠春を、岡崎藩のためにも今の環境の中へ閉じ込めておく訳にはいかぬ、と思ったのであった。

藩の政権は、とりわけ譜代の政権は、穏やかに委譲交替することが理想であった。岡崎藩の現状はしかし、藩主自らの足で火薬を踏みかけていた。藩が取り潰されれば、民百姓の苦しみが更に増すことは目に見えている。

いま、この機会にそれを食い止める必要がある、と政宗は思ったのだ。

政宗が、大番頭杉野河内守へ出そうとする手紙。それは河内守に託する実は将軍徳川家綱への手紙であった。

政宗のこの手紙が、六年後ついに忠春を岡崎藩主水野家二代に復権させるなど、この時まだ誰も知らぬ事であった。

第十三章

一

三日目の朝。

飛竜は伊勢国松坂六万石の城下に入った。ゆったりとした飛竜の歩みは、疲れを知らぬ堂堂たるものであった。

政宗は目立つことを避け、馬上から下りて手綱を引いていた。

右手、手の届きそうなところに、平山城（ひらやまじろ）の松坂城が見えている。

松坂藩は文禄（ぶんろく）四年（一五九五年）に近江日野の領主古田重勝（ふるたしげかつ）が豊臣秀吉の命を受けて三万五千石で入封し、慶長（けいちょう）五年（一六〇〇年）、五万五千石に加増され「藩」として立藩した。しかし六年後の慶長十一年、四十六歳の若さで病没。

このとき嫡男重恒（しげつね）はまだ三歳であったため、古田重勝の実弟古田重治（しげはる）が、徳川家康によって相続を許された。

元和（げんな）二年（一六一六年）、徳川家康が七十四歳で病没。元和五年、古田重治は突如、二代将軍徳川秀忠から石見浜田（いわみはまだ）へ五万五千石で転封を命ぜられ、**この年をもって**

松坂藩は廃藩処分となった。

廃藩のあと松坂は、御三家紀州藩領となり、郡奉行による管理が今も続いている。本丸、二の丸、三の丸、きたい丸、隠居丸、三層の天守や二層の櫓など、桃山様式の建造物は壊されず〝健在〟だった。

三の丸には、城代屋敷、二の丸には徳川陣屋が築かれている。

旧松坂藩が外様であったことは、むろん承知している政宗であった。

（外様の松坂藩が、家康公病没のあと、なぜ御三家紀州藩の領地となったのであろうか）

飛竜の手綱を引いて歩きながら、（何か打滝一族に絡む理由がある筈……）と政宗は考えた。

天下盗りを目前としていた尾張の織田信長は、天正十年（一五八二年）六月二日、中国地方へ出陣の途上に止宿していた京四条坊門西洞院の法華宗本門流本山・本能寺で、臣下明智光秀の予想だにしていなかった反逆に遭い、燃え盛る炎の中で自刃した（だが骸は見つかっていない）。

このとき奇襲した反逆側の兵は約一万三千、一方の信長側は**側近**の数僅かに二十七名。

明智光秀は謀叛を成功させるや、信長の次にうるさい存在になると睨んでいた堺を見学中の徳川家康に対し、強力な追手を差し向けた。

織田信長の死と、自分への追撃が伸びていると知って大きな衝撃を受けた家康は、京商人茶屋清延（一五四五年～一五九六年）や伊賀の忍びの手を借りるなどして、必死で険しい「伊賀越」に挑み、命からがら岡崎へ生還した。

それが政宗の学んできた、これ迄の将軍家康「正史」であった。

京商人茶屋清延の名も、実はこの「正史」によって、いわば徳川家の表舞台に一躍出てきたものである。

才と知に優れたる茶屋清延（通称茶屋四郎次郎）は家康と同年齢ということもあって、永禄の若き頃より三河徳川家御用商の立場で家康の身そばに仕え、幾多の戦場へも身を挺して兵糧武具を揃えるなど、豊かな経済力をつけていった。

茶屋清延の冷静沈着な「伊賀越」の判断がなければ、のち徳川幕府は成立していなかった、とさえ言われている。

松平政宗は、その「正史」を脳裏で嚙みしめながら、飛竜と共に松坂の城下を歩いた。先ず松坂で最も大きな寺院を訪ねるつもりであったが、その寺院の名も場所も知らぬ政宗であった。

もう一か所、頭から離れない場所があるにはあったが、そこへは立ち寄ってはなるまい、と思っていた。いまの自分の身辺を考えると、どのような迷惑をかけるか判らないからだ。

「わあああっ」

不意に目の前の辻の角から、五、六人の男の子が喚声と共に飛び出し、飛竜が手綱を引かれることもなく自分でぐっと歩みを止めた。誰かが誰かを追って摑まえる遊びなのか、子供らは辻の中央をぐるぐると回り出した。着ているものから見て、町家の子であろう、武家の子には見えない。

政宗が表情を緩めて眺めていると、そのうち一人が、つんのめって前に倒れた。

その子を残して、他の男の子たちは叫びながら遠ざかっていった。べつに倒れた子への意地悪で走り去ったのではなく、どうやら鬼役に追われて逃げまくっているようだった。

政宗は飛竜の手綱を引いて、こざっぱりとした着物を着ている男の子に近付いていった。

「大丈夫かな」

「はい、大丈夫です」

と、きちんと受け答えできる子であったが、へたり込んだまま顔を歪めている。

「どれ、見せてみなさい」

政宗がしゃがんで土で汚れた男の子の膝頭を診てやると、すり切れて血が滲み出していた。

傷そのものは大した事はなかったが、それが土で汚れているのを放置した場合の怖さを熟知している政宗であった。

「綺麗な水で洗えばよい。家は何処じゃ」

「向こうの辻を右へ曲がったところです」

と、男の子は通りの彼方の辻を指差した。きりりっと引きしまった、いい顔つきをしている。

「ようし、乗せていってやろう」

「馬にですか？」

「怖いのか」

「少し……」

「はははっ、正直だのう。心配ない。手綱は私がしっかり持っていてやる」

　政宗は飛竜の背に、男の子を乗せてやった。

「鞍（くら）のここをな、しっかりと持っておれ」

「はい」

「名は何というのじゃ。年齢（とし）は？」

「高坊（たかぼう）と呼ばれています。七歳です」

「どのような字をかくのかな、言えるか」

「はい。高い低いの、高い。それから坊主（ぼうず）の坊です」

「ほう、よく言えたのう。えらいぞ……」

　飛竜は、ゆっくりと歩き出した。

「どうじゃ高い低いの高坊。高い所は気持がいいであろう」

「はい、凄（すご）く高くて、向こうまでよく見えます」

「高坊は赤子の頃から、高坊と呼ばれておるのか」

「小さい頃から高坊です」

「兄はいるのか」

「兄は五人います。弟も妹も二人ずついます」

「それは賑やかだなあ」

「賑やかですが、母は忙しい忙しいと言ってます」

高坊は「母」という言い方をした。七歳の男の子がである。

それを聞いた政宗の脳裏に、(もしや……)という思いが生じた。

「その角を右へ曲がると、家が見えます」

「うむ」と、政宗は頷き、飛竜の頬を手前から向こうへ、撫でるようにして軽く押した。

飛竜が馬上の子を気遣うように、穏やかな動きで辻を右に曲がった。

どっしりと重重しく見える大きな構えの商家が、政宗の目に飛び込んできた。

飛び込んできた、と感じるほど堂堂たる構えの商家であった。

(やはり……)と政宗は思い、少しとまどった。軒の上の看板を見るまでもなく、そこが誰の住居であるか想像のつく政宗だった。

（ま、やむを得ぬか……）と、諦め顔になって、政宗は飛竜の手綱を引き商家に近付いていった。

店の中から下女らしい若い娘が竹帚を手に出てきた。

「まあ、坊っちゃま……」

大きな馬が店の真前にいることよりも、その背に〝高坊〟が乗っていることに気付いて、下女は目を丸くした。

「膝頭を少しすりむいて血が出ておる。清水で洗って、軟膏でも塗ってやりなさい」

そう言いながら政宗は、〝高坊〟を馬上から下ろしてやった。その膝頭が傷ついているのを認めた下女が、「奥様、奥様……」と慌てて店に駆け込む。

「じゃあな……」と、政宗は幼子の頭を撫でてやり、手綱を引いて来た道を引き返した。

「有り難うございました」

幼子の黄色い声が、政宗の背を追った。家での育てられ方が判る、なかなか凛凛しい声の響きだった。

「色色しっかりと学びなさい」

政宗は振り向かずに告げて、辻の角を左へ折れた。

「はい」と、元気な声が政宗の耳に届いた。

政宗は少し足を速めた。あの大きな商家から遠ざかることを、まるで急いでいるかのような歩みだった。

が、その政宗を追ってくる足音があった。

「あのう、もし……もし、お武家様」

背後から女の丁寧な声で呼び止められ、急ぎ続ける訳にはいかぬ政宗だった。

政宗は黙って振り向いた。目を細め柔和で優しい表情だった。

地味な小袖の着流しに兵庫髷の女——三十四、五歳か——が、政宗の前ですでに軽く腰を折っていた。

「膝を傷つけた倅を、お武家様の大切な馬で送って下さいまして、誠にありがとう存じました」

そう言い終えて女は、更に深く腰を曲げた。

「なに、大した事はしておらぬ。気遣いなさるな」

「ただいま夫も追って参りまするゆえ……」と、女が頭を下げた姿勢のまま言ったところへ、急ぎ足が近付いてきたので女は低い腰の状態で振り向いた。

辻の角に恰幅(かっぷく)のある、四十代と思われる身形(みなり)整った男が現われた。いささか息を弾ませている。

「あ、お前様。こちらのお武家様が……」

「はい。高好(たかよし)から聞きましたよ、聞きました。誠に恐れ多いことで……」

と言いつつ、政宗の前に近付いて頭を下げかけた男であったが、双方目が合って「あ……」と、男の表情が止まった。

夫の普通でない様子に気付いて、妻女もようやく政宗を見た。

「こ、これは、まあ……」

と、妻女の口から驚きの言葉が出た。

「和子(わこ)様……和子様ではございませぬか」

夫が表情を止めたままでいるので、妻女は政宗を確かめようとしてか、更に近付いて、しげしげと眺めた。

「おお、間違いありませぬ。和子様でいらっしゃいます。お前様、何をぼんやりと……」

　妻女に言われてハッと我を取り戻した恰幅ある男が、「い、一体これは……」と驚きを新たにした。

「朝、忙しい時であろう。驚かせてしまって、すまぬな。高利殿、かね殿」

「殿、など付けて下さいまするな和子様。ともかく此処では何でございます。今わが家へ御案内申し上げますゆえ」

「左様か。では甘えさせておくれ」

「何を他人行儀なことを申されますことか。これ、かねや。先に戻って和子様の御部屋を整えてきなされ」

「は、はい」

「それに、お着物じゃ。和子様のお着物の汚れが何とまあ、ひどい。これでは、いけませぬ。用意しておきなされ」

「判りました」

「和子様のことを、子供たちや店の者に、あれこれ余計なことを申してはなりませんぞ」

「ちゃんと心得てございますよ、あなた」

妻女かねは、政宗に腰を折ると、あたふたと戻っていった。

「世話をかけて申し訳ないのう、高利殿もかね殿も元気そうで何よりじゃ。松坂の店をはじめて見たが、凄(すご)いものだな。外から眺めただけで、その勢いが判る。驚いてしもうた」

「和子様、お願いでございまするから、殿付けではなくて……」

「私の好きなように呼ばせてくれぬか高利殿。頼みじゃ」

「は、はあ……」

「高坊は、高好という名であったか。なかなか悧発(りはつ)な子だな」

「何ぞ和子様に御無礼なことを申したのではありませぬか。とにかく元気過ぎる子でありますゆえ」

「いやあ、可愛(かわゆ)い子じゃ。心も清く澄んでおる。京(みやこ)へ連れて帰り明日塾(あしたじゅく)で学ばせたいのう」

「いやはや、背中に汗が噴き出まする。和子様に、そうお褒(ほ)め戴(いただ)きまするると」

二人は、ゆったりとした足取りで、高利が営む大店(おおだな)へ向かった。

二

朝陽が奥の壁際まで射し込む天井の高い明るい座敷で政宗は床の間を右にして座り、三井八郎兵衛高利、かね夫婦と向き合った。

「びっくり致しました。心の臓が高鳴るほど、びっくり致しました。まさか和子様がこの松坂へお姿をお見せなさるとは……高利、感動してございまする」

「京では機会あります度に、是非とも松坂へ、とお願い致してありましたゆえ、この三井の家をお訪ね下されたのでございましょうね」

高利とかねも、ようやく気持を落ち着かせて、さも嬉しそうに、にこやかであった。

「旅の帰りでな、それで立ち寄ってみたのだ」

答えて政宗は、茶を口に含んで庭先へ目をやった。桜と思われる木の下に、千振の白い花が咲き乱れている。胃腸によい薬草だ。

「旅の帰り」と聞いて、高利とかねは真顔になった。

高利が、控え目な口調で訊ねた。

「旅の帰り……と申されますると、江戸でございますか」

「うむ。三井家の江戸店へ立ち寄る余裕はなかったがな」

「左様でございましたか。ならば、あとは京へ戻るのみ。この三井の家で、ひと月でも、ふた月でも、わが家と思うて、ゆるりとなされませ。明日帰る、明後日帰る、などとは言わせませぬぞ和子様」

「そうでございますとも」

と、かねが笑顔で応じた。夫高利も妻かねも、政宗の旅の目的にまで深く立ち入って訊くべきではない、という呼吸はちゃんと心得ていた。

三井八郎兵衛高利——その侍を思わせる名が示すように三井家の系譜を溯ってゆくと戦国武者三井備中守高久に辿り着く。さらに溯ると御堂関白藤原道長（平安時代中期の公卿、九六六年〜一〇二八年）の姿が見え隠れし始める、という由緒正しい血すじであった。

「それにしても三井家の勢いは目を見張るばかりだのう。一体どこまで商いの力が伸びるか、私も楽しみで仕方がない」

「有り難うございます。兄俊次が営みまする京都御池の仕入店も、江戸本町の販売店も、お陰様で商いの勢いは増す一方でございまして」

「将軍家お膝元の江戸にとって、呉服は欠かすことの出来ぬ品であり、にもかかわらず良い品は京に求めざるを得ないときている。江戸店が活況を呈するということは、京店も即ち忙しいということであろう」

「はい。江戸には京の西陣撰糸、厚板物、金襴、唐織、紋紗、絹縮などに匹敵する品を織り上げる力はありませぬゆえ、生産につきましては京の独擅場がこれからも続きましょう」

「うむ。京の西陣の織機は数はすでに数千台に及ぶというから、江戸と京を結ぶ呉服業はますます大規模となってゆこうな」

「そうでございますね。まだまだ何倍にも膨らみましょう。兄俊次が京と江戸で成功を収めましたることから、政宗様御存知のように私も兄応援のため頻繁に京を訪ねては、政宗様の母上様の御助力で有力者を御紹介戴いたり、また江戸へ出かけて帳簿や掛け金回収の指導をするなど、相変わらず忙しく致しております」

「高利殿自身は、呉服の仕事に手は出されぬのか」

「それでございますよ政宗様。京に居を構えて総指揮を執っております兄俊次の事業が拡大を続けておるものですから、私は松坂に留まり、大名貸、郷貸（農村単位への貸付）、小口貸、酒・米・味噌の売買、不動産貸などに甘んじておりまするが、いずれは呉服商や両替商にもと……」

「ほほう、やはりのう」

「その布石として、三年前に十五歳になった私の長男高平を兄の許しを得て江戸店へ、また二年前にも次男高富を十五歳で江戸店へ勉強に出しております」

「それはなかなかよい。人格見識ともに優れたる高利殿の血を引いておるのだから、有能ないい商人になるだろう」

「恐れ多いお言葉でございます。ところが政宗様、ここに来て少し心配な事が出て参りました」

「心配なこと？」

「兄俊次の体調が余りよくないのでございますよ」

「なに、それはいかぬな」

「兄にもしもの事があらば、全ての商いが私の肩に、のしかかって参ります」

「しかし、受けぬ訳にはいかぬであろう」

「確かに……」

「仕事の幅と量が増えれば増えるほど、信頼できる人手が必要となってこような」

「はい」

「血を分けた我が子だけを信頼の出来る相手、として眺めるのではなく、人材と
いうものを広く求めて早い内から育ててゆかねばならぬのう。真剣にな」

「仰る通りでございます」

答える高利よりも、それまで黙って二人の話を聞いていた妻女かねが、深深と
頷いてみせた。

「松坂での事業に加え、京店も江戸店も自分の店として見るとなると体が幾つあっても足らぬであろうなあ。これは大変じゃ」

「たとえ、悲鳴をあげたくなるほど多忙になろうとも、私はこの松坂から離れるつもりはありませぬ」

「松坂にいて、京・江戸の店を指揮すると言いなさるか」

「はい。ここ伊勢国松坂にこそ、三井家の根源的なるものが息衝いていると思うておりまするから」

かねがまた深深と頷いた。夫の言葉に満足そうであった。

「高利殿は今、大名などを相手に金を融通し、その経験をいずれ両替商として生かす考えなのであろうが、大名貸はしっかりとした担保を取っておられるのか」

「いいえ、実は全くの無担保でございます。これだけはやむを得ませぬ」

「無担保か。危ないのう」

「いかにも……」

「生産販売手段というものを持たぬ現在の大名などというのは、百姓から吸い上げた年貢をただ浪費するだけの存在でしかない。そのうち貸倒れという時期を迎えることになるやも知れぬぞ。用心せねば」

「誠にご賢察。百姓を苦しめております土地依存（農耕依存）の武士経済の破綻は、そう遠くないと私は見ておりまする」

「うむ、同感じゃ」

「それゆえ、この三井高利は、無担保の大名貸などには決して手を出してはならぬことを、家訓として子・孫らに厳しく言い渡すつもりでおり、その準備はすでに整えております」

「おお、それを聞いて安堵した。これからの世は貨幣経済の方が飛躍してゆこうから、好むと好まざるとにかかわらず商いの法則もがらりと変わろう。これからの商人は一段と勉強せねばならぬのう」

「政宗様……」

それまで黙っていたかねが、身を乗り出すようにした。

「政宗様、このかね、達て御願いがございまする」

「かね殿の願いならば、大抵のことは聞こう、何じゃ？」

「これからの三井家の、筆頭相談役になって下さりませ」

「え……」

「こ、これ、かね。御所の和子様に、な、なんと失礼なことを」

高利は慌てた。

「いいえ、かねは本気でございまする。三井家の筆頭相談役の立場にあって、高利や私に御助言下されませ。商いに睨みを利かせて下さりませ」

「はははっ、私を買い被り過ぎだぞ、かね殿。私には、そのような知識も無ければ経験もない。筆頭相談役など、とても勤まらぬわ」

「とんでもございませぬ。もう、どれほど以前の事になりましょうか。京にて初めて和子様にお目にかかりました時、その鋭い洞察力に大層驚かされました。それ以降も幾度となく、同じことを感じました。それに政宗様は、現在の武家社会の深刻な問題点を内側からよく御存知でいらっしゃいます。そのことは、これからの高利の経営に欠かせませぬ」

高利の表情がそれを聞いて、ハッとなった。

「どうか政宗様……」

と、かねは畳に両手をつき、頭を下げた。

「これこれ、かね殿、さ、顔を上げて下され。ようく判りましたぞ」

「え、では……」と、かねは面を上げた。

「但しのう、かね殿。私は自由人でいたいのだ。一つの器の中に捉われていると、体がウズウズしてくる。だから三井家の〝永久の友〟であることは此処で約束する。それで勘弁しておくれ」

「永久の友、でございまするか」

「うん〝永久の友〟じゃ。高利殿、かね殿に何事かあらば何処に居ようと必ず駈けつける〝永久の友〟では駄目かな。自分の事は捨て置いてでも、必ず駈けつけるぞ」

「ま、政宗様……有り難うございまする」

かねの両の目から、大粒の涙がこぼれた。

高利が「うん、うん……」と頷きながら、妻の肩を優しく叩く。

「さてと高利殿、私はこれから松坂の城下を少し散策してみたいのだ」

「間もなく風呂も沸き、着替えも調うておりまするが」

「風呂も着替えも、戻ってからゆるりと……」

「判りました。では元気な店の者を二人ばかり供に付けましょう」

「いや、一人がよい。気儘(きまま)にのんびりと町を見て回りたいのでな」

「ですが、平穏な城下とは申せ、何があるか判りませぬゆえ」

「大丈夫、心配ない。飛竜で軽く城下はずれまで走ってもみよう」

「あ、馬でお出かけになりますか」

「うん。ここの郡奉行は、馬にうるさいのであろうか」

「いいえ、そのような事はございませぬ。役人に何ぞ咎められるような事あらば、三井高利の名を出して下さりませ」

「そうか。うん、そうしよう」

政宗は立ち上がり、続いて高利もかねも腰を上げた。

かねが床の間に近付いて、刀掛けの粟田口久国に手を伸ばそうとすると、

「大刀は要らぬ。これだけでよいかね殿」と、政宗は腰の脇差に手を触れた。

高利もかねも政宗が並の腕前でないことは承知している。が、しかしかねは
「でも武士が家屋敷から一歩外に出ます時は……」と不安な顔つきになった。

「たまには軽い腰で町中へ出てみたいのでな」と、政宗は座敷から出た。

三

「松坂は、いい城下町だのう。穏やかで綺麗な町だ。伊勢の海の雄大な広がりも、なんとも温かく感じるのう。私も暫く松坂城下に住んでみようか飛竜よ」

和歌山街道を少し走った高台で飛竜の脚を休め、眼下の城下町を微笑み眺める政宗であった。

明るい日を城下いっぱいに浴びて、絵を眺めているような気分にさせる、松坂の城下町だった。

「この松坂を離れずして、京店、江戸店の総指揮を執りたいと言った三井高利殿の気持が判るなあ。彼の素晴らしい商才は、この日本という国の経済を支えていく異色の大商いを、次次と生んでいくかも知れぬぞ」

誠に大きい人物だ、と政宗は思った。幕府・侍など小さい小さい、とも思った。

「さてと、高利殿から教えられた名所は、もう少し先かな」

政宗は飛竜の馬首を返して、その腹を鐙で軽く打った。

ゆるやかな坂道を、飛竜は小駈けに走り出した。

伽藍のそれはそれは美しく見事な将軍家ゆかりの大寺院法浄寺が和歌山街道を馬で走るとやがて右手に見えてくる、と政宗は三井高利から聞いて飛竜を走らせている。

将軍家ゆかりの寺院というのは、徳川天下の今、全国諸藩の何処に在ってもおかしくはない。だが今日に限って、政宗は何となく法浄寺という寺名と共に気になった。

「法」は仏の教えを意味し、「浄」は清めることを意味している。

僅かに八十余年の昔、反逆者明智光秀の追手から逃れんとして伊賀の忍びに護られ必死で「伊賀越」をし伊勢白子の浜（現在の鈴鹿市白子町）に脱出したとされる徳川家康公「正史」。

その「正史」を否定するかのような、大和打滝忍び一族の浮上と、松坂で生じたとされる一族の悲劇。

そして、将軍お膝元で蠢く謎の過激な集団を、打滝一族と推測し、その動きを江戸から遠く西へ引き寄せる目的で、松坂を訪れた政宗である。

「どうどう……」

幾らも走らぬうちに、政宗は手綱を絞った。

ほぼ真っ直ぐに山の奥へと伸びている街道の直ぐ先に、右へ折れている参道があった。それが参道と判るのは、飛竜が脚を止めた位置から、上下二層の瓦屋根を有する巨大な楼門（山門）が木立越しの右手斜めに見えていたからだった。

法浄寺に相違ない。

政宗は参道の手前で馬上から下り、手綱を引いて二、三町先の楼門へと近付いていった。

杉木立を切り開いて造られたと判る参道は、道幅およそ二十間(けん)。両側に沿って映山紅(つつじ)が植えられ、丸みを帯びて剪定(せんてい)されている。

「これは凄い……」

楼門の前に立って、政宗は上層の瓦屋根を見上げた。楼門の左右に上の層へ登るための階段が付いた、入母屋造(いりもやづく)りだった。

「ここで待っていなさい」

政宗は楼門そばの杉の木に手綱を巻きつけ、飛竜の首すじをやさしく撫でてやってから、楼門の石段を上がった。

寺名法浄寺を示すものは、楼門のどこにも見当たらない。

「これは南禅寺(なんぜんじ)の楼門にも劣らぬなあ」

と感心し見回しながら、楼門を潜(くぐ)った政宗であった。

そこから先の参道は、左へ緩く曲がっていて、途中で竹林を抜け堀に架かった石橋を渡ると、今度は中門があって、これは太く丸い原木二本を研いて柱とし、矢張り丸木を横に渡しただけの、重重しいが簡素な造りの冠木門風であった。

その中門を潜って、「これは……」と政宗は思わず息を呑んだ。

平坦で広大な境内に、訪れた者が一目で眺めることが出来るよう工夫したのか、その伽藍配置は圧巻だった。

いわゆる「伽藍を囲む回廊」を持たぬ平配置（水平配置）だ。

境内のほぼ中央に正面をこちらに向けて大金堂（大本堂のこと）を置き、その直ぐ東側と西側に小金堂、さらにその両外側に五重塔がある。

「東西金堂」の思想は興福寺式、「東西両塔」の考え方は薬師寺式などと言われているが、この両思想の場合は回廊が必ず伽藍を取り囲んでいる。

したがって、ここ法浄寺の回廊なき伽藍配置は、興福寺式、薬師寺式とは似てはいるが、やや趣を異にする。

大金堂の後方に窺える大規模な建物群は恐らく、講堂、僧房、食堂院、経蔵、鐘楼などだろう。

「これ程の大寺院を維持するには、相当な数の僧に加えて、金がいるのう」

政宗は呟いて、大金堂に近付いていった。

耳の痛いほどの静けさだった。風の音も、野鳥の囀りも、枯れ葉が散り落ちる音も、聞こえてはこなかった。

（まるで無住の如し……）と、政宗は思った。

大金堂の前で足を止め、政宗は辺りを見回した。間違いなく人の手は入っていた。大金堂の縁に薄ぼこりは見られず、また境内にはチリ一つ落ちていない。

（それにしても……人の気配がない……これは……）

素人が意識してつくり出せる静けさではない、と政宗は思った。

政宗は大金堂と小金堂の間を抜けて、境内の奥へ足を向けようとした。

「どちら様かな」

不意に背後から声を掛けられ、政宗は反射的に五体を萎縮させた。

声の主が背後に近付くのを、全く感じ取っていなかった。

それでも彼は、柔和な表情を繕って振り向いた。

二間と離れていない目の前に、黒の直綴（法衣）を纏った小柄な老僧がにこやかに立っていた。直綴は臨済宗の開祖明庵栄西や、曹洞宗の永平道元によって、鎌倉時代初期に国の外から禅と共に齎された法衣である。

すでに禅宗以外の諸宗派にも広く用いられており、したがって政宗には目の前の老僧の宗派が判らなかった。三井高利から、ここ法浄寺について聞かされた時も、〝将軍家ゆかりの〟という言葉に引かれはしたが、宗派にはほとんど関心がなかったから、問いもしなかった。訪ねれば判ること、とも思っていた。

「どうやら城下のお人ではありませぬな」

政宗の答えを待たずに、老僧は笑みを絶やさず言葉を続けた。

「はい。旅の者でございます。城下の人から、法浄寺の立派さについて聞かされ、是非訪ねてみたいと……」

「そうですか、よう訪ねて下された。お武家ですな」

「はい。浪人ですが……」

「ご浪人でも、お武家です。大刀はどうなされましたかな」

と、老僧の笑みは、いよいよ親しみを増した。

「は、はあ。名刹を訪ねるに大刀は必要なしと考え、城下の宿に預けて参りました」

「左様か。いい心がけじゃな。茶でも進ぜようか」

「有り難く頂戴致しまする」

「庫裏(くり)へ来なされ」

笑みを絶やさぬまま、先に立って老僧はゆっくりと歩き出した。

七十歳は越えているであろうか。背は少し曲がっている。

が、しかし、足音は全く立てなかった。まるで地面との間に僅かな隙間(すきま)をあけ、薄い空気の層の上を歩いているような、ふわりとした柔らかな歩き様(よう)であった。

(凄い……)と、政宗は捉えた。ただ者でない、と思った。

「うん、うん。余程によき師に恵まれて、いい修行をしてこられましたな。いい修行じゃ、いい修行じゃ」

前を向いたまま、老僧が穏やかに言った。孫にでも言って聞かせるような優しい口調であった。

返答の仕様がなく、政宗は黙っていた。

すると老僧はヨタヨタとした動き様(よう)で、だが足音を立てることなく振り向いた。

「この法浄寺は東照大権現家康公の御遺言によりましてな、将軍家累代(るいだい)の庇護(ひご)を受けることが出来ますのじゃ」

「ほう、それはまた」

「だから、どこの宗派にも属しませぬ。敢(あ)えて無理に申さば……」

「はい」

「打滝宗総本山法浄寺……かのう」

政宗は呼吸(いき)を止めた。

ついに〝打滝〟という言葉が、老僧の口から出た。

けれども政宗を見つめる老僧の眼差(まなざ)しに、変わりはなかった。柔和であった。静かであった。優し気であった。

政宗は訊ねた。

「この法浄寺の開祖は、どなたでございまするか。御坊でしょうか」

「いやいや、私ではありませぬ」

「では？」

「この法浄寺の建立(こんりゅう)は天正(てんしょう)十年」

明智光秀謀叛の年だ、と政宗には直ぐに判った。

老僧の言葉が続く。

「それゆえ創建八十余年と、法浄寺の歴史はまだ浅い」

「それにしても、見事にして豪壮なる伽藍配置には目を見張りまする」

「それは開祖が……東照大権現家康公だからじゃ」

「なんと」

「家康公の平伏落涙のお優しき心が、斯様に壮大なる伽藍配置となった」

「平伏落涙のお優しき心？」

「そうじゃ。大和打滝一族に対する……な」

途端、音吐朗朗たる読経の声が、地の底から湧き上がるようにして、法浄寺を取り囲む山山に響きわたった。二十人や三十人の読経の声ではなかった。山の斜面を抉り崩すのではないか、と思われるほど大雷鳴のような響きであった。

〽無相の相を相として　行くも帰るも餘所ならず
無念の念を念として　謳うも舞うも法の声

三昧無礙の空ひろく　四智圓明の月さえん
此の時何をか求むべき　寂滅現前する故に
当処即ち蓮華国　此の身即ち佛なり

一糸乱れぬ読経であった。立ち向かってくるが如く圧倒的な響きであるにもかかわらず、容赦なく胸深くに染み込んでくる哀切な響きであった。

政宗は、うなだれて聞き入った。自然と頭が下がった。

その政宗を見守る老僧の目に、なんと涙があった。

読経がピタリと止んだ。止んだが、その音吐朗朗たる響きはまだ政宗の耳の奥に残っていた。

それが消えてから、ようやくのこと政宗は頭を上げた。

「今の経文を御存知かな」

「いいえ。はじめて耳に致しました。心打たれましてございまする」

「経文というよりは、和讃じゃな」

「和讃……」

「坐禅和讃(ざぜんわさん)というてな、これより凡(およ)そ九十年の後(のち)には世に広まるじゃろ」

「え?……どういう意味でございまするか」

「意味など、どうでもよいのじゃ。今は打滝宗総本山法浄寺のみが知る尊い和讃じゃ」

「お教え下さりませ。九十年の後、という言葉の意味を……是非にも知りとう存じまする」

「是非にも、とな」

「はい」

「そなた、濁りのない綺麗な目を致しておるのう」

「恐れ入ります」

「うむ。では九十年の後、の意味をお聞かせしよう。さる位(くらい)高き仁徳(じんとく)優れたる高僧世に現われて九十年の後に和讃を編まれ、たちまちにして世に広まり人人の心を苦しみより救う、という事じゃ」

「では、只今の和讃はまだ、現在(いま)この世には存在しておらぬ、と?」

「そうじゃ。この法浄寺以外にはのう」

「これはまた不思議な話を聞かせて戴きましてございまする」

「ははは。素直に不思議と感じるだけで宜しかろ。仏の世には不思議なことが、数え切れぬほどあるからのう」

「御坊……」

「なんじゃ」

「御坊が申された大和打滝一族について、この私に詳しく教えて下さりませぬか」

「それが知りたくて、この松坂を訪ねて来られましたか……正三位大納言左近衛大将松平政宗様」

「存じておられましたか。私のことを」

「仏に仕える身は、万里の彼方まで見通せまする」

「天正十年に信長公を本能寺に倒して三日天下を盗った明智光秀。この明智光秀の追手から必死で逃れる家康公を、伊賀の忍びたちが〝伊賀越〟で救ったとされて来ましたが……」

「それが〝正史〟でございまする政宗様。その〝正史〟のままで宜しいのでございます」

「ですが昨今、江戸に於(お)きまして、謎の集団による小大名旗本家襲撃が続発致し、将軍家お膝元の平穏が激しく揺さぶられておりまする」

「その騒動は、打滝一族とは関係ないと思うて下され政宗様」

「思うて下され、とは？」

「それ以上の言葉でも、それ以下の言葉でもありませぬ」

ここで老僧の表情が、はじめて苦しそうに歪(ゆが)んだ。

政宗は天を仰ぎ、小さな溜息を一つ吐いてから、穏やかに切り出した。

「明智光秀の強力な追手から家康公を救ったのは、打滝一族の忍びたちではありませぬのか。伊勢街道に沿うかたちで難所飼坂(なんしょかいさか)峠を越え、和歌山街道伝いに松坂城下に入るのが最も安全で早い、と私(わたくし)は読みましたが」

「……………」

「御坊、お答え下さいませぬか」

「政宗様」

「はい。御坊から聞きましたることは、決して誰にも漏らしませせぬ」

「二十六名でございます」

「え？」

「今より八十余年前、家康公ご一行に付き従ったのは、二十名の忍び及び六名のくノ一（女忍び）でございまする。しかし、その二十六名は、大和打滝村へは結局戻っては参りませんでした。音信を、ぷっつりと絶ったきり」

「命を絶たれましたか」

「はい。いずれも業優れたる者ばかりが付き従ったとされておりまするから、そう簡単には命を絶たれませぬ。松坂入りを目前に控えての祝い酒で酔わせるなどしての事でございまする」

「なんと卑劣な。家康公が命令を下したのでしょうか」

「いいえ、そうではありませぬ。忍びたちの裏切りを恐れた二人の下級の臣が、家康公の御存知ない間に凶行に及んだと、調べで判明致しておりまする」

「それで家康公は？」

「激怒なされ、直ちに下級の臣二名を打ち首に」

「それで家康公は平伏落涙の心で、二十六名の霊を慰めるため法浄寺を建立なされましたのか」

「その通りでございまする」

「御坊、無念の涙をのんだ二十六名の墓に、お参りさせて下され」

「墓はこの寺にはありませぬ」

「この法浄寺が、二十六名の無念の場所ではありませぬのか」

「はい。二十六名が無念の涙をのんだのは、この法浄寺より三里ばかり山奥、飼坂峠入口からさほど遠くない一志郡多芸（多気のこと）の、北畠顕能公の館跡そばでございまする」

「おう、北畠顕能公と申しまするとと、南北朝時代の伊勢国司で、一志郡多芸の城を本拠としていたのでござりましたな」

「さようでございまする。伊勢国司の北畠家は、南北朝動乱中にはよく南朝に尽くしましたが、天正三年（一五七五年）に織田信長公に伊勢に攻め込まれ、北畠家は滅亡致しました」

「一志郡多芸の城は山奥の城なれど確か、〝多芸御所〟と呼ばれ栄華を誇っていたのでございましたな。館跡は、まだしっかりと残っているのでございましょうか」

「北畠家が滅亡してすでに九十余年。信長公の軍に火を放たれましたゆえ、全焼して残っているのは館の基礎石、石垣、土塁など僅かでございまする」

「行ってみまする。行けば二十六名の墓はそれと判りまするか」

「どうしても、お行きなされまするか」

「行かせて下され御坊」

「この年寄りの正直な気持は、余りお勧めしたくはありませぬが」

「この政宗、二十六名の墓にどうしても手を合わせたいのでござる」

「勿体ないお言葉」

「帰りにまた、此処へ立ち寄らせて下され。茶はその時に改めて頂戴致しまする」

「それほどまでに仰せなら、お止めは致しませぬ。行けば二十六の墓石は、おのずと目に留まりましょう」

政宗は「判りました」と丁重に一礼すると、老僧に背を向けた。

老僧は政宗の背に合掌してから、深深と頭を下げた。

「何と爽やかな御人であろうか」

老僧の口から呟きが漏れた。

政宗が中門を出て振り向くと、老僧はまだ合掌し頭を下げていた。

あの朗朗たる響きを放っていた和讃の雷鳴のような合唱は、消えたままだった。

(五十名……いや、百名はいたか……あの地響き立てたる大音声は)

そう思いながら、政宗は二層入母屋造りの楼門を出た。

飛竜は落ち着いて待っていた。

政宗は馬体と脚、蹄に異常なしを確かめると、馬上の人となって馬腹をやや強めに打った。

飛竜が力強く走り出した。蹄が連続して地面を打つ音が、山山に響いた。

坂道であるというのに、飛竜はぐんぐん速度を上げていき、やがて全力疾走に入る。

政宗は飛竜に負担を与えぬよう、風の抵抗を避けて馬上に低く張り付いた。人馬一体の全力疾走であった。

多芸御所の跡まで凡そ三里の山道など、飛竜にとっては特にどうということのない距離であった。

右手谷の底に集落が見え出したので、「ようし、よし……」と政宗は手綱を絞りながら低くしていた上体を立てた。

　飛竜が速度を落とし、ブルルッと鼻を鳴らしながら歩みに入った。

「はて？」

　と、政宗は眉をひそめた。谷底の集落から、人が生活する気配が全く伝わってこなかった。牛や鶏の鳴き声、犬の唸り、母親が幼子を叱る声、釣瓶が井戸に落ちる水の声、など何も伝わってこない。

　そう言えば、集落の向こう側の山の斜面を覆っている段段畑が、いやに荒れているように見えた。

　政宗は集落へ下りる道を探した。

　見つけた。獣道かと見紛う雑草の繁った急傾斜の道だった。

　片側がほぼ垂直に落ち込んだその道を、飛竜は強靭な脚で下りていった。

「これは……」

　急坂道を下り切って、政宗の表情が暗くなった。目につくのは、どれも半ば崩壊した小さな百姓家であった。ひどい形の崩壊だった。それに、かなり日が経っているように思えた。

「ゆっくりとな……」

政宗は、飛竜の首すじを撫でるように二度叩いた。

歩みを緩めた飛竜の馬上から、政宗は一戸一戸を見て回った。

誰も住んでいなかった。いや、住める訳がないほど、どの家屋も荒れ放題の崩壊だった。

（村を捨てたな……）と政宗は思った。

村長（むらおさ）の家を探したが、どれも貧しいと判る崩壊した小さな家家であったから、見分けがつかなかった。

集落の中央あたりに小判状の池があった。沼ではなく池であった。さして大きくはなかったが、水は豊かで澄んでいた。馬上からでも、黒い魚影が認められる程に。

「お……」

と、政宗は気付いた。向こう岸の葦（あし）の中で、真っ白な鳥が羽を休めていた。

それは、この集落で政宗が最初に見た、生き物だった。

白鷺（しらさぎ）、と政宗には判った。

飛竜が鼻を低く鳴らし、白鷺は驚いて飛び立った。

次第に高さを上げている白鷺を、政宗は見守った。

「ん？」

白鷺が迷うことなく向かっていく方角、段段畑の最上段に政宗は人の姿を認めた。女だった。白鷺に向かって左手を差しのべている。その手に向かって白鷺は一直線であった。

「行け、飛竜」

政宗は飛竜の腹を打った。

飛竜は駈け出した。小判状の池の端を走り抜け、壊れた何棟もの百姓家の間を疾風のように過ぎて、目前の段段畑の山へと突き進んだ。

そしてそのまま急斜面の道を、一気に駈け上がる。

大変な脚力であった。

女は次第に迫ってくる飛竜を、見守った。逃げる様子はなかった。

白鷺が、女の左肩に止まった。

飛竜が急斜面を駈け上がるにしたがって女の様子が政宗には、はっきりと見てとれた。年の頃は十七、八か。髪はおまた返しで眉は剃り、振袖に後帯、打掛という、無人集落を眼下に見る段段畑脇に立つ身形ではなかった。しかも着物は、薄汚れもしていない。それに、おまた返しは公卿や上級武家の妻女の髪型である筈だ。

「どう……」

政宗が手綱を引いて、飛竜は娘のそばで前足を踏み鳴らした。

娘は、馬体の大きな飛竜を恐れなかった。微笑んでいた。

ただ白鷺は娘の肩で二、三度、羽をばたつかせた。

娘は美しかった。それに、平安、鎌倉の世から現われたかのような印象だった。

政宗は馬上から、やわらかな口調で訊ねた。

「これ娘、そなたこの界隈の者か」

娘は微笑みながら黙って首を横に振った。

「綺麗な着物を着ておるのう。一体どこから参ったのじゃ」

娘は矢張り黙って空を指差した。

「ほほう、天から下りてきたと言うか」

娘は、こっくりと頷いて見せた。

「名は？」

「雪……」

「雪か。いい名だな」

政宗は、今より九十余年昔に織田信長によって滅ぼされた北畠家の姫君ではないか、と本気で思った。そう思わせる印象が、娘にはあった。雪、という名がまた、それらしかった。

政宗は更に訊いてみた。

「そなた、もしや村上源氏の血すじである北畠家の姫君ではないか？」

なんと娘は、笑みを消し悲しそうに頷いた。救いを求めるような目で、政宗を見て。

「そうか、そうであったか。で、北畠家の多芸御所はどの辺りにあるのかのう」

すると娘は、歩き出した。

政宗は目の前の美しい娘の存在を、疑わなかった。疑ってはならぬ、という気がした。疑うことは哀れである、とも思った。

娘のあとについて坂道を一町ばかり上がると、樹木も雑草も生えていないが綺麗に整地されたような平坦な地に出た。

(ここだ……)と政宗が感じた途端、娘の姿は目の前から消えていた。

政宗は馬上から下り、飛竜を自由にして、奥に向かって歩んでみた。

多芸御所の基礎石に違いない形のものが、次次と見つかった。

堀の跡もあったが、水はない。井戸の跡も三つ見つけた。

僅かに九十余年の昔、ここは伊勢国司北畠家の多芸御所として、栄華を誇っていたのだ。

政宗は耳を澄ましてみた。

突如襲来した織田信長の軍兵の喊声や銃声が、聞こえてくるようであった。

政宗は、悲鳴をあげて逃げ惑う女、年寄りたちのことを思った。

「哀れな……」

呟いて政宗の表情が、ふっと止まった。

だがそれは、長くはなかった。

「飛竜」と、政宗は呼んだ。

飛竜が小駈けにやって来た。すっかり政宗と気を合わせている。

「暫く遠くへ離れていよ」

言うなり政宗は、飛竜の尻を平手で叩いた。

飛竜は西側の原生林に向かって走り出した。

飛竜の蹄の音が次第に遠ざかってゆく。

政宗は辺りを見まわした。

なんの虫であろうか。ホロホロホロホロと鳴いている。たった一匹だけが政宗の足元で。

その虫が、鳴きやんで、政宗の表情が曇った。

さきほど政宗が飛竜と共に上がってきた坂道。そこから人の頭が一つ浮き上がった。そして二つ、三つ、四つ……と次次と。

頭は顔となり、顔は首となり、首が五体へと変わってゆく。

おびただしい数であった。どれも黒装束ではあったが、顔は隠していない。

政宗は押されるようにして、退がった。

やがて館跡の周囲が、黒装束たちで埋まった。その数、百、いや二百にはなろうか。

誰もが無言であった。

その黒装束たちの円陣の一隅——坂道への下り口——が左右に割れて、肩衣半袴(かたぎぬはんばかま)の武士がひとり姿を見せ、進み出た。

柳生兵衛宗重であった。表情が全く無い。能面曲見(しゃくみ)を見るようであった。

「やはり……」と政宗は小さく呟き、雲ひとつ無い空を眺めた。柳生宗重にかける言葉が見つからなかった。何を言っても無駄であるような気がした。

宗重が、肩衣を取った。

近付いた一人の背丈ある黒装束が、うやうやしくそれを受け取って退(さ)がった。

政宗は視線を空から柳生宗重に戻した。

虚(むな)しい風が悲鳴のような音を立てて胸の内で吹いていた。

織田信長の非情によって栄華を絶たれた村上源氏北畠家の多芸御所跡。

ここが我が身終焉(しゅうえん)の地となるか、柳生宗重の打ち倒れる場となるか、自分にも判らぬ政宗だった。

無言のまま政宗を見続けていた能面曲見の柳生宗重が、ようやく口を開いた。

「刀を……」

「はっ」

　素早く応じたのは、宗重から肩衣を受け取り丁重に畳んで懐へ入れた、あの背丈ある黒装束だった。

　柳生宗重のそばに寄って何事かを告げられた彼は、政宗の面前へ足早に進み出て己れの刀を黙ったまま差し出した。その顔は、まだ若い。

「無用じゃ」と、政宗は言葉短く返した。

　伺いを立てるために振り向いた黒装束に、柳生宗重が頷いて見せる。

　黒装束は政宗に一礼して退がった。

「何故に江戸を攪乱(かくらん)したのだ宗重殿」

　ようやく政宗は問いかけた。

　柳生宗重の答えは無かった。無言で政宗を見据えるだけだった。

「小大名旗本家を次次と襲い、また私の信頼を得ておきながら忍びを次次と私に対して放った、その胸の内を聞きたい」

「………」

「柳生家から分家を戴く有力書院番士という、異例に恵まれたる立場にありながら、何故なのだ。この政宗是非にも知りたい」

「…………」

「打滝一族として天下が欲しくなりしか。それとも一族二十六名の悲劇の恨みを愚かにも晴らさんとしてか。あるいは幕閣の生臭い策謀に加担しての攪乱工作であったか」

「…………」

「平伏落涙のお優しき心で一族二十六名のため法浄寺を建立した家康公は今、我らの天上に在って悲しんでおられようぞ」

「…………」

無言のままの柳生宗重が、能面曲見の表情を僅かにも変えず、刀を静かに抜き放った。

直後に、黒装束の輪も一斉に抜刀した。サラララッと鞘鳴りの音。

「手出しならぬ」

柳生宗重が、命じた。鋭い響きの声であった。

身構えたまま黒装束の輪が退がり、広がる。

政宗は、脇差を抜いた。大刀を所持してこなかった事を悔いる気持はない。大刀だけが武器であるような、甘い修行を積んできた政宗ではなかった。

柳生宗重が刀を引っ下げ躊躇(ちゅうちょ)することなく政宗に歩み寄り、一間(けん)半ほどの間をあけて足を止めた。

そして、正眼の構え。切っ先に微塵(みじん)の揺れもない。

「お相手致す」

答えた政宗だが、立ったままの姿勢を変える事はなかった。右手の脇差は地に向けて下げたままである。まるで柳生宗重に斬られることを、望んでいるかのように。

柳生宗重が、ジリッと迫る。

政宗は、矢張り動かない。

柳生宗重が更に迫り、やや左へ回った。政宗の右手にある脇差との距離を開こうとする計算か。

政宗は柳生宗重の動きに視線を合わせたが、無構えの如き自然体のままだった。

柳生宗重が政宗の左肩に相対する位置で、動きを止めた。

「何が正三位大納言じゃ、何が御所のお血筋じゃ、覚悟せい政宗」

驚くべき言葉が、柳生宗重の口から出た。政宗、と呼び捨てであった。はち切れんばかりの激しい憎悪がこもっていた。

政宗の口元が微かに歪んだ。瞼が下がりこの上もなく悲し気であった。

「この柳生宗重の立場を、異例に恵まれた、だと？　笑わせるでない」

聞いて、政宗の右手から、脇差が地に落ちた。力なく……。

柳生宗重の目が、ぎらついた。それでも、脇差をなくした政宗に斬り込まない。いや、斬り込まない、のではなかった。

柳生宗重は、斬り込めなかったのだ。政宗の五体から、やわらかに放たれる異様な〝何か〟によって、早くも彼は金縛りの状態に陥っていた。

けれども彼は並の剣客ではない。不利を利とする術は幾通りも心得ている。

それを用いたのかどうか政宗には判る筈もなかったが、不意に怒濤のような和讃合唱が湧き上がって、多芸御所の跡地を揺るがした。

身構えたままの黒装束たちであった。政宗へ切っ先を向けている黒装束たちの口から、和讃合唱が迸っていた。

「ねんっ」

耳をも突ん裂くその大合唱の中で、柳生宗重が閃光と化したかの如く、一条の矢玉となって打ち込んだ。

素手の政宗も、同時に柳生宗重に立ち向かった。退かなかった。

柳生剣が唸りを発して、面、首、面、首と襲いかかる。速い！

政宗の左右の掌が、なんと柳生剣の指表・裏（刀の左右側面のこと）を叩いて弾いた。

それでも柳生剣は、息を止めない。小手を打ち、胴を狙い、眉間に打ち下ろす矢のような連打であった。まるで稲妻の如し。

剛の強烈な柳生剣に対し、政宗は舞っているかに見えた。それもほとんど、立っている場所を移動していない。

右膝打ちを、ひらりと軽く躱された柳生宗重が、ここで引いて下段に構え直した。

〽衆生近きを知らずして　遠く求るはかなさよ
たとえば水の中に居て　渇を叫が如くなり

和讃合唱ますます大滝の落下を思わせる大音声となった。
柳生剣が挑みかかった。烈火であった。炎であった。
切っ先が伸びた。政宗の喉元へぐーんと伸びた。
突くか、と思われたが政宗の掌が柳生剣を叩いた。
いや、叩けなかった。切っ先が下がった。掌の呼吸を摑まれていた。
下がったと思った次の瞬間、またしても突いた。一気に前へ出た。
たまらず政宗が退がる。逃さず、と柳生剣が突く、迫る、突く。
目にも留まらぬ、素晴らしい突きであった。
政宗が危ういところで、体を横に開いた。
柳生剣が空を切った。
反射的に下がろうとする柳生宗重の手首を、政宗の右手が、がっしりと摑む。
眦を吊り上げる柳生宗重。
政宗の体が沈み、その背を越えて柳生宗重が大車輪を描いた。
衝撃を受けたのか、黒装束の和讃が止んだ。

地に叩きつけられたか、と思われた柳生宗重が、刀を持たぬ左手で地面を打ちくるりと立った。

このとき政宗はすでに、身構えを正そうとする柳生宗重に迫っていた。

間に合わぬと読んでか、柳生宗重が渾身(こんしん)の力で刃を政宗の頭上に打ち下ろす。

その刃を政宗の両掌が挟み取った。

柳生宗重がハッとなるのと、その体が刀を軸として地上低く回転するのとが同時であった。

受身が利かない高さで地に叩きつけられた柳生宗重は、それでも顔を歪め跳ね起きた。

政宗は待った。柳生宗重が脇差を抜くのを待った。

一度大きくよろめいて、柳生宗重は脇差を抜き放った。

政宗が無刀取りで奪った柳生剣を低め正眼に構える。

柳生宗重も、正眼であった。耳と口から血の糸を垂らしていた。

二人は向き合って動かなかった。

気が遠くなるような静寂の中で、政宗の両の目から涙があふれ出した。

涙で曇った政宗の目は、もはや柳生宗重を捉えていなかった。

政宗の切っ先が、次第に下がっていく……。

と、柳生宗重が首に脇差を突き立てた。覚悟の勢いがあった。

「ああ……」と黒装束の輪に叫びが生じる。

柳生宗重が崩れるように倒れ、倒れながら政宗の方へ必死で這って行こうとした。

手にある剣を捨てた政宗は、柳生宗重のそばへ駆け寄り、膝を枕として抱き上げた。

柳生宗重の手が震えながら、政宗の腕を摑む。

「ま、政宗様……」

「宗重殿……愚かで……愚かでありましたぞ」

政宗の大粒の涙が、宗重の頰の上に落ちた。

「政宗様を……政宗様を……尊敬申し上げ……ておりました……私は……政宗様のように……なりたかった」

剣客柳生兵衛宗重の、最期の言葉であった。

むせび泣く声が、黒装束の輪に広がった。

広がりながら、彼らの切っ先の輪は政宗に向かって縮まり出した。

「よさぬか。終ったのじゃ。もうよい」

一喝が黒装束たちの頭上に飛んだ。有無を言わせぬ響きであった。

坂道への下り口に、直綴を纏ったあの老僧が立っていた。

「皆の者よ、今日で法浄寺を離れ、妻子が守っておる大和の山深くへ戻るのじゃ。己れに敗れし宗重もそれを望んでおるじゃろう」

老僧はそう言うと、政宗に向かって深深と頭を下げ、坂道を下りていった。

「宗重殿……いつ迄も友じゃ」

政宗は泣いた。宗重の骸を抱きしめて泣いた。天の無常を思って泣いた。

黒装束の輪も、地に両膝を落として嗚咽の声を漏らし続けた。

その頭上を、一羽の白鷺が高く低く旋回していることに、誰も気付かない。

日はまだ高く、明るかった。


（完）

この作品は２０１０年５月祥伝社より刊行されました。

徳間文庫

ぜえろく武士道覚書

討(う)ちて候(そうろう)　下

2021年7月15日　初刷

著者　門田泰明(かどたやすあき)

発行者　小宮英行

発行所　株式会社徳間書店

東京都品川区上大崎三−一−一　〒141−8202
目黒セントラルスクエア

電話　編集〇三(五四〇三)四三四九
　　　販売〇四九(二九三)五五二一

振替　〇〇一四〇−〇−四四三九二

印刷
製本　大日本印刷株式会社

ISBN978-4-19-894658-6　(乱丁、落丁本はお取りかえいたします)